Albert Cohen

Mangeclous

SURNOMMÉ AUSSI LONGUES DENTS
ET ŒIL DE SATAN
ET LORD HIGH LIFE ET SULTAN DES TOUSSEURS
ET CRÂNE EN SELLE ET PIEDS NOIRS
ET HAUT-DE-FORME ET BEY DES MENTEURS
ET PAROLE D'HONNEUR ET PRESQUE AVOCAT
ET COMPLIQUEUR DE PROCÈS
ET MÉDECIN DE LAVEMENTS
ET ÂME DE L'INTÉRÊT ET PLEIN D'ASTUCE
ET DÉVOREUR DES PATRIMOINES
ET BARGE EN FOURCHE
ET PÈRE DE LA CRASSE
ET CAPITAINE DES VENTS

Gallimard

Albert Cohen, né en 1895 à Corfou (Grèce), a fait ses études secondaires à Marseille et ses études universitaires à Genève. Il a été attaché à la division diplomatique du Bureau international du travail, à Genève. Pendant la guerre, il a été à Londres le conseiller juridique du Comité intergouvernemental pour les réfugiés, dont faisaient notamment partie la France, la Grande-Bretagne et les États-Unis. En cette qualité, il a été chargé de l'élaboration de l'accord international du 15 octobre 1946 relatif à la protection des réfugiés. Après la guerre, il a été directeur dans l'une des institutions spécialisées des Nations unies.

Albert Cohen a publié *Solal* en 1930, *Mangeclous* en 1938 et *Le livre de ma mère* en 1954. En 1968, le Grand Prix du roman de l'Académie française lui est décerné pour *Belle du Seigneur*. En 1969, il publie *Les Valeureux*, en 1972 *Ô vous, frères humains* et en 1979 *Carnets 1978*. Il est mort à Genève le 17 octobre 1981.

À MON PÈRE

I

Le premier matin d'avril lançait ses souffles fleuris sur l'île grecque de Céphalonie. Des linges jaunes, blancs, verts, rouges, dansaient sur les ficelles tendues d'une maison à l'autre dans l'étroite ruelle d'Or, parfumée de chèvrefeuille et de brise marine.

Sur le petit balcon filigrané d'une petite maison jaune et rouge, Salomon Solal, cireur de souliers en toutes saisons, vendeur d'eau d'abricot en été et de beignets chauds en hiver, apprenait à nager. Cet Israélite dodu et minuscule — il mesurait un mètre quarante-cinq — en avait assez d'être, pour son ignorance absolue de la natation, l'objet des moqueries de ses amis. Après avoir combiné d'acheter un scaphandre, il avait pensé qu'il serait plus rationnel et plus économique de faire de la natation à domicile et à sec.

Debout devant une table, le petit bonhomme au nez retroussé et à la ronde face imberbe, constellée de taches de rousseur, était donc en train de tremper ses menottes grassouillettes dans une cuvette, dont il avait préalablement salé l'eau, et de leur faire faire expertement des mouvements de brasse. Il était mignon avec son ventre rondelet, sa courte veste

11

jaune, ses culottes rouges bouffantes, ses mollets nus et ses quarante ans ingénus.

— Une, deux! Une, deux! scandait-il énergiquement tandis que l'eczémateuse vieille d'en face, après force guets tragiques à droite et à gauche, lançait dans la rue le contenu d'un haut pot de chambre puis des imprécations contre le petit inconsidéré qui faisait de la gymnastique comme les marins anglais au lieu de gagner sa vie.

De temps à autre, Salomon se reposait, reprenait son souffle et écartait ses bras, le dos au mur, ce qu'il appelait faire la planche. Insoucieux des sarcasmes de la vieille, il mettait à profit ces répits pour admirer sa chère rue dallée de pierres rondes, la mer lisse où tombaient des sources transparentes, la Montée des Jasmins qui menait à la grande forêt argentée d'oliviers, les cyprès qui montaient la garde autour de la citadelle des anciens podestats vénitiens et, sur la colline, le Dôme des Solal Aînés, princière demeure qui dominait la mer et veillait sur le grand ghetto de hautes maisons dartreuses que des chaînes séparaient de la douane et du port où se promenaient des Grecs rapiécés, des Albanais lents et des prêtres lustrés de crasse. Le ciel de fine porcelaine turquoise lui parut si beau et de si pures clartés souriaient qu'il mordit sa petite lèvre pour ne pas pleurer.

— L'avril de Céphalonie, énonça le solitaire nageur, est plus beau et plus doux que le juillet de Berlin! Sûrement. Mais pourquoi diable mettent-ils tous leurs capitales en des endroits de froidure et de tristesse et pourquoi les posent-ils tous sur des fleuves noirs? Il me semble qu'ils ont tort. Enfin ils savent mieux que moi.

Ceci dit, il se mit en devoir de balayer sa chambre tout en essayant de siffloter. Puis il frotta et lava en chantant les malheurs d'Israël que c'était un plaisir. Il était très content à l'idée que sa chère épouse n'aurait pas à se fatiguer. (La dame des pensées de Salomon était une longue créature armée d'une dent unique mais qui en valait trente-deux. Elle ruinait son mari en spécialités pharmaceutiques. Et voilà pour elle.)

A vrai dire, la petite chambre n'était pas difficile à entretenir. Elle était en effet presque vide, Salomon étant aussi pauvre qu'honnête. Une table, une chaise, la jarre de terre poreuse qu'il passait en bandoulière lorsqu'il sortait vendre son eau, les deux gobelets de cuivre qui lui servaient à appeler les clients, quelques ustensiles de cuisine, une guitare et c'était tout. Sa chambre étant nette, il alla astiquer celle de sa femme et de ses filles qui étaient allées prendre leur bain de mer matinal. Ladite chambre contenait entre autres deux brocs de cuivre, un grand et un petit. Se rappelant que la veille il avait fait reluire d'abord le grand, Salomon décida de commencer cette fois par le petit pour ne pas faire de jaloux.

— Nous aimons la justice, dit-il tout en s'effrénant, langue dehors.

Une heure plus tard, tout resplendissait de propreté et les morceaux d'agneau au froment cuisaient doucement sur le fourneau de terre rouge. Soudain, Salomon poussa un petit cri car il venait de s'apercevoir qu'il avait oublié d'astiquer les cuivres de la porte. Il cracha sur les poignées et frotta fort mais non sans angoisse car il pensait aux microbes qu'il était sûrement en train d'écraser. Pauvres petits qui auraient tant aimé vivre ! Mais que faire ?

Oh, le Seigneur Éternel n'avait pas bien fait les choses. Pourquoi être obligé de tuer des agneaux pour se nourrir ? Pourquoi sur terre et dans les mers les bêtes se nourrissaient-elles de bêtes ou de légumes ?

Pourquoi le Seigneur ne nous avait-il pas créés tels qu'une bonne pierre suffirait pour nos repas ? Et pourquoi pour guérir d'une maladie était-on obligé de détruire les microbes ? Tant pis.

Après avoir promené un regard satisfait de bonne ménagère sur la resplendissante chambre aux murs peints à la chaux, Salomon s'offrit le luxe d'un petit monologue.

— O Seigneur, demanda-t-il, les mains virevoltantes, explique-moi pourquoi les hommes ne sont pas heureux, toujours inquiets ? Enfin tant pis, moi je vis. Et quelle chance j'ai eue ! Je dois vous raconter, cher monsieur, qu'en Palestine où j'étais pour faire le sioniste pendant quelques mois, il y a eu un grand combat où j'ai eu peur et mon sang s'est fait lait caillé et j'ai reçu des balles de fer dans mon organisme mais j'avais une cotte de mailles et une balle a ricoché et m'a occasionné une commotion cérébrale et m'a endormi et ils m'ont cru mort et ils m'ont mis dans une grange ! Et quelques heures plus tard je me mets à éternuer et je m'aperçois de mon erreur ! Et je me rends compte que je ne suis pas mort ! Vous pouvez imaginer ma joie ! Elle était indescriptible ! Indescriptible, monsieur Lebrun ! (Quand il était seul, Salomon aimait beaucoup avoir des entretiens avec le président de la République française, son ami aussi intime que secret.) Et je me lève et me mets à marcher.

Pour bien se faire comprendre du président de la République, il fit quelques pas gracieux.

— Et soudain, je pousse un cri terrible ! Il y avait de vrais morts autour de moi ! Comme j'ai eu peur ! Oh, me suis-je écrié avec indignation dans mon intérieur, mais je ne veux plus vivre dans cette Palestine où on attrape des blessures ! Que m'a-t-on mené en cette Palestine pleine de fusils et d'Arabes ! Et tous ces morts ! Je n'ai fait ni une ni deux et j'ai pris la poudre d'escopette en cachette. On dit escampette mais moi je trouve plus joli de dire escopette. Bref, j'ai filé de Palestine sans même voir les amis qui m'auraient traité de lâche ! Et je suis retourné à Céphalonie vivre tranquille et souriant, loin des batailles qui ne sont pas mon fort ! Telle est mon histoire, monsieur le président républicain ! Non, merci, je ne fume pas, étant délicat de la gorge. Et quand mes amis sont revenus de Palestine vous pouvez imaginer leur stupéfaction et leur contentement extrême et leur cœur frémissant ! Ce qui a permis la confusion, c'est que l'enterrement des morts a été fait par des gens d'une autre colonie juive venue pour aider ! Quant à mon ami Saltiel, il fut aussi tué comme moi, mais sans en mourir. Je vais vous raconter ça, cher ami Lebrun. Nous étions à Céphalonie en train d'inaugurer le monument funéraire de Saltiel, héros mort pour la patrie, une colonne d'un immeuble en démolition que Mangeclous avait achetée pour trois drachmes. Et Mangeclous, président du comité, venait d'ôter le mouchoir à carreaux qu'il avait posé sur la colonne, ce qui s'appelle dévoiler le monument. Tout était très bien arrangé, il y avait même un réchaud à alcool pour la flamme éternelle du souvenir. Et Mangeclous a sonné de la trompette et s'est présenté les armes, puis il est monté sur un tonneau pour faire le discours funèbre pour le pauvre Saltiel. Et voilà que toute l'assistance s'évanouit ! L'oncle Saltiel était devant nous ! Et vivant ! Vous pouvez imaginer notre joie et la colère de Mangeclous qui ne pouvait plus faire son discours funèbre ! Et il a voulu le faire tout de même ! Et Saltiel voulait l'empêcher ! Et il y a eu de grandes discussions. Beaucoup acclamaient Saltiel, mais les amis de Mangeclous huaient Saltiel parce qu'il n'était pas mort. Et Saltiel a voulu expliquer pourquoi il n'était pas mort. Mais, comme il y avait beaucoup de tapage, Saltiel s'est fâché et a juré devant Dieu que jamais il n'expliquerait pourquoi il était vivant et non mort. Et voilà. Ah, maintenant je vous quitte, monsieur le président de la République, dit Salomon en tendant la main. Mes respects à la famille et bonne santé, moi je vais nager.

Il se baissa pour caresser un petit oiseau imaginaire et il lui dit : « Mon cher petit sans rancune à qui j'ai fait du mal sans le vouloir tout à l'heure, tu pépies pour Salomon ? C'est gentil, très gentil. Oh, merci, mon joli petit. »

Puis il remonta le vieux gramophone à cornet de cuivre qu'il avait acheté pour avoir le plaisir de s'imaginer qu'il était chef d'orchestre. La musique nasillarde sortit et Salomon, plein d'assurance, conduisit avec une baguette, grondant les retardataires, soulignant les pizzicati, souriant genre génial et ratant comme toujours la fin du morceau, car le ciel ne l'avait pas doté de sens musical.

Après avoir salué une assistance enthousiaste, il retourna à ses occupations nautiques tout en récitant en hébreu la bénédiction de l'eau. Soudain, il s'arrêta, le visage sombre. Il venait de penser aux pauvres Juifs d'Allemagne qui souffraient tant alors que lui, tranquille, s'offrait des divertissements gracieux au soleil. Non, cela ne pouvait se passer ainsi.

— Il faut souffrir, Salomon.

Et il organisa aussitôt, pour être en communion avec ses frères malheureux, un petit pogrome propret contre lui-même. Après avoir désinfecté une épingle en la passant à la flamme d'une allumette, il se piqua à deux reprises le mollet en poussant chaque fois un petit cri affreux. Ensuite il badigeonna de teinture

d'iode son mollet dodu non sans avoir glapi plusieurs
aïe à l'avance. Puis il but du tilleul pour se réconforter. L'âme en paix, il s'étendit sur le balcon ensoleillé
et s'endormit. Un cri le réveilla dix minutes plus tard.
C'était lui-même qui l'avait poussé, un moustique
l'ayant piqué à la main. Il s'indigna.

— Bon ! cria-t-il à la bestiole, bois mon sang,
entendu ! Nourris-toi de moi, je te l'accorde ! Mais
pourquoi diable me mets-tu de ce poison qui m'enfle
et me cuit ? Quel plaisir, quelle utilité de me faire du
mal, petit méchant ?

Mais il s'enorgueillit bientôt à l'idée que si les
moustiques le piquaient c'était que sans doute il avait
un sang de très bonne qualité. Réconforté, il se remit à
nager.

Devant sa cuvette, il faisait du crawl et s'appliquait
avec le sourire mécanique des forts nageurs en haute
mer, lorsque fit soudain irruption Saltiel Solal, son
vieux cousin que par déférence il appelait oncle. La
houppe blanche partagée en deux donnait un air
tragique au visage candide et rusé du petit vieillard.

— Salomon, mon enfant et ami intime ! dit-il d'un
ton ardent et les mains théâtralement tendues.

— Oui, oncle, tout de suite, je reviens au rivage, dit
Salomon.

Il fit encore quelques brasses puis sortit les mains
de l'eau, les essuya à son petit crâne tondu puis à la
plantation des cheveux rebelles et inversés, près du
front. (Salomon était fier de cet épi qui avait résisté
aux ciseaux des barbiers.) Prêt à l'urbanité et aux
belles manières, il s'avança vers son vieil ami qui,
après lui avoir serré la main avec une inutile gravité,

prisa une énorme pincée de tabac, passa deux doigts dans son gilet et se mit en posture politique.

— Vive la France, cher Salomon.

— Certainement, oncle. Ne fais-je pas des bonds terribles chaque fois que je débarque en France ? Mais vive l'Angleterre aussi et l'Amérique et la Suisse et tous les gentils pays, bref. On s'embrasse, oncle ?

— Certes, mon fils.

— Et maintenant prenez place, oncle, et que vous offrirai-je ?

— Ton attention, dit Saltiel. Car c'est une nouvelle puissante et digne de l'autre monde, ô Salomon ! Écoute.

Salomon ouvrit la porte de son petit lit, que sa femme avait fait entourer de barreaux, car elle craignait que son petit mari ne tombât au milieu de la nuit à la suite de quelque cauchemar. Il s'assit à la turque, croisa ses bras pour mieux écouter. De toute la force de ses bons yeux, clairs et bleus comme ceux d'un enfant, il admira son cher ami Saltiel.

Oh, comme il était sympathique, ce bon vieux Saltiel, avec sa houppe de fins cheveux blancs et sa toque de castor posée obliquement et sa redingote noisette et son anneau d'oreille et son col empesé d'écolier et son gilet à fleurs et son châle des Indes qui protégeait ses épaules et ses culottes courtes assujetties par une boucle sous le genou et ses bas mordorés et ses souliers à boucle et son fin visage rasé aux mille petites rides aimables, sur lesquelles Salomon décida de composer un poème ce jour même.

— Eh bien, oncle de bon renom, je suis à votre disposition par l'oreille amicale et mon cœur tremble comme l'oiselet blessé tant il me tarde d'entendre la nouvelle et m'en adoucir l'âme.

— Non, dit tout à coup Saltiel en remettant sa toque de castor. Non !

Il poussa la porte et sortit, non sans avoir, au préalable, baisé le tube sacré cloué au chambranle. Salomon, dans sa petite cage, tourna ses petites mains en geste d'interrogation. Eh ? Mais quelle mouche avait piqué l'oncle, et pourquoi venir l'interrompre dans sa nage pour lui mettre l'eau à la bouche par la promesse d'une nouvelle juteuse et partir aussitôt après ? Il sortit de sa cage, se harnacha de la jarre à eau et dévala l'escalier en colimaçon.

La ruelle d'Or, bruissante de soleil et de mouches sous le ciel immobile, grouillait de fruitiers, de frituriers, de pâtissiers, de fripiers, de poissonniers, d'épiciers vantant leurs morues séchées qui se balançaient ou leurs monticules de fromage blanc, de cafetiers accroupis devant leurs petits réchauds à charbon de bois, de bouchers gras qui péroraient devant leurs agneaux écorchés pendus aux murs éblouissants. Tous louaient bruyamment leurs marchandises aux fortes odeurs, tandis qu'un bedeau de synagogue agitait sa crécelle pour avertir les fidèles de n'avoir pas à boire cette nuit, sous peine de voir enfler leurs ventres. « Hydropisie, mes seigneurs, entre minuit et une heure ! »

Enfin, le petit marchand d'eau rattrapa Saltiel.

— Oncle, dit-il, les mains placées en avant, pourquoi me mettre la grenade entre la langue et le palais et me la retirer ensuite ?

— La nouvelle est trop grande pour ta taille. Appelle les amis.

Le rondelet mit ses mains en cornet devant sa bouche, cria les prénoms et surnoms des autres Valeureux.

— Michaël, ô Courageux, ô Destructeur des Cœurs,

ô Silencieux, ô Michaël le Fort ! Mattathias, ô Mâche-Résine, ô Mattathias de la Richesse, ô Président des Avares, ô Veuf par Économie ! Mangeclous, ô Bey des Menteurs, ô Parole d'Honneur, ô Cadavre, ô Compliqueur de Procès, ô Mauvaise Mine, ô Plein d'Astuce, ô Dévoreur des Patrimoines, ô Ver Solitaire, ô Père de la Crasse, ô Capitaine des Vents !

Les Juifs de la rue crurent devoir venir à l'aide des deux amis et appeler à leur tour Michaël, Mattathias et Mangeclous. Ce fut un beau vacarme. Tous criaient, grands négociants barbus revêtus de caftans garnis de fourrure ; vendeurs de pépins grillés et de chapelets ; petits cireurs à demi nus qui balançaient leurs boîtes cloutées de cuivre et bardées de flacons aux vives couleurs ; tailleurs courbés au milieu de la rue sur leurs machines à coudre ; portiers ou porteurs fumant à plusieurs une pipe à eau ; repasseurs qui remplissaient d'eau leur bouche pour lancer ensuite un jet vaporisé sur le vêtement que pressait, conduit par le pied, un immense fer chaud ; oisifs ne buvant que leurs paroles aux terrasses des petits cafés ; lanceurs de jets de salive ; banquiers égreneurs de chapelets d'ambre ; circonciseurs ; greffiers du tribunal rabbinique ; rôtisseurs d'épis de maïs ou de pis de vaches ; coiffeurs appelant la clientèle à grands bruits de ciseaux ; vendeurs de figues de Barbarie et de mûres cultivées ; âniers ; marchands de beignets au miel et de nougat rose ; courtiers à tête de rats ; mendiants environnés de mouches tourbillonnantes ; talmudistes voûtés ; changeurs qui portaient leur éventaire en bandoulière ; membres du consistoire, vaniteux et insolents, qui se rendaient à la synagogue, suivis d'officieux qui portaient les sacs de velours brodés d'or où étaient enfermés les livres saints et les châles de prière.

Tous les Juifs veloutés ou haillonneux, bourdonnants et gesticulants, lançaient aux quatre points cardinaux les noms de Michaël, de Mattathias et de Mangeclous, imités de proche en proche et de rue en rue par des congénères. Si bien qu'en peu de temps l'île entière que parfumaient les jasmins, les daturas, les cédratiers, les orangers, les citronniers et les magnolias fut couronnée, entourée, liée et gerbée d'appels à Michaël, à Mattathias et à Mangeclous qui, chacun en son lieu particulier, demandaient aux crieurs ce qu'ils leur voulaient. « Je ne sais pas, était la réponse invariable. On t'appelle. Alors je t'appelle pour aider celui qui t'appelle ! »

Virevoltant, questionnant et s'affolant, les trois appelés couraient tragiquement, de haut en bas et de bas en haut, dans les torses ruelles du ghetto, retentissantes de leurs surnoms, ou dans celles de la ville chrétienne, irrégulières, bonasses et compliquées de masures, d'églisettes juchées sur des escaliers, de petits oratoires ou de perspectives d'arcades. Chacun interrogeait, tournait sur lui-même, débouchait dans une autre rue. Et les appels continuaient et les trois amis étaient pareils à des cerfs traqués.

Le premier qui arriva fut Pinhas Solal, dit Mangeclous. C'était un ardent, maigre et long phtisique à la barbe fourchue, au visage décharné et tourmenté, aux pommettes rouges, aux immenses pieds nus, tannés, fort sales, osseux, poilus et veineux, et dont les orteils étaient effrayamment écartés. Il ne portait jamais de chaussures, prétendant que ses extrémités étaient « de grande délicatesse ». Par contre, il était, comme d'habitude, coiffé d'un haut-de-forme et revêtu d'une redingote crasseuse — et ce, pour honorer sa profession de faux avocat qu'il appelait « mon apostolat ».

Mangeclous était surnommé aussi Capitaine des Vents à cause d'une particularité physiologique dont il était vain. Un de ses autres surnoms était Parole d'Honneur — expression dont il émaillait ses discours peu véridiques. Tuberculeux depuis un quart de siècle mais fort gaillard, il était doté d'une toux si vibrante qu'elle avait fait tomber un soir le lampadaire de la synagogue. Son appétit était célèbre dans tout l'Orient non moins que son éloquence et son amour immodéré de l'argent. Presque toujours il se promenait en traînant une voiturette qui contenait des boissons glacées et des victuailles à lui seul destinées. On l'appelait Mangeclous parce que, prétendait-il avec le sourire sardonique qui lui était coutumier, il avait en son enfance dévoré une douzaine de vis pour calmer son inexorable faim. Une profonde rigole médiane traversait son crâne hâlé et chauve auquel elle donnait l'aspect d'une selle. Il déposait en cette dépression divers objets tels que cigarettes ou crayons.

— Béni soit l'arrivé, dit Saltiel.

— Et béni le trouvé, répondit Mangeclous. Eh bien, me voici. Qui m'a appelé ?

Mais à cet instant surgit silencieusement Mattathias Solal, dit le Capitaine des Avares, patron de la barcasse qui transportait la soude pour les savonniers de l'île. Cet homme sec, calme et jaune était pourvu d'oreilles écartées et pointues qui semblaient vouloir tout écouter et tout savoir pour en tirer immédiat profit. Ses yeux bleus étaient devenus louches à force de regarder universellement dans les coins et les rigoles pour y trouver des portefeuilles perdus. Il était coiffé d'une toque verte et vêtu d'une souquenille jaune, tapissée de cartes postales qu'il proposait aux touristes.

— Salutations distinguées, dit-il.

— Salut et générosité, répondit Saltiel.

Mattathias sortit lentement de sa poche un mouchoir sur lequel étaient brodés ces mots : « Volé à Mattathias ». Il se moucha lentement, plia lentement son mouchoir en quatre, le rempocha avec circonspection. Après avoir coupé une cigarette en trois, il demanda du feu — il n'avait jamais d'allumettes sur lui — et se disposa à fumer tout en écoutant son vieil ami.

— Voici, messieurs, commença Saltiel.

Il fut interrompu par la transpirante et majestueuse apparition du cinquième Valeureux, Michaël Solal, janissaire et premier huissier du grand rabbin de Céphalonie, beau géant dont les moustaches en croc troublaient les Céphaloniennes et même, disait-on, la fille du préfet grec.

— Que tu vives, Saltiel, dit-il de sa puissante voix de basse.

— Salut et chasteté, répondit Saltiel. Compères de l'amitié, c'est moi qui vous ai convoqués à cause d'une nouvelle qui fera danser à chacun de vos cheveux une danse d'apoplexie !

Et il sortit une enveloppe des basques de sa redingote noisette. Et il frappa sur l'enveloppe. Et les amis se réjouirent car ils adoraient les grandes nouvelles et les écouter en mangeant des pistaches. Pour écarter les importuns, Michaël sortit un de ses pistolets damasquinés et tira un coup en l'air, ce qui eut pour résultat de vider la place du Marché. Les Juifs de Céphalonie aimaient la vie.

Mangeclous darda un regard concupiscent sur l'enveloppe aux énormes cachets, ausculta sa poitrine. (Ce

23

tic provenait de la crainte qu'il éprouvait à l'idée qu'un jour peut-être il guérirait. Sa tuberculose lui était profitable car elle lui permettait de se suralimenter et d'émarger à divers fonds de secours céphaloniens et extra-céphaloniens, tels que l'Alliance israélite universelle et le Joint Distribution Committee.)

— Allons, parle, ô Saltiel, dit-il de sa voix caverneuse. Parle, homme excellent, ô doué! répéta-t-il sur un ton étrangement mesuré. (A quoi bon flatter le vieux s'il n'y avait pas d'argent dans l'enveloppe?) Allons en une taverne. Nous y boirons du vin résiné, qui me plaît, et l'oncle racontera l'histoire tandis qu'aux frais du plus généreux, et ce ne sera pas moi car je suis extrêmement pauvre et prêt à recevoir toutes offrandes immenses ou petites, nous nous sustenterons, et moi singulièrement, avec légèreté, modestie et éblouissante satisfaction et vive Dieu qui a créé les petits oiseaux du ciel et les beaux poissons bleus de la mer afin que je les mange et que ma panse s'en réjouisse après que mon nez les a humés et que ma langue les a mignonnement aplatis après la mastication par mes dents et avant l'avalement par mon gosier!

— O Saltiel, compère de la vertu, tu pourrais peut-être dire tout de suite la nouvelle, suggéra Michaël en retroussant les crocs de son épaisse moustache teinte.

— Non, dit Saltiel, pâle et l'œil fier. Nous devons nous enfermer afin que n'entendent le secret et la révélation aucunes autres oreilles que nos oreilles. (Celles de Mattathias frémirent et accomplirent un quart de cercle.)

— A mon idée, dit Mangeclous qui voulait savoir si la nouvelle lui serait profitable, c'est une lettre qui sent bon et fleure l'argent liquide et comptant! Qu'en penses-tu, oncle? demanda-t-il d'un air riant et quasi flirteur, tout en ~~pelotant~~ *caressant* le bras de Saltiel par le moyen d'une de ses immenses mains tout en os, poils et veines.

Le petit vieillard fit le sphinx. Il lui plaisait d'être l'homme important, celui qui détient le secret, et il tenait à faire durer le plaisir. Mangeclous insista, caressa, flatta, sourit, toucha sa barbe fourchue, gémit pour savoir une chose, seulement une petite chose.

— Est-ce qu'il y a un peu d'argent dans cette lettre ? Note bien que c'est dans ton seul intérêt que je parle et questionne.

— Silence, dit Saltiel.

— Oncle, vous pourriez bien nous dire si elle est bonne, suggéra le petit Salomon, fort essoufflé car ses courtes jambes ne lui permettaient que de petits pas. Au moins cela, car moi je suis tout dilaté et si la nouvelle était mauvaise je pourrais attraper une hernie.

— Je ne crois pas qu'elle soit mauvaise, dit gravement Saltiel.

De joie, Mangeclous sentit s'envoler sa cervelle. Il cria en un anglais approximatif qu'il sentait une odeur d'argent frais et que l'argent était du temps et que l'Angleterre comptait que chacun de ses fils fît son devoir.

— Rule Britannia ! cria-t-il à gorge déployée.

II

Salomon tâchait d'aller aussi vite que les autres.
N'y parvenant pas, il se mit à trotter, ce qui lui donna
le hoquet. Michaël chantait de sa voix grave dont il
était fier et accrochait les regards des femmes mame-
lues qui admiraient sa haute taille, ses cheveux
bouclés, ses moustaches recourbées comme un croissant de boulanger, ses poings massifs, les muscles de
son cou pareils à de fortes cordes, sa blanche jupe
plissée qui ne descendait que jusqu'aux genoux, ses
longs bas de laine blanche retenus par une cordelette
rouge, ses souliers à pointe recourbée et surmontée
d'un pompon rouge, sa large ceinture rouge d'où
sortaient les crosses damasquinées de deux antiques
pistolets, son petit gilet doré de soutaches et de
boutons. Sur son passage, les enfants cessaient de
vociférer et les vertueuses qui allaient au bain rituel
baissaient les yeux. Fermant la marche, Mattathias
allait d'un pas prudent, traînant au bout d'une ficelle
un aimant destiné à happer les épingles ou les aiguilles qui auraient pu être égarées par des femmes
inconsidérées et sans vertu. Il sondait d'un regard
circonspect et bleu les rigoles des chemins, s'arrêtant

26

parfois pour ramasser de « fort propres morceaux de pain » abandonnés par des <u>hommes de péché</u>. *sinners*

Mangeclous se mourait d'impatience et ne cessait d'interroger Saltiel qui faisait un visage de marbre. Les pieds du faux avocat menaient grand bruit dans les coques des pistaches dont les Juifs s'étaient <u>repus</u> la veille, un samedi, pour passer le temps et oublier leur fringale de tabac en ce jour d'<u>oisiveté</u> sacrée où il était interdit de faire du feu et par conséquent de fumer. Mattathias marchait la tête basse, mais le regard levé, oblique, fouilleur, juste, rapide, computateur et il guettait dans les yeux des passants le désir de ses marchandises. Quant à Mangeclous, il ventait fort et il ricanait dans sa barbe fourchue, pour rien, pour le plaisir de faire croire qu'il était un terrible, un diabolique d'insigne mauvaise foi.

— Alors, Saltiel, ouvre la porte du four de ton éloquence et finissons-en avec ces mystères !

— Patience, tout sera dit à la taverne. En attendant, je te prie de cesser tes incongruités.

— Il ne faut jamais retenir un vent, répliqua Mangeclous. C'est impoli vis-à-vis de ton corps. J'ai entendu parler d'une grande actrice qui était si distinguée qu'elle les retenait tous. Ils se mouvementèrent tant en son intérieur qu'elle explosa et mourut. Aussi ne crains-je point d'émettre quelques vents et je tire santé et gloire de leur violence qui ferait blanchir de frayeur les cheveux d'un régiment. Et je suis fier aussi de leur ampleur telle qu'on pourrait avec trois ou quatre d'entre eux gonfler les voiles d'un galion de haute mer.

Devant les portes, des étudiants talmudistes priaient en faisant d'extravagantes courbettes. Deux rabbins commentaient un verset. Le plus jeune d'une voix aiguë tandis que le vieux, retroussant ses manches, approuvait par politesse en attendant son heure de victoire dialectique. Mangeclous, pour les scandaliser, clama que Dieu existait si peu qu'il en avait honte pour Lui. Les talmudistes se bouchèrent les oreilles et les quatre amis de Mangeclous le tancèrent. Mais l'athée ricanait, se frottait les mains et affirmait qu'il était un coquin. (Il croyait souvent en Dieu, mais il aimait passer pour un esprit moderne.)

— Une belle femme nue! cria-t-il soudain par pure méchanceté au plus pieux des étudiants de la Loi, un pâle jeune homme aux yeux cernés qui aussitôt se représenta combien cette dame impudique serait répugnante si on l'écorchait vive.

Fin du ghetto. Place Capodistria. Échoppes de barbiers sollicitant à coups monotones leurs mandolines dans l'obscurité vibrante de mouches et de musc. Place de l'Esplanade. Grands cafés sous les arcades desquels des capitaines de gendarmerie, armés de fouets à mouches, mangeaient des gâteaux huileux qui gonflaient et lustraient leurs joues de gourmandise distinguée. Près de la citadelle, une servante grecque enfonça son sourire dans un citron doux et regarda Michaël avec considération. Puis elle serra sa jupe contre ses hanches qui fouettèrent l'air d'un appel furieux.

La taverne était proche. Les orangers en fleur se dodelinaient sous la brise tiède, tout près de la mer quadricolore et transparente où luisaient des jardins de coraux et des poissons bleus et verts. Les eaux calmes étaient pures comme le quartz, éclaboussées de bleu paon, de vert jade et de blancheurs. De temps à autre, d'écarlates poissons volants faisaient de petits bonds idiots.

Après avoir traversé la forêt d'oliviers immenses dont les troncs noueux étaient ajourés de grands trous

28

à travers lesquels luisaient des taches bleues et blanches de mer, les amis arrivèrent enfin à la taverne de Moïse le Sourd.

Ils descendirent les marches qui conduisaient à une cave ombreuse, puante de vin, et que meublaient trois tables et six bancs. Après s'être assurés que nul Chrétien ne s'y trouvait, ils prirent des airs vaillants et chassèrent Nissim l'antiquaire, chargé d'étoffes brochées, et son cousin, le banquier-restaurateur qui portait en bandoulière une caissette vitrée où gisaient quelques billets de banque et les morceaux de mouton embrochés, prêts à être grillés. Ensuite, les Valeureux intimèrent par gestes au tenancier de fermer sa boutique, crainte des indiscrets et des jeteurs de mauvais œil. Mangeclous s'offrit le plaisir de gifler Salomon à l'improviste, prétendant que rien n'était meilleur pour supprimer le hoquet. La peur ressentie par le petit bonhomme n'eut d'autre effet que d'intensifier ce mal qui lui était coutumier.

Avant de s'asseoir, Mattathias ôta, pour ne pas les user, ses souliers à élastiques qui étaient entaillés à divers endroits pour laisser passer de gros cors. Après avoir gratté son crâne tondu à l'aide du harpon qui terminait son bras amputé, il ôta de sa bouche la résine de lentisque qu'il mastiquait du matin au soir, la déposa sur la table et fixa Saltiel de ses yeux bleus et tranquilles.

— Et maintenant, dit-il lentement, assez de ces comédies et dis ce qu'il y a. S'il n'y a pas de profit, moi je m'en vais.

— Tais-toi, Compte en Banque! intima Mangeclous.

— Voici, messieurs, la nouvelle est bonne, commença Saltiel qui se leva.

— Je demande la parole, interrompit le long Mangeclous qui se leva à son tour, ôta son chapeau haut de forme et fit craquer ce qu'il appelait « les ossements de ses doigts ». Le préopinant...

Il avait lu la veille un ouvrage sur Disraeli, avait aimé et retenu cette expression employée par les parlementaires anglais. Il resta muet pendant quelques secondes pour permettre à l'assistance de savourer.

— L'honorable préopinant, dis-je, (Il salua Saltiel.) ou, si vous aimez mieux, mon noble contradicteur (Pour Mangeclous, tout orateur était un contradicteur et un opposant.) vient de nous dire, avec une éloquence moins torrentielle que la mienne mais digne de son cœur généreux, que la nouvelle est bonne. Or que veut dire bonne ? Bonne, messieurs, signifie à mon avis comportant de l'argent, de la monnaie, des sous en billets de banque divers ! Il sied donc de fêter la nouvelle par le boire et le manger, les ris et les jeux, les festins et l'abandon des cœurs !

Et il s'approcha du sourd tavernier épouvanté, le prit par le col et lui hurla d'apporter cinq litres de vin résiné, une demi-douzaine de boutargues bien épaisses, de l'huile d'olive et trois miches de pain « spongieuses et avaleuses d'huile et que ta mère soit maudite ! »

Lorsque Salomon eut achevé de couper en fines lamelles l'exquise boutargue, que Mangeclous les eut arrosées d'huile en faisant de grands ronds oratoires et que tous eurent trempé leurs tranches de pain, Saltiel chaussa ses lunettes de fer. (Il n'en avait nul besoin et leurs verres éraillés troublaient sa vue perçante. Mais cela faisait ministériel.) Il se leva, chassa quelques chats de sa gorge.

— Amis, ô mes amis, dit-il, trois cent mille drachmes !

Et il se rassit, son discours étant terminé. Court mais beau. Mattathias s'arrêta de mâcher et Salomon de hoqueter. Mangeclous écarta l'assiette d'un geste si brusque qu'elle tomba et endommagea d'huile les pantoufles rouges et pomponnées de Salomon.

— Aucune importance, dit Mangeclous avec un bienveillant sourire. Mourir pour la patrie est le sort le plus beau, le plus digne d'envie. (Ayant ainsi liquidé la question, il se retourna vers Saltiel.) Parle, ô mon bien-aimé, ô adoré par moi non moins que par la fortune, ô jardin sur l'autre rive ! Parle, car ton ami dévoué à la mort, le fils de mon père, père malheureux lui-même de trois enfants dans la plus noire misère, en bas âge et près de mourir de faim et croquant leurs canines afin de calmer leur appétit — sans parler des filles femelles, hélas vivantes et sans dot — car, dis-je, ton Mangeclous, ton ami intime et la veine de ton œil, t'écoute avec amour, concupiscence et vertu !

— Que veux-tu que je te dise d'autre ?

— Eh ! mais les événements des trois cent mille drachmes, ô mon chéri et génial, et comment elles sont arrivées pour te dulcifier et en quelles circonstances et tout et tout, ô bien-aimé, ô fleur du judaïsme universel !

— Eh bien voici, dit Saltiel. Propre, lavé et coquet, et ne m'estimant pas laid, en quoi je n'ai pas tort, j'étais ce matin dans mon pigeonnier en train de confectionner des petits pâtés au fromage sur mon brasero et je chantais un psaume et je me remémorais un amour malheureux que j'eus pour une reine et dont je n'ai jamais parlé à personne et je combinais d'aller chez le contrôleur des impôts en habits déchirés pour qu'il ait pitié de moi et je maudissais l'Allemagne et je tremblais pour la France, car je crains qu'elle ne me dévalue encore son franc, et je lisais un certain livre

31

que j'admire. (Il n'en dit pas plus par pudeur, et aussi par crainte d'être traité d'hérétique, le livre en question étant le Nouveau Testament.) Or, au moment où je refermais le susdit livre, m'abîmant en de nobles réflexions, voici que le païen de la poste entra avec cette lettre recommandée. Je l'ouvris avec une fébrilité telle que mes doigts étaient dix petits oiseaux, je la lus avec tout mon corps et voici, je m'évanouis aussitôt car il y avait un chèque de trois cent mille drachmes ! Lisez la lettre !

Il tendit aux mains crispées de ses amis une feuille dactylographiée. Mangeclous la happa et en fit lecture, menton frémissant.

« La somme est à partager comme suit : sept dixièmes en parties égales entre Mattathias, Michaël, Salomon et Mangeclous. Et trois dixièmes pour Saltiel. »

Mangeclous rugit un rugissement royal, tourna sur lui-même par trois fois puis avança ses deux mains rapprochées par les poignets et écartées comme la gueule de l'alligator.

— Donne ma part ! tonna-t-il.

Et ses deux mains attendaient et sursautaient. Et il éprouvait en même temps une grande antipathie pour le donateur inconnu qui ne l'avait, dans sa lettre, cité qu'en dernier.

— Où est l'argent ? demanda Mattathias. (Et il osa même ajouter :) Qu'en as-tu fait ?

— Le voici, dit Saltiel avec le calme des grands hommes.

Il tendit un chèque sur la Banque Commerciale de Grèce à Athènes. Les Valeureux se précipitèrent. Oui, trois cent mille vraies drachmes ! Un véritable chèque avec fioritures, timbres et succulentes petites rayures sur lesquelles était inscrite la sainte somme !

Ils étaient fous de joie et ne savaient que faire pour l'exprimer. Salomon sautait à la corde. Mangeclous chantait en hébreu, aboyait, renversait les bancs et les tables, giflait Moïse le Sourd, discourait en diverses langues inconnues, récitait des nombres énormes, arrachait les poils de sa barbe, donnait des baisers passionnés au chèque. Ensuite il essaya de s'étrangler. Ensuite il se roula à terre en contrefaisant l'épileptique. Ensuite il se releva, arracha la corde des mains de Salomon qui sautait et fouetta le petit bonhomme indigné tandis que l'avare Mattathias, délirant de bonheur, faisait de prudents petits sauts sur place. Saltiel les regardait avec une douce indulgence et Michaël fumait.

Mangeclous, qui avait cessé de fouetter Salomon et qui le serrait convulsivement dans ses bras tout en l'embrassant sur le front, arrêta brusquement ses effusions. Il s'approcha de la table, reprit le chèque, le palpa, le scruta de ses petits yeux en vrille, introduisit les deux ailes de sa barbe dans sa bouche et les mastiqua pour mieux méditer. Il relut la lettre, la posa sur la table et lança à Saltiel un regard noir. Pourquoi Saltiel leur avait-il parlé de la lettre et de la somme alors qu'il eût été si simple de taire l'existence de l'une et d'encaisser seul l'autre ? Tout homme non atteint de folie eût agi ainsi ! Que cachait cette honnêteté ? Non, non, l'affaire n'était pas claire ! Entrevoyant de noirs abîmes, il subodora le chèque, considéra Saltiel à la manière du lynx, fit craquer ses fortes mains, contempla ses pieds nus aux orteils desquels il imprima de petites transes de réflexion, se coiffa de son haut-de-forme et toisa le suspect.

— Es-tu sûr qu'il n'y avait qu'un seul chèque ?

demanda-t-il enfin tout en retroussant les manches de sa redingote à la manière des avocats français.

Car, après tout, il n'était pas question de trois cent mille drachmes dans la lettre! Qui pouvait lui prouver qu'il n'y avait pas deux ou trois ou même sept autres chèques dans cette enveloppe? Qui sait, le satané Saltiel avait peut-être empoché les plus gros et il osait venir maintenant faire l'honnête avec un sale petit chèque de trois cent mille drachmes de rien du tout!

— Mais pour qui me prends-tu? demanda Saltiel très offensé.

— Pour un homme intelligent, dit Mangeclous. Et c'est pourquoi je demande des alibis!

— Honte à toi! cria Salomon.

— A la maison tout de suite, excoriation! intima Mangeclous au plus petit des Valeureux. O rognure d'ongle, de quel droit parles-tu et empuantis-tu l'atmosphère avec le petit égout qui te sert de bouche humaine? Allons, file et rentre dans les intérieurs de ta mère!

— Ma bouche sent très bon, répliqua Salomon. Elle sent le mimosa et la pâquerette et c'est ta bouche à toi, homme noir, qui est la perdition des mouches par le souffle qu'elle leur envoie et qui les assassine! C'est ainsi que je te réponds, ô hameçon à mensonges!

— Hameçon dans l'œil de ta sœur!

— Mangeur de porc! cria Salomon qui, se trouvant derrière Michaël, ne craignait personne en ce jour.

— Un cancer immédiat pour toi! cria Mangeclous.

— Pas du tout! rétorqua Salomon.

— Silence, ô faible, ô petit, ô fils d'un père à œufs froids!

— Vilain! Cinq noires années sur toi!

Et ainsi de suite. Mais, chose étrange, au bout de

cinq minutes le calme le plus serein revint et il ne fut plus question de chèques volés ni de cancers immédiats. On fut de nouveau cinq amis intimes et unis jusqu'à la mort et toutes les bouches furent déclarées exquises quant à l'haleine. Et on se mit à discuter sur la répartition puisque le donateur inconnu avait eu la bizarre idée de demander que l'on partageât sept dixièmes entre quatre personnes. Les crayons filèrent. Les calculs promettaient d'être longs et difficiles.

Au bout d'un quart d'heure, excédé par toutes ces divisions, ces virgules et tous ces trente-trois centimes de drachme, Salomon frotta son petit nez et déclara que c'était bien simple : l'oncle prendrait ses trois dixièmes, Mangeclous, Mattathias et Michaël prendraient deux dixièmes chacun et lui Salomon rien qu'un dixième !

— Et comme cela, dit-il, nous n'avons pas besoin de nous casser la tête. Un dixième de trois cent mille drachmes c'est trente mille drachmes à peu près. Je n'en ai jamais eu autant de ma vie !

Mangeclous flatta la nuque du bon petit sur laquelle il laissa ensuite reposer tendrement sa lourde main.

— Entendu ! Adjugé ! cria-t-il. Salomon a promis ! Un dixième pour notre cher petit héros qui ne retirera pas sa proposition car il est bon et sa miséricorde dure à jamais !

Le visage de Salomon rayonna d'aise et de fierté.

— Qui donne et qui reprend, dit Mattathias en souriant pour la première fois de sa vie, sa langue se change en serpent !

De contentement, Mangeclous avala tout un pain en quelques mouvements.

— Mon Dieu, mais pourquoi manges-tu tellement ?

— Pour empêcher le courant d'air en mes intestins,

répondit Mangeclous. (Il se leva, virevolta.) J'ai un million de drachmes! cria-t-il soudain.

Des éclaircissements lui ayant été demandés, il expliqua qu'il avait en réalité un million puisque soixante mille drachmes représentaient l'intérêt d'un million. Pour continuer à avoir un million toute sa vie il n'avait qu'à ne pas dépenser les soixante mille drachmes et ainsi, chaque année, il pourrait se dire qu'il était un millionnaire.

— Je me demande qui nous envoie cet argent, dit Saltiel.

En silence ils conjecturèrent.

— Mais que diable! explosa soudain Salomon après une longue réflexion qui fronça son nez constellé de taches de rousseur, quand on envoie trois cent mille drachmes, il me semble qu'il n'y a pas de honte à dire que c'est (Il s'embrouilla.) soi qui l'envoie. Enfin je veux dire. (Il rougit.) Bref, pourquoi toujours des mystères tels qu'en un livre ? Le donateur pouvait signer. Peut-être, oncle, est-ce un de ces ministres à qui vous envoyez des conseils et qui ne vous répondent pas beaucoup ? Peut-être a-t-il suivi vos conseils et par reconnaissance vous a-t-il envoyé la somme ?

— Tu as fini de parler, ô microbe de la puce du pou ? demanda Mangeclous.

— Oui.

— Eh bien, mon chéri, forte clôture maintenant ! (Et, se retournant vers les autres, il cria avec feu :) Allons, allons encaisser le chèque ! Allons, messieurs, courons car nos enfants meurent !

— Patience, dit Saltiel, le chèque est payable à Athènes.

— Eh bien j'irai l'encaisser, cria Mangeclous. J'irai ! J'irai seul ! Je me dévouerai ! Donne le chèque !

Je pars ce soir ! Confie le chèque au vertueux Mange-clous !

Et il s'empara du chèque. Les autres Valeureux réfléchirent, se regardèrent en dessous. Mattathias rompit enfin le silence.

— Je t'accompagnerai, dit-il.

— Je t'accompagnerai aussi, dit Saltiel. Un chèque est un papier et un papier se perd, ajouta-t-il avec douceur.

Michaël dit qu'il irait aussi. Soudain, Salomon poussa un cri car il venait de comprendre la raison pour laquelle les amis ne voulaient pas laisser Mange-clous partir seul.

— Écoute, Mangeclous, dit-il après s'être juché sur la table la plus éloignée, écoute car je vais te parler bravement. Non, attends. (Le petit bonhomme descendit de son haut lieu, ouvrit la porte auprès de laquelle il se tint.) Voici ce que j'avais à te dire, Mangeclous : je t'accompagnerai aussi. (Et il ajouta de sa voix la plus forte :) Parce que je n'ai pas confiance en toi et nous ne serons pas de trop à nous quatre pour te surveiller !

Et il détala. *left quickly*

Mangeclous l'appela, lui dit de revenir et qu'il lui pardonnait. Mais dès que Salomon fut à portée de sa main, il le prit par les cheveux et lui administra plusieurs claques. Puis il se laissa calmer par les amis. Après tout, ce que le petit avait dit n'était pas tellement offensant et était d'ailleurs assez raisonnable. Et même flatteur. Ces soupçons ne constituaient-ils pas un hommage rendu à sa science financière ? La paix fut donc scellée par une accolade et tout rentra dans l'ordre.

— Saltiel, ô géant de l'honnêteté, dit Mangeclous, redonne-moi le délicieux afin que j'en respire le fumet.

Saltiel tendit le chèque et Mangeclous le huma avec

volupté. Pris d'une folie de joie, il se mit à tourner sur lui-même si fort qu'il tomba et s'évanouit.

Ayant repris ses sens grâce aux soins empressés de ses amis, il ouvrit un œil dont le regard tomba sur la lettre qui gisait auprès de lui. Soudain, il poussa des rugissements par le haut et par le bas, se leva, montra aux amis ce qui avait échappé aux regards de tous : une colonne de chiffres et de mots incompréhensibles, légèrement crayonnés au verso de la feuille et en caractères minuscules. Il approcha le document de ses yeux, pâlit affreusement, desserra la cravate de smoking qui entourait son cou nu. Les amis, serrés contre lui, lurent le cryptogramme.

444
E 404-4
15 xp !! 127
0 33 sezc 2 !
E 4 T 10 tel 22456
E 12 T 127 ?
¿ Trea 560   10 000
200 Lac !!! + 650
+ − :;
444
?
20 Hal 204 + 200 = 100 + 50 !!!
E ? 444
15 000
444 uret ! 440 + 4
567 + !
%
07 + 400 + 4. Lo 500 + 7 nc
L 450 !? 5 ! 204 !! EAU 444
127 r 404 AUNEG 444
5700 R ! aN

```
444 d Ejo
4 i 4 E
404 + 4 − 4 − 4 + 4
303 000 000 francs
204 + 200 = 100 + 50 !!
151 500 000 francs
444
```

— Messieurs, dit Mangeclous d'une voix altérée, à boire car ceci est un drame. (Il but, remercia, relut le cryptogramme.) Nous sommes à la veille de notre grande fortune ! Il y a ici le secret d'un trésor. Un trésor de trois cent trois millions !

Bouleversés et muets, les Valeureux transpiraient si fort que des vapeurs d'émoi sortaient de leurs habits et s'élevaient lentement.

— C'est-à-dire, balbutia Mangeclous, environ soixante millions pour moi si les choses se font honnêtement. (Et bien plus si elles se font raisonnablement, poursuivit-il en lui-même.) Lac, lac ! hurlat-il soudain. Affaire sûre, le trésor est dans un lac !

— D'autant plus, dit Saltiel, qu'il y a trois points d'exclamation après le mot lac.

— Victoire ! cria Mangeclous enthousiasmé. Au travail, enfants, déchiffrons ! Allons, messieurs, allons ! Le trésor du lac nous attend ! Unissons nos mentalités !

Salomon se mit vaillamment à l'œuvre.

— Eau, dit-il. Voyons un peu. Eau. Que peut bien vouloir dire eau ?

— L'eau du lac, expliqua Mangeclous.

Ils s'assirent, jambes tremblantes, commandèrent du café pour augmenter leur intelligence. Que signifiaient les autres chiffres ? Des longitudes sûrement ! Mais pourquoi deux points d'exclamation après xp ?

— O maudit xp ! cria Mangeclous.

— Mais pourquoi diable nous donnerait-on ces trois centaines de millions à nous ? questionna Salomon.

— D'abord c'est trois cent trois, dit Mangeclous, et ensuite tais-toi. Ne comprends-tu pas l'affaire ? L'homme connaît certaines données mais il a besoin de la grande fourberie de nos esprits et il se réserve la moitié du trésor ! Tu as bien vu, il y a trois cent trois millions et, dessous, cent cinquante et un millions cinq cent mille. Il se réserve la moitié, affaire sûre, croyez-moi ! Mais il ne me connaît pas, l'imbécile ! Au maximum je lui donne les trois millions com.ne pourboire. Pas un centime de plus !

— Et ainsi cela fera une somme ronde, dit Salomon. Soixante millions chacun.

— Mais ton habitude est de prendre moins que nous, dit Mangeclous. Du moment que tu te contentes de trente mille drachmes, trente millions peuvent bien te suffire.

— Pas du tout, dit Salomon.

— Infâme ! cria Mangeclous.

Ils se disputèrent longtemps, Salomon tenant bon et Mangeclous l'exhortant à plus de générosité. Mais le petit bonhomme, grisé par tous ces chiffres, ne se laissa pas faire. Il voulait ses soixante millions.

— Allons, amis, travaillez, dit Saltiel.

Et ils se penchèrent sur la page mystérieuse. Qu'est-ce que c'était que ce « tel » ? Une abréviation pour téléphone probablement.

— L'homme nous dit, expliqua Mangeclous, de lui téléphoner au numéro 22456 une fois que nous aurons trouvé le trésor. Qu'il compte là-dessus ! ricana-t-il.

Ah, peu lui importaient maintenant les misérables

soixante·mille drachmes ! Il s'agissait de bien autre chose !

Les Valeureux comprimèrent leurs têtes pour en faire jaillir de la perspicacité et ils regardèrent long-temps la colonne de mystère. Que pouvait bien vouloir dire ce « Ejo » ? Et « uret » ? Renversé, cela faisait « teru ». Non, rien.

— Dépêchons, dépêchons, messieurs, disait Mange-clous à ses écoliers. Allons, vous ne voyez rien venir ? Allons, un petit effort ! Allons, messieurs, si ce n'est pas pour vous, faites-le pour moi !

Salomon s'indignait contre le maudit envoyeur de colonne secrète. Comment pouvait-il, lui pauvret, comprendre la signification de « sezc » ? Qui avait jamais entendu parler de « sezc » ?

Mattathias arrachait un à un les poils roux de son bouc et les rangeait en ordre sur la table. Mangeclous était désespéré à l'extrême. Comment ? Lui, le plus ingénieux des jurisconsultes, l'extrême avisé qui avait réussi à faire mettre une porte en prison, il n'arrive-rait pas à déchiffrer cette maudite colonne des mil-lions ? Il ramena sa jambe droite sur son genou gauche, s'empara de son pied, sortit d'un coup d'ongle en spatule la crasse épaisse d'un beau vert foncé qui feutrait les interstices des orteils et, pour mieux réfléchir, en fit de petites boules qu'il posa sur la table au grand dégoût des autres Valeureux, gens de scrupu-leuse propreté.

— Pour moi le secret, dit Mattathias, c'est ce quatre cent quarante-quatre qui revient tout le temps.

— Eh bien dis-le, vomis-le, ton secret, ô postérité des rats ! vociféra Mangeclous.

— Mais je n'en sais rien. Je suppose.

— Alors garde tes suppositions pour toi, fils des entremetteurs !

— Tais-toi, débiteur, dit calmement Mattathias.

Mangeclous gémit. Eh, il ne le savait que trop que la clef du mystère c'était ce maudit quatre cent quarante-quatre. Mais quoi quatre cent quarante-quatre, où quatre cent quarante-quatre ?

— Voyons un peu, qua-tre cent qua-ran-te-qua-tre, scanda-t-il. Eh bien, est-ce que cela ne vous dit pas quelque chose, messieurs ? Allons, du café, ô Moïse, ô balayure des escrocs de la surdité !

Il se mourait d'angoisse. Allait-il perdre ses gentils trois cent trois millions ? Soudain, il sursauta.

— Messieurs, j'ai trouvé !

— Dis ! crièrent les Valeureux.

— Je ne dirai que si vous me reconnaissez le droit à trois cents millions et les trois sont à partager entre vous et c'est bien assez !

— Jamais !

— Mais il faut que je vive ! Et qu'est-ce que trois cents millions après tout ? Cela fait quinze millions de rente par an. C'est-à-dire deux millions par mois. En sept mois j'ai mangé tous mes revenus. Et pendant les cinq autres mois je crève de faim !

On discuta et on transigea. Mangeclous recevrait deux cents millions, et les autres se partageraient le reste.

— Allons, dis maintenant !

— Eh bien voici, trea !

— Et alors ?

— Trea en anglais veut dire arbre ! Donc le trésor se trouve au pied d'un arbre, près du lac !

— Oui mais quel lac ?

— Eh bien, nous ferons le tour des lacs du monde, dit Mangeclous avec quelque irrésolution, et nous chercherons l'arbre.

— A ce que tu viens de dire, Mangeclous, je répondrai, dit Saltiel. D'abord tu n'as rien trouvé du tout. Et ensuite tu es un imbécile.

— D'autre part, dit Michaël, en anglais arbre se dit « tree ». J'ai connu une Anglaise autrefois.

— Moi je ne comprends rien, dit Salomon. Regardez par exemple la douzième rangée. On met que deux cent quatre plus deux cents cela fait cent cinquante !

— Pour moi, la chose importante c'est ce cent vingt-sept qui revient tout le temps, dit Mattathias.

— Cent vingt-sept mètres de profondeur, dit Mangeclous.

— Et le sezc ? demanda Salomon. Sezc, sezc, sezc ! cria-t-il pour tâcher de comprendre.

— Eau, lac, dit Mangeclous, c'est clair !

— Eh bien, explique.

— C'est clair, gémit-il, mais je ne comprends pas.

— Mais enfin, cria Salomon, si l'homme veut notre aide, pourquoi ne nous la demande-t-il pas humainement, en bon Chrétien ou Israélite et sans tous ces embrouillaminis ? S'il ne sait pas où est l'arbre et le lac, qu'il nous le dise simplement !

— C'est toujours ainsi pour les trésors, dit Mangeclous. Lis les livres !

— Eh bien le monde est mal fait, dit Salomon. Tu cherches un trésor ? Bon, entendu. Eh bien, parlenous, viens nous voir, explique-nous ce que tu veux !

— Allons, messieurs, penchons-nous sur l'énigme du lac des richesses ! dit Mangeclous.

Pour faciliter les recherches, il peignit peu après, en gros caractères, le cryptogramme sur le mur blanc de la taverne. Les Valeureux regardèrent violemment les signes de mystère.

— Sezc !

— Hal !

— Ejo !

— Trea !

— O maudit ! cria Mattathias à l'auteur inconnu de la lettre, en tendant son unique poing vers le mur.

— Et que vient faire ce point d'interrogation à l'envers devant trea ?

— C'est l'habitude des Espagnols, expliqua Saltiel.

— La phrase est en espagnol ! Le galion, le galion ! cria Mangeclous. C'est un galion porteur des richesses du Pérou !

— Oui, mais francs est en français ! dit Salomon.

— Il a calculé les monnaies espagnoles au cours du change ! cria Mangeclous. Allons, messieurs, tendez vos esprits ! Dépêchons, dépêchons ! Et si quelqu'un d'autre que moi trouve, tant pis, je lui reconnaîtrai le quart ou même le tiers de la somme et je ne prendrai que le reste, tant pis !

Pendant toute la nuit, les malheureux transpirèrent devant la colonne. Les yeux exorbités, ils ahanaient, faisaient des efforts, fixaient le terrible texte si intensément qu'ils en avaient des brûlures aux yeux et que des larmes sillonnaient leurs joues ardentes. Certains sautaient sur place pour donner plus d'envol à leur intelligence. D'autres fermaient les poings, se prenaient le ventre, s'arrêtaient de respirer, faisaient des grimaces terribles, paupières fortement fermées, dans le but d'expulser l'idée. Mais rien ne sortait. O Dieu de Jacob !

Pour mieux réfléchir, Mangeclous bouclait les poils qui sortaient de ses oreilles ou frottait le rond rouge de ses pommettes. De temps à autre, il invoquait son père défunt et le suppliait de lui envoyer une inspiration. Parfois, il prenait la plume d'oie qui reposait dans la rigole de son crâne, la trempait dans l'encrier de fer qu'il portait à la taille, traçait des signes, déclarait qu'il avait trouvé, s'apercevait aussitôt après qu'il s'était trompé. Il frappait alors des coups violents sur son crâne chauve et hâlé, l'adjurant de devenir plus perspicace. Il avait quarante degrés de fièvre et toussait si violemment que les vitres tremblaient.

— S'il le faut, messieurs, mourez! Mourez mais trouvez!

III

Et maintenant, quelques notes en vrac et à la hâte sur les Valeureux. Je ne les donne qu'à l'intention de ceux qui n'ont pas lu « Solal ».

Des liens de parenté unissaient Saltiel, Mangeclous, Mattathias, Michaël et Salomon — qu'on appelait les Valeureux de France ou les Valeureux tout court. Ils faisaient partie de la branche cadette des Solal qui, après cinq siècles de vagabondage en divers lieux de France, était venue, à la fin du dix-huitième siècle, s'installer à Céphalonie.

De père en fils, les Solal Cadets avaient continué de parler français. Leur langage — parfois archaïque, souvent incorrect et confus — faisait sourire les touristes français qui, aussitôt débarqués, recevaient la visite des Valeureux chargés de menus cadeaux. Durant les soirées d'hiver, les cinq amis lisaient ensemble Villon, Rabelais, Montaigne ou Corneille pour ne pas perdre l'habitude des « tournures élégantes » qui faisaient monter des larmes aux yeux de Saltiel ou de Salomon. Les cinq amis étaient fiers d'être demeurés citoyens français. Mattathias, Salomon et Saltiel avaient été dispensés du service militaire. Mais Michaël et Mangeclous tiraient orgueil de l'avoir accompli au cent quarante et unième d'infanterie à Marseille. Michaël avait été un beau tambour-major et Mangeclous un âpre caporal.

L'ingéniosité de leur esprit, la camaraderie qui les unissait, leur réputation de grands patriotes français, leurs connaissances politiques, diplomatiques et littéraires, leur incompétence constante, brouillonne et fort passionnée conféraient aux Valeureux un grand prestige auprès de leurs congénères. Ils étaient l'aristocratie de ce petit peuple confus, imaginatif, incroyablement enthousiaste et naïf. (Pour donner une idée de l'ingénuité des Céphaloniens, qu'il suffise de dire que Mangeclous gagna pas mal d'argent en se faisant montreur de monnaie américaine. Il acheta un jour un dollar à un touriste et annonça à ses coreligionnaires que, moyennant un sou, il montrerait un écu authentique des Amériques. Il y eut foule devant la demeure de l'habile homme qui, quelques jours plus tard, se trouva en possession de quinze mètres de sous.) L'éloquence des Valeureux ébahissait cette fourmilière de péroreurs orientaux. Leur faconde était due en partie au fait que, vingt ans auparavant, ils avaient fait venir de Paris un érudit famélique qui avait été pendant quelques mois leur professeur de beau langage. Ils avaient beaucoup lu et beaucoup retenu. Mais à tort et à travers. De plus, Mangeclous — qui se proclamait docteur en droit non diplômé et quasi-avocat — avait fait un stage de quelques semaines chez un huissier de Marseille — d'où les termes de droit qui émaillaient ses discours et le renom juridique dont il jouissait superbement, orteils écartés.

Ce qui précède explique pourquoi les Juifs de Céphalonie accouraient lorsque Mangeclous et ses acolytes se réunissaient pour parler et s'annoncer des nouvelles mordorées. Mais les Valeureux tenaient à leur prestige, frayaient peu avec ce qu'ils appelaient la plèbe et avaient soin de donner à leurs conciliabules un air de mystère qui les grandissait aux yeux de leurs compatriotes, jaunes d'envie ou écarlates d'admiration.

Et maintenant il sied de parler plus particulièrement de certains membres de l'illustre collège. A tout seigneur, tout honneur. Je donnerai tout d'abord quelques détails sur Mangeclous qui, depuis quelques années, avait détrôné Saltiel vieillissant et était devenu le chef des Valeureux. Qu'on excuse la manière peu ordonnée dont je vais en parler. Mais ce chapitre est écrit au dernier moment et le manuscrit doit être remis demain à l'éditeur.

Il a été parlé plus haut de la rigole crânienne de Mangeclous. Le faux avocat donnait des explications diverses et contradictoires de cette anomalie. Voici la plus courante : « Sachez, ô mes amis, que lorsque je vis le jour j'étais fort précoce et assez miraculeux. Sortant de l'honorable panse de ma dame mère, ma première pensée fut de demander à la sage-femme s'il y avait quelque chose de bon à manger dehors. Elle me répondit que non. — Alors je rentre, dis-je, car j'ai faim. — En effet, j'étais assuré de trouver une immédiate provende en l'intérieur maternel. Et je décidai de n'en point sortir, ayant appris que ma mère avait un lait peu crémeux. Vous savez que je ne quitte pas de bon gré une salle à manger. En conséquence, on dut me faire sortir avec des tenailles, d'où mon crâne rigoleux. »

Mangeclous était affligé de nombreuses filles dont il ne parlait jamais et qu'il ne laissait jamais sortir car il était fort jaloux. Par contre, il ne tarissait pas sur ses trois marmots qu'il adorait et qui seront décrits plus loin. Il parlait beaucoup aussi de ses jeunes mâles défunts et surtout du préféré, décédé à l'âge de sept jours et qu'il appelait Petit Mort. Il s'en était entiché, inexplicablement persuadé que Petit Mort, s'il avait vécu, serait devenu un terrible milliardaire. Le jour des funérailles, il s'était enfermé, seul avec sa douleur et trois poulets rôtis, dans sa chambre où on l'avait entendu tout le jour gémir, se battre la poitrine et croquer les os des trois volailles. A chaque anniversaire du décès, Mangeclous se couvrait, tout comme une veuve, de longs voiles noirs et allait au cimetière, suivi des petits frères du défunt, placés par ordre de taille et également voilés de deuil. Les Juifs frémissaient en voyant défiler cette cohorte de noirs fantômes dont des oignons coupés en quatre augmentaient les larmes. (Il est à noter qu'à l'abri de ses voiles de veuve, Mangeclous faisait de la contrebande. Le cimetière en question se trouvait en effet dans une bourgade d'Albanie où les concessions étaient gratuites.) Lorsque Mangeclous jurait sur l'âme de Petit Mort on pouvait être certain qu'il ne mentait presque pas.

A ses nombreux métiers — énumérés dans le premier chapitre de « Solal » — il avait ajouté celui d'homme sous-marin. (Il avait fait quelques mois auparavant une tournée fructueuse dans les îles Ioniennes où il s'était exhibé terrestrement dans un scaphandre d'occasion. Il avait obtenu un succès particulier à Corfou, île dont les Juifs étaient semblables en tout point à leurs coreligionnaires de Céphalonie.) De plus, Mangeclous était apothicaire. Il se disait médecin à poigne, partisan des méthodes fascistes. C'est ainsi que, pour que ses patients ne rendissent pas trop vite ses volumineux lavements, il les suspendait par les pieds au plafond, aussitôt après le clystère.

Inutile de dire que Mangeclous avait une haute opinion de ses facultés intellectuelles et de ses talents politiques. Chaque fois qu'un nouveau président du Conseil était nommé en France, il s'estimait lésé et rossait sa femme. Oh, comme il aurait aimé, le pauvre, connaître les grands honneurs ! Il se consolait par de petits succédanés. Par exemple, il était très fier d'un de ses surnoms, Chevalier Officier. (Ce sobriquet lui avait été conféré parce qu'un de ses cousins, rabbin à Milan, était décoré de je ne sais quel ordre italien.) Pour achever cette délicate esquisse, il sied de rappeler que Mangeclous adorait se curer les dents avec un clou, roter après avoir bien mangé et cracher ou expectorer avec abondance, dignité, poésie, application et mélancolie. Il y aurait bien d'autres choses à dire mais le temps me manque.

Au second de ces messieurs, Saltiel. Que dire ? Il a été parlé longuement dans « Solal » de ce petit vieillard, disert et inutile, dont le cerveau bouillonnait sans cesse d'inventions peu lucratives. Piquons au hasard. On a pu remarquer plus haut qu'il avait l'habitude de passer quelques doigts entre deux boutons de son gilet à fleurs. Ceci parce que, depuis quelque temps, il était très féru de Napoléon. A la synagogue, il disait souvent des prières pour le repos de l'âme du grand empereur. Le petit oncle priait pour beaucoup de personnes, entre autres pour Léon Blum ; pour des pasteurs protestants qui avaient été gentils avec Dreyfus ; pour divers maréchaux français : pour Clemenceau du temps de l'Affaire ; pour Einstein et Freud qu'il admirait de confiance ; pour Marcel Proust — où diable avait-il déniché un livre de cet auteur ? — parce qu'il aimait sa grand-mère ; pour Pasteur ; pour le président des États-Unis parce que « c'est un homme très bien, très raisonnable, tout à fait mon genre » ; pour le président de la République française parce qu'il était modeste et courtois ; pour le Conseil fédéral suisse parce que les Suisses vraiment étaient des gens tout à fait sensés et, diable, très indépendants, et leur armée bien instruite, dont il était très fier, n'était pas à dédaigner ; pour l'archevêque de Canterbury qui était un bien beau vieillard « et après tout dans le Nouveau Testament il y a de bonnes et belles choses ». Quant à Hitler, Saltiel ne priait pour lui qu'une fois par an et très brièvement. Sa prière était d'ailleurs assez spéciale. « O Éternel, disait-il, les paumes présentées au ciel, si ce Hitler est bon et agit selon Tes principes, fais-le vivre cent six ans dans la joie. Mais si Tu trouves qu'il agit mal, eh bien transforme-le en Juif polonais sans passeport ! » Il priait aussi pour que les socialistes français ne fussent pas trop exigeants. « Petit à petit », leur conseillait-il, tout seul dans son pigeonnier. Il priait enfin pour que les patrons français se montrassent compréhensifs et accommodants, pour que la France eût une armée toujours plus forte mais n'eût jamais à s'en servir.

Il ne reste plus que quelques mots à dire sur Mattathias. J'ai oublié de rappeler plus haut que cet habile homme était à la tête d'une entreprise maritime. Une centaine de bambins lui pêchaient du poisson moyennant légers salaires tels que billes, allumettes et crayons. Mattathias, qu'on disait millionnaire, ne dédaignait pas les petits profits. On prétendait que, lorsqu'il empruntait du café moulu, il le séchait au soleil après s'en être servi et qu'il le rendait le lendemain aux obligeants voisins en leur faisant croire que c'était du café neuf. On racontait encore qu'au temps de son mariage, son bébé étant mort, il avait dit à sa femme : « Écoute, ma chérie, on ne peut pas laisser improductif tout ton lait. Il faut le vendre ou nous en servir nous-mêmes pour le petit déjeuner. » Ces deux dernières histoires, vigoureusement propagées par Mangeclous, étaient peut-être fausses.

Ah, que ne puis-je écrire un livre où, sans nécessité de suivre une action, je raconterais infiniment de petites histoires valeureuses sans lien les unes avec les autres. Reprenons notre récit.

IV

Durant des jours et des jours, les Valeureux ne prirent nul repos. Ils dormaient une heure ou deux et se remettaient à leur mystérieuse tâche, observés avec inquiétude par leurs proches, auxquels ils n'avaient pas confié le terrible secret. Ils mangeaient à peine, maigrissaient, avaient des insomnies. Lorsqu'ils arrivaient à s'endormir, ils prononçaient des mots bizarres tels que sezc, xp ou trea. En vain leurs familles les avaient fait exorciser. Pâles, défaits et solitaires, ils allaient, la tête baissée, et la population était persuadée que leur trop grande intelligence les avait conduits à l'aliénation mentale. Ils ne parlaient à personne et avaient même négligé de toucher leur chèque. Qu'étaient trois cent mille drachmes à côté de trois cent trois millions de francs ?

Enfin, de guerre lasse, ils s'avouèrent vaincus et décidèrent d'avoir recours aux lumières de leurs coreligionnaires. Un matin bleu et rose, ils leur soumirent le document ténébreux.

Et dès lors, le ghetto de Céphalonie devint un brasier de cryptographie. On ne rencontrait dans les ruelles dallées et tortueuses que Juifs murmurants et chercheurs. Des centenaires les plus voûtés aux bam-

53

bins les plus neufs, tous erraient le long de la mer ou dans les cours des synagogues, penchés sur le cryptogramme. Et l'île bourdonnait de xp, de trea et de millions et de hal et de lac et de quatre cent quarante-quatre.

Il avait été convenu que le gagnant aurait la moitié du trésor et les Juifs avaient voué leur vie au déchiffrement. L'île tout entière était une grande salle bourdonnante. On priait Dieu, on le suppliait de bien vouloir aider son cher petit peuple. On fit venir un talmudiste de Salonique, on engagea des sorcières. Tout cela ! Mais en vain. Le cryptogramme restait indéchiffrable. Et par surcroît de malchance, Saltiel égara le précieux chèque de trois cent mille drachmes. Désespéré, il en avisa ses amis par la lettre suivante :

« Saltiel de noirceur de poix à ses amis en leur demandant pardon. Le tchèque est perdu et j'ai bouleversé mon pigeonnier sans le trouver. Honte à moi ! Je ne sortirai plus de chez moi jusqu'à ce que je le retrouve. C'est la centième fois que je cherche dans ma redingote. Je vais faire découdre toutes les doublures et rompre les murs ! Que mes bien-aimés me pardonnent. J'ai fait vœu sur la sainte Loi de ne plus les voir jusqu'à ce que tout au moins je trouve le secret des trois cent trois Millions. Inutile de venir me voir. Je me donnerai la Mort si on essaye d'enfoncer la porte. Salut ! Espoir et désespoir ! La folie propice au génie me guette ! Dans la douleur et répandant des cendres sur mon crâne de malheur je n'ose signer de mon nom coupable. »

Désespéré d'avoir perdu ses soixante mille drachmes, Mangeclous décida de se tuer en déchargeant un pistolet contre son noble cœur. Mais avant de mourir il voulut manger et surtout boire — si bien que deux heures plus tard, flageolant et gai, il sortit et chanta dans les rues que la vie était belle et qu'il crachait sur les chèques et leurs millions. Et il écrivit une lettre tendre et réconfortante à Saltiel, l'adjurant de sortir et l'assurant qu'il ne ferait que quelques allusions nobles et mélancoliques à sa distraction.

Il alla glisser la lettre sous la porte. Il entendit les pleurs de Saltiel mais la porte ne s'ouvrit pas. Il insista, frappa, pleura à son tour. Pas de réponse. Enfin une feuille apparut au bas de la porte.

« Pour racheter l'abominable perte du tchèque je trouverai le secret du cryptogramme. Trouver ou mourir ! J'ai quelque espoir. Nuit et jour je travaille sur la Colonne, le front entouré de bandages humides, froids et fumants ! Je ne sortirai que lorsque j'aurai trouvé ! Je trouverai ou je mourrai ! Une muette bénédiction à mon cher Mangeclous ! N'insiste pas, homme de bien, je suis inébranlable ! »

Et Mangeclous s'en fut, fort désolé, mais rapidement car il avait hâte de montrer ses larmes et de les faire admirer à la population dans toute leur fraîcheur.

V

A six heures du matin, Mangeclous sortit, tout habillé, de son lit et procéda à d'incertaines ablutions tout en bénissant l'Éternel qui avait sanctifié Son peuple par Ses commandements.

Il enroula ensuite les courroies sacrées sept fois autour de son bras gauche, bâcla sa prière, remercia Dieu de l'avoir fait homme et non point femme, le pria de virer ses péchés au débit du compte céleste de ses ennemis, déboucla et ôta le casque de fer dont le relief intérieur était destiné à accentuer durant la nuit sa chère rigole crânienne. Dans le but de s'attirer de la considération, il orna sa poitrine d'une paire de jumelles et entoura ses mollets de leggings. Enfin, après avoir ceint ses reins d'une lanière à laquelle était fixée son écritoire, il sortit gaillardement dans la rue, une fleur à la bouche et insoucieux de millions.

Il allait d'un pas rapide, émettant des vents entrelacés et allègres qu'il accompagnait de jolies chansons, s'éventant fortement, se retournant pour humer sombrement l'arôme de ses vents, croquant des lupins grillés et se forgeant mille félicités. Il était ravi de commencer sa tournée quotidienne de non-calomnie. Cela requiert explication.

A ses activités d'égorgeur synagogal de poules, de conseil juridique, de faux témoin d'accidents, de faux créancier de faillis et de pressureur de raisins — à l'époque des vendanges ses grands pieds faisaient merveille et étaient fort appréciés des vignerons — Mangeclous ajoutait la lucrative profession de non-calomniateur des notables. Sa clientèle de non-calomniés était peu nombreuse mais bien choisie. C'est ainsi qu'en ce jour il se proposait de rendre visite au banquier Meshullam, au notaire Elie Cohen, à un grand marchand de tissus et au greffier du tribunal rabbinique.

Il alla donc voir ces opulents personnages et tint à chacun d'eux, avec quelques variantes mais sur le même ton gracieux, le discours habituel : « O charmant considérable, ô paume ouverte, ô sultan suintant de largesses, aimé de mon cœur naïf, donne-moi la redevance de non-calomnie, soit une drachme pour cette semaine, et je m'engage à ne pas dire du mal de toi et de ton honorable famille pendant sept jours. Moyennant cette modique somme, je ne dirai pas — que Dieu garde ! — que ton honorable épouse fut une sans-vertu, que ta délicieuse fille est une puante quant à la bouche et risque en conséquence de mourir vierge, que ton cousin a fait probablement banqueroute à Trieste et qu'on ne sait pas pourquoi ton grand-père n'a pas été en prison. » La rétribution perçue, il bénissait le donateur et croyait devoir causer un peu politique pour sauver la face et donner un air aimable à sa visite. Après avoir siroté la minuscule tasse de café, il prenait majestueusement congé et se rendait chez un autre abonné.

Ayant perçu ses rentes, il en affecta une partie à la dulcification de sa gorge par le moyen de loucoums roses et verts qu'il goba sur-le-champ. Il acheta ensuite de fins feuilletés aux noix qu'il dégusta, entouré de l'admiration générale, en les tenant pincés entre le pouce et l'index, souriant fort, recueillant avec sa langue les gouttes de sirop et s'entretenant avec chacun en son langage d'origine : judéo-espagnol, français, jargon des Pouilles ou, le plus souvent, dialecte vénitien. Ayant logé les petits hors-d'œuvre sucrés dans son estomac chéri, il suça ses doigts et, dans le seul but d'intriguer la population, se mit à galoper.

Assis en face de la mer sur un rocher chauffé par le soleil, mangeant les beignets qu'il était censé devoir vendre aux Céphaloniens, le petit Salomon se délectait à la lecture d'un dictionnaire. Que de mots dans le monde ! Quel animal étrange était l'homme ! Et comment avait-il trouvé tous ces mots ? Une toux le fit se retourner. Mangeclous, très fier de ses leggings, ne salua même pas son ami, prit une posture romantique et se cura les dents au moyen d'une petite branche.

— Tu ne me dis pas bonjour ?

— Bonjour, répondit Mangeclous, furieux de ne pas recevoir de compliments sur ses demi-bottes. (Pour les provoquer, il frappa ses leggings avec la branchette.)

— Oh, oh, tu es bien habillé aujourd'hui !

— Quoi ? Pourquoi ? demanda Mangeclous qui maîtrisa son émotion sous un faux étonnement. Ah oui, quelques bottes. Pour l'équitation, expliqua-t-il négligemment en remuant ses orteils.

Salomon se leva. Bien planté sur ses pantoufles, il campa les poings sur ses hanches pour mieux admirer le cavalier.

— Et tu as acheté un cheval ?

Mangeclous eut un rire méprisant.

— O ignorant du monde et des usages !

— Eh bien, qu'ai-je dit de mal, pauvret que je suis ?

— Imbécile, quel besoin de cheval ?

— Mais tu m'as dit que c'est pour l'équitation.

— L'équitation, répondit sévèrement Mangeclous, c'est les bottes. C'est comme l'amour. L'amour, ce n'est pas la dame que tu aimes mais les lettres que tu lui écris.

— Ah ? Je ne savais pas, dit Salomon. Bon. Et alors, cher Mangeclous, plus de chèque, plus de millions ?

— Peu me chaut, dit Mangeclous. Nettoie mes bottes.

Salomon — qui, on le sait, était aussi cireur de souliers — sortit de sa petite boîte divers flacons ainsi que la crème de lait qu'il était seul à employer pour l'entretien des chaussures et se mit en devoir de nettoyer les leggings. Mangeclous contemplait avec une attention charmée et sévère son petit ami qui s'effrénait, faisait briller, remettait du cirage, raffinait, passait divers tissus qu'il faisait craquer sur les fausses bottes étincelantes.

— Je suis aussi bien ciré qu'Alphonse, dit Mangeclous.

— Le roi d'Espagne ?

— Je ne fréquente pas les rois déchus, dit Mangeclous. L'Alphonse dont je te parle est mon ami mondain Rothschild.

La houppe de Salomon se dressa.

— Mais tu ne nous l'as jamais dit ?

— Il est mort et je puis en parler maintenant. Il m'avait demandé le secret car, vous connaissant, il savait que vous vous seriez précipités sur lui pour lui demander des protections.

— Juste, dit Salomon.

— Mais maintenant qu'il est mort, je peux avouer notre amitié intime.

— Et pourquoi ne t'a-t-il pas donné de l'argent ?

— Pour ne pas mêler la matière aux choses du cœur.

— Ce Rothschild me plaît, dit Salomon.

— Baron, rectifia Mangeclous. Mais peu importe.

— Et alors ? Raconte.

— Je raconterai mais auparavant fais-moi un prêt.

— Je n'ai que cinq drachmes. (Le naïf cireur-vendeur d'eau-marchand de beignets les montra à Mangeclous qui s'en empara aussitôt.) Mais tu me les rendras ?

Mangeclous eut un petit rire négligent.

— Je ne crois pas, dit-il. Je suis comme les gouvernements. Assez de ces questions sordides.

Des Juifs avaient surgi de diverses parts et écoutaient respectueusement les deux Valeureux. Oh, entendre une histoire sur Rothschild, quelle beauté ! Ils osèrent supplier Mangeclous. Le poitrinaire fit la quête.

— Eh bien sachez, mes amis, que le baron Alphonse de Rothschild avait une baignoire et même il y prenait des bains chauds ! Et il y mettait tout, les pieds, la poitrine, la tête, tout !

— Gloire à l'Éternel ! cria l'assistance.

— O révéré, bêla un mignon petit centenaire, le seigneur baron prenait un bain chaud pour quelle maladie ?

— Pour aucune. Par richesse et ennui.

— Et combien de fois l'an ?

— Trois fois par mois.

Les Céphaloniens se regardèrent et frémirent.

— Et cela ne lui faisait point de mal ?

— Il avait l'habitude, dit Mangeclous. Naturellement il prenait des précautions. Après le bain il se couchait quelques heures dans son lit à rouges plumets d'autruche.

— Parce qu'il était affaibli, expliqua l'antique cabri à ses congénères.

— Et dans son lit bien chaud, continua Mangeclous, le baron recevait ses amis qui venaient le féliciter de son bain et lui apportaient des fleurs, des oranges, du jaune d'œuf au cognac.

— Des fortifiants, approuva le centenaire. Et dis-moi, auréolé, comment était sa baignoire ?

— Platine massif, sauf les robinets qui n'étaient qu'en or.

— Juste, mon fils. Je l'ai entendu dire. Et de plus, garnie de perles fines.

Pieds nus, les Juifs pauvres se tenaient sur le garde-à-vous, tant ils étaient impressionnés.

— Et comme domestiques, beaucoup, je suppose ? questionna Abraham Lev, un gros négociant asthmatique.

— Oui, comme domesticité ancillaire et masculine ? demanda tendrement son fils, un adolescent aux lèvres flétries, aux beaux yeux enfoncés et qui était curieusement dépourvu de menton. (Il guigna subrepticement pour voir si les expressions distinguées avaient été admirées. Mais Mangeclous, agacé par tous autres fils que les siens, n'en laissa rien voir. Par contre, le père du jeune Jonathan eut un sourire d'accouchée qui fut enregistré aussitôt par son petit prodige.)

— Trois cents domestiques, répondit le Bey des Menteurs. Tous à cheval. Tous médecins ou avocats. (Les Juifs, de plus en plus éblouis, se retenaient de respirer.)

— Professions libérales, dit l'adolescent. L'illustre Victor Hugo disait un jour en latin, car à partir de l'âge de deux ans, c'est épatant, il ne se servit à domicile que de la langue de Virgile. Tiens, c'est épatant, j'ai fait deux vers sans le vouloir. Ils me viennent ainsi tout seuls. (Sourire de courtisane extasiée sur la face du gros père adorant.)

Mais Jonathan ne continua pas le petit discours destiné à lui attirer de la considération. En effet, Mangeclous s'était mis brusquement à courir dans la direction de l'impasse des Puanteurs, sa chère rue natale. Le gros asthmatique prit alors la parole et, tout confit d'aise, expliqua aux assistants que son Jonathan avait obtenu dix-huit sur vingt à l'un des examens de l'École des Frères.

— Avec mention très bien, précisa Jonathan. Je me spécialiserai dans l'aliénation mentale, comme mon maître Charcot. Je recevrai toujours ma clientèle en redingote, de manière méprisante, un peu aristocratique. Je serai sans doute professeur de neurologie. Ou peut-être entrerai-je dans la diplomatie. Il est vrai que la carrière est bouchée au Quai d'Orsay pour les Israélites, ajouta-t-il avec un tendre respect, avec une affectueuse admiration, presque avec fierté. (Oui, fier de participer aux splendeurs d'une institution inaccessible, si merveilleuse. Il en était un peu puisqu'il en parlait avec compétence.)

Et aussitôt après, il dit à ses congénères que ce petit nuage, là-haut, lui rappelait l'illustre dramaturge anglais Shakespeare. Puis il désigna une flaque d'eau et affirma avec désinvolture aux vieux ahuris qu'elle « contenait l'ambiance de certains romans de George Sand ».

— Instruit, bêla le centenaire en secouant faiblement sa main fripée.

— Que Dieu te le garde, ô Abraham, dirent les autres émerveillés.

Et Jonathan continua à briller, à montrer combien il était armé pour la vie par les dons de l'esprit, à l'immense joie de son gros bouffi de père qui le couvait d'un regard affaibli d'amoureuse et souriait aux anges, envoûté par ce quasi-messie qu'il avait mis au monde.

Mangeclous descendit en hâte les marches de la cave qui lui servait de demeure et dont le propriétaire n'osait l'expulser pour loyers impayés depuis plus de vingt ans. Il poussa la porte et, la main au cœur, s'inclina avec un attendrissement simulé — pourquoi diable ? — devant Rébecca, son épouse de cent quarante kilos, dont les cheveux crépus et charbonneux étaient surmontés d'un fez à gros gland d'or.

Un thermomètre entre ses épaisses lèvres huileuses, elle trônait sur un cylindrique pot de chambre placé au milieu de la pièce et lisait avec avidité les cours de diverses Bourses européennes. Selon la tradition imposée par Mangeclous à ses femmes successives — il en avait eu trois avant celle-ci et ce remarquable mari allait souvent prendre pieusement son petit déjeuner sur leurs tombes — Rébecca était vêtue à la turque : culottes bouffantes de soie verte, gilet rose tendre, pantoufles garnies de perles fausses, colliers de sequins, bagues et bracelets de turquoises. (Elle ne portait pas tous ses bijoux : selon la tradition, elle en laissait toujours quelques-uns de côté en souvenir de Jérusalem détruite.)

S'apercevant de la chère présence, elle ôta le thermomètre pour sourire à son bel époux qui salua de nouveau. (Mangeclous était d'une exquise urbanité avec sa femme — sauf le vendredi, jour où il la fessait de confiance et froidement, pour la punir des fautes qu'elle avait dû commettre en cachette ou qu'elle commettrait peut-être ultérieurement.) Bouche entrouverte, elle le considérait avec le regard étonné, curieux et passionnément attentif d'un animal domestique qui suit la préparation de la pâtée. Mangeclous se dit qu'il fallait dire quelque gentillesse à sa créancière de bonheur qui pleurait si facilement lorsqu'on ne s'occupait pas d'elle.

— Je souhaite à la dame de bonne éducation qui est mon matin fleuri ainsi que mon musc, et dont les jardins sont jaloux, une journée soyeuse aux franges d'or.

Elle leva vers lui un œil servile.

— Oh beauté que c'est l'huile de ricin, soupira-t-elle en son étrange langage. Et quel effet ! Moi, quand je mange trop le soir, le lendemain vite la purge ! Tu vois quelle femme tu as épousée ! Oh beauté que c'est la médecine, oh que c'est beau, mon œil ! Les trois chéris il faudra les faire docteurs médecins, internes, internes ! J'ai une cousine Rachel à Paris que son fils il est interne, interne ! (Elle prononçait « inneterne ».) C'est grand savant d'être interne, grand savant, grand savant, grand professeur, beaucoup argent, grand salon, grand automobile, la science, la science ! (Elle était en transe sur son vase de nuit, oubliait ses maladies.) Grand automobile comme Pasteur, comme Pasteur ! Rachel m'a dit qu'il faut être esclave du grand professeur pendant quelques ans et après on épouse la fille et on est professeur, professeur, professeur ! La science, la science ! Le domestique qui ouvre la porte ! La dot, la dot ! Le fils de Rachel est beaucoup capable, beaucoup capable, interne, interne ! Beaucoup fourbe, beaucoup fourbe ! (Dans le langage de Rébecca, fourbe était synonyme d'intelligent.) Il a eu beaucoup volonté, beaucoup volonté ! Pour avoir courage d'étudier, parce qu'il a été refusé cinq fois à internat, il fabriquait billets de banque avec des petits morceaux de papier et il disait : « Comme ça des tas j'aurai quand je serai interne, interne, chef clinique, Pasteur, Curie ! » Et il mettait les billets de banque faux dans sa table de nuit ! Pour avoir courage, tu comprends, de faire les études médecine ! Pense à la capacité qu'il faut pour retenir les maladies, pour lire les livres, pour apprendre des professeurs ! Officiel, officiel, grand savant ! Rachel m'a tout expliqué ! Je veux que mes enfants soient aussi grands médecins, grands médecins ! Avec la blouse blanche, ô mon œil ! Officiel ça veut dire qui trouve les nouvelles maladies et gagne beaucoup argent avec grand salon et domestiques ! Tous les grands génies ont grand salon ! Nos trois trésors avec la blouse blanche, grands professeurs, grands médecins, beaucoup argent ! Beaucoup argent surtout si on fait accouchements ! Accouchements c'est bien payé, bien payé ! Rachel m'a tout expliqué, il faut toujours dire oui au professeur et s'incliner beaucoup devant ministres et comme ça on devient professeur grand génie !

Sur son pot de chambre, elle était une Pythie possédée d'un haut esprit médical. Mais un effet tonitruant du purgatif la ramena au présent. Elle gémit une tendre modulation satisfaite, extasiée, affaiblie de bonheur.

— Oh libération dans mon ventre, oh beauté dans mes intestins, oh fin de mes eczémas, oh soulagement charmant. Oh beauté que c'est l'huile de ricin ! Tu te rappelles le lendemain du mariage, sourit-elle mélodieusement, j'en ai pris pour me laver le sang à cause de l'émotion de la nuit de noces. Il n'y a pas mieux que l'huile de ricin parce que ça fait faire épais comme du ciment. Tandis que le sulfate c'est tout de l'eau qui sort seulement. (Et comme il ne répondait pas, elle s'inquiéta.) Tu es malade, mon bey ? Tu veux que je te fasse camomille quand j'aurai fini ?

Divers tonnerres roulèrent sous les culottes de soie verte.

— Je vous remercie infiniment, noble dame, répondit Mangeclous. Point n'est besoin car l'esclave de vos appâts se porte à merveille.

— O mon capital, pourquoi tu me dis vous ?

— Par déférent amour, répondit le galant à l'assise.

— Quelle déférence ? Est-ce que je ne suis pas ta femme ? Tu as vu que la De Beers a monté ?

— Qu'elle soit bénie, répondit Mangeclous.

— Quand elle baissera il faudra en acheter.

— Avec joie.

Ravie d'être si merveilleusement aimée, Rébecca chercha dans sa cervelle ce qui pourrait lui valoir l'estime et l'amour de son époux. Elle caressa la soie de ses pantalons bouffants, leva des yeux serviles et passionnés à l'éclat d'anthracite.

— Vingt drachmes le mètre. Belle, eh ? (Huileuse œillade vile, rusée, dégoûtante, enfantine, enthousiaste, nuptiale, complice, si bête, si aimante, si belle.)

— Belle étoffe sur belle princesse, répondit le galant.

Avec un sourire de bête humble et tendre voulant séduire, elle lui demanda un peu d'eau gazeuse en la vertu de laquelle elle croyait. A l'aide du pouce onglé sur l'index, elle indiqua la dimension d'un timbre-poste pour obtenir l'exaucement par le charme de l'humilité, pour montrer qu'elle n'était pas exigeante et qu'un quart de verre suffirait.

— Joyau, diamant, dit-elle tendrement à son mari — qu'elle appelait son « embarras » lorsqu'elle parlait de lui à ses amies — perle de beauté, un peu de gazzose pour que je fasse un rot. Un peu seulement, sur ta vie et sur la vie des trésors, que Dieu fasse que nous jouissions longtemps d'eux ! (En l'espèce, les trésors étaient les trois petits mâles de Mangeclous.)

Il versa avec un ennui qu'il dissimula. Oh pourquoi cette femme disait-elle toujours gazzose ? Elle but puis soupira, attendrie d'aise, éructa avec volupté. (« Oh bienfait, oh plaisir que c'est de roter. ») Puis elle se remit à fonctionner sur son vase tandis que Mangeclous mettait à jour son courrier.

En cette occurrence, son visage était toujours noblement pédantisé par des lorgnons agrémentés d'un large ruban moiré qu'il mâchonnait entre ses dents longues, jaunes et noires, fort écartées. Mettre à jour le courrier consistait pour Mangeclous à adresser des messages de dévouement peu sincère à divers dictateurs dans l'espoir que l'un d'eux — Kemal Ataturk ou Mussolini — l'inviterait à venir le voir et le comblerait d'honneurs.

Mais il écrivait aussi, à l'aide d'un dictionnaire français-anglais, des lettres sincères et anonymes à divers ministres anglais pour leur donner des conseils. Ces temps derniers, il les pressait surtout d'instituer le service militaire obligatoire. « Excellence, il n'y a pas de splendide isolement qui tienne ! Pensez aux avions allemands, au nom de vos bambins chéris ! » Il avait une particulière tendresse pour le ministre anglais des Finances qu'il appelait Chancelier des Échecs. Chaque fois qu'il lui écrivait, il joignait à sa lettre une cigarette ou une rose séchée « pour entretenir l'amitié, Excellence » ou encore un petit dessin humoristique « pour faire rire votre noble progéniture ».

Tout en écrivant, le phtisique écoutait d'une oreille distraite les renseignements que son énorme épouse lui donnait sur le merveilleux résultat de la purge de ce jour — avec détails et informations horaires — et il souriait approbativement pour ne pas avoir d'histoires sentimentales car pour un rien Rébecca sanglotait et s'évanouissait.

— Obligation à lots, soupira-t-elle tendrement, tu ne m'écoutes pas !

— Oui, créance hypothécaire de mon cœur, je suis à vous, je termine ma correspondance britannique.

Rébecca se tut. Sous son regard passionnément admiratif, Mangeclous acheva rapidement sa lettre au major Attlee. Après avoir adjuré ce dernier de ne pas créer de difficultés au cher Neville Chamberlain, il fit un paraphe de gala au-dessous de la signature habituelle « Un Israélite Anglicisant ». A l'aide d'un compte-gouttes il jeta sur la lettre quelques larmes artificielles pour mieux convaincre le leader de l'opposition, s'attendrit sur cette belle expression : l'opposition de Sa Majesté, et enfin accorda un sourire à sa Rébecca.

— Chère part de fondateur, lui dit-il, je vous écoute avec bonhomie.

Elle développa le sujet qui lui était le plus cher, à savoir les médicaments qui lui étaient propices et notamment les purgatifs dont elle décrivit le mode d'emploi et les effets. Le sulfate de soude, elle en prenait trente grammes après une contrariété ; l'eau-de-vie allemande, en cas de rougeurs à la face ; la bourdaine, lorsque c'était inutile ; la manne ou le tamarin, par gourmandise ; et le séné après un cauchemar. Enfin, elle aborda le chapitre des boissons adjuvantes. Pour le citrate, une demi-heure après, il fallait du tchaï — ainsi appelait-elle le thé. Pour l'huile de ricin, du café noir tout de suite ; et vingt minutes après, de la mauve bouillante !

— Mais la purge que je préfère, dit-elle poétiquement, c'est la magnésie efferveschente. C'est délicat. Oh beauté que c'est la magnésie efferveschente, soupira-t-elle en souriant à son homme.

Autre grimace de Mangeclous. Pourquoi diable cette femme s'entêtait-elle à dire efferveschente ? Il n'en porta pas moins sa main à son cœur et se déclara charmé. Il regarda une dernière fois son épouse accroupie et diversement bruyante et déclara intérieurement qu'il ne comprenait pas les passions d'amour dont les Européens étaient affligés.

Cette grosse larve de Rébecca se souleva avec difficulté et procéda à divers soins de toilette, entre autres à une inutile aspersion d'huile d'amandes douces sur ses cheveux crépus. En se coiffant, elle heurta un clou. Aussitôt elle retroussa frénétiquement sa manche de mousseline pour voir vite s'il y avait une écorchure, jeta frénétiquement ses yeux globuleux sur le clou pour s'assurer qu'il n'était pas rouillé, versa divers désinfectants sur l'éraflure et se lamenta sur sa mort prochaine.

— Tétanos, tétanos ! Les anges avec moi ! glapit-elle.

Il la réconforta si bien qu'elle se rassit sur son vase et supplia son mari, avec le même regard soumis, de lui donner un poisson séché pour passer le temps.

— Le plus petit je veux, un rien, juste pour les dents !

Ainsi fut fait et Rébecca mangea de bon appétit. De temps à autre, elle s'arrêtait, craignant d'avoir avalé une arête. « Crr, crr, crr ! » faisait-elle passionnément pour expulser l'homicide pointe inexistante. Bref, petit à petit elle cracha tout le poisson. (Aimant la vie, elle craignait les risques de mort et notamment les éclats de verre. Lorsqu'une bouteille se cassait, les mets déjà préparés ainsi que le pain étaient jetés aux balayures. Par contre, Rébecca raffolait de vitamines, en prononçait le nom sacré au moins dix fois par jour.)

Elle se moucha, regarda le contenu du mouchoir d'un œil justicier et comme décidé à sévir. (Vérifier sa santé. Se préoccuper de tout ce qui sort du corps.) Elle fut satisfaite des matières dont la gluance et la densité lui semblèrent aimables.

Mangeclous dissimula son agacement. Elle l'interrogea. (Car, sans en avoir l'air, elle le surveillait toujours et ses prestes œillades à la dérobée guettaient sur le cher visage les expressions de satisfaction ou de mécontentement.) Qu'avait son bijou ? (Elle l'aimait beaucoup. Elle le bordait dans son lit comme un bébé et souvent elle se levait la nuit, lorsqu'il avait une fringale de douceurs — pudiquement dénommée mal de gorge nécessitant médication émolliente et sucrée — pour lui préparer de la pâte d'amandes. Elle m'est infiniment moins antipathique qu'il ne semble.) Il prétexta une douleur à l'épaule et elle frappa dans ses mains en signe de désolation.

— Vite cataplasmes ! Vite docteurs ! Tu veux qu'on télégraphie, mon bey, à Naples ? Il y a un professeur spécialiste très bon, très cher ! O ma mère ! gémit-elle en tordant ses petites mains bourrelées.

— La douleur a disparu, chère action privilégiée à jouissance différée.

Il s'inclina courtoisement devant la grosse accroupie dont le ciel l'avait doté, déclara qu'il était prêt à soutenir envers et contre tous la beauté de la magnésie effervescente et sortit. Négligeant d'aller dire bonjour à ses deux longues filles qui se morfondaient en un cabinet noir, il s'en fut vers ses fils, consolation de sa vie.

VI

Au fond d'un long corridor noir était sise une sombre cuisine tortueuse, émaillée de codes, de manuels juridiques, de cornes de bœufs et de nombreux dossiers. Mangeclous n'avait pas beaucoup d'ordre mais beaucoup de mémoire. Il savait, par exemple, que le dossier « Purge hypothécaire Tsatsakis » se trouvait sous le fer à repasser cassé, que l'affaire « Morsure du Chien du Coiffeur » gisait dans la caisse de piments, que le dossier « Accouchement Litigieux Euphrosine Abravanel » reposait contre l'immense jarre à eau, près de la caisse à charbon de bois, que le dossier « Circoncision Jessulam » résidait habituellement sur le fourneau et que la liasse « Affaire Immondices Bension » dormait depuis dix ans sur l'évier.

Cette cuisine juridique servait de chambre à coucher aux petits mâles de Mangeclous — trois, quatre et cinq ans — sombres, noirs et voraces comme leur père. Étendus dans des paniers flexibles suspendus aux poutres et qui leur servaient de lits, les chers petits se balançaient et bouclaient nerveusement leurs tignasses noires et mouvementaient leurs mâchoires avec de forts claquements dentaires car ils avaient

71

faim. Ils attendaient avec impatience la venue de leur père, espérant de lui seul leur pâture. (Mangeclous, se méfiant des théories médicales de Rébecca, avait expressément interdit à sa femme de s'occuper de l'alimentation des trésors.)

— J'aime beaucoup manger beaucoup, rêvait mélancoliquement le plus jeune, âgé de trois ans, une jambe pendant hors de sa demeure aérienne.

— Un grand poisson frit avec une sauce aux câpres, chantonnait l'aîné en sa couffe.

Entendant s'approcher une majestueuse toux, ils se soulevèrent comme un seul homme, débarquèrent à terre par le moyen de cordes à nœuds, prirent leurs chapeaux haute-forme, s'en coiffèrent et se raidirent au garde-à-vous. Avec leurs redingotes noires et leurs pieds nus écartés, ils ressemblaient à des pingouins.

La porte s'ouvrit et Mangeclous fonça, tête baissée, comme un ministre thermidorien. Conformément au cérémonial habituel, les bambins se découvrirent d'une main et, de l'autre, firent le salut militaire.

— Good morning, Sir Pinhas, dirent-ils d'une seule voix.

— God save the King, dit le grand homme de sa voix la plus rauque. Avez-vous été sages, fleurs de ma rate ?

— Oh oui, seigneur père et nourrisseur ! répondit impétueusement le plus jeune.

Mangeclous se dirigea vers le mur crépi à la chaux, baisa l'endroit qui n'avait pas été blanchi en mémoire de Jérusalem détruite, fit quelques grimaces destinées à faire croire qu'il était désolé. Puis il se retourna brusquement, l'œil soupçonneux et l'esprit envahi par un terrible doute. Les bambins frémirent, regardèrent la pancarte accrochée au mur et sur laquelle était inscrite cette recommandation :

72

— Vous n'avez pas dit de vérités, j'espère ? demanda-t-il.

— Oh non, seigneur père ! gazouilla vertueusement le petit chœur noir.

Mangeclous était très strict sur ce point. Il fallait le voir froncer les sourcils et l'entendre dire : « On a encore dit la vérité ! » ou : « Il y a ici un petit monsieur qui dit la vérité ! » Il fallait voir le pingouin coupable de véracité prendre une mine contrite, baisser les yeux et promettre qu'il ne recommencerait plus.

— Que Dieu vous bénisse, chers petits honneurs de ma vie. Il est trop tard pour faire ce matin les concours du plus beau mensonge et de la discussion la plus ingénieuse. Ce sera pour demain car il est neuf heures et nous avons faim. Cours de droit, maintenant. Comment devez-vous terminer vos lettres, même celles adressées à votre père ou à votre fiancée ?

— « Sous toutes réserves ! » cria le bambin de cinq ans.

— Et il faut, ajouta le plus jeune — qui dans les jours de grande famine tétait encore sa mère — commencer par : « J'ai bien reçu votre amicale et j'en réfute l'entier contenu. »

— Honneur à vous, mignons de l'âme. Par mon intermédiaire l'Éternel vous félicite. N'est-il pas dit dans le Talmud que le monde repose sur le souffle des petits écoliers ? Très bien répondu. Je vous autorise donc à vous précipiter sur ma mâle poitrine pour une virile accolade. Suffit. Passons à l'hymne.

Les pingouillons entonnèrent alors le chant national

anglais que Mangeclous, à son tour au garde-à-vous, écouta comme d'habitude avec le plus grand sérieux et chapeau bas, en faisant une tête discrète, digne et distinguée. Les trois enfants ayant achevé de glapir faux, il remit son haut-de-forme et se disposa à préparer son petit déjeuner.

Il jeta deux kilos de macaronis dans une bassine fumante, pila de l'ail, râpa de la mie de pain rassis. Puis il fit réciter la Grande Charte anglaise à Lord Isaac and Beaconsfield Limited. (Tels étaient les prénoms intimes du bambin de trois ans — dont le prénom officiel était Lénine. L'aîné, lui, s'appelait Mussolini. Ainsi Mangeclous se sentait à l'abri de tout risque : en cas de troubles sociaux il arguerait du prénom opportun et, selon les cas, se déclarerait communiste convaincu ou fasciste à tout crin.)

Pourquoi tout ce cérémonial britannique ? Voici. Le long phtisique s'était pris d'un amour immodéré pour l'Angleterre. L'Empire britannique et la flotte de Sa Majesté étaient sa passion et sa chimère. Rien de ce qui est anglais ne m'est étranger, avait-il coutume de dire depuis le jour où il avait décidé de « contracter alliance avec Scotland Yard ». Si secret que fût ce pacte, si inconnu qu'il restât aux sphères dirigeantes londoniennes, la première haute partie contractante, Mangeclous en l'espèce, le respectait scrupuleusement. C'est ainsi que, le premier janvier de chaque année, il envoyait au roi d'Angleterre sa carte de visite avec quelques vœux aimables et une petite boîte de biscuits, noble sacrifice de la part d'un tel goinfre. Aux murs de la cuisine de Mangeclous étaient suspendus les portraits de la famille royale d'Angleterre, de Sir Moses Montefiore, de Disraeli et d'un grand nombre de lords de l'Amirauté. De plus, l'Union Jack flottait tous les jours à l'entrée de la cave. Lorsqu'il n'y avait pas de brise, un des bambins était chargé d'éventer le pavillon pour le faire onduler glorieusement. Au coucher du soleil, entouré de ses enfants, Mangeclous amenait les couleurs après un roulement de tambour et l'exécution du Rule Britannia à l'aide d'un entonnoir. A cette cérémonie assistaient, tête nue, de nombreux Juifs céphaloniens. (Ils n'oubliaient pas que, lors du pogrome de 1891, une partie de la flotte britannique stationnant à Malte avait fait route à toute vapeur vers Céphalonie. Ah comme les antisémites grecs s'étaient tenus sages lorsque les chers grands fusiliers anglais, justes et sévères, avaient débarqué ! Et ceci est authentique et les Juifs des îles Ioniennes se souviendront toujours de la bonté désintéressée de l'Angleterre à leur égard.)

Lord Isaac and Beaconsfied Limited récita ensuite la Pétition de 1628. « Nous, les Lords et Communes... ». Puis il déclama l'Acte de Navigation Extérieure et termina, la main sur le cœur, par la Déclaration des Droits de 1689. Les yeux de Mangeclous brillaient d'émoi. L'article premier lui plaisait beaucoup.

— « Que le prétendu pouvoir de suspendre les lois ou l'exécution des lois par l'autorité royale sans le consentement du Parlement est illégal. »

— Haha ! cria fièrement Mangeclous en bombant la poitrine et en se la frappant avec ardeur. A nous deux, messieurs les rois !

Mais ce dont il raffolait le plus c'était l'Habeas Corpus. Haha, on ne pouvait pas arrêter n'importe qui et n'importe comment en Angleterre ! De joie, il boxa en pensée et mit knock-out une douzaine de policiers allemands. Ah Dieu, pourquoi ne pouvait-on être de nationalité franco-anglaise ?

— Maintenant, messieurs, pour terminer ce cours

d'éducation civique, je m'en vais vous lire un article de journal qui, je l'espère, trouvera en vos cœurs vagissants le même écho que dans le mien adulte. Écoutez :

« Un match de hockey sur glace s'est déroulé l'autre soir, dans l'arène d'Harringay. Douze mille spectateurs se présentèrent pour occuper six mille places et se départirent un peu de leur flegme britannique. Des portes et des fenêtres furent brisées. Cette entrée tumultueuse prépara mal le public aux incidents du match. Les Canadiens — qui le gagnèrent — et les Anglais s'engagèrent à fond. Quelques minutes avant la fin, un joueur britannique sortit du cafouillis, le visage en sang.

On assista alors à un spectacle qui couvrit de honte le front des vieux sportifs, si fiers, à juste titre, du célèbre fair play anglais. Des spectateurs se jetèrent sur la piste, d'autres lapidèrent les Canadiens avec tout ce qui leur tombait sous la main d'objets hétéroclites. Quelqu'un, pour éviter une bagarre, eut l'idée de faire un signe à l'orchestre qui entonna le God Save the King. Immédiatement, tous les Britanniques tirèrent leurs chapeaux et se mirent au garde-à-vous. »

Ayant lu, Mangeclous se dirigea à grands pas vers la fenêtre. Tournant le dos à sa progéniture, il se moucha fortement et eut des frissons d'orgueil. Il se retourna brusquement à la manière de Napoléon, empocha son mouchoir.

— Trêve de sentiments, dit-il. Au vicomte de Bonmarché maintenant.

Tel était l'honorifique surnom du puîné qui se mit en devoir de réciter la Déclaration des Droits de l'Homme. Les yeux en vrille des deux autres enfants suivaient chacun des gestes de l'heureux père qui, tout en approuvant ce qu'il appelait la déclaration de bonté française au monde, veillait pontificalement sur les macaronis qui, saupoudrés de mie de pain rassis et d'ail pilé, mijotaient maintenant dans l'huile.

Mangeclous tâchait de faire des économies sur la nourriture de ses enfants. En effet, disait-il, si je n'étais pas là que deviendraient ces pauvres orphelins? Le résultat était que les malheureux petits étaient très maigres. On disait même qu'au cours d'une période terrible de diète l'aîné des bambins avait eu la peau du cou transpercée par sa pomme d'Adam. (Cependant, si paradoxal que cela puisse paraître, Mangeclous était bon père. Il avait très peur que ses chéris ne prissent froid. Dès qu'il faisait moins de quinze degrés au-dessus de zéro, il les couvrait de fourrures noires et leur faisait ingurgiter des litres de bourrache pour les faire transpirer. De plus, il les bourrait d'amulettes engueulant terriblement tous démons. Lorsqu'il était absolument nécessaire de les faire manger et qu'ils refusaient catégoriquement d'observer les jeûnes religieux que Mangeclous inventait à leur intention, il leur remettait des bouts de pain baptisés dindon, fromage ou chocolat. Avec amour il les regardait manger tout en leur racontant des histoires de revenants pour leur couper un peu l'appétit.)

— Mes enfants, dit-il bonassement, rendons grâces à Celui qui va nous repaître et nous réjouir par la mangeaille.

Les bambins vêtus de noir se levèrent, prirent leurs chapeaux cylindriques posés sur l'évier, s'en coiffèrent et, bien plantés sur leurs pieds nus aux orteils écartés, récitèrent la prière.

— A propos, mes jasmins, que préféreriez-vous

vous mettre dans l'estomac en fait de dessert ? Du riz au lait saupoudré de cannelle ou des losanges croustillants, juteux de sirop et fortement farcis d'amande ?

— Confiture ! cria le chœur.

— Très bien, je tiendrai compte de votre avis et je préparerai tout à l'heure une confiture suprême, dit le bon père. Et maintenant, agnelets, je vais vous proposer une pollicitation.

— C'est-à-dire, récita aussitôt le bambin de trois ans avec une rapidité étonnante, promesse ou offre faite par une partie, mais non encore acceptée par l'autre.

— Qu'il ne tient qu'à vous, continua Mangeclous, de transformer en ? questionna-t-il. En ?

— Accord synallagmatique ! cria impétueusement le puîné, âgé de quatre ans.

Mangeclous essuya une fictive larme d'orgueil et pria intérieurement Dieu de préserver ses chéris.

— Voici la jolie proposition que je vais vous faire, poursuivit-il d'un air riant. Celui qui par héroïque amour filial. (Les pingouillons frémirent : cela allait mal.) Celui, dis-je, qui par noblesse de cœur et pour conserver la languissante vie de son père acceptera de ne pas manger, je l'en récompenserai par un tendre baiser et peut-être par une belle Légion d'honneur en papier découpé. Qu'en dites-vous, charmants jouvenceaux dévoués à votre papa ?

Il y eut un lourd, un dur, un obstiné silence. Fronts baissés et mentons volontaires, les trois pingouillons semblaient décidés à se passer du baiser paternel et des hochets de la gloire.

— Vous me faites de la peine, dit Mangeclous après les avoir regardés séparément puis généralement. N'importe, les enfants ont été mis au monde pour apporter douleurs et tribulations à leur engendreur.

Eh bien, puisque les arguments du cœur ne vous touchent pas, je serre les dents avec résignation, assez honteux d'avoir mis au monde de tels strugglers for life, comme disent mes amis les lords anglais. Peu importe, mes chéris, je vous pardonne et je ferai une proposition plus charmante à vos âmes matérialistes. Qui veut, quel fils d'entre mes fils veut recevoir un sou de cinq centimes authentiques ?

— Moi ! Moi ! Moi !

— Entendu, mes chéris, ô couronnes sur ma tête, mais à une petite condition, c'est que ce sou remplacera votre petit déjeuner. Voulez-vous ? demanda-t-il avec un huileux sourire tout en frisant de la manière la plus engageante les deux ailes de sa barbe.

Les bambins s'entre-regardèrent, supputèrent, allèrent réfléchir, chacun dans un coin de la cuisine. Enfin ils revinrent et déclarèrent qu'ils acceptaient la proposition. Notre sieur Mangeclous remit donc son dû à chacun de ses petits produits. Puis il se mit à dévorer ses pâtes à l'ail qu'il engouffra en dix minutes tout en en vantant au petit auditoire la pesanteur, réjouissante aux estomacs vides, ainsi que le fin fumet flatteur. Pour se réconforter, les pingouins frottaient chacun leur sou jusqu'à le rendre pareil à une pièce d'or. Mais le cou d'oie farci que Mangeclous mangeait sentait si bon qu'ils n'y tinrent plus et tendirent silencieusement le précieux sou à leur père.

— Je ne considère pas les pactes comme des chiffons de papier, dit Mangeclous. Laissez-moi manger en paix mes beignets au miel, jeunes cochons.

Les petits affamés et roulés restèrent debout à contempler l'ogre, qui, deux fourchettes dans chaque main, mangeait affectueusement des saucisses de bœuf, du fromage fumé, de la rate au vinaigre et, délicate fantaisie et scherzo final, une salade d'yeux

79

d'agneaux qu'un boucher de ses amis, qu'il payait en beaux discours, mettait toujours de côté pour l'homme à la parole dorée. Ayant fini, Mangeclous respira d'aise et éructa libéralement.

— Nous avons bien mangé, sourit-il avec bonté à ses enfants.

Il était heureux de vivre et d'aimer sa progéniture. A midi, pensait-il tout en curant ses longues dents jaunes et noires à l'aide d'un clou, il proposerait aux bambins de jouer au restaurant. Ceux-ci accepteraient certainement et il leur dirait que le repas coûtait un sou par personne. Oui, excellente idée.

Il alla voir si la confiture de pêches était à point. Il la retira du feu, la versa maternellement dans une soupière qui portait le blason d'un hôtel Bellevue, l'agrémenta d'amandes et de quelques zestes de citron tout en racontant aux petits quelques plaisantes ingéniosités commerciales.

La confiture étant trop chaude, il décida de faire un peu d'alchimie. (Il tenait beaucoup à l'admiration de ses petits disciples et soignait son prestige.) Il mélangea donc du charbon, du bicarbonate, de l'amidon et du mercure. Puis il concassa, pilonna, pulvérisa, cuisit, fit le profond, goûta au mélange et déclara que l'invention était à point. Il aurait été embarrassé de dire en quoi elle consistait. Les enfants écarquillaient les yeux et admiraient de toute âme.

— J'espère qu'après une telle découverte je ne serai plus un méconnu, bambins, dit Mangeclous. Qu'en pensez-vous ?

— Vous toucherez des droits terribles, père, dit le plus jeune.

— Dieu seul le sait, mon délicieux. Peut-être ne suis-je fait que pour l'immortalité, hélas. Enfin, patience. Trêve de noirs pensers et jouissons de la vie telle que le Père Extrême l'a voulue pour nous. En attendant que notre confiture refroidisse, chers enfants, je vais vous mener voir un lion.

La petite ménagerie était proche et Mangeclous en franchit le seuil gratuitement, en arguant de sa qualité de journaliste, ce qui dans le langage mangeclousien signifiait lecteur de journaux.

— Et maintenant, messieurs, dit-il lorsqu'ils furent arrivés devant la cage où bâillait l'unique pensionnaire, une petite lionne de deux mois, chapeau bas ! (Les petits se découvrirent.) Car ceci est le lion. Lion, répéta le pédagogue. (Il épela le mot.) L. i.o.n. C'est-à-dire roi des animaux. D'ailleurs vous savez que le lion figure noblement sur le blason de notre tribu et sur son drapeau. Le lion de Juda ! Courageux comme nous, messieurs ! Cependant, regardez comme il baisse les yeux devant moi. Il sent, messieurs, qu'il a affaire à une race supérieure. O superbe animal, dit-il en se tournant vers le poupon qui mordillait une de ses charmantes pattes pelotes, sache que je n'ai point peur de toi et que je te regarde en face. Baisse les yeux ! Allons, je le veux !

Cela dit, Mangeclous s'en fut, suivi de ses enfants émerveillés. Et bientôt ils furent de retour dans la sombre cave où la confiture s'étalait dans sa tiédeur parfumée. Le dompteur se frotta les mains et toussa de jubilation.

— Eh bien, mes chers petits, vous aurez une récompense. (Les yeux s'écarquillèrent et une nouvelle quantité de salive fut avalée.) Oui, vous avez été sages et vous avez bien écouté mon discours à la lionne. Vous aurez même deux récompenses : primo, dès qu'il y aura une noce j'irai sans y être invité et je vous emmènerai et nous nous empiffrerons en toute égalité de diverses splendeurs; secundo, aujourd'hui même (Tremblements divers des bambins.) vous pourrez me regarder manger mon dessert, si cela ne vous ennuie pas.

Mangeclous ne mettait jamais la confiture en pots. Il la fabriquait et la mangeait aussitôt, à même la soupière. Il avait fait des yeux ronds lorsqu'il avait appris de Saltiel que les Européens conservaient les confitures et les mangeaient en hiver à petites doses, comme un médicament, et sur du pain! Et ce fut ce jour-là qu'il proclama que Saltiel était le plus grand menteur du monde. Si sobres qu'ils fussent, les Européens étaient hommes et non chameaux et comment résister à l'appel d'une belle bassine de confiture de pêches ou d'oranges ou de coings qui te hurlait : « Mange-moi! Je suis là pour ça! »

— Et même vous pouvez aller appeler vos petits camarades et leur dire que je les invite à respirer les odeurs, dit-il, assis devant la table et puisant la confiture avec une louche qu'il portait à sa bouche.

Les trois marmousets sortirent lentement et allèrent dans la rue se consoler avec leurs trois sous qu'à tout venant ils montrèrent.

Mangeclous était en train d'avaler la dixième louchée de confiture lorsque Salomon dégringola les marches qui menaient à la sombre demeure.

— Aisance et famille, souhaita Mangeclous.

— Fin du monde! cria le petit prodige. Écoute ce que je vais te dire!

— Silence! intima Mangeclous. Si c'est une bonne nouvelle, je veux m'en réjouir au préalable en me dulcifiant. Si par contre elle est mauvaise, il sera toujours temps que je l'apprenne et inutile de me couper l'appétit.

— Mais il faut que je te dise tout de suite !

Mangeclous se leva, sortit de sa poche un grand mouchoir bordé de noir — dont il ne se servait jamais, car il préférait l'usage de l'index — et bâillonna Salomon afin de se confiturer en paix. Pour mieux savourer son dessert, il lut en même temps un manuel d'histoire de France et se rengorgea de ce que sous Louis XIV le premier président de la Cour de Justice de Paris avait le pas sur les princes du sang. Il en était tout gaillard. En sa qualité de juriste, il participait à ces honneurs.

— Haha ! ricana-t-il méchamment. Chapeau bas, messieurs les princes, devant la noblesse de robe !

La confiture achevée, il contempla la bassine déserte, but plusieurs verres d'eau claire, estima en son for intérieur qu'en somme les confitures ce n'était pas très bon. Il se demanda pourquoi les Européens aimaient les confitures au point de les garder dans des armoires et des petits pots. Non, vraiment, les confitures c'était écœurant. Il aurait dû en donner aux petits. Pauvres chéris, il les ferait manger à midi. Il but un verre d'eau, décrocha un faux téléphone, parla familièrement à de hauts personnages pour épater le crédule Salomon qu'enfin il débâillonna.

— Maintenant, tu peux parler, ô fils des pères bien élevés.

Ce que Salomon annonça à Mangeclous jaunit en un clin d'œil le visage tourmenté de l'illustre Céphalonien qui, d'émoi, lâcha une série de vents si retentissants que les vitres de la cuisine tremblèrent, que deux chevaux s'emballèrent sur la place du Marché et qu'un chat épouvanté mordit un gros chien.

Après avoir médité quelques minutes, Mangeclous

s'empara du panier à salade, s'en coiffa comme d'un heaume, se précipita dans l'impasse des Puanteurs au bout de laquelle ses rejetons étaient en train de jouer à un jeu mystérieux qui consistait à se prêter réciproquement un sou. D'une main il s'empara des tignasses de l'aîné et du puîné, tandis que de l'autre il saisit le plus jeune par un pied. Ainsi chargé, il galopa vers sa cave, traînant les pingouillons qui glapissaient fort, car les cailloux et les tessons écorchaient la tête pendante du petit et les pieds nus des deux autres.

Arrivé devant le drapeau britannique, il lança ses enfants à la volée dans la souterraine tanière, ferma la porte à double tour, ôta son masque de fer et rendit grâces. Sauvé, il était sauvé et sa chère progéniture avec lui !

Mangeclous fit les présentations, bien inutiles puisque Salomon était le parrain des marmots. Ceux-ci se découvrirent simultanément et déclarèrent au vendeur d'eau tout ébahi qu'ils étaient charmés. Puis ils firent demi-tour du côté de leur maître et père qui les scrutait d'un œil mussolinien.

— Comment se fait-il, messieurs, dit-il, que vous ne vîntes pas vous réfugier dans les mamelles de la paternité lorsque vous apprîtes la terrible nouvelle ? Parlez, ô crapauds envenimés, ô souche des balayures et descendance des latrines !

— Seigneur père, dit l'aîné, nous ne connaissons pas la noire nouvelle que Votre Condescendance voudra nous expliquer peut-être.

— Sur mon ventre vide, je l'ignorais ! dit le bambin de trois ans qui, malgré sa taille minuscule, ne le cédait pas en éloquence à ses deux frères, orateurs déjà réputés.

— Nous fûmes seulement étonnés en notre candide ignorance, dit le puîné, de voir les rues soudain vides d'âmes et de gestes.

— Aussi ne pûmes-nous beaucoup montrer le prix de notre famine !

— O père doué de toutes vertus, dit l'aîné, ô notre maître en astuce, ô sublime engendreur doué d'intelligence, qu'il vous plaise d'ouvrir le robinet de votre sagesse afin que nous connaissions d'où vient le mal !

— Et que, le cas échéant, nous puissions adresser à l'Éternel nos discours enfantins, conclut le plus jeune.

Bien que l'heure fût grave, le masque de Mangeclous s'éclaira d'un doux orgueil. Quels prodiges et quelle heureuse vieillesse ils lui promettaient ! Et comme ils étaient beaux avec leurs petits chapeaux haute-forme et leurs jolis petits pieds nus et leurs belles voix déjà rauques ! Par prudence, il pointa à la dérobée deux doigts en corne pour conjurer le mauvais œil de tous autres pères moins bien partagés et prononça intérieurement la formule consacrée : « Mon doigt dans ton œil aveugle ! » Il lança un regard du côté de Salomon et se délecta de l'admiration qu'il lut sur le visage constellé de rousseurs. Puis il s'adressa à sa progéniture tout en caressant le chapeau du plus jeune.

— Délices du cœur et fils de la préférence de l'âme, regardez mon compère ici présent. (Chaque marmot prit son face-à-main et lorgna Salomon.) Eh bien, sachez qu'il vient de m'apprendre que la lionne que nous avons vue tout à l'heure, bête sauvage véritable toute en dents et griffes, vient de s'échapper de sa cage après en avoir mangé les barreaux ! (Ce dernier détail ajouté par Mangeclous et pour la beauté de la chose.)

Les trois petits compères, fort bien élevés par leur

père, reculèrent d'effroi et, d'un seul mouvement, se couvrirent le visage en grands tragédiens.

— O journée noire pour notre peuple ! cria l'aîné.

— O machination antisémite ! s'exclama le bambin de trois ans.

Mangeclous — qui se prétendait pourtant « scientifique et antisuperstitieux » — décida, en son for intérieur, de demander à la sorcière chrétienne de faire des fumigations magiques à son précieux dernier-né.

— Haut les cœurs ! dit l'aîné. Seigneur père, il s'agit d'utiliser subtilement ce malheur ! Je propose que vous fondiez une société anonyme mondiale pour la protection des Juifs contre la lioncesse !

— Mais il faudra, dit le second, recruter des mercenaires chrétiens armés de fusils chargés ! Ils accompagneront les fils de la tribu moyennant rétribution !

— Et il faudra, dit le plus jeune, monter aussi une compagnie d'assurances contre les risques de dévorement et, de plus, stocker toutes armures et armes se trouvant à Céphalonie !

Et il croisa ses bras, imité aussitôt par ses deux aînés. Mangeclous, au lieu de croiser les siens, les ouvrit et les trois enfants s'y précipitèrent.

— Bambins, bambins, ô bambins, gazouillait Mangeclous qui les tenait frénétiquement contre lui et essayait de faire croire qu'il versait de douces larmes tout en baisant leurs chapeaux. O bambins !

Père et enfants s'étreignirent fort, tout en calculant les salaires des mercenaires, le nombre et la nature des armes à acheter. Enfin, sous l'œil épouvanté de Salomon, ces quatre comédiens levèrent la main pour prêter serment, se jurèrent aide réciproque et proclamèrent leur décision de mourir ensemble.

— Lorsque la lioncesse sera devant vous, père, cria

le puîné, je me précipiterai dans sa gueule pour m'immoler en votre lieu et place !

— Merci, noble créature, sanglota Mangeclous. (Sur un ton tout différent, très positif :) Mais il faudra que tu te dépêches, mon garçon, et te jeter en cette gueule sans barguigner et ne pas attendre qu'elle m'ait mangé quelque pied.

— Cette émotion nous a creusé l'estomac, conclut le plus jeune.

Négligeant cette oiseuse remarque, Mangeclous s'installa à sa table de travail, prit la plume d'oie qui gisait dans sa rigole crânienne et rédigea sans plus tarder un plan de campagne contre la lionne. Il s'arrêta pour demander à Salomon ce qu'il pensait des trois enfants.

— Une merveille, dit Salomon.

Mangeclous baissa les yeux coquettement, détourna le visage, eut un petit rire gracieux, pudique, chatouillé, homosexuel, féminin en tout cas. Un petit rire de vierge gourmande, un rire de ravissement, de bonheur presque sexuel qui semblait dire : « Ne me pelotez plus. » Tout cela, oui. Je l'ai vu, ce rire. Mangeclous aimait ses enfants. Évidemment, il ne les nourrissait pas beaucoup. Mais de temps en temps, quand il lisait un article sur le rachitisme, il les gavait à l'entonnoir. De plus, il économisait beaucoup pour eux. Il y avait dans la cuisine trois cachettes où il enfouissait de l'argent pour ses chéris. Quand l'un d'eux tombait malade, Mangeclous jeûnait et ne mentait plus. Et il se levait plusieurs fois dans la nuit pour venir baiser la main du petit endormi.

VII

Des recherches furent effectuées, mais la petite lionne demeura introuvable. Et alors commencèrent ce que plus tard on devait appeler les Jours Noirs de la Lioncesse. Les Juifs se hâtèrent de faire sceller des barreaux à leurs fenêtres et amassèrent, tout comme en temps de pogrome, force provisions : farine, pommes de terre, pains azymes, macaronis, pains de sucre, œufs, saucisses de bœuf, chaînes de piments, d'oignons et d'aulx, boulettes de tomates séchées au soleil et marinées dans l'huile, graisse d'oie et jarres d'eau, viandes fumées, purgatifs et médicaments. Puis ils se clôturèrent et se barricadèrent.

A la vérité, les emprisonnés ne menèrent pas une triste vie. Au contraire, bien à l'abri, les locataires d'une même maison se rendaient visite, jouaient aux cartes, aux dominos, au trictrac ou faisaient claquer des fouets pour le cas où la « lioncesse » arriverait à s'insinuer par la cheminée. Certains se tenaient derrière les barreaux des fenêtres dans l'espoir et la crainte de voir apparaître celle qu'on appelait la Dévoratrice ou encore l'Ange de la Mort.

Les Céphaloniens tremblaient, faisaient des hypothèses. « Admettons qu'elle rencontre un petit lion mâle et qu'ils aient des enfants, que deviendrons-nous ? » Ils ne voyaient plus que lions pullulants entrant dans les maisons et se tenant aux fenêtres ! Oui, affreux, dans quelques mois il y aurait de nombreux mâles à crinière et des femelles à queue fouettante qui rugiraient et prospéreraient en cette pauvre île que l'Éternel avait frappée de sa verge ! Des neurasthéniques allèrent jusqu'à proposer un suicide collectif et immédiat. Les rues étaient parsemées de traces humides. Mangeclous fit l'emplette d'un antique canon nain qu'il plaça dans son lit pour l'avoir à portée de la main. Tout au long des nuits on pouvait entendre les cris des dormeurs en cauchemar.

Cependant les Valeureux sortaient de temps à autre pour conserver intacte leur réputation de vaillance. Mais ils n'étaient que trois. En effet, Michaël était allé faire un peu de contrebande en Albanie, la veille du premier jour noir. Quant à Saltiel, il tenait parole et restait cloîtré dans son pigeonnier dont il avait fait serment de ne sortir que lorsqu'il aurait trouvé son chèque et le secret du cryptogramme.

Salomon portait une jupe de fils de fer barbelés, qui le faisaient saigner abondamment, ainsi que la cotte de mailles qui lui avait déjà servi en Palestine. La tête protégée par un masque d'apiculteur, il tenait à la main un inexplicable filet à papillons et soufflait dans une conque marine pour effrayer l'éventuelle lioncesse. (Les Israélites de Céphalonie forment une espèce à part. Il serait injuste de généraliser.) Mangeclous, revêtu d'une armure de chevalier à l'épreuve des crocs léonins et entouré de six amis chrétiens, se tenait à l'entrée du ghetto et vendait aux enchères divers moyens de protection.

Ce fut grâce à lui que ceux qu'on appelait les Juifs de Courage purent déambuler, les uns dans des scaphandres, d'autres dans des filets de pêche, d'autres armés de <u>tromblons</u>, de serpettes ou de fusils à pierre. Ces messieurs faisaient des rondes diurnes, les nocturnes étant au-dessus de leurs possibilités, souriaient en transpirant, allaient télégraphier à divers comités juifs tous extrêmement mondiaux pour les supplier d'organiser des meetings monstres et de faire savoir au monde civilisé que la cage de la lionne avait été certainement ouverte par quelque émissaire allemand.

Le surlendemain matin, du haut de son balcon, Salomon ameuta la population en soufflant dans sa conque et clama, veines du cou saillantes, qu'il venait de voir, lui-même et de ses propres yeux, la lioncesse en train de croquer une poule vivante sur la Montée des Mûres.

Quelques vaillants, armés de recueils Talmudiques, de vaporisateurs à insecticide, de scies, de clous, de pilons à mortier, de vilebrequins, de cannes à pêche et de fers à repasser, allèrent vérifier sur place et frémirent en apercevant trois ou quatre plumes ayant appartenu à la poule infortunée. Ils détalèrent et affolèrent la population. Un service fut aussitôt célébré à la Synagogue Grande et presque tous les Juifs rédigèrent leur testament.

C'est ce jour-là que le « Holding Mondial pour les Juifs contre la Lioncesse » fit son grand coup et que le génie de Mangeclous, administrateur délégué de cette société, brilla d'un vif éclat. « Il n'y a qu'une chose à faire, déclara-t-il. Puisque la lioncesse est en liberté, c'est à nous de nous mettre en cage ! » Le holding, qui avait déjà une filiale d'assurances, fonda immédiatement la « Compagnie des Transports Antiléonins ».

La première voiture fut constituée par une vieille cage de ménagerie, achetée au maître désespéré et ruiné de l'introuvable évadée, et que Mangeclous fit monter sur quatre roues. Elle ne comportait pas de plancher et les voyageurs devaient marcher en même temps qu'elle roulait, comme il sera plus clairement expliqué par la suite. La cage partait toutes les heures des bureaux de la compagnie — c'est-à-dire de la cave de Mangeclous — et son terminus était la douane. Les deux arrêts fixes se trouvaient au Bazar des Viandes et devant la Synagogue Grande.

Quant aux arrêts facultatifs, il y en avait partout. Les Juifs qui désiraient vaquer à leurs affaires en sécurité faisaient signe à la cage roulante qui s'arrêtait. Ils passaient le montant du billet à Mangeclous, administrateur délégué, wattman et contrôleur coiffé d'un bicorne emplumé. Après avoir tiré un coup à blanc pour éloigner la lioncesse au cas où elle rôderait en cachette, il leur délivrait le ticket à travers les barreaux. C'est à ce moment seulement que les candidats à l'encagement avaient le droit d'ouvrir la première porte qui donnait accès à une petite cage de transition. Une seconde porte était alors décadenassée par Mangeclous et les clients pénétraient dans la cage proprement dite qui se remettait en marche.

Les voyageurs marchaient en même temps que la cage, poussée par les pauvres hères de deuxième classe qui appuyaient contre les barreaux non leurs mains — ils craignaient trop les griffes de la lioncesse — mais de vieux balais. Les voyageurs de première qui n'étaient pas tenus de pousser marchaient dignement au centre de la cage roulante où ils se sentaient plus en sécurité. Ils ne s'approchaient des barreaux que lorsque l'omnibus s'arrêtait devant telle ou telle boutique qu'ils indiquaient au chef de la cage. Ils

91

passaient l'argent au fournisseur qui, peu après, déposait dans la petite cage de sécurité les victuailles commandées. Et l'omnibus antiléonin se remettait en marche.

L'idée de Mangeclous eut un grand succès. Le premier jour il y eut deux cents voyageurs. Mais le second jour il y en eut plus de mille. On dut refuser du monde et brûler des arrêts fixes. « Complet ! » criait cruellement le rayonnant Mangeclous. Tous les Juifs voulaient voyager en cage, les uns pour affaires ou par hygiène, d'autres par snobisme. Circuler en cage était un brevet de mondanité et de courage. Rentré chez lui, le voyageur était très entouré par ses parents et ses voisins qui écoutaient dans le plus grand silence les exploits du brave.

A partir du troisième jour, un service de nuit fut organisé pour les fiancés désireux de faire des promenades en forêt. Mangeclous institua même un service balnéaire à six heures du matin. Ce service comprenait l'entrée de la cage dans la mer, une lionne pouvant savoir nager.

Bref, Mangeclous faisait des affaires d'or et demandait à Dieu d'accorder longue vie à la lioncesse. Il parlait beaucoup de son confrère Ford, envisageait de fonder un journal qu'il appellerait « Les Progrès du Lion » et dans lequel il ne serait question que de la lionne, de ses mœurs et apparitions. Plusieurs fois par jour il télégraphiait à Schneider du Creusot, à Vickers Armstrong et à d'autres firmes similaires pour leur demander le prix des tanks d'occasion, par unités, douzaines et grosses. Et il s'étonnait de ne pas recevoir de réponses. De plus, il combinait de lâcher en cachette des lionceaux dans diverses communautés israélites d'Orient et même d'Amérique. Et il se voyait trustant l'antiléonisme mondial. En attendant, il mit en circulation, dès le quatrième jour, une cage pour pauvres, plus lente en sa marche et qui était un vieux poulailler, également monté sur roues.

Il ne s'en tint pas là. Les autres cages du dompteur ruiné furent achetées et transformées en taxis munis de phares. Les riches purent ainsi aller partout où il leur plaisait sans avoir à craindre de gênantes promiscuités. Incarcéré avec son client, le chauffeur au cou duquel pendait le taximètre — un réveil, en l'espèce — poussait la petite cage à l'aide d'un balai neuf, suivi par le notable qui allait avec majesté, respectueusement salué par la foule. Lorsque deux riches encagés se croisaient, les véhicules s'arrêtaient et ces messieurs devisaient de cage à cage, se demandaient réciproquement des nouvelles de la famille ou, appuyés aux barreaux, concluaient avec lenteur des affaires.

Les dames endiamantées allaient, en cages plus somptueuses encore, faire leurs visites d'après-midi. Ces véhicules, tendus de satin cramoisi et dénommés Lioncess's Cabs, étaient la propriété d'une société concurrente mais secrètement contrôlée par Mangeclous. Mystères de la finance.

Quelques riches avaient leur cage particulière. Les Grecs riaient beaucoup. Mais les Juifs laissaient rire ces inconsidérés qui ne craignaient point la mort, sans doute parce qu'ils sentaient, disait Mangeclous, que leur vie était sans importance.

Et six jours s'écoulèrent ainsi. Devant chaque maison étaient placées des assiettes contenant des dons destinés à apaiser les fureurs léonines : lait, crème, yoghourt, petites boulettes de viande crue, berlingots, cœurs de salades. Les Juifs ne vivaient plus qu'en cage. Seule l'introuvable petite lionne était en liberté, à la grande joie du phtisique qui venait de fonder l'École de Lasso et Claquements de Fouets.

Le septième jour fut un samedi. Dans la ruelle d'Or une cinquantaine de cages publiques et privées déambulaient, remplies de Juifs et de Juives qui s'éventaient fortement en se demandant réciproquement leurs chiffres de pression artérielle. De nombreux couples de fiancés encagés devisaient tendrement, des veuves allaient, tête basse, derrière les barreaux, et les parents conduisaient orgueilleusement leur progéniture vive et vaniteuse. Toutes ces personnes faisaient ainsi en sécurité leur promenade sabbatique et mangeaient force pistaches, fèves rôties au four, pois chiches frits et pépins de courges.

Sur le mât de la grande cage flottait le drapeau de Juda : un noble lion sur fond bleu et blanc. Une avocate sioniste et parfumée s'y trouvait qui était venue d'Anvers pour recueillir des fonds. Elle pérorait et clamait deux mille années de souffrances. Les encagés applaudissaient la prophétesse aux lèvres peintes, aux ongles rougis et aux cheveux teints, prenaient des poses ferventes, vibraient d'héroïsme et, larmes aux yeux étincelants, entonnaient l'hymne sioniste.

Soudain Salomon poussa un cri déchirant. Il venait d'apercevoir Michaël, débarqué d'Albanie, marchant sans cage et susceptible de divers dévorements. Des femmes s'évanouirent, un vieux cabaliste à l'esprit dérangé se mit à danser et des enfants entrèrent en épilepsie. Des adolescents haranguèrent Michaël en latin tout en lançant des œillades mauresques pour voir s'ils étaient admirés. Les cages imploraient.

— Danger de mort, ô Silencieux !

— O bouleversement d'entrailles !
— Pitié pour nos cœurs !
— En cage, Michaël !

Étrange spectacle. Michaël allait rapidement et des cages suppliantes couraient derrière lui. Soudain, elles s'arrêtèrent. La petite lionne, poursuivie par le danois du consul anglais, passa en trombe devant les cages. Cinquante mètres plus loin, le chien la happa. La tenant délicatement dans sa gueule, il la rapporta gentiment à son maître qui considérait avec quelque étonnement les encagés gisants et diversement convulsés.

VIII

Un soir violet, Salomon, rayonnant d'orgueil timide, exécuta devant la Synagogue Grande divers roulements sur un tambour d'enfant. Puis il lut le message suivant :

« Bien-aimés de l'île natale, nobles circoncis, c'est moi Saltiel qui vous parle par la bouche de mon fidèle Salomon. Le jour de gloire est arrivé ! Le chèque de trois cent mille drachmes est retrouvé avec l'aide de Dieu et de ma patience ! Il était dans un de mes bas gorge-de-pigeon où je l'avais enfermé pour ne pas le perdre ! Blanc de mémoire ! La vieillesse avance hélas d'un pas sûr et tranquille ! Seconde nouvelle énorme et dilatante ! La Colonne de Mystère a révélé ses abîmes énigmatiques ! Seul comme Moïse entouré au Sinaï d'aigles étonnés, j'ai scruté dans la douleur et la création et ne me rasant même pas et j'ai trouvé après avoir étudié des livres profonds ! Ordre vous est donné de vous réunir demain après-midi à quatre heures sur la Place Grande ! Vive la France, aimable biche dans la jungle des nations ! Liberté ! Égalité ! Fraternité ! Vive le Pape ! Vivent les Catholiques persécutés en Allemagne mais courageux et tenant bon ! A bas la Révocation de l'Édit de Nantes ! Ayant mal aux dents comme Pascal j'ai inventé un Balai Mécanique servant en même temps de Moulin à Café! Vivent les Grands Hommes sauveurs de l'Humanité Souffrante! A bas la Matière! A bas la Violence! De plus veuillez noter que j'ai décidé de ne plus acheter de nouvelle toque de castor car j'ai lu un livre sur les Castors, bêtes charmantes et consciencieuses, tellement gentilles et affectueuses, et vous êtes incapables de faire des maisons aussi bien que ces estimables animaux! »

Le peuple interrogea mais Salomon dit qu'il n'en savait pas plus. Guidés par Mangeclous, les Juifs impatients refluèrent en masse vers la demeure de Saltiel, un pigeonnier obliquement posé sur une fabrique désaffectée. Mais le peuple trouva Michaël qui montait la garde devant la porte.

— Inutile, dit-il. L'oncle de sagesse vous révélera tout demain.

Et comme la foule insistait, il toucha ses pistolets. Les Juifs disparurent avec la rapidité de l'oiseau.

Le lendemain, dès midi, la Place Grande grouilla de créatures avides d'apprendre. La foule — vert cru, jaune cédrat, rouge framboise, jujube et zinzolin — était si dense que des femmes s'évanouirent et que des vieillards expirèrent. On s'éventait, on transpirait, on supputait, on calculait, on espérait, on se grattait, on trépignait et on mangeait. Les Valeureux étaient au premier rang et, d'émoi, Mangeclous avait déjà mangé la moitié de sa barbe.

Enfin, à l'heure dite, un antique et flageolant carrosse apparut, couvert de miroirs à facettes et encadré par quatre anges sculptés qui tenaient des flambeaux d'or écaillé. Deux petits ânes couronnés de fleurs le tiraient et Saltiel en gants blancs trônait sur du velours cramoisi. Une immense ovation l'accueillit. Il se leva et ôta sa toque de castor.

Aidé par divers officieux, il gravit politiquement les degrés qui conduisaient à l'estrade préparée à son intention. Michaël tira deux coups à blanc et un silence immense s'étala. On n'entendait plus que les battements des éventails et des cœurs. L'heure était financière, auguste et solennelle.

— Mes amis de l'île, dit Saltiel d'une voix noble mais résolue, compagnons de mes labeurs, j'ai trouvé par les veilles et l'esprit le secret du secret. Qui est l'homme le plus intelligent de l'île ?

— Moi ! osa murmurer Mangeclous.

— A bas ! hurla la foule. A la porte ! A mort, Mangeclous ! (Le faux avocat, flatté, ricana et salua.) A la mer, Mangeclous ! L'homme intelligent, c'est toi, Saltiel ! Parle, chéri du Puissant ! Parle, fleur de la nation !

— Messieurs, je vous ai convoqués...

— Que tu vives, Saltiel !

— Dis vite !

— Je vous ai donc convoqués pour vous dire que j'ai trouvé et que le secret est d'une simplicité enfantine.

— Dis ! Dis ! Dis ! gémit la foule aux yeux exorbités, aux mains vivantes et volantes.

— Mais avant de vous révéler le mystère, je veux vous parler d'une chose qui me tient à cœur.

— Oui, homme de distinction !

— Parle, voix de la sagesse !

— Voici, mes seigneurs. Quand les Allemands se rencontrent ils disent Heil Hitler. Eh bien, il faut que nous aussi nous ayons un salut de ralliement ! Je propose que désormais nous ne disions plus Aisance et Famille ou Paix. Il nous faut quelque chose de plus moderne. (Il s'arrêta pour priser et surtout pour tenir l'assistance bariolée en haleine.) Je propose que notre salut de rencontre soit Vive la France !

— Hosannah !

— Oui, mes chers amis, car c'est un pays de gentillesse où on ne gifle pas les vieillards juifs !

— Et cætera ! cria Mangeclous. On a compris l'allusion. Mais je propose qu'on dise aussi Vive l'Angleterre !

— Adopté !

— Et vive l'Amérique aussi !

— Et vive la Tchécoslovaquie, la Suisse !

— Et vive la Russie aussi ! dit Michaël.

— Suffit ! hurla Mangeclous. Sommes-nous à la classe de géographie ? Allons, le secret, Saltiel !

— Mais intérieurement nous dirons aussi quelquefois Vive l'Allemagne, dit Saltiel.

— Je suis contre ! tonna Mangeclous. Qu'est-ce que tu racontes avec ton intérieurement ? Moi, quand je pense, c'est extérieurement.

— Je suis pour, dit Saltiel, car le jour viendra où l'Allemagne comprendra qu'elle a été méchante et qu'elle est bonne en réalité. Car enfin, messieurs, Beethoven...

— Stoppe, Saltiel ! cria Mangeclous. Inutile de développer.

— Il reste une autre question à régler. Quel salut ferons-nous avec les mains ? Où mettrons-nous le bras et la main ?

— Dans la poche du pantalon, proposa Mattathias.

— Sur la tête, dit Mangeclous, car c'est le siège de l'intelligence !

— Non, messieurs. Notre salut de ralliement sera de dire Vive la France en mettant la main sur le cœur !

— Et maintenant les trois cent trois millions ! cria Mangeclous.

99

— Oui, révèle la colonne de mystère !

— Eh bien, je crois préférable de ne rien vous dire.
La foule poussa un cri d'agonie.

— Oui, mes amis, le secret est si simple que je ne voudrais pas infliger cette humiliation à de vrais Juifs intelligents. Aussi vous ai-je convoqués pour vous encourager à chercher tout seuls.

— Trahison ! cria Mangeclous.

Toqué de castor et redingoté de noisette, Saltiel humait le fumet de la supériorité intellectuelle. Oh, s'il était né italien et chrétien, quel pape il aurait fait !

— Par pitié ! mugit la foule.

— Dis le secret, hurla Mangeclous, mains agonisantes crochées sur la redingote entrouverte qui laissait voir une forêt de poils, le faux avocat mettant toujours son habit noir à même la peau. Dis le secret à moi seul et confidentiellement ! râla-t-il, les yeux sanguinolents.

Et pour apitoyer Saltiel il arracha à pleines poignées les poils de sa poitrine. Des milliers de congénères l'imitèrent. Un coup de vent balaya ces toisons arrachées et ce fut comme un nuage noir qui vola vers la violette mer soyeuse et luisante. Sept mille hommes suppliaient, frappaient leurs poitrines épilées, proposaient de l'argent pour obtenir satisfaction, gémissaient que l'île entière allait mourir et que les Juifs ne pourraient plus jamais dormir.

— Oh, je donnerais dix ans de ma vie ! criait Lord Isaac and Beaconsfied Limited.

— Je me tords dans les spasmes de l'insatisfaction ! hurlait Mangeclous.

Pendant une heure de temps la foule supplia, injuria, menaça, maudit, eut recours aux appels les plus tendres, au Talmud, aux Dix Commandements, aux malades qui gisaient sur les grabats de la souffrance et qu'on fit sortir de leurs couches pour apitoyer Saltiel. Des visages enflaient. Des adolescents grattaient des urticaires cycloniques. Des éternuements zigzaguaient, des bâillements s'étalaient et s'achevaient sur un mode aigu. Une nonagénaire qui avait été la nourrice de Saltiel sortit un de ses seins flétris pour faire honte à l'ingrat nourrisson.

— Maudit qui ne respectes pas le lait qui t'a abreuvé !

Mattathias cita l'exemple de son arrière-grand-père qui était mort d'une question rentrée. Mangeclous prétendait qu'il allait, lui-même, personnellement, mourir bientôt, en chair et en os, et surtout en os, hélas. Il suppliait son cher ami, l'homme de bien Saltiel, de daigner exaucer le vœu d'un moribond.

— Fais-le pour moi, fais-le pour l'âme de Petit Mort ! O Juifs, criez des arguments pour attendrir ce tigre !

Mais rien n'y faisait et Saltiel restait souriant sur son haut lieu ingénieusement édifié à l'aide de tonneaux et de bancs renversés. Il aimait rôtir ses coreligionnaires sur le gril de l'attente, jouissait innocemment de leur douleur et surtout de celle de Mangeclous qui s'était éteint en un coma de curiosité insatisfaite.

— Tue-moi ! cria le faux avocat, revenu de son évanouissement. Étrangle-moi, mais parle ! Oui, serre mon cou, le voici, je te l'offre ! proposa-t-il à genoux et le menton levé.

Un sage vieillard rappela que c'était sous le même signe zodiacal qu'était survenu l'Événement de la Bombe, une trentaine d'années auparavant. Il en déduisit que le secret déchiffré par Saltiel devait être dangereux et qu'ils ne seraient pas trop de tous les fils de l'île pour en discuter le sens, la portée et les conséquences.

(Ce que les Juifs, en frissonnant, appelaient la Bombe était une torpille égarée par un cuirassé anglais et que les bateliers — le père de Salomon et le frère aîné de Mattathias — avaient apportée au père de Saltiel, le célèbre cabaliste Maïmon. Celui-ci, après avoir examiné l'oblong engin de mort, avait décrété que cette petite nef voyageait sur et sous mer depuis les temps du roi Salomon et que, vraisemblablement, elle devait contenir une partie des richesses du célèbre monarque. On l'avait donc apportée au maréchal-ferrant — c'était le père de Michaël — qui avait frappé à coups redoublés sur la torpille tandis que les assistants chantaient des psaumes et agitaient des palmes. L'explosion occasionna la mort d'une vingtaine de Juifs. Certains étaient de mes parents.)

— O préféré, crains que cette année ne soit aussi funeste que l'Année de la Bombe !

— Où sont mes trois cent trois millions ? hurla Mangeclous. Au moins cela !

— Parlez, révéré seigneur, glapit le bambin de Mangeclous, car l'attente m'occasionne des démangeaisons en mon jeune âge !

— Je renonce à mes deux cents millions ! râla Mangeclous. Je n'en garderai que cent ! Allons, Saltiel !

— Révèle, car nos entrailles se tordent !

— Oh vinaigre dans notre sang !

— Dis le secret, car mes ongles se recroquevillent et mes cheveux tombent ! cria Mangeclous. Dis ou je me tue à l'instant ! Crois-tu que je sois homme à supporter la vie quand je sais qu'un autre sait ce que je ne sais pas ? Tu n'as pas le droit de me faire périr en la fleur de mes ans ! Homme de mal, ne sais-tu pas que mon fantôme fera cailler ton sang ? Allons, dis ou je te jette le mauvais œil !

— Oncle, pensez à moi le pauvret, roucoula Salomon. Craignez que moi aussi je ne défaille dans les bras de l'Ange Noir ! O oncle, expliquez-nous une petite explication ! Car notre naturel est de vouloir savoir.

Mangeclous, décidé à tout, joua le grand jeu.

— Par le Nom Sacré, dit-il soudain en mettant sur sa tête le châle rituel à franges, je jure que si tu ne me révèles pas tout de suite le secret, je vais dans les Amériques et je me fais Allemand et je répudie ma femme ! Et je deviens pasteur ! Et je télégraphie à Hitler pour le féliciter et l'encourager à faire mieux car j'en ai assez d'une telle race cruelle ! Je le jure par Rabbi Akiba !

Un silence impressionnant suivit cette déclaration et Saltiel sentit qu'il était vaincu. Être cause de l'abjuration de Mangeclous, tout de même, non ! Et surtout infliger un tel pasteur aux Américains, il ne s'en sentait pas le courage. Il demanda donc à ses amis de le suivre. Mais auparavant il prit congé de la population à la nouvelle manière israélite. Onze ou douze mille mains se posèrent sur onze ou douze mille cœurs et un grand cri s'éleva.

— Vive la France !

IX

Les amis entouraient Saltiel trônant en son pigeonnier tandis qu'en bas la foule continuait ses implora-
tions.

— Messieurs, dit Saltiel, un homme comme moi n'a
pas de temps à perdre. Sachez que l'avant-dernière
nuit j'étais en train de dormir.

Il hésita. Que dire ? Quelle affirmation ferait plus
noble impression ? Dire que l'idée de génie lui était
venue tout à coup ? Ou bien dire que ce fut à la suite de
calculs et d'écritures immenses ?

— J'étais en train de dormir lorsqu'une voix m'appela par un psst ! retentissant. Et je répondis : Qui va
là ? — Un ami ! répondit la voix. — Est-ce vous,
seigneur Moïse, notre maître ? Et la voix me répondit :
Pas du tout, ce n'est pas Moïse. Pour un homme
comme Saltiel c'est Moi qui Me dérange en personne !
Bref, mes chers amis, c'était l'Éternel lui-même !

A l'exception de Salomon, qui tremblait de tout son
corps, les Valeureux savaient que Saltiel exagérait. Ils
n'en étaient pas moins assez émus.

— Et Dieu me parla en ces termes : Saltiel, Je vais
te donner un petit coup de main pour déchiffrer
l'énigme. Sache, mon cher ami...

104

— Ainsi a-t-Il dit, oncle ? demanda le petit benêt.

— Parole d'honneur ! dit Mangeclous pour hâter la fin de l'histoire.

Salomon regarda l'oncle avec respect.

— Et alors, poursuivit Saltiel, Dieu m'a dit que l'énigme était simple et que mes amis étaient bien bêtes de n'avoir pas compris.

— Il va un peu fort, s'indigna Salomon. Ce n'est vraiment pas difficile de trouver quand on est omniscient !

Bref, Salomon trouvait que l'Éternel manquait de tact. Mais il n'osa pas le dire.

— Ça va, ça va, dit Mangeclous. Et alors ?

— Eh bien, mes chers amis, Dieu, après avoir passé Sa main sur Sa barbe...

— Mais L'avez-vous vu ? demanda Salomon.

— Non. Car j'aurais été transformé en chiffon ou en petite braise.

— Et alors comment savez-vous qu'Il a touché Sa barbe ?

— J'ai entendu le bruit des Poils ! (Salomon fut parcouru d'un grand frisson.) Bref, mes amis, grâce à Dieu... reprit Saltiel, assez gêné par la tournure sacrilège que prenait son histoire.

— Par les Poils de l'Éternel, dépêche-toi ! dit Mangeclous.

— Bref, le secret est qu'il fallait ne tenir compte que des lettres et ne tenir compte ni des chiffres, ni des signes, ni du mot francs. Lisez vous-mêmes.

Chacun des Valeureux sortit de sa poche le texte du cryptogramme et Mangeclous déchiffra à haute voix.

« Exposez cette lettre à la chaleur et l'oncle aura une grande joie. »

— Et alors où sont les millions ?

— Je ne sais pas. J'ai eu peur de chauffer tout seul la lettre. J'ai préféré attendre que vous soyez avec moi. Et puis je voulais souffrir un peu.

— Pourquoi ?

— Pour que Dieu ait pitié et envoie la vraie bonne nouvelle.

La lettre fut mise au-dessus d'un réchaud et des caractères bruns apparurent.

« Que Saltiel se trouve à minuit le vingt-cinq avril au Jardin Anglais à Genève. »

Mangeclous était terriblement déçu. Et les millions alors ? Saltiel claquait des dents.

— C'est lui, mes bien-aimés ! C'est Sol !

Il ouvrit les bras et ses amis vinrent successivement l'embrasser. Et parce qu'il était devenu vieux, il sanglota. Pour se donner une contenance, Mangeclous ricana. Cet oncle Saltiel en faisait des histoires avec son neveu ! Lui, Mangeclous, avait enterré un nombre infini de fils, y compris Petit Mort, et pourtant il tenait bon contre l'adversité et se nourrissait vaillamment. Et il ne pleurait pas en public ! Saltiel décidément baissait. Salomon caressa de ses petites mains le visage ridé de son vieil ami.

— Oncle, il faut rire, il ne faut pas pleurer.

— Oui mais si ce n'est pas lui ?

— Eh bien, dit Mangeclous, si ce n'est pas lui, ce sera peut-être encore mieux ! C'est peut-être quelque vieille riche Américaine dont tu me feras faire la connaissance et que j'épouserai bigamement et sois tranquille sur mon avenir ! Je lui ferai des chatouilles sous la plante des pieds et elle m'adorera et je fumerai des cigares et vous offrirai des sorbets et vous verrez qui je suis ce jour-là !

— Silence, cadavre, dit Michaël.

Et comme Mangeclous faisait mine de plaisanter, Michaël lui tordit le nez. Mangeclous voulut faire le courageux.

— Pauvre petit, dit-il au géant, si je ne me retenais pas, quelle gifle tu recevrais !

Ce fut lui qui la reçut. Il boutonna aussitôt sa redingote et les Valeureux frémirent à l'idée du carnage qui allait s'ensuivre.

— Veille à ne pas recommencer, dit Mangeclous sur un ton distingué. Car si tu recommençais il se pourrait bien que je t'appelasse grossier personnage.

Et l'affaire fut ainsi liquidée.

— Oncle, dit Salomon, moi j'ai un bon pressentiment. Vous le verrez à Genève, le seigneur Solal, et vous passerez des jours confiturés en cette ville qui est le miracle du monde, patrie de Rousseau qui aimait les hommes !

Sa petite poitrine tremblait d'enthousiasme pour Genève et tous ses habitants.

— Dans le coin ! intima Mangeclous qui avait coutume de se venger sur Salomon des affronts que lui infligeait Michaël.

— C'est sérieux ? demanda Salomon.

— Dans le coin ! Nous en avons assez de t'entendre faire le maître d'école, ô grain de riz !

— Si c'est sérieux, dit Salomon.

Et pour ne pas contrarier son ami, il alla se mettre près de la porte et y demeura docilement en pénitence. Le dos tourné, il gratta à diverses reprises diverses parties de son corps. Cependant Saltiel allait et venait, réfléchissait, prenait l'un après l'autre les verres vides et en regardait l'intérieur comme pour y trouver son neveu. Deux ans déjà qu'il ne savait rien de Solal ni du rabbin Gamaliel, le père de Solal. Il était vieux et il voulait revoir son neveu avant de mourir.

— Les trois cent mille drachmes redevenant intéressantes, dit Mangeclous, allons à Athènes les encaisser !

— Oui, dit Mattathias. Ces millions nous ont tourné la tête. Pourvu que le chèque ne soit pas désapprovisionné.

On décida que le départ pour Athènes aurait lieu le lendemain et Mangeclous, soudain fort gai et qui semblait avoir oublié les trois cent trois millions, se mit à chanter. On eût dit le gargarisme collectif d'une tribu abyssine. Une tape de Michaël mit fin à ce récital.

— Messieurs, dit Saltiel, après avoir encaissé le chèque à Athènes...

— Et moi, interrompit Salomon en virevoltant, je mettrai les drachmes contre ma poitrine et bien malin sera celui qui me les volera car par-dessus j'y mettrai des ronces !

— Laisse parler les personnes, dit Mattathias.

— Après Athènes, j'irai à Genève seul, avec l'aide de Dieu, dit Saltiel qui crut devoir prendre une posture romantique.

Le faux avocat éclata d'un rire méprisant, écarta ses orteils et les convulsa.

— Qui parle en ce lieu d'aller seul ? demanda-t-il en ôtant son chapeau haut de forme. Honte à toi, Saltiel ! Crois-tu que je te laisserai aller seul ? Avec toi j'irai, Saltiel, ainsi dis-je, avec toi pour quatre raisons !

Sentant que son discours allait être long, il expulsa autoritairement de sa bouche le noyau d'olive qu'il y

gardait pour tenir compagnie à sa langue neurasthénique.

— La première de ces raisons est que je suis
désormais fils de la richesse et des conforts par l'effet
de ma part sur les drachmes et que j'aime voyager ! La
troisième. (Il remit son chapeau, le plaça sur un œil
soupçonneux.) La troisième, dis-je, est que je désire
voir cette Société des Nations et me rendre compte de
sa valeur par l'œil et le jugement. La quatrième et la
plus importante est que tu es la veine de mon œil, ô
Saltiel, l'ami que j'aime autant que ces pommes frites
en fines lamelles dénommées par mes amis anglais
« chips » et que, si maudit que je sois, des sentiments
nobles et précieux ne se mouvementent pas moins
dans mon âme, généreux et teints des diverses couleurs de l'arc-en-ciel ! Et comment pourrais-je te
laisser parmi les écueils et les embûches en l'âge tardif
où tu te trouves, ô mon compagnon Saltiel, ô ami
chéri de mon enfance auprès duquel je veux vivre et
mourir ?

Ayant dit, il s'inclina en grand acteur et Salomon
éclata en sanglots et Mattathias se moucha. Michaël
se désenroua. Pour se punir de sentiments incompati-
bles avec ses moustaches en croc, il donna une taloche
à Salomon. Celui-ci comprit tout et continua ses petits
sanglots après avoir posé pacifiquement sa main sur
le genou de son bourreau.

— Que ces infâmes, poursuivit Mangeclous en montrant du doigt les autres Valeureux qui sursautèrent,
que ces faux amis à têtes patibulaires, vrais francs-
maçons épicuriens, enchaînés sombrement par le
démon blond de l'égoïsme, te laissent veuf et solitaire,
libre à eux, libre à ces sombres sires sinistres ! (Il était
sérieusement indigné. Puis, pensant à sa propre gentillesse, son visage s'éclaira idylliquement et il reprit

109

avec ardeur.) Quant à moi qui suis un homme à l'âme délicate, je t'accompagnerai par terre et par eau, par vents et par flammes, à travers les déserts, les inondations, les professeurs femelles de diction, les symphonies classiques, les vallées, les poésies avec rimes et sur les plus hauts sommets de l'Helvétie, risquant ma vie en toute occasion pour toi et défiant pirates et bêtes féroces ! Je puis être capable de t'escroquer un peu, mais t'abandonner, ô Saltiel, jamais !

Il se découvrit, salua et s'en fut. Il était si touché par son discours qu'il alla derrière un olivier pour donner libre cours à son émoi et pleurer à son aise.

— Mais nous ne sommes pas des infâmes ! cria Salomon. Moi aussi, j'irai avec vous, oncle ! J'irai sur terre et sur mer, sur les vents et sur les pirates !

— Plagiaire ! cria derrière son olivier Mangeclous qui, après avoir remisé son large mouchoir teint de tabac à priser et trempé de larmes, pensa un instant à fonder une société anonyme qui aurait pour seul but de faire breveter ses discours.

— Quel est le prix du voyage jusqu'à Genève ? demanda Mattathias qui n'était pas méchant homme et aimait Saltiel à sa manière.

Quelques minutes plus tard, Salomon courut vers Mangeclous toujours pleurant sur sa bonté derrière son olivier et lui annonça que les Valeureux avaient décidé d'accompagner Saltiel jusqu'au bout du monde.

— Ne crois-tu pas, lui dit-il tout bas, que le seigneur neveu de Saltiel, ayant peut-être gagné une principauté ou quelque autre concombre de la réussite, nous envoie de l'argent parce qu'il nous aime mais ne nous dit pas où il est, crainte que nous ne lui gâchions la royauté par nos manières et notre incompétence ?

Le faux avocat regarda attentivement le bout d'homme. Une orange se détacha de sa branche et tomba. Mangeclous la ramassa, la mâcha sans la peler et médita durant dix minutes.

— Ta cervelle est petite mais bien faite, dit-il enfin.

Salomon, fort heureux de ce compliment, alla courir en rond puis en long. « Petite mais bien faite ! » fredonna-t-il en sautant et sautillant.

Ensuite il retourna au quartier juif où, tout en croquant des jujubes dont il tenait le cornet contre sa poitrine, il chanta à tue-tête, tantôt dansotant à cloche-pied, tantôt faisant de pimpants sautillés, qu'il avait trente mille drachmes, trente mille dra-a-achmes !

Il était si fou de joie à l'idée de voir bientôt Athènes, d'avoir bientôt trois cents billets de cent drachmes, trois mille billets de dix drachmes et surtout trente mille pièces d'une drachme, de partir avec les amis et de voir Genève, « ville des glaciers sublimes », qu'il galopa soudain avec la frénésie du poulain vers la forêt d'Analipsis. (O ma jeunesse enfuie.)

Des oliviers michelangelesques se penchaient, tordus, sur la mer lisse qui recevait deux sources bondissantes. Salomon releva son nez retroussé, écarta les narines pour humer l'air salé à point et se délecter du ciel très grand, très excellent et très bleu, tout dépecé de palmes.

— Nom de Dieu ! osa crier le pieux petit bonhomme.

Les prairies étaient de velours, toutes fleurs épanouies dans la tiédeur odorante et verte. Sur les rochers à pic au-dessus de la mer les néfliers embaumaient. Le grand soleil éternel découpait des tranches glauques et de blanches clairières dans la mer calme, à peine bruissante et si violette. Le silence de ces espaces translucides enthousiasma le vendeur d'eau qui tapa du pied et dit toutes sortes de gros mots pour la première fois de sa vie.

Qu'il était heureux ! Trente mille drachmes ! Le départ ! La cabine du bateau ! Les jolies petites couchettes, nom d'un Dieu très bon ! La brise marine ! La proue du bateau ! Il s'y placerait à l'extrême pointe et se dirait qu'il respirait un air que nul autre avant lui n'avait respiré ! O privilège ! O délices en ce monde ! Sa joie l'angoissa et il cria pour s'en débarrasser.

— Badaboum, bouf, cruc, foulmouf, noum et roum !

Oh, le grand bateau à vapeur qui les conduirait à Marseille ! Oh, savourer l'odeur délicieuse du goudron et de la peinture surchauffée ! Oh, aller voir pendant des heures les terrifiantes machines et les pistons et les chers petits récipients de verre et de cuivre où il y avait de l'huile verte. Oh, voir le mécanicien qui passait sur les pistons luisants une espèce de chose grasse qui s'appelait peut-être de l'étoupe ! Oh, saluer respectueusement le capitaine français et de haute taille ! Oh, admirer les voyageuses des premières ! Oh, descendre à la salle à manger ! Oh, se resservir trois fois de chacun des plats ! Et l'arrivée à Marseille ! Et le cher ami Scipion qu'on reverrait ! Et le chemin de fer ensuite ! Les achats de provisions pour le voyage ! Aller à la gare deux heures à l'avance pour ne pas manquer le train ! S'installer dans le compartiment et trépigner ! Tu as ta valise ? Et les provisions, où sont-elles ? Et faire connaissance dans le train avec des Français charmants et des Suisses instruits ! Entrer en rapports puis en confidences et leur dire sa joie des trente mille drachmes ! Tout cela, tout cela pour lui ! Et l'arrivée en Suisse ! Les pâtres ! La liberté ! L'honnêteté ! La vertu ! L'indépendance ! Pas de fascistes ni de communistes qui lui donnaient la chair de poule !

112

Et faire la connaissance de Genève qu'il n'avait jamais vue ! Et repaître ses yeux de la vue des grands hommes politiques ! Et aller baiser la main du seigneur Calvin, le grand rabbin des Genevois ! Et surtout, surtout revoir le seigneur Solal qui était si beau ! L'admirer ! Voir ses yeux qui étaient comme une scène de théâtre ! Voir la joie de l'oncle Saltiel, s'en repaître et mourir de plaisir !

— Tout cela pour moi et pour mes amis ! criait-il en courant à cloche-pied.

Et puis il était vivant ! Petit mais vivant et n'ayant peur de rien ! Pris par une folie de joie, le rejeton de la branche cadette des Solal galopa, tout en faisant des moulinets, vers la mer dans laquelle il se jeta tout habillé, ventre le premier. Il y fit des mouvements désordonnés de nage qui bientôt l'enfoncèrent au fond des eaux marines d'où il émergea, coiffé d'algues et moins impavide. Il s'étendit sur l'herbe et tira la langue, ce qu'il supposa être de la respiration artificielle.

Fils de mon cœur, petit Salomon, jeunesse du monde, naïveté et confiance, bonne bonté, rédemption des monstres aux râteliers de canons, aux narines soufflant l'ypérite, et de tous les mannequins qui ont oublié d'être hommes. Salomon, petit prophète des temps bienheureux où les hommes seront tous pareils à toi. Salomon, petit mais vrai sauveur, il n'y a que moi qui t'estime et te respecte. Et tu es un trop vrai grand humain pour le savoir, ô escargot, ô microbe, ô grande âme. Laisse-les sourire et se moquer de toi et va gambader, petit, tout petit immortel. Va, mon agneau, mon mignon messie chéri.

L'ardent soleil sécha bientôt Salomon sauvé des eaux qui reprit sa course à travers la forêt embaumée. Une centaine de petits oiseaux l'entouraient, tous pépiants, car ils trouvaient excellentes les algues dont il était orné et les picoraient sans peur. Lorsqu'il s'arrêtait, ceux qui le connaissaient bien se juchaient sur sa tête pour se décontracter les pattelettes et se délasser avec insolence. Lorsqu'il se remettait à gambader, ils s'enfuyaient dans un grand froulis de soie et ils allaient se poser, petites boules innocentes, sur de hautes et fines ramures balancées.

Il s'amusa longtemps à chanter, à sauter et à baguenauder, environné par une multitude de petits amis voletants et aussi gais que lui. Parfois il tournait comme un toton et disait des louanges à Dieu, créateur du ciel et de la terre. Ses manches déchirées volaient tant de côté et d'autre qu'elles semblaient des ailes.

Les heures passaient. Les insectes craquaient, criquetaient, menaçaient et Salomon, ivre de drachmes, de coruscation et de voyages, ne songeait qu'à danser et à chanter et à crier la nouvelle devise des Valeureux.

— Vive la France !

Si bien que, lorsque la nuit fut tombée, il se trouva perdu dans une sombre forêt où des chouettes commençaient à faire semblant de ricaner. Se bouchant les oreilles, une intense frayeur dans le dos tout mouillé, il chercha longtemps sa voie, chantant la Marseillaise pour se donner du courage.

X

Étrange bonhomme vraiment que Mangeclous. Ses entreprises du temps de la lionne lui avaient rapporté une somme rondelette, grâce à laquelle il aurait pu suralimenter ses enfants, faire l'emplette d'une redingote neuve et offrir à sa Rébecca les spécialités pharmaceutiques dont elle était aussi friande que l'épouse de Salomon. Comme elle aurait été heureuse de consolider sa santé en prenant simultanément de la Boldoflorine, de l'Urodonal, de la Magnésie Bismurée, du vin de Frileuse, de la Quintonine, de la Multivitamine, des sels Kruschen, de l'Eno's Fruit Salt, des Petites Pilules Carter et bien d'autres produits après lesquels son âme soupirait.

Mais non. Imaginez-vous que Mangeclous se découvrit une vocation de mécène aussitôt son holding liquidé et qu'il répartit ses gains entre les personnalités et les organismes qu'il chérissait. Ces munificences partaient d'un bon mouvement et le pauvre bougre était à cent lieues d'imaginer qu'elles étaient déplacées et ne seraient pas reçues avec une reconnaissance débordante. En voici le détail.

Mille drachmes au Saint-Siège, mille drachmes à l'Organisation sioniste et trois mille drachmes au roi d'Angleterre. Ce dernier don était accompagné de la mention suivante, soigneusement calligraphiée au dos du mandat-poste qui stupéfia le receveur de Céphalonie : « Prière à Son Amicale Majesté de S'acheter Quelques Futilités Lui Faisant Plaisir et d'offrir Quelques Chocolats Suisses aux Mignonnes Princesses de la part de leur bon ami Mangeclous, humble ver admiratif et rampant. Le chocolat aux pistaches Damak fabriqué par Nestlé est Ravissant. » .

Trois cents drachmes au duc de Norfolk qu'il estimait particulièrement. Deux cent cinquante drachmes au colonel Lord Templemore, D.S.O., O.B.E., capitaine des Yeomen de la Garde. Deux cent quarante drachmes au comte de Lucan, capitaine des Gentilshommes d'Armes. Deux cent soixante drachmes à l'amiral Lord Beatty. Cent drachmes au comte de Sefton. Cent vingt drachmes au comte de Derby. Cent cinquante drachmes au marquis de Zetland. Deux cents drachmes au marquis de Linlithgow. Cent drachmes à Mr. Winston Churchill. Cinquante drachmes à Mr. Lloyd George. Deux cent soixante-quinze drachmes au Brigadier-Général G. W. St. G. Grogan dont il avait beaucoup apprécié le haut plumet.

Trois mille drachmes au ministère français de l'Air. (« Avec le salut militaire du caporal Pinhas Solal. ») Trois mille drachmes à la Suisse. (« Pour vous acheter quelques bons canons et faites attention, s'il vous plaît, du côté d'une certaine frontière, hum, hum ! ») Deux mille drachmes au Président des États-Unis. (« Veuillez excusez la modicité, Cher Grand Ami, mais je n'ai pas de soucis au sujet de Votre Trésorerie. »)

Et un timbre grec d'un centime au ministère allemand de la Propagande.

Ces divers dons ayant été expédiés en secret — Mangeclous craignait les glapissements de Rébecca — il alla commander quatre billets de troisième classe pour Marseille, via Le Pirée. Il se frottait vigoureusement les mains en pensant à la joie qu'éprouveraient les notables britanniques lorsque ses dons leur parviendraient. Tout de même il aurait dû envoyer un peu plus à Lloyd George qui se froisserait peut-être. Tant pis. Trop tard. Et puis, en somme, c'était mieux ainsi. Il avait certes beaucoup de considération pour Lloyd George mais il n'approuvait pas entièrement sa politique et, en fin de compte, il n'était pas fâché de le lui faire comprendre discrètement. Il s'arrêta, très ennuyé de n'avoir rien envoyé à ses chers Eden, Neville Chamberlain, Baldwin et autres. Mais que faire ? Il ne lui restait plus un sou. Eh bien, à la prochaine affaire, il ne les oublierait pas.

De retour en sa cave, il fut pris d'une grande lubie de tendresse et confectionna pour ses marmots une omelette de quarante œufs. Au milieu de la nuit, il les réveilla pour leur faire ingurgiter, sous son regard sévère et charmé, divers fortifiants.

XI

Sur le pont du bateau qui venait de quitter Le Pirée à destination de Marseille, Michaël, Salomon et Mattathias entouraient Mangeclous portant contre sa poitrine — et dans un sac de peau — le chèque de huit mille francs suisses remis par la banque d'Athènes en échange des trois cent mille drachmes. (Après une discussion ardente, il avait été convenu que chacun des amis garderait le chèque à tour de rôle pendant quatre heures et que le porteur de quart serait encadré par les autres.)

Inquiet de ne pas voir Saltiel, Salomon s'en fut à sa recherche. Il le trouva, assis sur sa vieille valise nombreusement ficelée, qui rêvait comme le prophète Jérémie sur les ruines de Jérusalem. Le petit oncle se rappelait les années passées. Un quart de siècle auparavant, trente mille Juifs vivaient à Céphalonie et en ce temps béni il y avait cinq synagogues, une Académie de Talmud, un séminaire, un grand rabbin, six rabbins ordinaires et dix ministres officiants. Mais peu à peu les Juifs étaient partis et il n'en restait plus maintenant que quinze mille. Les autres avaient essaimé vers des villes prospères — Milan, Alexandrie, Manchester, Paris, New York. Haïm, le petit-fils de

Moïse Solal, était député et s'appelait Victor Saulalle. Le mariage de sa fille Jehanne avec le baron Oppenheim avait été célébré dans la plus élégante église de Paris. Quant au fils de Victor Saulalle, il était romancier d'adultères. Honteux de sa race, il signait Adrien de Nobencourt. On disait même qu'il songeait à introduire une instance en rectification d'état civil.

— Oncle, demanda Salomon, avez-vous mal en quelque lieu de votre corps ?

Et tous ces transfuges mangeaient du porc, se réjouissaient de connaître des préfets et parlaient de Céphalonie avec condescendance, bien décidés à ne plus revoir cette île peu civilisée et le ghetto auquel ils devaient d'avoir duré. Ils n'allaient à la synagogue que le jour du Grand Pardon et ne mangeaient plus de pain azyme pendant les fêtes de la Pâque. Ils faisaient encore circoncire leurs fils mais ils ne leur apprenaient plus l'hébreu. Les pauvres enfants ne savaient qu'une seule prière, celle qu'en ridicule costume d'adulte et en chapeau melon ils récitaient le jour de l'initiation dans des synagogues où on jouait impudiquement de l'orgue et où les femmes, horreur des horreurs, coudoyaient les hommes. Et les filles de ces transfuges mettaient de la peinture sur leurs lèvres, sortaient le soir à demi nues. Et il en avait vu qui s'habillaient comme des hommes. Quant aux fils des plus riches, ils avaient des manières efféminées et abjuraient la sainte religion. Brusque passage de la sainteté à la pourriture.

Les trois autres Valeureux entrèrent au moment où, dans la cabine obscure, Salomon prenait la main de Saltiel.

— Voulez-vous que nous chantions un psaume ensemble ? proposa-t-il.

D'un geste de la main Saltiel rejeta les psaumes qui n'avaient pas préservé le peuple de la déchéance.

— Que diable, quand on est triste on le dit, on le crie ! clama Mangeclous. Assez de ces énigmes, ô Saltiel !

— C'est d'avoir quitté l'île, oncle ? demanda Michaël.

— Notre peuple agonise, dit Saltiel.

Mangeclous hocha la tête. Il y avait longtemps qu'il le savait et il n'en dormait pas la nuit. Et puis qu'avait-il fait de sa vie et de sa jeunesse ? Aucune invention, rien ne resterait de lui après sa mort. Oh, avoir écrit un livre noble et être applaudi par les foules ! Au fond, il était déjà mort. Et dire que s'il était né chrétien d'Angleterre il serait en ce moment vice-roi des Indes et non paltoquet juif mangeant beaucoup pour se consoler de n'être rien. Un roi avait tout, décorations, plaisirs, honneurs, admirations justifiées ou non, et lui, Mangeclous, rien. Il regarda le hublot dans une intention de suicide. Non, il ne pourrait pas passer à travers. Demain, lorsqu'il serait seul, il agrandirait le hublot de sa cabine à l'aide de quelque scie.

Mais la cloche du dîner sonna et Mangeclous se leva, frotta ses gigantesques mains, en fit jaillir des étincelles. Si Israël était en train de mourir, lui Mangeclous était en train de vivre, que diable ! Et d'ailleurs le chancelier Hitler se chargeait depuis quelque temps de ressusciter l'âme d'Israël !

— A table, messieurs ! Des nourritures grasses nous attendent et vous savez que plus elles sont grasses et plus elles me conviennent !

— Faisons-nous beaux, dit Salomon. La salle à manger est belle et il ne faut pas perdre la face !

— Qu'est-ce que cette idée, s'indigna Mangeclous,

de rester dans une cabine obscure alors que là-haut il y a de la musique, des Anglais de première classe à saluer et des connaissances à faire !

— Et des dames à regarder ! dit Salomon.

— L'électricité, Salomon, l'électricité ! cria Mange-clous en frappant dans ses mains. Tourne les boutons et illumine toutes les électricités afin que la gaieté entre dans les cœurs et que je ruine un peu cette compagnie de navigation qui fait certainement trop de bénéfices !

Les mains barbotèrent dans l'eau de la cuvette et les cheveux furent mouillés, pommadés et lissés. Après que Salomon eut brossé les amis, les Valeureux pénétrèrent à la queue leu leu dans la salle à manger des troisièmes où leurs accoutrements obtinrent un succès dont seuls Saltiel et Salomon eurent honte.

Ils mangèrent de bon appétit, bouches bien ouvertes et langues claquantes, s'engagèrent poliment les uns les autres à reprendre de ces magnifiques hors-d'œuvre. Quant aux pâtes à l'italienne qui suivirent, Mangeclous les trouva si charmantes qu'il fit une razzia dans l'assiette de Salomon.

— C'est pour ton bien, dit-il. Comprends-tu, ô le plus petit géant du monde visible à l'œil nu, ton tuyau digestif est si petit que les macaronis ne pourraient y pénétrer et que c'est ton œsophage qui entrerait dans le macaroni, ce qui amènerait ton décès par subrogation suffocatoire.

Et il s'enfila d'infinis macaronis aux tomates en fredonnant une sautillante marche militaire et en battant la mesure avec ses orteils nus qu'il savait faire claquer comme des castagnettes. Puis il se délecta d'une grande et grasse côtelette de veau dont il croqua l'os.

Lorsque le garçon mal rasé vint passer le gâteau

pour la deuxième fois, ils le complimentèrent. Avec une bienveillance inaccoutumée, Mangeclous engagea Salomon à se resservir.

— Reprends beaucoup, enfant, car l'air de la mer donne faim, lui dit-il d'un air riant.

Ayant ainsi préparé le garçon et créé un précédent, il prit cinq tranches de gâteau lorsque vint son tour. Les amis détournèrent la tête.

— Qui paie a droit ! grogna Mangeclous. (A noter qu'il s'était embarqué sans billet.)

Avec son harpon Mattathias piqua deux tranches qu'il introduisit dans sa poche. Après avoir avalé en un rien de temps sa part, Mangeclous siffla le garçon, à la grande confusion des amis qui se levèrent et le laissèrent seul avec son déshonneur.

— Est-ce que vous n'avez pas en ce navire les usages des paquebots anglais où l'on passe les plats trois fois ? demanda le faux avocat en soulevant son chapeau haut de forme. (Le garçon s'en fut sans répondre et Mangeclous ricana honteusement.)

Feignant beaucoup d'assurance, il but un verre d'eau, se leva et se dirigea vers la cabine qu'il était seul à occuper. (Pour faire déguerpir les quatre Arméniens avec lesquels il la partageait il avait confié à Michaël, en s'arrangeant pour être entendu par les indésirables, qu'il avait des goûts cannibales. Il avait si bien commenté le goût des bébés gentiment rissolés et le charme des langues de vieillards que les Arméniens s'étaient mis en quête d'une autre cabine.)

Une envie de propreté lui vint. Il décida donc de procéder au nettoyage semestriel de son corps. Pour ce faire, il le racla au couteau de haut en bas. Des copeaux de crasse jaillirent comme sous le rabot d'un menuisier. Puis il se rhabilla, se drapa dans une cape aventurière et alla promener sa neurasthénie sur le pont des troisièmes.

Il trouva, assis auprès d'un Juif polonais, Salomon qui lisait à la lueur d'une bougie une traduction hébraïque du « Capital », écarquillant les yeux, aussi avide de savoir que résigné à ne pas comprendre. Pour se rendre intéressant aux yeux du congénère inconnu, Mangeclous salua Salomon à la nouvelle mode valeureuse.

— Vive la France, dit-il en portant sa main à son cœur.

Il s'empara aussitôt du livre de Karl Marx et le feuilleta. Arrivé à la vingtième page, Mangeclous s'arrêta, ébloui, stupéfait, irrité. Ce Karl Marx lui avait volé toutes ses idées ! Il tâta le sac de peau. Oui, le chéri était là. Décidément ce Karl Marx exagérait et devait sans doute crever de faim. A grands coups de poing, Mangeclous expulsa son congénère de Pologne. Puis il s'attendrit sur son honnêteté. Il portait contre sa poitrine un chèque en francs suisses et il ne s'enfuyait pas ! Que c'était beau, Seigneur ! Tandis que Salomon ronflait sur le pont qui peu à peu se vidait, Mangeclous rêva longtemps sur ce miracle.

Soudain il aperçut Saltiel qui se livrait à une étrange occupation. Avançant la pointe d'un de ses pieds puis l'autre, il tenait les bras arrondis, faisait des bruits avec ses doigts, virevoltait avec promptitude, houppe blanche sursautante.

— Saltiel, quelle est cette danse sans vergogne ?

— C'est l'agitation d'un oncle plein d'espoir ! répondit Saltiel.

Sa toque sous le bras, le vieillard continua ses entrechats sur le pont désert et sous le regard navré de Mangeclous. Pourtant, ce dernier se joignit peu après à la danse. Il fallait vivre, que diable ! Et puis de s'être

123

raclé la peau lui donnait une grande légèreté d'âme. Salomon fit aussi des pirouettes sous les vertes clartés. Et Mattathias lui-même se décida à entrer dans la danse. Il fit de lents tournoiements, soucieux de ne point trop user ses semelles. Et tous étaient inexplicablement heureux. Était-ce d'avoir bien mangé ou d'avoir un chèque suisse ou d'être bercés par la tendre houle luisante de lune ? Quoi qu'il en fût, ils dansèrent une heure de temps aux sons de la guitare grattée par Michaël.

Éreintés, ils s'arrêtèrent et Saltiel, adossé au bastingage, raconta de belles histoires à ses amis assis en rond sur le pont balancé. Tout en puisant de temps à autre du tabac à priser, il leur apprit que la baronne de Rothschild mangeait de la purée de perles fines ; qu'en Amérique les meubles étaient en papier durci et que, par mesure de propreté, on les brûlait chaque jour ; qu'un certain écrivain nommé Pagnol avait le don de dire des choses si comiques qu'il était suivi jour et nuit par des journalistes qui télégraphiaient en Amérique chacune de ses phrases ; que celles-ci lui étaient payées cent mille francs pièce et convulsaient de rire toute l'Amérique ; que les autres mondes étaient habités et que par conséquent Moïse recommençait tous ses exploits sur chaque astre — ce qui lui donnait certainement beaucoup à faire ; qu'il avait assisté à un sermon à Genève et qu'il s'était terriblement senti protestant mais que, quand il était entré à la cathédrale de Saint-Pierre, à Rome, il avait frémi de catholicisme au milieu de ces encens et de ces chants, et puis le Saint-Père, tout de blanc vêtu, quelle merveille ! Il raconta en outre à ses amis que le roi de Suède était si raffiné qu'il faisait changer les draps de son lit toutes les semaines, ce qui provoqua les protestations incrédules de Mangeclous ; que les Français avaient construit un réseau de couloirs souterrains en Allemagne pour la faire sauter à la prochaine guerre dès le premier jour. A ce propos, les Valeureux déclarèrent qu'ils s'engageraient dès le début des hostilités. Salomon se récusa.

— J'ai la gorge délicate, dit-il, et la guerre me ferait du mal. Et d'ailleurs comment ferais-je pour enfoncer le sabre dans le corps de l'autre ? Cela me ferait mal, même en fermant les yeux. Et puis, moi, j'aime vivre, mes chers amis, et ma devise est : « En prison toujours mais en vie toujours. » Donc en cas de guerre, je m'achète un scaphandre ainsi qu'une provision d'air, je me mets sous la mer et je laisse les Européens s'arranger entre eux. Car eux sont courageux et moi non.

On lui fit honte et on le traita de déserteur. Il frémit, se réhabilita en affirmant qu'il se précipiterait au combat. Mais, en lui-même, il se proposa de beaucoup tousser lorsqu'il passerait le conseil de révision et que le major l'ausculterait. Un soldat de moins, ce n'était pas ce qui ferait perdre la guerre à la France. Et lui, il y gagnerait la vie.

— Ils font des guerres, explosa-t-il soudain, mais ils disent qu'ils s'aiment les uns les autres ! Expliquez-moi, ô mes amis des pistaches, ce mystère de leur foi.

— Ils s'aiment comme le tigre aime les côtelettes d'agneau, répondit Mangeclous, et comme moi j'aime la bière glacée que je vais aller acheter en quantité au restaurant et au compte de Salomon des largesses.

XII

L'heure était exquise. On croquait des pistaches
salées, on mangeait des œufs durs, on buvait de
nombreuses chopes de bière perlées de buée et, délice
suprême, on faisait des projets tandis que les crêtes
des vagues scintillaient sous la lune et que la sirène
s'angoissait. Puis on imagina longuement les merveilles, bienfaits ou luxes dévorants, qu'on ferait si on
gagnait le gros lot de la Loterie Nationale. Enfin,
Mangeclous demanda à Salomon si, pour un million,
il oserait chanter « Rigoletto » à l'Opéra de Paris.

— Sûr et certain, répondit le petit homme. Que
m'importe qu'on rie de moi ? Lancez-moi des tomates
et des œufs pourris si cela vous fait plaisir. En
attendant, moi, je vais être millionnaire ! Je chante
faux tant qu'ils voudront, je reçois un million, je leur
fais un pied de nez et vite je file et je ne vois plus
aucun Parisien de toute ma vie !

Saltiel fredonna alors un air de « Carmen » que
depuis vingt ans il essayait d'apprendre. Mais il ne
savait que les premières notes et s'arrêtait toujours au
beau milieu de la première phrase. Puis Mangeclous
dit la sienne et apprit à Salomon horrifié que les
princesses avaient des intestins. Salomon se récria

126

mais dut se rendre à l'évidence et maudit Mangeclous, empêcheur d'admiration. Puis Saltiel parla de la perspicacité d'un certain professeur Freud.

— Quelqu'un a volé et il nie ! Bon. On l'amène chez ce médecin professeur qui lui lance un regard et dit : « Le portefeuille se trouve sous le fourneau ! »

Mangeclous se promit de ne jamais faire la connaissance de ce Freud-là. Puis Saltiel raconta aux amis que le roi d'Angleterre prenait son exquis café du matin dans une tasse de diamant et Mattathias passa sa langue sur ses lèvres, à cause non du café mais de la tasse. Mangeclous expliqua ensuite comme quoi l'homme qui arriverait à savoir le Zohar par cœur pourrait devenir invisible et faire de petites incursions fructueuses dans les pâtisseries. Salomon décida en son for intérieur d'acheter dès que possible ce livre cabalistique. Il y eut un silence durant lequel les Valeureux contemplèrent le haut mât qui pointait des étoiles. Salomon renifla.

— Qu'as-tu, extrémité du macaroni et fond de la cuillère ? demanda Mangeclous.

— Je suis triste.

— Pourquoi ?

— Parce que Sa Majesté Édouard VIII ne s'appelle plus que monsieur Windsor.

— Ah si c'était moi ! dit Mangeclous. Pour une femme renoncer à un empire, à une liste civile de cinquante millions de livres et au duché de Cornouailles ! Et tout cela pour une femme à qui il aurait pu rendre visite tant qu'il lui aurait plu sans tout cet embrouillamini d'abdication.

— Si on lui télégraphiait de rester roi et de voir en cachette sa belle dame ? proposa Salomon. Il n'aurait qu'à lui faire des cadeaux pour la consoler.

— Et petit à petit il arriverait à l'épouser, en

changeant de Premier ministre, dit Saltiel. N'empêche, moi je l'admire.

Mangeclous garda un silence loyaliste. Il s'agissait d'une si haute personnalité anglaise qu'il se sentait tenu à beaucoup de réserve. Il n'en pensait pas moins.

— Ce qui me fait le plus de peine, gémit Salomon, c'est qu'on ne lui donne même pas l'autorisation de rester en Angleterre.

D'autres Valeureux se mouchèrent.

— Mais nous sommes fous, dit soudain Mangeclous, Édouard Windsor peut-être seulement, mais en attendant il a plus de rentes que nous et, soyez tranquilles, son frère qui est un seigneur charmant et bon lui donnera mille titres de noblesse !

— Oui, mais il ne pourra plus jamais vivre en Angleterre ! sanglota Salomon.

— Et toi est-ce que tu y vis ? Sois tranquille, il aura des calèches et des châteaux à Nice ! Et il ne voyage pas en troisième classe ! Promenons-nous, pauvres que nous sommes.

Ils s'en furent en catimini voir ce que faisaient les riches dans le grand salon des premières. Massés dans l'ombre, ils guettaient et ils admiraient. L'orchestre joua le God Save the King. Deux Anglais se levèrent, ce qui fit battre double le cœur de Salomon. Très ému et pudique représentant de son Angleterre chérie, Mangeclous se découvrit et se tint immobile, digne, discret, sérieux, noble, distingué.

Puis ce fut la Marseillaise qui éclata et Mangeclous se sentit fortement français et féru de Danton. Il se promena sur le pont en faisant des saluts militaires à d'innombrables régiments dont il se sentait terriblement généralissime. Salomon brûlait de défendre sa patrie ! La Marseillaise étendait des ailes toujours plus victorieuses et Mangeclous fit gravement le chef d'orchestre.

— Si j'étais chef de la France, déclara-t-il, les larmes aux yeux, je la ferais jouer toutes les heures dans les rues pour augmenter le patriotisme ! Et je ferais fusiller les meneurs !

— Lesquels ?

— Tous !

Vers la fin de l'hymne, il était si fou d'enthousiasme qu'il mit en joue les Allemands. Tandis que d'une main il continuait de diriger l'hymne cher, de l'autre il appuyait sur la gâchette. Et il visait rudement bien. Les amis n'y tinrent plus et épaulèrent à leur tour. De terribles pan-pan éclatèrent, suivis des badaboum de Michaël artilleur. Et les Allemands tombaient comme des mouches.

L'orchestre stoppa et les Valeureux transpirants s'épongèrent. Mattathias et Michaël étaient gênés. Par contre, Salomon était enthousiasmé par son courage. Il en avait tué au moins cinquante !

— Et les miens, dit Mangeclous, leurs crânes éclataient parce que j'avais mis des balles doum-doum ! Je visais bien parce que j'avais la glace devant moi ! Au revoir, mes mignons, je vais faire un tour.

Il se dirigea vers le pont des quatrièmes où il expliqua à un Arménien qu'il était ambassadeur incognito. A un Syrien il raconta qu'il était médecin et qu'il guérissait l'obésité en mettant pendant vingt-quatre heures ses patients dans un appareil frigorifique.

XIII

A une heure du matin, les amis étaient encore sur le pont incertain du bateau. Envoûtés par le bruit monotone de la mer, ils regardaient les étoiles tout en mangeant lentement des feuilletés aux noix.

Un petit café fumant, agrémenté de poires confites, jaunes et rouges, ainsi que de macarons très moelleux, redonna de la vigueur aux Valeureux qui imaginèrent sans tarder de nouvelles splendeurs. Primo, qu'on était des ducs à chaussettes de soie ; secundo, qu'on était des aviateurs mais sur un avion retenu par une corde ; tertio, qu'on allait rendre visite à Hitler et qu'on lui parlait si bien de la Loi qu'il se faisait rabbin !

— Jamais il n'acceptera, dit Mangeclous, je le connais. Une idée serait plutôt que je me grime de manière à lui ressembler et je commande tout et j'ordonne qu'il faut nous aimer, voilà !

— En réalité, dit Michaël, on t'arrêtera et on te dira de reconnaître que tu es un porc juif et comme tu ne le diras pas on t'arrachera les ongles !

— Sois tranquille, je dirai tout ce qu'ils voudront. Et si cela les amuse, ces imbéciles, je leur ferai bonne mesure et je dirai que je suis trois porcs. En serai-je moins israélite ? Au contraire, je le serai davantage, étant bien conservé et pas abîmé ! Je crierai même que je suis un troupeau de porcs avant qu'on me touche !

— Moi, dit Salomon, j'irai tout bien expliquer à monsieur Hitler et lorsqu'il comprendra les souffrances de nos pauvres frères de là-bas il pleurera. Voilà mon plan.

— Messieurs, formons un comité contre l'antisémitisme, proposa Mangeclous.

Il fut approuvé mais les débats s'avérèrent difficiles car il fallut tout d'abord définir les termes. Y avait-il un peuple juif ? Et qu'était un comité ? Et quel sens fallait-il donner à « antisémitisme » ? Michaël dit avec calme qu'il ferait connaître le piquant de son poignard à la panse de qui parlerait encore politique.

— Parlons amour plutôt, proposa-t-il.

— Oncle, demanda Salomon, quelle est la plus jolie, la blonde qui est odeur de lilas ou la brune, fraîche comme la cerise ?

— Je ne sais pas pourquoi, dit gravement Mangeclous, mais les blondes me font toujours penser à une épaule de mouton bien rissolée tandis que les brunes me rappellent plutôt la queue de bœuf bien grasse avec beaucoup de poivre rouge. Aussi il m'est agréable d'entendre parler de brunes aussi bien que de blondes.

— Quelle poésie ! ricana Saltiel. Et comme on voit que tu n'as jamais connu l'amour.

— Je l'ai connu mieux que toi, dit Mangeclous. Elle était très jolie et me disait tout le temps des poésies.

— Je l'avais toujours pensé, s'écria Salomon après un temps de réflexion. Je n'ai jamais été aimé, naturellement, étant trop petit de taille, mais j'étais sûr qu'on se disait des poésies.

— Mais les amantes, expliqua Mangeclous, une fois que l'homme est malade ou affaibli en un certain lieu

131

de son corps, elles ne lui disent plus de poésies parce qu'il les dégoûte et elles l'ont en grande haine.

— Et que font-elles alors ? demanda Salomon un peu angoissé.

— Elles mettent deux doigts dans la bouche, elles sifflent et elles disent au domestique de l'hôtel : « Occupe-toi de la charogne ! » Voilà comment elles font.

— Mais si tu n'es pas malade, rétorqua Salomon, quelles délices alors ! (Il se leva. Les petits poings fermés et les yeux au ciel odorant, il sembla réciter.) Une femme qui te dit des poésies toute la journée, comme c'est beau ! Tu te lèves le matin et tu entends une poésie qui est jus de pêche pour l'estomac de ton âme ! Et alors comment finirent tes amours, cher Mangeclous ?

— Très mal, dit Mangeclous, le jour où je m'aperçus que les femmes...

Déjà horrifié, Salomon se boucha les oreilles.

— Je ne veux pas, ce n'est pas vrai ! cria-t-il.

— Bon, j'expliquerai tout à l'heure. Donc j'avais vingt ans et n'étais pas laid. Elle était blonde et jolie, avec des boucles à l'anglaise, charmante comme la lune à son lever sur la mer. Une véritable pastèque, saine comme l'œil du coq, ferme et flexible comme le macaroni italien et cuit, et plus avantagée, en ses devant et derrière, que l'éléphantesse elle-même ! Et une joue que j'aurais mangée sans faim, juste avec quelques concombres. Bref, une vraie chamelle de beauté avec des mains de nénuphar, un teint blanc et m'empoisonnant d'art et de brûle-parfum quand j'allais la voir et me tuant de sonates. Bref, très jolie. (Salomon déboucha une oreille.) Et distinguée à l'extrême. Ce qui fit, comme vous l'allez voir, son malheur. Elle me lisait des vers rimés, en écrivait elle-même et en avant les lys et les roses trémières et les cygnes et les soleils couchants et levants! Elle fermait les yeux quand elle écoutait un concert et faisait des gestes d'opéra quand elle me recevait dans sa chambre pleine de ces légumes incomestibles et impudiquement colorés, dénommés fleurs. Et elle ne disait que des mots sublimes. Et elle me parlait tout le temps de peinture, à l'huile, vous savez, des Italiens anciens.

— Raphaël, le prince des peintres italiens, dit Saltiel.

— Cela vaut cher, dit Mattathias.

— Je peux déboucher l'autre oreille? demanda Salomon. Tu ne diras pas des choses vilaines?

— Je dirai des choses vraies. Alors, ô mes pigeons, j'arrive un soir à l'improviste et elle ne me voit pas. Je me cache derrière un paravent pour lui faire une surprise! Elle avait le dos tourné, cette madone. Et alors, ô mes amis, elle vous lâche une suite de vents comme les trompettes du Jugement. Elle se croyait seule, vous comprenez. Une fois déjà, étant ensemble et nous promenant sous la lune et dans les hautes herbes, elle éclata de rire à un badinage spirituel que je fis. Et ce rire, par quelque sympathie mystérieuse ou relâchement, en déclencha un autre plus inférieur. Mais comme il était petit, discret, pointu et honteux, j'eus pitié en mon âme et feignis de ne l'avoir pas entendu. Mais en réalité je remarque tout car je suis un terrible observateur. Je remarquai même qu'elle marcha plus vite pour une certaine raison! Et je sentis que la pauvre était inquiète et se demandait si je m'étais rendu compte. Et je la serrai contre mon cœur pour lui faire croire que je ne m'étais aperçu de rien. Et puis, bref, il n'y en avait eu qu'un. Mais quels vents variés émit la poétesse en ce soir dont je vous parle et où elle se croyait seule! Oh mes bien-aimés, il y en

133

avait des ronds et il y en avait des pointus, il y en avait
des petits qui couraient les uns derrière les autres, vite
vite, et il y en avait des majestueux, ainsi — il fit un
geste grave de chef d'orchestre — lentement, ô mes
amis, tristement et qui avaient beaucoup d'arôme.

— Honte à toi, homme noir ! dit Saltiel.

— Absolument pas, dit Mangeclous. Quelle honte y
a-t-il à nommer ce que l'Éternel n'a pas eu honte de
créer ? Je continue donc l'inventaire des vents de la
poétesse. Certains étaient charmantement entrelacés,
d'autres étaient langoureux, d'autres avaient des
ailettes philosophiques, d'autres étaient à roues den-
tées. D'autres ressemblaient au chant du coucou.
D'autres étaient plus complets, orphéoniques en quelque sorte. Bref, messieurs, avec les incongruités de
cette Éliane, tel était son nom, on aurait pu gonfler un
dirigeable. Et tout cela sortait d'une femme qui
m'assassinait de gondoles, de beauté, de roses harmo-
nieusement disposées, de Baudelaire et de symphonies !

— Mais à toi aussi il arrive d'être incongru !

— Moi je ne parle pas de Parthénon et je ne fais pas
croire que je suis une chose de beauté. Et d'ailleurs les
miens sont brise légère et vagabonde ou barcarolle en
comparaison de ceux de la poétesse qui était mon
amoureuse. Les siens étaient tonitruants et surtout
d'une diversité incroyable, mes amis. Il y en avait des
dramatiques, des onctueux, des fielleux, des sinueux,
des spirituels, des étonnés, des communistes, des
fascistes, des acrobatiques, des veloutés, des chauds,
des gras, des honorables, des jurisprudentiels, des
calmes, des enflammés, des colériques, des pondérés.
Ah, mes amis, quel bombardement ! Sur l'âme de Petit
Mort, ce n'était pas une femme, c'était une escadre
japonaise !

— Pourquoi japonaise ? demanda Michaël.

— Pour la beauté de la chose. Oh quelle vertu me vint ! Bref, je partis et ne revins plus jamais. Mon amour était mort asphyxié ! Mais tel n'est pas le cas avec ma chère Rébecca. Ne me cachant pas qu'elle vente, elle est le plus grand amour de ma vie ! Tandis que si j'ai quitté l'autre et si je me suis indigné contre sa multiple ventaison c'est parce qu'elle avait le front de faire la poétique ! Et quand il y a un Salomon qui vient me parler de la poésie de l'amour, je me ris en mon intérieur et en mon extérieur, en ma longueur et en ma largeur, en mes divers boyaux et en tous mes ossements ! Et je dis que le sourire de la plus belle actrice du monde n'est rien en comparaison d'un bon cassoulet bien gras. Mais il faut que les haricots aient cuit au moins deux heures. D'ailleurs, toutes les femmes, et même les prix de beauté, regardez bien leur affreux petit orteil, le dernier, il est bossu et l'ongle de ce petit bossu m'a toujours fait mourir de rire. Voilà, messieurs, je vous ai dit, quant à moi, ce que je pense de l'amour, des femmes fatales et des grandes actrices. Retiens mon opinion, ô Salomon. Elle est indécrochetable.

— N'empêche, dit Mattathias, qu'une femme qui a une jolie dot.

Salomon était triste en son âme car il avait perdu ses illusions. Il introduisit un doigt tout entier dans sa bouche pour réfléchir. Puis il l'ôta.

— Mangeclous, dit-il, tu es un diable et un méchant. Quand tu parles on dirait que c'est la vérité et ce n'est pas la vérité malgré que ce soit vrai. Quel plaisir et que te rapportent toutes ces vilaines choses que tu as dites ?

— La vérité, proféra majestueusement Mangeclous

135

qui croisa ses bras, défiant tous romanciers distingués.

— Eh, dit Saltiel, de jolis yeux de femme, c'est quelque chose. Et si elles ont certaines imperfections de nature il faut les en aimer et respecter davantage en pensant que des êtres aussi charmants...

— Et quand elles chantent en anglais, rêva Michaël.

— C'est quelque chose de menteur, répondit Mangeclous.

— C'est toi qui es un menteur! éclata Salomon. Et tout cela c'est parce que tu enrages d'être laid. Oui, oncle, vous avez dit la vérité, c'est quelque chose, les yeux d'une dame! Et je vais aller en regarder une au salon des riches et tant pis pour toi, Mangeclous! Rage et bisque, moi je vais aller en regarder! En tout cas, moi, j'ai lu un livre Karénine. Oh comme je l'ai trouvé beau! Ces deux si nobles, si poétiques qui s'aiment et tant pis pour le mari!

— C'est évidemment contraire à la Loi, dit Saltiel, mais il faut reconnaître que c'est beau, cet ouragan de passion qui s'empare de madame Anna et du prince Wronsky.

— Un amant, c'est plus joli qu'un mari, il n'y a pas à dire, fit Salomon. C'est plus poétique. Et la passion c'est comme une tempête!

Alors Mangeclous éclata d'un rire immense et tomba sur son derrière et se trémoussa pendant une heure de temps au moins. On lui demandait ce qu'il avait mais il ne répondait pas et battait l'air convulsivement des quatre extrémités, comme un cheval épileptique. Enfin il se leva et s'exprima en ces termes :

— Ouragan et tempête dans l'œil de toutes vos sœurs, ô infâmes et Juifs perdus pour le judaïsme ! Où

est la poésie d'un amour puisque tu ne peux pas rester
à la campagne trois heures de suite avec la plus belle
femme du monde sans qu'elle te dise d'un petit air
doux : « Allez toujours, je vous rejoins dans un instant. »

— Grossier !

— Dire la vérité c'est cynique et grossier, n'est-ce
pas ?

— Je crois en l'âme ! cria Salomon.

— Si on me châtre, dit Mangeclous, et que j'ac-
quière une âme papoteuse, grasse et glapissante
quelle sera l'âme qui ira au ciel, la première ou la
deuxième ?

— Je n'en sais rien. Vive l'âme !

— O savant, explique ce qu'est l'âme.

— Comme une aile, dit Salomon.

— Eh bien, moi je dis que c'est la peur de mourir.
On veut qu'il reste quelque chose ! Va savoir où elle
loge ! (Il souffla et fit pfou, pfou.) Voilà ce qu'est l'âme.

— J'ai besoin de Dieu, dit Salomon.

— Ce n'est pas une raison pour qu'il soit, dit
Mangeclous. (Lorsqu'il était en joyeuse compagnie, il
aimait assez être athée.) Haha, un amant c'est plus
poétique, vient de dire l'extrémité du vermicelle des
vermisseaux ! Ah, messieurs, que vienne un romancier
qui explique enfin aux candidates à l'adultère et aux
fugues passionnelles qu'un amant ça se purge ! Ah,
qu'il vienne, le romancier qui montrera le prince
Wronsky et sa maîtresse adultère Anna Karénine
échangeant des serments passionnés et parlant haut
pour couvrir leurs borborygmes et espérant chacun
que l'autre croira être seul à borborygmer. Qu'il
vienne, le romancier qui montrera l'amante changeant de position ou se comprimant subrepticement
l'estomac pour supprimer les borborygmes tout en

souriant d'un air égaré et ravi! (Les Valeureux écoutaient, la bouche ouverte et les yeux ronds, cette virulence inattendue.) Qu'il vienne, le romancier qui nous montrera l'amant, prince Wronsky et poète, ayant une colique et tâchant de tenir le coup, pâle et moite, tandis que l'Anna lui dit sa passion éternelle. Et lui, il lève le pied pour se retenir. Et comme elle s'étonne, il lui explique qu'il fait un peu de gymnastique norvégienne! Et puis il n'en peut plus et il prie sa bien-aimée de le laisser seul pour un instant car il doit créer de la poésie à vers! Et, resté seul dans le cabinet de travail parfumé, il est traqué! Il n'ose aller dans le réduit accoutumé, car la mignonne Anna est dans l'antichambre! Alors, le prince Wronsky s'enferme à clef et prend un chapeau melon et s'accroupit à la manière de Rébecca, ma femme qui, elle, ne prétend pas être une créature d'art et de beauté! Et soudain, voici qu'arrive le mari de l'adultère, monsieur Karénine, qui a défoncé la porte de la rue! Et alors la passionnée Anna lui dit qu'elle ne veut plus de lui, que le prince Wronsky et elle sont dans un ouragan et que lui, Karénine, est un mari dégoûtant et peu poétique! « Le prince Wronsky, crie-t-elle, m'a ouvert les portes du royaume! O chien de mari, ô jaune, ô fils de la pantoufle et du cataplasme, sais-tu ce que fait en ce moment mon trésor, mon aigle de passion? Il crée des vers! » Et le prince Wronsky qui a mangé trop de melon et bu trop d'eau glacée est accroupi sur son chapeau melon ou plutôt sur son képi d'aide de camp et il s'y soulage et murmure le nom de sa maman avec infinie faiblesse et délectation! Accroupi devant le piano, il frappe sur les touches et il joue un noctambule de Chopin pour couvrir d'autres bruits! Voilà un roman selon mon cœur! Et le mari, le pauvre mari Karénine, s'en va. Et Anna frappe et demande : « Cher

138

prince Wronsky, avez-vous fini de créer ? » Et le prince répond : « Tout de suite, ma noble colombe, les vers ne sont pas encore finis. » Et cinq minutes après, il lui dit d'entrer dans la chambre dont la fenêtre est grande ouverte. Et il n'y a plus de képi par terre, car il l'a enfermé dans la bibliothèque, ce charmant amant ! Et sur le tapis il a répandu des parfums ! Et il lui dit : « Ah, que c'est bon de créer de l'art ! — Oui, cher prince, répond l'adultère avec respect, ce doit être merveilleux ! — Oui, s'écrie le prince poète, il y a des moments où il faut que ça sorte ! » Et l'idiote baise sa main si respectueusement. Enfin elle a trouvé un non-mari ! Un éternellement poétique ! Voilà, voilà le roman qu'il faut écrire pour les femmes et pour mes maudites filles qui sont tout le temps à regarder les officiers grecs ! Mais à quoi bon ? Elles ne le liraient pas. Elles ont si peu d'imagination que, même si on leur dit que le plus bel amant du monde tire une certaine chaîne dans un certain petit lieu, elles ne le sauront pas. Mais pour ce qui est de leur mari elles le savent, parce qu'elles l'ont entendu tirer, le pauvre ! Mensonge, mensonge, l'amour est fait de mensonge ! Supposez que cette maudite Anna qui a lâché son joli petit enfant pour fuir avec le dévastateur de melons, supposez que, par un hasard extraordinaire, elle ait surpris pour la première fois son prince Wronsky fonctionnant en un certain lieu que mon esprit élégant se refuse à désigner plus clairement ! Eh bien, croyez-vous qu'elle aurait eu le coup de foudre qu'elle a eu en le voyant au bal, si bien habillé et parfumé et ainsi de suite ? Non, messieurs, non ! Qu'est-ce que cela prouve ? Cela prouve qu'il faut feindre, se retenir, n'être pas naturel, jouer la comédie pour que l'amour naisse ! Et si, à sa première rencontre avec ce Wronsky elle l'avait entendu venter et pétarader involontaire-

ment — ce qui arrivait à ce Wronsky, je le jure ! —
serait-elle tombée amoureuse ? Non ! Mille fois non,
messieurs ! Alors, quelle valeur accorder à un sentiment si fragile qu'un léger vent suffit à l'abattre et à le
flétrir ? D'ailleurs quelle valeur accorder à un émoi
que la plèbe éprouve ? Je déteste leurs Julot à sa Tata
pour la vie ! En résumé, messieurs, à bas la passion
soi-disant absolue et irrésistible et inéluctable ! Et
vive le mariage ! Voilà ma pensée. Le vrai amour ce
n'est pas de vivre avec une femme parce qu'on l'aime,
mais de l'aimer parce qu'on vit avec elle. Ainsi fais-je
avec ma Rébecca chérie qui est le corps de mon âme et
l'âme de mon corps et que j'adore, mais je ne le lui dis
pas car tout n'est pas bon à dire aux épouses, car
ensuite elles prennent des airs. L'amour c'est l'habitude et non jeux de théâtre. Les amours poétiques
païennes genre Anna Karénine ce sont des mensonges
où il faut parader, ne pas faire certaines choses, se
cacher, jouer un rôle, lutter contre l'habitude. Le saint
amour, c'est le mariage, c'est de rentrer à la maison et
tu la vois. Et si tu as un souci, elle te prend la main et
te parle et te donne du courage.

— Et tient tes comptes, dit Mattathias charmé.

— Et vous allez à la mort ensemble, conclut le
moraliste. Voilà, messieurs, je vous ai raconté la vraie
histoire de ce Wronsky et de cette éhontée d'Anna,
telle qu'elle m'a été racontée par un mien ami.

— Menteur !

— C'est vrai, reconnut Mangeclous en faisant craquer ses immenses mains. Si je ne mentais pas, que
me resterait-il ? Mais les romanciers mentent plus
profond que moi. Ils font tous de mauvais livres qui
font croire aux jeunes filles que l'amour est une
volière du paradis et aux femmes que le mariage est
un égout ! Menteurs, vrais menteurs et empoison-

neurs, tous ces écrivains distingués qui montrent leurs poétiques héroïnes buvant et mangeant de manière enchanteresse et croquant d'un air mutin quelques grains de raisin. Eh bien, messieurs, permettez-moi de m'étonner que jamais ils ne nous parlent des suites de ces croquements mutins. Oui, messieurs, depuis Homère jusqu'à Tolstoï, les jeunes héros et héroïnes souffrent, surtout s'ils sont beaux, d'une épouvantable rétention. Ils n'en peuvent plus. Il y a plus de trente ans, par exemple, qu'une certaine demoiselle Natacha Rostova boit et l'auteur ne lui accorde pas la permission de se retirer un instant ! Tous les amants, toutes les amantes de Shakespeare, de Racine, de Dante n'en peuvent plus de la continence qui leur a été imposée par leurs auteurs. Ils se tordent de douleur, entrecroisant leurs jambes depuis des siècles pour rester convenables ! Mais aujourd'hui, c'est la libération et la révolte ! Moi, Mangeclous, je vous donne licence et permission, ô charmantes héroïnes et nobles héros de passion ! Avouez que vous n'en pouvez plus ! Vous tous, martyrisés du roman, finissez-en avec cette sécheresse et jaillissez enfin loin et fort, en un jet unanime et joyeux et véridique, franchement et fraternellement ! Messieurs, j'ai fini ma péroraison !

Il s'épongea le front. Ses lèvres tremblaient d'orgueil et d'émoi.

— Tu ne m'as pas convaincu, dit Salomon. Vivent les femmes, sœurs des fleurs ! Vive madame Anna et son cher monsieur le prince qui était plus joli que toi ! Et j'adore la beauté, la poésie, tout ce qui vous fait du bien, tout ce qui est grand, pur et beau ! Et va-t'en au diable !

Il fit les cornes au phtisique qui haussa les épaules, génie méconnu.

— En somme, dit Saltiel à Mangeclous, tu es un poète et un idéaliste.

Mangeclous, assez flatté, fit une grimace d'hésitation car il était partagé entre le désir d'être un homme distingué et profond et la volonté d'être un terrible.

— Peut-être, concéda-t-il, mais n'empêche que j'ai des oreilles pour entendre et un nez pour sentir.

— Tu es à plaindre.

— Absolument pas. En somme, oui, je suis à plaindre, mais cela m'est égal et j'aimerais bien manger quelque chose de bon. Et de plus je suis antisémite. Je ne supporte pas cette rage qu'ils ont d'avoir raison, de faire la leçon aux autres.

— C'est ce que tu fais tout le temps.

— Et qui te dit que je ne me dégoûte pas ? répliqua Mangeclous. N'empêche que les Juifs. (Il eut un bon sourire, étrange sur ses lèvres sardoniques.) Bref, il me tarde de voir un cuirassé juif avant de mourir et qui te bombarde l'Allemagne entière !

— Il faut avouer, dit Saltiel, que quand je pense à eux je deviens sanguinaire.

— Et moi, je serai amiral avec le bouclier de David brodé sur la casquette ! dit Mangeclous.

— Il est terrible et courageux, souffla Salomon.

— C'est de naissance, sourit gentiment Mangeclous qui avait l'oreille fine lorsqu'il s'agissait d'éloges.

— Mais tu ne commanderas qu'un cuirassé ? demanda Salomon.

— Ah mais c'est que ce cuirassé juif est grand comme vingt cuirassés allemands !

— Ah bon, dit Salomon.

Saltiel ne résista pas à l'envoûtement.

— Mais est-ce qu'il pourra voguer sur les mers s'il est si grand ? demanda-t-il.

— Je ne crois pas, dit Mangeclous.

— Mais alors ? demanda Salomon qu'inquiétait ce cuirassé unique et inutilisable.

— Alors je le ferai transporter par des aéroplanes. Et ce jour-là, ajouta Mangeclous avec une voix qui l'effraya lui-même, malheur à l'Allemagne !

— Moi, dit Salomon, si j'étais le chef du cuirassé que tu dis, je ne tuerais pas les Allemands, oh non ! Je les priverais de bonnes choses pendant cinq ans ! (Il croisa ses bras comme Mangeclous.)

— Tu es un vrai terrible, dit Michaël impassible.

— Que veux-tu, ami, ils me rendent sanguinaire. (Il rougit, se rappelant que l'oncle avait employé ce mot.) Enfin, méchant. (Il s'éventa, confus.)

— J'ai peur, dit Saltiel, que l'Italie ne mette le feu à l'Europe avec toute cette flotte qu'elle construit.

Mangeclous stria l'air d'un rire de mépris.

— Et l'Angleterre qu'en fais-tu ? Ne sais-tu pas que si l'Italie fait la méchante l'Angleterre lui dit : « Psst, viens un peu ici, ma petite. Sache que pour un cuirassé que tu construiras, moi j'en ferai vingt de cent canons chaque ! Car moi je suis riche, héhé ! crie ma chère Angleterre avec un rire démoniaque tout à fait comme le mien. Et mes amies la France et l'Amérique aussi, héhé, entends-tu, espèce de petite pantoufle de maïs ? Et toi aussi, Allemagne, prends garde ! Mon amie l'Amérique a des milliards, des pétroles, de tout ! » Voilà ce que dit l'Angleterre à l'Italie !

— Certains peuples me font penser à des enfants, soupira Saltiel. Ils se chipent des choses, territoires ou gâteaux, c'est la même chose, puis ils se fâchent avec celui-ci, contractent amitié avec cet autre avec lequel ils se fâchent le lendemain. Des fourmis avec une âme de girouette et une cervelle d'étourneau.

— Mais pour l'antisémitisme, ils ne changent pas d'avis, dit Michaël.

— Mais pourquoi sont-ils antisémites, oncle ? Expliquez-le-moi, demanda Salomon.

— Ils font des guerres. Quand ils en ont fini une, ils en préparent une autre. Et ils font des dettes pour ça. Et ils sont furieux de n'avoir plus d'argent. Et alors ils nous donnent des coups de bâton pour se consoler et ils disent que c'est notre faute si tout va mal. Au lieu de passer gentiment leur petit temps de vie, ils font des méchancetés et puis ils meurent.

— Moi, quand je pense à la mort, dit Salomon, je cache ma tête sous la couverture.

Saltiel se fâcha tout à coup contre le ministre français des Affaires étrangères qui était allé, prétendait-on, pêcher à la ligne le jour où l'Allemagne avait remilitarisé la Rhénanie.

— Et qu'aurait-il dû faire, ô sage ? demanda sarcastiquement Mangeclous.

— Envoyer un espion ! Enfin agir, aller lui-même voir un peu les choses à Berlin en se mettant une fausse barbe, semer la discorde, que sais-je ?

— Oncle, ce n'est pas vous qui iriez pêcher à la ligne si vous étiez ministre, dit Salomon, les yeux brillants d'admiration.

— Que veux-tu, fils, on ne me trouve pas assez capable, dit amèrement Saltiel. Prends une pistache, tiens.

— Merci, oncle.

— Ah être ministre, soupira Saltiel. Signer de grands documents ! Avoir l'air pressé ! Et comme je surveillerais la valise diplomatique ! Et d'un seul mot, Mangeclous, je pourrais te faire vicomte.

— J'aimerais mieux baron. C'est moins frivole.

D'ailleurs qu'importe ? Au fond, je suis assez communiste.

— Moi aussi, dit Saltiel, à condition qu'on ne fasse de mal à personne. Car si le communisme doit enlever une plume à un oiseau ou faire pleurer un enfant je n'en veux pas !

— Je ne suis pas instruit, dit Salomon, j'ai quitté l'école à treize ans pour vendre ou cirer, mais mon idée politique c'est que tout le monde soit content et qu'on invente quelque chose pour ne plus manger de viande.

— Et les tigres ? demanda Mangeclous.

— Peut-être qu'on pourrait donner aux légumes cuits la forme d'une chèvre, dit Salomon, et puis petit à petit on enlève la forme de la chèvre et le tigre ne s'en aperçoit pas et on lui dit : « Tu vois, tu as mangé des choux-fleurs. O tigre, ne trouves-tu pas que c'est meilleur ? »

Saltiel et Mattathias s'en furent se coucher. Les autres restèrent sur le pont et jouèrent à un jeu magnifique. On supposa que Salomon était un nazi et on le traduisit devant une cour martiale. Mangeclous fit le procureur général, stigmatisa le pauvre petit hitlérien, prétendit que la bonne face imberbe avait des expressions criminelles. En fin de compte, Salomon fut copieusement rossé. Et de plus, le pauvre petit en larmes dut faire le salut militaire et remercier ses bourreaux.

Puis, bras dessus bras dessous, on fit une petite promenade. Devant l'escalier des troisièmes, Salomon s'arrêta et frissonna. Il pensait qu'en ce moment précis des hommes étaient en agonie. Oh ! Et puis il y avait tant de petits enfants et tant de vieillards qui souffraient ! Il confia son angoisse à ses amis. Comment était-ce possible ?

— Les hommes naissent mauvais, dit Mangeclous. Et la société les rend pires.

— Oui, mais pourquoi Dieu n'intervient-Il pas un peu ? demanda Michaël.

— Il est paresseux, dit Mangeclous.

— Il faut prier, dit Salomon.

Mangeclous ricana.

— Alors il faut que nous Le tenions au courant ? Ne sait-Il pas tout ? Ou bien est-Il comme un vieux domestique qu'il faut appeler en tirant la sonnette de la prière ? Il ne me plaît pas. Je ne Lui pardonnerai jamais de ne pas exister.

— Je te jure qu'Il existe ! cria Salomon. Je te le jure devant Dieu ! O Mangeclous, crois en Dieu, s'il te plaît ! Le monde entier sait qu'Il existe !

— C'est nous qui le leur avons dit et ils nous ont crus sur parole ! ricana Mangeclous. Non, mon cher, crois-moi, tu ne t'en sortiras jamais : ou Dieu existe et Il n'est pas bon car il y a trop d'injustice ; ou Il est bon mais en ce cas Il n'existe pas.

— Tu n'iras pas au Paradis, Mangeclous !

— Tant mieux. Je n'ai nulle envie d'en rencontrer les habitants qui sont de voletantes vieilles dames laides, riches, bigotes, jugeuses, méchantes et bienfaisantes. J'aime mieux l'enfer plein d'égarés, de roulés d'avance, de malchanceux, de sincères devenus athées pour avoir trop cru et trop attendu de Sa bonté.

— Mais comment être bon sans Dieu ?

— On n'est vraiment bon que sans Dieu, affirma Mangeclous. Oh, quand j'apprends la vie pure et bonne d'un grand savant athée, tous les poils de mon corps se soulèvent d'enthousiasme religieux. Assez. Qu'as-tu comme fruits, Salomon ?

— Des pommes.

— Je ne les aime pas. C'est un fruit antipathique. Imbécile d'Adam, vraiment. Bonne nuit.

Mais il n'arriva pas à s'endormir. Au bout d'une heure, il alla tirer Salomon de son lit. Dans le salon désert des premières, le grand Valeureux et son petit acolyte, tous deux en chemise de nuit, dansèrent avec grâce. Les étoiles brillaient dans la mer soyeuse et la vie était ravissante avec ou sans Dieu. Puis Mangeclous se mit à quatre pattes et fit de petits sauts pour mieux éprouver le moelleux du grand tapis des riches et se sentir illustre financier.

Et pourtant une heure plus tard, de retour dans sa cabine, Mangeclous voulut se tuer. Cet étrange bonhomme était tout à fait sérieux et ne se jouait pas une comédie. Il avait souvent de fulgurantes mélancolies. A quoi bon vivre puisqu'on devait mourir et que la terre était peuplée de méchants ? Debout, tout long et nu mais coiffé de son haut-de-forme, il transpirait d'idées noires. Impudique comme un battant de cloche, il allait et venait, répétant que Mangeclous était un raté, fort laid et fort inutile. Et surtout pas de Dieu, pas de but dans l'univers. Insupportable. Il plaça le canon d'un petit revolver de dame contre son cœur. Les yeux fermés, il attendit le blanc mental, la seconde d'inconscience qui lui permettrait de presser sur la gâchette sans trop souffrir. Seigneur Dieu, il était vivant et dans quelques secondes il ne bougerait plus jamais !

Mais le blanc mental ne vint pas et Mangeclous se coucha, coiffé de son casque à relief médian. Il mangea quelques biscuits à l'anis et tâcha de s'endormir en se récitant la manière de préparer les nouilles aux raisins de Corinthe, les boulettes de fromage à l'oignon, la morue aux poireaux, les pois chiches aux épinards.

— Pinhas Solal, quel nom stupide. Quand je mourrai, il ne restera plus rien de moi. Mes enfants sont écœurants. Ma femme est vulgaire. Et moi je suis un imbécile avec mon cuirassé volant. Des macaronis aux tripes avec beaucoup de tomates et de poivre rouge. Oui, c'est bon. Écrire une lettre émouvante à Hitler ?

XIV

Il était huit heures du matin et le soleil pesait déjà. Mais le mistral faisait claquer les tentes et les drapeaux des barques du Vieux-Port, face à la Canebière. Accroupi sur le quai, un quinquagénaire borgne et ventripotent savourait la joie de vivre et se délectait d'un plat de son invention qu'il appelait Rosée du Matin ou Réconfort du Mâle et qui se composait d'oursins, de violets, d'œufs durs, de petits bouts de pain, de piments, de safran et d'une trentaine de gousses d'ail — le tout largement arrosé d'huile et de vinaigre. Un maillot à raies bleues moulait le torse mamelu du petit homme. Deux courtes jambes torses et bronzées, où frisaient de nombreux poils dorés, sortaient de ses culottes.

— Ah, faisons-nous un peu beau maintenant, hé.

A l'aide du petit poignard qui venait de lui servir de fourchette, il cura les ongles de ses pieds écailleux tout en barytonant un chant qu'il avait composé à la gloire de sa ville natale.

> Salut Marseille,
> Ville vermeille !

Tous les matins, Scipion Ange Marie Escargassas procédait ainsi à sa toilette car il tenait beaucoup à être « charmant aux dames » — dont il croyait, d'assez bonne foi, être la coqueluche. Il s'interrompait de temps à autre pour lancer ce qu'il appelait une galantinerie aux jeunes poissonnières qui allaient et venaient en sabots, chaussons et bas de soie. Pour leur plaire il faisait avec ses bras — tatoués d'une ving-taine de prénoms féminins — des mouvements desti-nés à mettre en valeur ses biceps. Les petites, pou-drées et fardées, ne se privaient pas de rire, de pouffer et de lui crier qu'il était bien vilain. Mais Scipion n'avait cure de ces moqueries. « C'est pour cacher leur confusion, confiait-il à ses intimes. Quand elles sont ensemble elles font censé de se rigoler de moi mais au fond elles se régalent de me voir parce que je suis magnifique. »

Bien qu'il n'eût plus qu'une dizaine de dents, il s'estimait séduisant et n'était pas médiocrement fier de ses minuscules moustaches frisées au petit fer, de ses bagues en simili, de son anneau d'oreille et de ses accroche-cœur pommadés, bien recourbés sur son front rouge brique. Mais sa gloire suprême était sa nuque rasée à la Deibler. « Comme ça, la place pour la guillotine est déjà prête », avait-il coutume de dire sombrement.

Depuis trente-cinq ans, Scipion — d'ailleurs fidèle à sa femme — confiait à tout venant ses imaginaires prouesses amoureuses et son mystérieux pouvoir de séduction. Plaire au sexe était la règle de vie de ce petit mégalocéphale. Aussi se ruinait-il en parfums d'héliotrope, en foulards de soie blanche et en escar-pins vernis — si étroits qu'il les portait en bandoulière et ne les chaussait qu'aux grandes occasions.

Ayant fini de se curer les oreilles au moyen d'une

allumette, il exécuta la roue pour être admiré par les passants et pour se maintenir en forme. Enfin il décida de se livrer à ce qu'il appelait son violon d'Ingres. Ce petit Marseillais avait un double métier. Il était, comme il disait, navigateur et chef après Dieu sur La Flamboyante — nom actuel de la petite barque sur laquelle il faisait faire des excursions « en basse et haute mer » aux touristes et qu'il avait successivement baptisée La Glorieuse, Væ Victis, La Mille et Une, La Généreuse, Austerlitz, Éléphant de Mer, Myosotis, Intrépide, La Baleine, La Mignonne, Gigantic. Mais il était aussi vendeur de moules.

Il posa un suroît sur ses cheveux pommadés et, sur ses épaules, une longue cape, faite d'échantillons multicolores. Ceci fait, il commença à crier, yeux exorbités et veines du cou saillantes, en désignant ses petits tas. Sa voix était étonnamment rauque et menaçante.

— Allez, dix sous le moulon, dix sous pour les finir ! Regardez-moi comme je suis beau ! Oh, mon Dieu, mais comme je suis beau ! vociférait-il avec indignation.

Ce qui signifiait simplement qu'il trouvait aimable sa marchandise. C'était son habitude de crier ainsi à partir de huit heures du matin qu'il vendait ses moules dix sous pour les finir. Mais il ne les finissait jamais.

Deux Anglaises — tailleurs verts et chevelures acajou — s'arrêtèrent devant La Flamboyante, s'intéressèrent à l'écriteau de toile sur lequel Scipion avait peint à l'huile un petit Château d'If entouré de cœurs saignants et de gigantesques colombes qui tenaient entre leurs becs une banderole où étaient calligraphiés ces mots dont l'orthographe est respectée : A LA RENOMÉ DE LA GALLANTERI !

Apercevant des clientes possibles, il se débarrassa de son suroît et de sa cape, se coiffa prestement d'une casquette de commandant à galons d'or et offrit ses services avec un sourire édenté mais engageant.

— Miladisses, cria-t-il en saluant militairement, à vos ordres ! Capitaine marin Scipion, de La Flamboyante ! Vingt ans de navigation ! Promenades avec chants par le capitaine ! (Le ton changea, devint pénétrant, dangereux, voluptueux. Et le petit bonhomme prit son regard filtrant, les paupières presque closes.) Hygiène, sécurité et plaisir...

La perspective de photographier le pittoresque bonhomme décida les Anglaises à accepter ses offres. De sa main à laquelle manquaient deux doigts — qu'il était sûr maintenant d'avoir perdus à la guerre et non plus, comme il le racontait autrefois, dans la gueule d'un caïman « de la savane de Chicago » — Scipion aida ces dames à monter sur sa nef tout en leur murmurant d'une voix langoureuse et perfide que l'Angleterre était un grand pays et que l'Anglaise, pour ce qui était de l'amour...

— Suffit. Honneur aux dames et respect à la beauté !

Après avoir, avec des sourires confidentiels, disposé des coussins sous le séant des charmantes clientes, il mouilla son index, le tint haut levé pour « tâter l'horizon » et annonça que nulle tempête ne se préparait. Enfin il déclara qu'il allait larguer les ris et commença à enrouler la voile dont il ne savait pas se servir et qui n'était là que pour faire grandiose.

Soudain, ayant tourné ses regards du côté de la Canebière, un spectacle inattendu le pétrifia. Il poussa un hurlement sauvage, bondit hors de sa barque et fila, anéantissant sous ses pieds la distance.

Il nous faut remonter à plus d'un quart de siècle.

La plupart des Solal Cadets, qui étaient, on le sait, de nationalité française, avaient été exemptés du service militaire pour faiblesse constitutionnelle. Il n'en fut pas de même pour Mangeclous dont la tuberculose ne s'était pas encore déclarée. Accompagné par une population admirative et angoissée, le faux avocat était donc parti en sa vingtième année pour les risques de guerre, c'était ainsi qu'il appelait le régiment. A la caserne du cent quarante et unième à Marseille, il avait connu Scipion Escargassas et s'était vite lié d'amitié avec cet homme dont le caractère lui convenait. Deux ans plus tard, les Valeureux avaient fait à leur tour la connaissance de Scipion en de mémorables circonstances.

Peu avant sa libération, Mangeclous avait envoyé à ses parents et amis de Céphalonie le télégramme suivant : « ai fierté émue vous annoncer que gouvernement république française ministre guerre et généralissime viennent me faire honneur de procéder à ma nomination véridique aux grades et dignités de caporal avec privilèges, immunités, billets de faveur et quarts de place qui y sont attachés stop patriotiquement et en larmes votre ami férocement attaché pinhas solal dit mangeclous caporal comme napoléon. » Ce télégramme avait coûté cher et Mangeclous y avait consacré la totalité de ses économies.

Comme on peut bien le penser, la nouvelle avait bouleversé les Céphaloniens qui avaient envoyé aussitôt à l'homme de guerre une adresse de félicitations sur parchemin enluminé. De plus, ils avaient célébré à la synagogue un service spécial pour remercier l'Éternel des Armées d'avoir enfin donné au monde un caporal israélite. Sous la corbeille fleurie du ciel nocturne, ils avaient commenté le rutilant uniforme du nouveau chef et longuement parlé stratégie, et leurs poitrines s'étaient enflées d'orgueil. Enfin ils avaient décidé d'envoyer à Marseille une délégation composée de Michaël, de Mattathias, de Saltiel et de Salomon — ce dernier presque un enfant à cette époque — avec mandat, primo, d'offrir à Mangeclous un yatagan d'honneur ; secundo, de le prier, puisqu'il était bien vu par le ministre de la Guerre, d'appuyer diverses demandes de naturalisation, de passeports et d'exemptions douanières.

Les Valeureux firent donc la connaissance de l'ami marseillais de Mangeclous et ne tardèrent pas à en raffoler. A tel point que lorsque Scipion, peu après sa sortie de la caserne, fut atteint de la fièvre typhoïde, les Valeureux s'improvisèrent infirmiers. Tremblant d'être contaminés, ils avaient cependant tendrement soigné le bon Chrétien. Pendant un mois, ils s'étaient relayés de deux heures en deux heures, l'avaient baigné, frictionné et choyé.

Pour ne pas attraper le terrible mal, ils avaient pensé à se masquer le visage à la façon des chirurgiens. Mais, ces masques coûtant cher et leur paraissant d'un emploi compliqué, ils s'étaient bornés à faire l'emplette de têtes grotesques de carnaval dans les nez desquelles ils avaient introduit des gousses d'ail, des oignons et du coton imbibé de vinaigre. Et Scipion fut soigné par d'étranges infirmiers à masques de nègres ou de guerriers chinois, masques qui donnaient des terreurs nocturnes au pauvre diable. Salomon s'était affublé d'une tête de petit cochon et Mangeclous s'était muni d'un engin particulièrement redoutable : une tête d'oiseau rapace à bec immense qu'il avait bourrée de camphre, de bicarbonate de soude, d'aspirine, d'antipyrine effervescente, de sel gris, de poivre rouge, de naphtaline, de clous de girofle, de menthe sauvage ainsi que de chiffons imbibés d'ammoniaque, de teinture d'iode, de pétrole et d'eau de Javel.

Bref, Scipion avait été entouré par quatre mères dont les inventions prophylactiques avaient failli l'asphyxier. Étant de forte constitution, il avait cependant tenu bon et résisté même aux vapeurs ammoniacales. Entré en convalescence, il s'était embarqué avec les amis pour Céphalonie où, durant quelques semaines, il coula des jours heureux, mangeant, buvant et chantant, se privant de porc pour ne pas faire de la peine aux amis et assistant aux services de la synagogue pour leur faire plaisir. Il est vrai que, pendant que le ministre officiant chantait en hébreu, Scipion, lui, récitait des prières catholiques. Mais il avait bien fallu se séparer et Scipion était retourné à Marseille de laquelle il se languissait trop, comme il disait. Cependant l'amitié ne s'était pas rompue. Au contraire.

On s'écrivait régulièrement. Les lettres que les Valeureux recevaient les tenaient au courant des divers métiers de Scipion. Au cours de ce quart de siècle, Scipion fut successivement cocher d'une voiture à chèvres pour enfants ; tatoueur ; médium ; vendeur de chiots qu'il promenait sur la Canebière ; porteur non autorisé aux Messageries Maritimes ; explorateur — il s'était accordé ce titre après un voyage à Lyon ; détatoueur ; sauvage à la foire de la Plaine. En cette dernière qualité, peinturluré en noir et enfermé de midi à minuit dans une cage, il poussait des hurlements qui faisaient frémir ses amis et il se nourrissait de tabac, de souris et même de beurre. Il avait été ensuite faux témoin en permanence à la mairie ; vendeur de ces gâteaux aux anchois qu'on appelle à Marseille des tout-chauds ; dictateur du parti autonomiste provençal et ancien conseiller municipal non élu du Plan de Cuques.

Une des professions qu'il exerça le plus longtemps fut celle d'écrivain public. Pour ce faire, il avait installé au cours Saint-Julien une petite roulotte dans laquelle il trônait, sous une photographie de monsieur Thiers. « Un peu de patience, frisées, disait-il à ses clientes. Mon secrétaire il va venir. » Cet écrivain public savait lire les majuscules d'imprimerie mais ignorait l'art de l'écriture. Il avait donc à son service un petit garçon de l'école de la rue de Lodi qui écrivait sous la double dictée de la cliente et de Scipion dont les oreilles, en ces heures professionnelles, étaient ennoblies de plumes d'oie, d'un crayon et d'un stylographe.

Comme on le voit, Scipion était fait pour devenir l'ami intime des Valeureux et particulièrement de Mangeclous qu'il appelait son frère de sang depuis que le Céphalonien et lui avaient saigné du nez en même temps, un après-midi d'automne. Cette coïncidence les avait charmés. Ajoutons enfin que, dans ses lettres, Scipion appelait Mangeclous « cher compagnon de mort » — ceci parce que le tramway qui les avait ramenés un soir à la caserne avait déraillé.

La dernière lettre de Scipion adressée à « son ancien chef et ami actuel et futur Mangeclous » avait annoncé qu'un héritage lui avait permis d'acheter un navire — en réalité une petite barque centenaire que Scipion avait, pour la beauté de la chose, agrémentée d'une figure de proue achetée à l'encan. Grâce à cette barque — La Flamboyante précisément, où les deux Anglaises ahuries étaient en ce moment en train de se demander pourquoi le petit Français s'était enfui — l'ami des Valeureux gagnait sa vie en conduisant des touristes par mer calme et par tempête et à l'aide de boussoles, cartes marines, compas et sextants.

XV

Suscitant sur leur parcours un intérêt peu respectueux et précédés de Mangeclous qui, de ses bras écartés, demandait libre passage aux badauds, les Valeureux se dirigeaient vers le quai des Belges lorsqu'un petit bolide sauta au cou de Mangeclous. Après l'avoir mangé de baisers, Scipion embrassa les autres Valeureux. Ensuite, sans transition et sans mot dire, il se mit en posture de boxe devant Michaël auquel il assena de vigoureux coups de poing. Enfin il se rabattit sur Mangeclous, criant à chaque coup :

— Et celui-là, tu l'as senti ? Et celui-là, à la dynamite !

Les effusions se terminèrent par un coup de tête dans le ventre de Mattathias derrière lequel, pour le défendre, se tenait Salomon. Pour finir, on s'embrassa de nouveau. Scipion pelota les bras de ses amis, fut ravi du nouveau salut valeureux, serra courtoisement la main de Saltiel, le seul qui eût été épargné, demanda à chacun comment il se portait, n'écouta pas les réponses et raconta à brûle-pourpoint qu'il était un peu fatigué ce matin vu que la nuit dernière elles avaient été terribles et qu'elles lui avaient mangé tout le sang.

— Qué coquin je suis, quand même.

Saltiel était gêné, d'autant plus que des passants s'étaient attroupés. Mais Scipion se débarrassa vite des curieux en supposant à chacun d'eux des parentés ignominieuses et en leur demandant, à haute voix et nommément, des nouvelles du frère emprisonné, de la tante entremetteuse et de la sœur qui faisait le métier qu'on imagine. Les deux Anglaises, sidérées par ce spectacle peu londonien, n'avaient pas songé à quitter la barque.

— Peuchère, dit Scipion, elles se sont déjà attachées.

En compagnie de ses amis il se dirigea vers les victimes de son physique.

— Sortez, mesdames, leur dit-il avec douceur et fermeté. L'amitié avant la passion, la camaraderie avant l'Angleterre ! D'ailleurs, entre vous et moi il y a Sainte-Hélène ! (Et comme elles ne semblaient pas comprendre, il ajouta, d'un ton violent qui les fit se lever :) Allez, zou, dehors ! Pas de mutinerie à bord !

L'Angleterre ayant débarqué, il invita ses amis à se rafraîchir. Ils allèrent, bras dessus bras dessous, au Lamartine's and Belge's Bar où Scipion commanda cinq laits de tigre, au grand effroi de Salomon. Les Valeureux trempèrent leurs lèvres dans les apéritifs à l'anis que Scipion acheva. On parla et on évoqua le beau temps de la typhoïde.

— Elle m'a fait perdre vingte-deux dents, dit le Marseillais, mais elle m'a fait gagner cinq amis. Enfin ça fait rien, vu que la femme elle tient pas aux dents. C'est au charme qu'elle tient. Et mon charme, la typhoïne qu'elle me l'enlèvera elle est pas encore née !

Et ainsi de suite pendant trois heures. Saltiel avait mal à la tête. Il avait de la sympathie pour Scipion mais il trouvait que ce brave garçon parlait trop de ses

159

amoureuses — qu'il appelait ses moribondes. Non vraiment, il ne respectait pas assez les femmes. Et puis une tristesse avait envahi Saltiel parce que la France ne faisait pas assez d'enfants et qu'elle naturalisait trop de gens n'ayant pas lu Racine et Corneille. Et puis on déboisait trop en France. Ce dernier souci tourmentait fort le sensible vieillard. Que se passerait-il dans cent ans quand ce pauvre pays serait tout chauve ? Bref, le vieux Valeureux serra la main de Scipion et s'en alla, accompagné de Mattathias.

Scipion se sentit plus léger. Ces deux étaient trop sérieux pour son goût. Il frappa sa poitrine pour montrer la solidité de son coffre et déclara qu'il fallait manger en plein air à cause de la santé « étant qu'elle est indispensable pour contenter les petites ». On acheta des pains de formes diverses — couronnes surmontées de petites pyramides et longs pains étroits appelés pompettes et vraiment exquis — des anchois, des œufs durs, du fromage, de nombreuses boîtes de sardines et des oursins que Salomon trouva peu rassurants.

Après avoir mangé sur les pierres de la jetée, devant les verts mouvements de la mer scintillante, on décida de faire la sieste sur la montagnette. Ce que Scipion appelait ainsi était un grand tas d'arachides que Salomon et Mangeclous gravirent avec des sourires blancs, feignant d'être à leur aise et de plaisanter mais prenant bien garde de contempler le gouffre à leurs pieds.

Une fois réveillés, les Valeureux allèrent musarder à la foire de la Plaine. Michaël annonça soudain qu'il donnerait ordre à Saltiel de remettre sur sa part une bonne somme à Scipion dès que le chèque mystérieux serait encaissé à Genève. Le Marseillais regarda férocement Michaël, ôta sa veste.

— Tiens-moi ça, minot, dit-il à Salomon.

Et ce fut une nouvelle bataille avec Michaël qui, cette fois, ne ménagea pas le petit bonhomme à grosse tête.

— Déclare-toi battu! cria Scipion en s'effondrant.

Lorsqu'il se releva il expliqua, pareil en cela à d'illustres généraux, pourquoi il avait gagné la bataille. Salomon aurait bien voulu faire aussi un don à Scipion mais il craignait les effusions de ce dernier.

Ils admirèrent le souffleur de verre, rirent beaucoup devant les miroirs déformants, mangèrent des choux à la crème sortis du ventre d'un grand ours de carton, entrèrent, à l'exception de Salomon qui attendit ses amis dehors, dans le musée médical pour adultes. Mais ils n'y restèrent pas trop, Scipion étant devenu blanc à la vue d'un fœtus. Pour ne pas perdre la main et perfectionner son entraînement, il tira au stand des pistolets, faillit tuer la propriétaire, en rendit responsable l'arme défectueuse. Pour le réconforter, Mange-clous lui vendit une bague de cuivre. (Petit truc : au lieu de dire « doublé or », le Céphalonien disait « or doublé ». Après tout, c'était correct, pensait le vendeur. Les mots étaient les mêmes mais l'impression était meilleure.)

Salomon acheta des couteaux à peler les pommes de terre et une colle merveilleuse pour pneumatiques, ce qui lui donna l'idée de s'offrir une bicyclette afin que le tube ne fût pas perdu. Pendant quelques minutes, on écouta des chanteurs ambulants qui firent hommage d'une de leurs chansons à Scipion, homme public. Peu après, le petit Marseillais expliqua ses idées politiques à ses amis et notamment celles qui avaient trait au dictateur allemand — qu'il appelait Hilaire, ce qu'il prétendait être la prononciation allemande.

— Qu'on me donne le gouvernement et je dis à Hilaire : « Allez ! A la loyale ! Batteste ! Et çui-là qu'il touche des épaules, son pays il est vaincu ! » Et moi, avec mes coups secrets de jitsu, je te garantis que, pauvre Hilaire, il est perdu ! J'y tords la moustache quand il est par terre et j'y dis à ce moment : « Eh collègue, dis-le un peu maintenant que c'est un pays dégénéré, la France ! »

A huit heures, Mangeclous et Michaël prirent congé. Scipion protesta. Pour le consoler, Mangeclous décréta que Salomon n'irait pas encore se coucher et le nomma officier d'ordonnance de Scipion. Salomon n'en fut pas ravi car il avait sommeil et Scipion l'effrayait un peu. Mais les ordres de Mangeclous ne se pouvaient discuter.

Scipion se résigna. Après tout, c'était peut-être mieux ainsi. Salomon était un gibier de choix, admiratif à souhait. Il l'aimait bien ce petit, si tranquille, qui ne vous contredisait jamais.

Se faisant passer pour un envoyé de Jérusalem, Mangeclous extorqua quelques aumônes à deux membres du Consistoire israélite desquels, en outre, il obtint des lettres de recommandation pour leurs collègues de Genève.

Dans le restaurant de luxe où il se rendit ensuite, il resta bouche bée à contempler une élégante dîneuse. Les gens ne s'étonnaient de rien. Lui, il trouvait tout extraordinaire. Cette femme buvait. C'est-à-dire qu'elle ouvrait un trou et qu'elle y versait un liquide. Elle se remplissait comme une cruche, glou-glou, puis elle refermait l'orifice. La cruche était pleine. Tout était remarquable. Ces deux messieurs qui mangeaient. Ils ouvraient la gueule et avec de petites fourches ils introduisaient des bouts de cadavres cuits. Puis ils abaissaient des instruments à broyer, de petites meules qu'ils avaient dans la bouche. Ils les abaissaient et les relevaient. Et ils faisaient ces pilonnages tout en parlant de musique.

Il se demanda s'il n'avait pas l'étoffe d'un héros de la pensée. D'émoi, sa pomme d'Adam, qu'il avait saillante, monta et descendit. Et l'idée que peut-être il était un grand homme lui coupa l'appétit. Il regarda le mulet au fenouil que le maître d'hôtel venait de poser sur la table, n'y toucha pas, paya et sortit, tout songeur et embarrassé.

XVI

Scipion emmena Salomon au Café Riche où il lui fit servir deux tasses de café très fort. Ensuite il lui proposa d'aller un peu voir, en tout bien tout honneur, les nistonnes de derrière la mairie.

— Les minotes, expliqua-t-il. Juste pour de dire de rigoler une heure.

Salomon frémit. Comment oserait-il revoir sa chère femme après avoir causé avec des personnes de mauvaise vie ?

— Non, dit cet ange, ma religion me le défend.

— Eh qué religion ! La vérité c'est que tu es pas porté sur ça parce qu'elles te font pas d'avances. (Dieu merci, le joint était trouvé.) Mon ami, moi, elles me mèneront à la tombe ! Tout à l'heure, par ezemple, si je me suis tombé à la batteste aque Michaël, eh bien mon ami, c'était parce que. (Il lissa ses accroche-cœur.) La nuit dernière, mon ami, huit ! Elles attendaient chacune son tour en bas. Une partait, l'autre montait, il y avait un collègue en bas qu'il leur donnait des contremarques aque les numéros. (« Aque », dans le langage de Scipion, signifiait « avec ».) Il y en avait douze mais j'ai pu en servir que huit. Ah mon Dieu, dormir seul une nuit, qué bonheur que je connaîtrai jamais !

— Mais ne pourriez-vous pas laisser tranquilles ces dames ?

Scipion s'indigna, fit des yeux ronds.

— Mais c'est elles, mon ami, qu'elles me laissent pas tranquille ! Elles sont là, mortes ! Alors qu'est-ce que tu veux, je suis forcé, question pitié.

Et, parce que le geste lui parut beau, il tendit le poing vers le ciel.

— Je lui en veux au bon Dieu de m'avoir fait plaisant comme ça.

Salomon recula pour examiner l'enveloppe corporelle du petit borgne et en comprendre les appâts. Mains derrière le dos, il le considéra attentivement des pieds à la tête. Non, tout de même, ce ne pouvaient être les jambes tordues. Et le reste était plus laid encore. (Fou d'être tant aimé, Scipion tournait sur lui-même et chantait une chanson de sa composition intitulée « Sang de Piment ».) Décidément, pensait Salomon, les femmes de Marseille avaient des goûts étranges. Évidemment, l'œil gauche n'était pas mal, mais tout de même.

Scipion acheta à Salomon un petit pain au chocolat, le prit par la main, lui fit traverser la chaussée, lui ordonna de s'arrêter devant l'hôtel Noailles. Dans le jardin d'hiver, la princesse Ingrid de Suède était en train de raconter à la duchesse d'Arques son beau voyage aux Indes.

— Par ezemple, la grande blonde, là que tu vois, dit Scipion en désignant discrètement la princesse. Te fais pas remarquer. Doucement, fais anttention. La grande blonde qu'elle est en train de causer, non, la regarde pas comme ça, je veux pas lui faire tort, aie l'air de rien, regarde en l'air d'abord comme si tu

165

voulais voir les fenêtres puis juste un petit coup d'œil en passant, cette grande blonde, mon ami, tu sais pas qui c'est ? (Ceci pour avoir le temps de trouver un nom.) Milady Roscoff, la fille de l'amiral anglais, le vainqueur de Trafalgar Square. Maintenant mire un peu la brune. (Il désigna la duchesse d'Arques.) C'est la fille de. Je peux pas te dire le nom, c'est un monsieur qu'il a une grosse grosse grosse position en Italie. (Murmurant :) Tu vois, elles me regardent pareil que si j'étais du suce-miel. Et maintenant, remarque un peu comme elles se sourient jaune toutes les deux. Elles font semblant d'être d'accord, braves, gentilles, mais au fond elles se mangeraient. Il y a pas plus pocrite que la femme moureuse. Dépassant le serpent ! Imagine-toi que la brune, l'Italienne, elle a essayé d'empoisonner la blonde ! Par jalousie à cause de moi, tu comprends. Alors moi je leur ai dit comme ça : « Mais dites, qu'est-ce que c'est ces manières de sauvages ? S'empoisonner entre collègues, c'est ça qu'on vous a appris à l'école ? Vous êtes du grand monde, que diable ! C'est pas des choses à faire, de l'arsenic ! » Oui parce que j'ai oublié de te dire que la brune elle m'a dit que la blonde aussi elle a voulu l'empoisonner. « Vous avez pas honte de devenir des criminelles par amour toutes les deux ? Petites vilaines, de la mort-aux-rats, dites ! Pensez un peu à votre papa, à votre maman, que diable ! Une fois que vous serez en prison pensez-y un peu au mauvais sang qu'ils se feront ! » Alors, pour continuer à me voir, elles font censé d'être bien ensemble. Tu vois comme elles rigolent toutes les deux mais on sent que c'est tout du faux. (En cela Scipion disait juste.) Ah j'en ai eu comme ça des tragédies dans ma vie ! Mes deux doigts, mire un peu, té, c'est une jalouse !

Il montra sa main dont, lorsqu'il était enfant, il avait fait sauter deux doigts en coupant une bûche.

— Mais c'est à la guerre que vous avez perdu les deux doigts, osa rectifier Salomon.

— Pendant la guerre, j'ai dit. J'ai pas dit à, j'ai dit pendant ! C'était la fille du général que je l'avais eue sage, un soir de permission. Soi-disant elle vient au front pour voir le papa mais tu penses bien pour qui c'était ! cria-t-il, pris d'une joie frénétique et presque folle qui fit trembler son petit thorax grassouillet et tressauter ses molles mamelles. Alors un soir, c'était le vingt-cinq d'août (Il prononça a-ou), je me rappelle comme si c'était hier, le vingt-cinq d'a-ou ou peut-être peut-être peut-être le vingt-six d'a-ou, enfin le vingt-cinq ou le vingt-six, nous en sommes pas à un jour près. Bon. Alors, elle s'amène dans la tranchée que tout le monde il dormait. Elle m'apporte des chocolats aque de la noisette, des gros bâtons, tu sais, comme ça. Elle ouvre mon paquetage pour les mettre dedans et elle se prépare (Voix féroce :) pour le baiser à la colombine ! (Salomon recula.) Mais ses yeux ils tombent sur ma musette qu'elle était ouverte. Elle respire comme ça. (Il renifla très fort pendant au moins deux minutes, dirigeant son nez de toutes parts, pour bien faire comprendre.) « Je sens du sent-bon ! » elle me fait. Et je te garantis que déjà elle était pas commode ! Elle regarde dans la musette et ça y est, elle trouve les lettres de la femme du président de la République en Amérique, une passionnée terrible, mon ami ! Elle regarde les lettres, un peu, juste le temps de lire « ta frimousse adorée de vaillant petit poilu français ». Alors elle se précipite sur moi, elle ouvre la bouche, elle me prend la main et han ! (Il fit un rictus de cannibale.) elle referme la bouche. Et han ! elle me coupe les deux doigts entre ses dents ! On m'a dit que de rage elle les a mangés tout en courant ! Mais ça je peux pas le garantir vu que j'y étais pas.

— La fille d'un général ! s'exclama Salomon.

— Moi, pour pas la compromettre, question galanterie, j'ai dit que c'était une balle ennemie qu'elle m'avait enlevé les deux doigts. C'est le premier mensonge de ma vie, dit-il avec mélancolie. Allez, viens, promenons-nous. Alors, pour t'en revenir à milady Roscoff et à son amie, la brune, la petite de Michelangi. Oh coquin de sort ! voilà que j'ai dit le nom, tu le répéteras pas au moins ? Tu me promets le secret, dis, petit, qué ?

Salomon fit oui de la tête et ils s'assirent sur un banc des allées de Meilhan. Le pauvre Céphalonien, déjà endormi, mangea d'un air égaré la brioche que Scipion avait sortie d'un cornet.

— Tu voudrais bien que je continue des coquineries, qué, polisson ?

Salomon n'osa pas dire non.

— Alors je vais te dire comme ça a commencé aque les deux nistonnes du Noailles, milady Roscoff et la petite Michelangi, que son papa il est grand général italien.

Il prit une bonne bouffée d'air et plongea dans les eaux délicieuses du mensonge.

— Imagine-toi, mon ami, que depuis un mois, tous les matins, à six heures, régulièrement, qu'il pleuve ou qu'il neige, qu'il vente ou qu'il tonne, régulièrement, elles étaient là devant ma porte, neuf rue Coin-de-Reboul. Tous les matins à six heures, six heures dix, six heures quart, enfin aux environs de six heures. En tout cas toujours avant six heures demie, elles étaient là. Le charme avait agi. Et moi, peuchère, je savais pas quoi faire ! Je voulais pas m'en mettre encore deux sur les bras ! La jalousie des autres, la fatigue. (Il fit une tête byronienne.) Alors les premiers temps. (Scipion n'aurait pas cédé sa place pour un empire.) Alors les premiers temps, moi, en descendant de chez moi, je me passais devant en faisant censé de pas les voir. Mais tu comprends bien (Il cligna de l'œil avec un sourire malicieux.) que j'avais tout compris ! Mais de les voir tous les matins, les pauvres petites, bien habillées, tu sais là, fourrures, plumes, oh là là, et l'automobile qu'elle attendait un peu plus loin, ça me faisait un peu peine. Alors un matin, comme j'allais au boulanger, je leur y fais un sourire, manière de pas avoir l'air de les mépriser. L'aumône d'un regard, quoi. (Tragique :) Salomon, le sort en était jeté ! Le lendemain, incorrigible que je suis (Il eut une grimace signifiant qu'il se détestait.) je me suis pas contenté, oh bandit que je suis ! de les regarder mais je leur y ai fait une fascination. Comme ça, regarde bien.

Il se leva, campa le poing sur la hanche, ferma son œil valide.

— Tu comprends, d'un air de dire : (Il prit un air de galant gangster.) « L'amour est enfant de Marseille. » Et alors, tu sais pas ce qui s'est passé ? Elles m'ont suivi et elles ont voulu à toute force me payer le café, histoire de commencer à me fréquenter pour faire la conquête ! Et alors, c'est une vie terrible qu'elle a commencé, Salomon ! Par ezemple, hier, la blonde, milady Roscoff, elle me disait : « Scipion. (Il n'arrivait pas à trouver ce qu'elle lui avait dit. Aussi répéta-t-il à plusieurs reprises son nom :) Scipion, Scipion. » Non ça je peux pas te dire, tu comprends, il y a des choses qu'on peut pas dire même à un ami. Alors moi j'y ai répondu gentiment, genre papa : « Et votre mari ? »

— Mais alors, objecta Salomon, elle ne s'appelle

pas Roscoff ? Puisque c'est son père qui est monsieur l'amiral Roscoff.

— Elle a épousé un cousin ! cria avec colère Scipion. M'interromps pas pour des bêtises !

Ils avaient quitté leur banc et se trouvaient de nouveau devant l'hôtel Noailles.

— Regarde-la. Temps en temps, elle tâche d'écouter ! Alors pour te revenir à l'histoire, elle me répond : « Mon mari, j'en veux plus ! D'abord il ronfle ! Partons, Scipion, partons dans des cieux embaumés où tu me feras rien que des baisers à la cannibale ! » Comme ça, je te jure, elle m'a dit ! Té, que je meure maintenant là, sur le trottoir ! (Il tapa du pied l'asphalte.)

— Et alors ? demanda Salomon que cette aventure du grand monde commençait à griser.

— Et alors, moi, tu sais, aque mon sang-froid de glace j'y réponds : « Non, mignonne, non. (Il agita sa tête en signe de noble refus.) La fatalité elle nous sépare. » Et alors elle me répond... — té, justement c'était ce matin, précisa-t-il — alors elle me répond : « Eh bien au moins une bise ! » (Indulgent, tendre, admiratif :) Tu sais là, aque son air coquin et son petit acent anglais qu'il est bien plus joli que l'acent parisien. Et une figure, mon ami, oh là là, une vraie madone ! Et alors, comme j'hésitais à cause les voisins qu'ils commençaient à se mettre à la fenêtre, elle me crie : « Une bise, vous allez quand même pas me refuser une bise ! Vous seriez un grossier alors ! » Elle commençait à se fâcher. « Allez, vaï, Scipion, une bise que j'ai soif d'amour car ton cœur a pris mon cœur dans un jour de folie ! » Elle criait, oh là là, et les voisins ils étaient tous à la fenêtre maintenant qu'ils regardaient. Alors j'y dis comme ça, moi : « Et l'honnêteté, madame Alexandra, ce que c'est que vous en faites alors ? »

170

— C'était bien dit, fit Salomon. Et alors ?

— Elle m'a répondu testuellement comme je te le dis et que je perde mon œil si c'est pas vrai ! (Son doigt montra, énergique et formel, l'œil gauche.) Elle m'a répondu comme ça : « L'honnêteté, monsieur Scipion, je m'en fous ! »

— Mais vous êtes sûr qu'elle est la fille d'un amiral ?

— L'honnêteté, je m'en fous ! cria Scipion dans le feu de son discours. (Un agent de police s'arrêta et le fixa sévèrement.) Tu t'étonnes qu'elle a dit je m'en fous ? Eh mon ami, qu'est-ce que tu veux, dans le feu de la passion — les mains de Scipion étaient de mouvantes flammes — elles oublient toutes les convenances ! Une fois la reine de. Non, ça je peux pas dire. Mais ce que je peux te dire c'est tu te serais régalé de nous voir, la reine et moi, chacun son cheval. Parce que la reine elle aimait beaucoup monter le cheval, le matin. Alors moi aussi, aque les bottes, j'allais tous les matins à la selle aque Sa Majesté.

Il sentit le danger.

— Devant Dieu ! Je te le jure devant Dieu, tu entends, que tout ce que je t'ai dit c'est la vérité ! (Salomon fut convaincu. Du moment que Scipion avait juré sur Dieu.) Et alors, qu'est-ce que je disais ?

— L'honnêteté...

Scipion caressa le bon auditeur.

— Tu es bien brave, va. Alors j'y dis : « Et l'honnêteté, madame Alexandra, qu'est-ce que vous en faites ? » Elle me fait : « Ah l'honnêteté, c'est vrai, té, j'y avais pas pensé. » Et elle me regarde, tu sais, aque des yeux bleus comme la fleur. Ah c'est pas pour de dire mais elle était à manger à la vinaigrette tellement elle était mignonne ! (Il baisa le bout de ses doigts.) « J'y avais pas pensé », elle me dit en rigolant.

— Mais tout à l'heure, elle avait dit le contraire.

— M'interromps pas tout le temps comme ça ! Je suis responsable, moi, si elles sont des giroulettes ? La tête leur vire, qu'est-ce que tu veux ! Elles te disent blanc puis elles te regardent, ça leur fait tourner le sang et elles te disent noir. Griserie d'amour. Alors elle me fait : « C'est vrai, l'honnêteté. Eh bien alors soyez mon frère, Scipion, et moi comme ça je serai votre sœur. Mais au moins une bise, Scipion. (Ardent :) Une bise ! (Volontaire :) Une bise ! » Et elle frappe sur la table ! « Une seule fois, bandit, et après, frère et sœur ! » Et comme elle voyait que je voulais pas, alors la coquine elle me dit : « Allez, vaï, pas une bise d'amour mais une bise cousin-cousine ! » Et alors, moi.

Il s'arrêta, fatigué. Il y avait tant de possibilités ! Fallait-il donner ce baiser ?

— Et alors moi tout d'un coup, reprit-il, les dents serrées pour donner une idée du sex-appeal de la princesse Ingrid alias milady Roscoff, la tête elle me tourne et badaboum ! je te lui fais un baiser double colombine à renversement intérieur !

Salomon ferma les yeux et sa main chercha secours auprès d'un réverbère.

— Et quand j'y ai donné ce baiser, je suis le seul à savoir le faire à Marseille, je peux pas te dire tout le secret mais ce que je peux te dire c'est que la langue elle fait le saut-prieux. Alors je lui donne le baiser et elle ferme les yeux et elle tombe par terre, là comme ça, morte ! Morte peuchère, oh là là !

Il montra le trottoir de ses deux mains dont, en signe de deuil, il se voila ensuite la face.

— Morte à vingt-trois ans, morte comme une mouche ! Morte à jamais, tuée par la volupté !

Il se rappela à temps que la morte était en train de causer dans le jardin d'hiver et il enchaîna :

— Je la ramasse et elle se met à remuer tout d'un coup. « Encore, encore, encore ! » elle crie. Oh coquin de sort, dans qué situation je me trouve !

Il porta ses mains à son front moite qui surplombait un œil hagard.

— Tout seul aque une femme enragée ! Et alors, comme je refuse, elle retombe et elle se met à remuer des quatre pieds par terre, comme un qu'il a le haut mal ou comme le cheval tombé qu'il peut plus se ramasser ! Et tous les voisins qu'ils regardaient ! Et ma femme qu'elle dormait et que j'avais peur que les cris la réveillent. Et à ce moment qu'elle était en train de remuer des quatre pieds par terre sur le trottoir que ça faisait des étincelles, tu sais pas ce qui arrive ? Il arrive l'autre, la fille de Michelangi, la brune, la petite ! Oh ! mon Dieu, pauvre de moi ! Mais qu'est-ce que je vais faire ? Je me tournais autour de moi comme une toupie des enfants ! La fille de Michelangi, intelligente comme son papa, elle comprend tout du premier coup et elle crie : « Moi aussi, moi aussi, j'en veux ! » Parce que les femmes, tu sais, c'est tout d'orgueil ! Elle trépignait là, tu sais, elle sautait sur le trottoir comme la grenouille ! Et l'Anglaise qu'elle se lève et qu'elle crie : « Encore, encore ! » Mais elle le disait en anglais. « Pickles, pickles ! » comme ça, tu sais. Pickles, en anglais ça veut dire « encore ». Et l'Italienne qu'elle se met à crier : « Picallili ! Picallili ! » Ça veut dire : « Moi aussi j'en veux ! » en italien. Enfin, pas l'italien que tu connais, en italien distingué. Toutes les deux, elles criaient comme des cochons qu'on va les saigner. « Pickles ! Picallili ! » Assoiffées d'amour ! Et les voisins, mon Dieu, mon Dieu ! (Il se cacha les yeux.) Alors pour la contenter, pour qu'il y ait pas trop d'escandale, j'embrasse la petite Michelangi. Ça y est ! De plaisir elle tombe par terre ! « Pickles, Picallili ! » Et les voisins qu'ils descendent, qu'ils me demandent ce qui arrive. Alors moi j'y dis aux voisins : « Vous effrayez pas, allez, elles sont un peu fatiguées. C'est rien. » Mais eux ils courent appeler les pompiers ! Et pendant ce temps, les deux petites par terre, de colère et de jalousie elles se mordaient le nez !

Un taxi s'arrêta devant l'hôtel Noailles. Scipion, homme de lettres, capta le hasard.

— Il passe un taxi ! Vite je les mets dedans ! Dans le taxi, elles me font des chatouilles pour me donner des idées, pour me mettre en feu ! Ces chatouilles elles me rendaient fou ! Alors je me mets à crier tellement que le chauffeur il prend peur et il nous descend tous les trois en pleine Canebière ! Tu vois le pastis, une qu'elle gueulait et l'autre, oh pauvre de moi, qu'elle continuait de me faire les chatouilles sur le trottoir et moi que je criais comme un pendu tellement qu'elle me chatouillait fort ! Et le monde qu'il était là à nous regarder, qu'ils se pissaient tous de rire genre moquerie ! Alors tout d'un coup je me dis : « Scipion montre un peu qui tu es, maintenant ! Si tu es un homme, c'est le moment ! » Alors, d'un coup de jitsu je te les mobilise toutes les deux ! Elles pouvaient plus bouger mais elles continuaient à crier ! Sans ezagérer, Salomon, il y avait au moins neuf mille personnes qu'elles regardaient l'escandale et qu'elles se mouillaient de rire. L'Anglaise surtout elle était terrible. Elle avait le hoquet tellement elle avait envie. Et l'Italienne elle criait : « Ça me démange ! » Alors moi je leur dis en les tenant bien pour qu'elles me chatouillent plus : « Écoutez, un peu plus de tranquillité si vous plaît, eh, que je perds ma réputation moi à Marseille si vous

174

continuez comme ça ! » Et de force je te les emmène dans une pharmacie ! Il y avait au moins seize mille personnes qu'elles suivaient en rigolant et en se pissant dans leurs pantalons. Au pharmacien, c'était un collègue à moi, j'y esplique la chose. Et alors lui il me fait : « Scipion, scientifiquement il y a qu'une chose à faire, il faut leur y faire comme aux chattes quand on veut pas les faire monter. — Leur y faire quoi ? j'y fais. — Du croroforme ! il me fait. Il y a que ça pour les calmer ! » Et allez, zou, il prend une grosse bouteille et dzan ! il te les arrose avec le croroforme ! Alors elles se sont calmées, mais pas beaucoup ! Au pharmacien j'y dis : « Écoute, Titin, ferme le magasin parce que je veux plus de déshonneur dehors. Regarde le monde qu'il y a ! » A ce moment-là y avait au moins trente ou quarante mille personnes qu'elles se pissaient de rire. « Laisse-moi seul aque les petites » j'y dis au pharmacien que c'était mon collègue de l'école fantine. Alors les deux elles se sont levées tout d'un coup vu que le croroforme il était pas assez concentré. Et alors, elles prennent de la vitriole, un bocal tout jaune, et elles me disent : « Scipion, un baiser ou nous la buvons la vitriole ! » Alors moi, rapide comme le tonnerre, je m'empare de la vitriole et vite je te les pousse dans une petite chambre qu'il y avait pas de poisons ! (Il s'arrêta, réfléchit.) Non, écoute, je suis un menteur. Il était pas jaune le bocal de la vitriole, il était vert, vert clair. Bon, pour t'en revenir aux petites, je te les pousse dans la petite chambre et alors je me boutonne la soutane, je redresse la tête, tu sais là, genre artiste cinéma fier implacable, et alors je leur y dis : (Il fit des incisives terribles.) « Ce qui est fini est fini, mesdames. Des baisers vous en aurez plus ! (Pendant soixante secondes environ, il remua l'index en signe de dénégation.) — Et pourquoi ? elle

175

me fait l'Italienne. Tu sais pas que mon papa il commande une armée de l'Italie ? » Et moi j'y réponds : « Ton papa, je, bref, un gros mot que j'aime pas le redire, parce que c'était pas gentil pour elle ni pour le papa, peuchère. Moi je suis en France, pays de la liberté ! je lui fais. Et si je veux pas t'embrasser je t'embrasserai pas. Et c'est pas ton papa qui me forcera. Allez, fous le camp, bourre de babi ! » Et je lève le poing en l'air, tu sais, là, genre politique ! Résumé, la chose a fini comme ça que j'ai renvoyé l'Italienne, étant qu'elle m'avait offensé le patriotisme. Et puis l'Anglaise, après que je l'ai un peu bichonnée, tu sais, un peu de l'eau sur la tête en lui tapant un peu les mains genre flatterie, j'y ai dit comme ça en réponse à la chose qu'elle me demandait que j'y fasse en pleine pharmacie, la petite dévergondée : « James » j'y dis — c'est son petit nom.

— Mais elle s'appelle Alexandra, dit Salomon qui suivait avec peine ce récit peu ordonné.

— M'interromps pas ou je te fous une claque ! Alexandra c'est le premier prénom. Mais les intimes, ils lui disent James. (Il prononçait Geamsse.) « James, vous êtes drolatique, jamais je vous ferai une chose pareille, surtout dans le magasin. Question honneur de l'homme. (Il fronça les sourcils.) — Et pourquoi vous me le faites plus puisque vous me l'avez déjà fait et même bien fait ? » elle me fait. Alors moi j'y fais : « Oh petite grossière, parce que j'ai été gentil une fois tu veux que je te fasse le domestique maintenant ? » Et alors je me mets le chapeau. (Il se tapa le crâne.) Et j'y dis : « Sachez, madame, que mes baisers sont dangereux. Une fois qu'on en a reçu un, c'est fini. — Et justement, elle me fait, tu me l'as donné ce un et il était à double renversement même ! » Alors moi j'y réponds : « Le premier, ça va ! Mais le deuxième, ça serait bien plus pire. (Avec un accent parisien tragique et des remuements napolitains de la tête :) Mes baisers sont une magie, mes baisers sont un philtre, madame ! Peuchère, j'ai pitié de vous. Allez, allez, rentrez chez vous. Allez, allez, je leur répète ! (Il avait oublié qu'il avait déjà renvoyé la prétendue Italienne.) A votre soupe, mesdames ! » Alors toutes les deux elles se mettent à genoux, oh funérailles, en pleine pharmacie, dis ! Et tous les gens dehors qu'ils regardaient à la vitrine ! Et alors moi : « Milady, fuyez mes baisers ! » Et elle, en colère, tu sais, tigresse : « Oh coquin de sort, elle me dit, mais vous êtes pas un homme, Scipion, vous avez pas de sang, vous avez pas le goût de la femme ! » Pour m'humilier, tu comprends. Une ruse de femme. Alors moi, offensé dans mes sentiments les plus nobles, je me laisse prendre et j'y dis : (Dents serrées.) « J'ai pas le goût de la femme, moi ? (Il posait à Salomon cette question menaçante en le frappant fort sur la poitrine.) Je suis pire qu'un nègre, madame ! Je suis en ciment armé, sachez-le ! » Tu comprends l'allusion ? demanda-t-il gravement au Valeureux qui tenait les yeux baissés de honte.

Il s'arrêta, prit une chique de tabac, la mastiqua, sourit.

— Il y a une troisième, une petite Américaine qu'elle m'a demandé ma main l'autre jour. Et alors moi tranquille, de mon petit air vampire, j'y dis...

— Voilà ? sursauta Salomon qui dormait debout.

— De mon air vampire, continua Scipion en roulant les yeux, j'y dis : « Carmen, vous êtes trop riche pour moi. Quand on est la fille de Vanderbite, on se marie dans son monde. Mon cœur je le donne mais je le vends pas. » Je dois dire que j'étais pas tout à fait franc. Elle m'aurait plu que je me serais peut-être divorcé ! Neuf cent vingt-cinq miyons de dote ! Et des miyons américains, tout dollar et esterling. Mais elle me plaisait pas beaucoup. (Les dents serrées, d'un air sauvage :) Mais moi je lui plaisais ! Oh là là, elle se précipitait sur moi, oh là là, et elle m'ouvrait la chemise, la fille de Vanderbite, oh là là ! Mais à moi elle me plaisait pas. Ça se commande pas. Elle était jolie pourtant. Comme ça. (Il fit un geste pour désigner une immense corbeille antérieure.) Et puis comme bas-flancs c'était du soigné ! (Il dessina une corbeille de grosseur double.) C'est vrai qu'à l'époque j'avais sur le chantier mes deux estars américaines, tu sais le cinématographe, les estars. Il y en avait une, oh qu'elle me plaisait, mon ami ! Celle-là je dois dire que je me la préférais à toutes. Madeleine Dietrich elle s'appelait. Oh qué beauté, mon ami ! Elle avait un derrière qu'il devait faire dans les trente kilos ! Madeleine Dietrich c'est la seule femme, tu entends, la seule femme que j'y ai fait un cadeau : un bâton de chocolat. Elle m'a dit comme ça : « Ce chocolat, je le garderai toujours sur mon cœur ! » C'est la seule femme que j'y ai fait un cadeau parce qu'en général je trouve qu'un homme qu'il fait un cadeau à une femme, il est déshonoré pour la vie. Il y a pas plus chaud que l'estar américaine ! Elle te vide ! Ah oui, ajouta le technicien, pour la connaissance de la chose et le mouvement il y a rien au-dessus de l'estar ! Et généreuse, oh là là ! Et gentille ! Tu vois ces souliers ? (Il souleva un de ses pieds chaussés d'escarpins vernis.) C'est Madeleine Dietrich. Tu en as entendu parler ? Ça a commencé par un baiser, sur la barque. Je le lui donne, manière de politesse. Alors d'émotion elle tombe à la mer ! Je me lance à l'eau, je la repêche, je nage vers La Flamboyante ! Mais Madeleine Dietrich, même noyée dans l'eau, elle pensait qu'aux baisers ! Elle m'entoure de ses bras charmeurs et elle

178

crie : « Encore un, capitaine marin ! » Pour qu'elle se tienne tranquille, vite j'y en donne un. « Allez, mademoiselle Madeleine, restez un peu tranquille maintenant. Si vous remuez comme ça, nous allons nous noyer. Un peu de patience, voyons ! Dès qu'on sera au bateau je vous en donnerai encore un. — Non, non, tout de suite ! » elle crie. Il faisait une tempête terrible. Tu t'imagines un homme en pleine mer démontée qu'il doit sauver une femme qu'elle se noie et qu'au lieu de se laisser porter bien tranquille, elle crie dans la mer déchaînée : « Des baisers ! Des baisers ! Je m'en fous de me noyer ! » Oh mon ami, qué ramadan ! Madeleine Dietrich, mon ami, en pleine mer en furie elle faisait des soubresauts pire que poisson sur terre. Comme ça, regarde.

Il s'étendit sur le trottoir, écarta les jambes, fit des ondulations et une sorte de danse du ventre.

— Et moi, peuchère, j'ai vu que pour la sauver il y avait qu'une chose à faire. Des deux pieds je nageais, d'une main je la tenais et, pour la faire tenir tranquille, de l'autre main j'y caressais la figure et je l'embrassais sur les joues pour qu'elle bouge plus. Tableau ! Tu me vois nageant comme ça rien qu'avec les pieds et embrassant cette femme dans l'eau salée, oh là là ! A peine qu'on est remonté dans le bateau, fini les mamours, je te l'attache avec du filin au mât et je me mets à ramener La Flamboyante ! Arrivés au rivage, toute mouillée qu'elle était, elle me prend par la main, tout mouillé que j'étais, et elle me tire comme ça dans les rues en galopant pour arriver plus vite à l'hôtel ! Aussitôt dans la chambre de luxe, mon ami, qu'elle devait lui coûter une pièce de douze francs par jour, elle me déboutonne genre précipitation et en avant la danse ! Et ce furent soixante-douze heures d'amour poétique, dit-il avec un accent de nouveau parisien. Soixante-douze fois, mon ami ! Et elle m'esquichait dans ses bras ! Oh qué femme, boudiou ! La pompe aspirante et jamais refoulante ! « Oh mon trésor, elle gueulait, oh ma belle poule en or, viens avec moi en Amérique que je te ferai jouer le cinéma ! Tu feras les grands rôles, Rigoletto, Foste ! » Mais j'ai pas accepté. Et alors, avant de partir, elle m'a rempli de cadeaux ! Oh là là ce que j'en ai rascassé ! (Il montra une écharpe de soie blanche qui entourait son cou et dont le nœud lavallière reposait sur l'épaule.) Cette coquetterie en soie de la Chine, c'est Madeleine Dietrich ! Elle m'a donné aussi des bigoudis en or pour mes moustaches. Et qué train de pleurs elle a fait avant de partir ! « Tu m'aimeras plus quand je serai plus là, elle gueulait. Oh ma nine, oh ma belle quique ! elle faisait Madeleine Dietrich en pleurant aque des yeux qu'ils allaient profond dans le cœur. Tandis que toi, elle disait, tu seras toujours beau petit et tu viendras jamais vieux. » Moi je lui faisais une savonnette serbe, manière de la calmer, pour de dire de pas être ingrat et censément j'y disais que je me faisais beaucoup du mauvais sang de la voir partir mais en dedans je me régalais qu'elle parte étant qu'elle avait trop de tempérament. Résumé, elle est partie et j'étais bien content parce que j'en avais plus et c'est mortel pour l'homme. J'en ai plus entendu parler. A ce qui paraît que de mauvais sang de m'avoir perdu elle est venue beaucoup fatiguée et qu'elle peut plus travailler au cinéma et que même elle est venue mesquine, peuchère. (Il se moucha car il était sincèrement ému.)

Cinq minutes plus tard, ils étaient de nouveau devant le jardin d'hiver de l'hôtel Noailles.

— Tu vois, elle est toujours là qu'elle attend, la fadade. Escuse-moi, il faut que j'y fasse signe que je la verrai demain.

Salomon n'y comprenait rien. Scipion avait renvoyé pour toujours milady Roscoff et maintenant il voulait lui donner rendez-vous pour demain !

— Regarde bien, dit Scipion, et prends leçon.

Il recourba ses minuscules moustaches frisées au petit fer puis fit un raclement de gorge significatif.

— Tu as vu, elle a tressailli.

Il fit bravement à la princesse Ingrid de Suède divers gestes, agita horizontalement l'index, ce qui était censé signifier « pas ce soir ». Puis, de tous ses doigts écartés, il feignit de lui assigner un rendez-vous pour huit heures demain matin. Salomon était tout à fait convaincu. Quel homme, ce Scipion !

Ils se promenèrent devant les cafés illuminés de la Canebière. Scipion donnait de violents coups de coude à Salomon chaque fois qu'une jolie femme passait. Il lui soufflait, l'œil confidentiel, que cette petite négriote riait avant, criait pendant, pleurait après ; que cette grande blonde, peuchère, il l'avait eue brave, et ainsi de suite.

— La grosse qu'elle vient, vise-la bien, je t'espliquerai après. Aie l'air de rien, que le mari il est terrible.

Salomon était abruti par cet homme infatigable qui lui demandait de regarder toutes les femmes et surtout de ne pas avoir l'air de les regarder. Il s'en moquait bien, lui, de toutes ces diablesses et n'avait qu'une envie : se coucher, après avoir embrassé la photographie de sa bonne épouse.

Une jeune fille, qu'accompagnait un très beau jeune homme, heurta par mégarde Scipion qui murmura aussitôt, l'air absent et gangster :

— Demain soir, même heure.

Et Salomon, petite boule exténuée, roula de la

181

Canebière à la rue Saint-Ferréol et vice versa. Des boutons de fièvre poussaient sur son visage épouvanté par les impudicités du terrible enfant de Marseille. Scipion, content de sa soirée, répandait de temps à autre de l'héliotrope sur ses cheveux et fredonnait des chants qui regorgeaient de bras berceurs et de suprêmes bonheurs, d'espoirs fous et de rêves doux, de serments et d'amants, de tendresses et de tristesses, de folles maîtresses et de troublantes ivresses. (Qu'on n'oublie pas qu'en réalité le petit navigateur du Vieux-Port était un excellent mari et un modèle de fidélité.) Salomon gardait les yeux baissés pour ne pas être accusé plus tard de complicité par quelque mari. Enfin, il se décida et dit que maintenant il allait rentrer à l'hôtel.

— Je t'accompagne, dit Scipion. Mais à une condition c'est que tu me fasses plus parler de femmes. (Une colère lui vint soudain contre ce visage trop beau qui lui attirait tant d'ennuis.) Des fois, mon ami, j'ai envie de me couper le nez ! (Les dents serrées :) Té, que je la détruise cette figure de malheur !

Il la regarda, couturée de variole, dans une petite glace ronde et une noble pitié erra sur ses lèvres. Non, il n'avait pas le courage de supprimer un tel chef-d'œuvre.

— Vous pourriez peut-être vous coiffer moins bien, suggéra Salomon, ne pas vous mettre tous ces parfums.

— Charmant je suis, charmant je reste, répondit Scipion. Le bon Dieu il m'a mis sur terre pour leur bonheur. Et pour la chose du sent-bon, tu sais pas que la femme elle aime l'homme parfumé ?

Salomon pressa le pas, dit à Scipion qu'il pouvait très bien rentrer seul, qu'il connaissait le chemin pour aller à l'hôtel.

— Encore une et après c'est fini, proposa Scipion. Mais Salomon allait de plus en plus vite, sourd aux supplications du Marseillais qui le suivait, humblement suppliant et mendiant son attention.

— Té, je te donne vingt francs si tu l'écoutes. C'est la plus jolie. (Il pleurait presque.) Écoute, tu me feras pas ça à moi que je t'aime tant ?

Salomon détala. Il en avait assez. L'homme était homme et non chien. L'homme était fait pour une femme et pour les enfants de cette femme. Il courut si fort que le découragé Scipion s'arrêta, le nez fort allongé par la déception. Il s'en retourna tristement chez lui avec une histoire rentrée qui voulait sortir et qu'il faillit raconter à sa femme.

Arrivé à l'hôtel, Salomon se lava des pieds à la tête pour se débarrasser de toutes les grivoiseries de Scipion. Puis il pria, demanda à Dieu de donner des mœurs convenables à ce bon Scipion, de faire comprendre aux Allemands que la vie était courte et qu'il fallait être doux et non cruel et ne pas fabriquer des gaz asphyxiants. Chaque fois qu'il disait le nom de l'Éternel il se haussait sur la pointe des pieds pour être plus près de Lui. Ayant recommandé à Dieu toutes les créatures vivantes de ce monde, mouches comprises, cet ange se coucha, heureux d'être entre des draps propres, tout seul et loin de toutes ces vilaines femmes qui vous mordaient, qui vous noyaient, vous renversaient doublement et intérieurement !

Soudain, il se réveilla, les cheveux électrisés. La fille d'un président de la République était en train de lui croquer, un à un, les doigts de pied.

XVII

CITOYENS !
LE GLAND DU DESTINT IL A SONNER !
JE VAIT A GENÈVE DEMANDER A LA
SOCIÉTÉ DES NATIONS L'ANDÉPENDANCE
DE MARSEILLE ! VENEZ CE SOIR M'
ACCLAMER A LA GARRE SAINT-CHARLES !
JE PART A VINGTE-TROIS HEURES !
JE SUIT L'HOMME DU DESTINT !
LES DAMES ÉTANT PRIÉES DE PLUS
M'ÉCRIRE ! MARSEILLE TON ENFANT
S'EN VA EN PLEURANT DES LARMES !
SCIPION ESCARGASSAS

Mattathias dit que l'affiche était belle mais que Scipion ne serait reçu par aucun des grands personnages de Genève.

— Je parie toute ma fortune, vingt-sept mille francs, que je serai reçu par le chef de la Société des Nations ! cria Scipion.

— Je tiens le pari, dit Mattathias. A condition que si tu le perds tu me donnes vingt-sept mille et que si moi je perds je te donne deux mille sept cents.

Scipion ne voulut pas écouter les sages conseils de Saltiel et accepta. L'oncle fut nommé dépositaire des enjeux et Scipion lui remit la boîte à hameçons qui contenait vingt-sept billets de mille francs. Mattathias s'éloigna, déboutonna sa souquenille, sortit un épais portefeuille et compta, la mort dans l'âme, vingt-sept billets de cent francs.

Le soir à onze heures, les six membres du parti autonomiste vinrent saluer leur chef à la gare. Scipion, qui avait pris un billet de troisième, obtint d'un employé, moyennant pourboire, le droit d'occuper, jusqu'au départ, le marchepied des wagons-lits — ce qui provoqua les acclamations des autonomistes. Scipion leur fit signe de se taire, avec une modestie destinée à intensifier leur enthousiasme. En luxueuse posture, il fit le plus beau discours de sa carrière, demanda et reçut pleins pouvoirs. Il s'arrêta soudain. Et les amis de Céphalonie ? Des employés fermaient déjà les portières et criaient : « En voiture ! »

Les autonomistes, auxquels s'étaient joints quelques porteurs de la gare, entonnèrent le « Salut Marseille ». Et ce fut à ce moment que les Valeureux firent irruption sur le quai, galopants et suants, ballots à la main et valises sur le dos. (Ils avaient voulu à toute force se procurer des caleçons fourrés — Genève étant, à en croire Saltiel, une ville de froid terrible. De plus, ils avaient perdu beaucoup de temps à se tapisser la poitrine avec des journaux.)

— Zou, montez ! cria Scipion.

Mais le train s'était mis en marche et les Valeureux n'aimaient pas les exploits gymniques.

— Rendez-vous à Genève ! cria Scipion.

— Où ?

— A la gare ! Prochain train !

Il alla s'installer dans un compartiment de troisième classe, sourit à la vieille dame, lui offrit un sandwich, lui parla du buffle qu'il avait attrapé avec un gros filet de pêche, de la baleine, petite à la vérité, qu'il avait tuée à coups de hache, du requin qu'il avait pris à la gorge dans le golfe Persique et qu'il avait serré tellement fort « que la figure du requin elle est venue toute rouge ». Puis ce fut l'histoire du tigre qu'il avait hypnotisé et qui allait lui chercher le journal au kiosque tous les matins.

— Tous les matins contre les huit heures, huit heures dix, huit heures quart, régulièrement, il était là devant ma maison qu'il m'attendait avec le journal dans sa bouche. Alexandra il s'appelait. Parce que pour vous dire la vérité c'était une tigresse. Des fois je l'appelais milady.

Des ampoules aussitôt disparues rayaient les vitres. Le train allait avec sa respiration appliquée de gros enfant content de répéter sans défaillance sa longue leçon. Des usines rougeoyaient, sanglantes dans le lointain.

XVIII

Avant même que le train se fût arrêté, Scipion sauta
sur le quai. Et immédiatement il entonna, la main sur
le cœur, le visage farouche mais noble, un chant de sa
composition.

> Salut belle Genève,
> O ville de mes rêves !

Un gendarme le pria de se taire et Scipion obtempéra de bonne grâce. Évidemment, les Genevois étant
distingués, il fallait pas les brusquer.

Maintenant se laver comme il se devait après une
nuit de train. Être tout à fait comme il faut, pour
plaire aux Genevois. Ses narines étaient durcies de
suie et les bords de ses yeux étaient croustillants de
jaune séché. Il se débarbouilla à une fontaine, aspira
de l'eau par le nez, la rejeta avec des bruits de
trompette, s'essuya avec son mouchoir. Très bien.
Très convenable maintenant. L'âme aimable, il alla le
long de la rue du Mont-Blanc, avide de sympathie et
décidé à trouver tout bien. La bise était un peu aigre.
Eh bien, c'était pas désagréable. Il chercha la rose
qu'un admirateur lui avait apportée la veille, la plaça

187

entre ses lèvres et se dirigea vers le lac. « Fais anttention, pas de gros mots, qué Scipion ? Que ici, ils sont polis, genre les riches. Te fais pas mal voir, hé ? »

La propreté des rues émerveillait le Marseillais. Et puis tous ces gens étaient tellement bien habillés. Pourtant on était un vendredi. Dans la glace d'une devanture il admira son petit manteau cachou à revers de velours, très étroit et qui ne descendait qu'à mi-cuisses ; son chapeau melon couleur havane, un peu étroit d'entrée — ce qui était un charme de plus car ainsi les accroche-cœur ressortaient bien ; sa laval-lière dont les deux cornes reposaient sur l'épaule droite ; ses beaux souliers canari, craquants et pointus. Il se frotta les mains.

— Allons, faisons connaissance, messieurs les Gene-vois !

Le lac n'était pas mal du tout, un peu juste peut-être mais quand même beaucoup joli. Et comme propreté, qué merveille ! Ils devaient le draguer tous les jours. Qué belle ville quand même. Pas un papier par terre et ce lac qu'on dirait de l'eau minérale. Et maintenant faire connaissance avec les collègues du lac. Il prit place dans un petit bateau à moteur qui faisait la traversée du port, crut habile d'interroger le conduc-teur sur les poissons d'eau douce. L'homme répondit qu'il ne connaissait pas leurs mœurs.

— Il y a pas de mal, répondit Scipion. On peut pas tout savoir, bien sûr. Et en temps de brume vous vous servez de la boussole ? Je m'intéresse à la chose étant que je suis homme de mer. Moi de nuit je me préfère l'Étoile Polaire. Et comme naufrages, vous en avez beaucoup ? Moi étant fils de la mer j'adore assez la tempête. Imaginez-vous qu'un soir au crépuscule, non je suis menteur, c'était pleine nuit, il faisait une brume terrible et le vent sifflait dans les cordages de

188

La Flamboyante ! Hui, hui ! Hui dans le mât de flèche, hui dans le baleston, hui hui dans les galhaubans et dans les porte-haubans, hui dans la balancine et dans le patara ! Une tempête, mon ami, comme tu en as jamais vu ! Qu'est-ce que tu en dis de cette tempête, collègue ?

L'homme du moteur n'en dit rien et le rougissant Scipion se consola avec sa moustachette frisée au petit fer. Évidemment dans tous les pays il y avait des gens qu'ils étaient pas liants. Peut-être que l'homme était jaloux vu que sur le lac, des tempêtes comme ça, ils devaient pas en avoir beaucoup. Peut-être qu'il était humilié d'être que machiniste ? Et puis, peuchère, peut-être qu'il venait de perdre sa maman.

Scipion n'insista donc pas, dit aimablement au revoir et débarqua. Et s'il allait voir un peu cette Société des Nations ? Il était huit heures du matin.

Au milieu de la chaussée s'élevait, réglant noblement la circulation, un immense gendarme dont les gants, non seulement blancs mais encore propres, impressionnèrent considérablement Scipion, habitué aux démocratiques agents de la police marseillaise qui portaient souvent à l'oreille une cigarette éteinte. Notre héros s'approcha sur la pointe des pieds, toucha le bord de son melon havane et demanda, de sa voix la plus charmeuse, comment aller au Palais des Nations. Le sculptural agent de la force publique lui montra silencieusement l'arrêt du tram. Scipion s'en fut avec un léger frisson. Évidemment, les gens de la police c'était jamais très causant.

Il attendit le tram devant un débit de tabac au miroir duquel il se regarda une fois de plus. Oui, il était bien habillé, rien de scandaleux, correct.

— Et ma valise elle est toute neuve. J'ai rien d'un marque-mal qu'on se méfie de lui. L'homme du moteur, ça veut rien dire puisqu'il a perdu sa maman. Et le gendarme, il avait peut-être mal aux dents, peuchère. Heureusement que je me suis pas habillé de semaine. Qu'est-ce qu'ils auraient dit de moi, les Genevois! Parce qu'ici, mon ami, c'est grand luxe. Tous habillés du dimanche! Ah je l'aime beaucoup moi, cette ville.

Enfin le tram s'arrêta en crissant et Scipion monta, affamé de société. (« Moi, il me vient des boutons à la langue quand je parle pas », avait-il coutume de dire.) Après un sourire affable, il montra au wattman une photographie, regarda l'effet. Mais le wattman continuait à contempler les rails.

— C'est ma femme, expliqua Scipion. Et si vous la voyiez pour de vrai alors qu'est-ce que vous en diriez!

Mais le wattman ne disait rien. Scipion ajouta que non seulement sa femme était belle mais que c'était une cuisinière, oh Bonne Mère!

— Aque un morceau de bois elle te ferait une soupe d'un velouté!

Le wattman pointa l'index vers la plaque d'émail. « Défense de parler au conducteur. » Scipion se mit dans un coin de la plate-forme. Ils étaient bien propres, bien riches, mais pour la conversation ils étaient pas forts à Genève.

— Ça doit venir du climat. Ils ont peut-être le mal du foie. Déjà la dame que je lui ai acheté des cigarettes en attendant le tranvé elle a fait des gestes comme au cinéma quand on montre le faute-balle en grande lenteur. Peut-être qu'il y a quelque grand personnage qu'il est mort à Genève et qu'ils sont tous tristes. Oh coquin, à Marseille aussi il y a des tranvés et des pancartes bien plus grosses qu'elles marquent qu'il faut pas parler au conducteur. Mais ça veut pas dire qu'on peut pas faire une petite conversation. Peut-être c'est la digestion. Peut-être l'eau du lac qu'elle serait comme tu dirais purgative.

Mais peut-être qu'il avait perdu son papa, ce conducteur. Il fallait essayer encore. Il entra à l'intérieur, salua la compagnie et s'assit avec une extrême politesse. Il demanda au contrôleur combien d'enfants il avait, s'ils étaient bien sages et s'ils n'avaient pas eu « la ditérie, comme ma petite, peuchère ». L'homme le regarda d'un air qui lui glaça l'estomac et le fit transpirer. Et Scipion tint la bouche close jusqu'au moment où, le contrôleur ayant annoncé le Palais des Nations, il mit pied à terre.

— Eh bien, mon ami, pour être liants ils sont pas liants. Pourtant la liance c'est la joie de la vie.

Il était huit heures vingt lorsqu'il sonna à la porte principale du Secrétariat. Un portier de nuit en pantoufles entrouvrit en bâillant, dit à Scipion qu'il ne pourrait voir aucun de ces messieurs avant dix heures. Scipion souriait, gêné. Oh coquin de sort, ils avaient des yeux bleus, ces Genevois, que ça vous ramollissait l'esquelette.

— En attendant ces messieurs députés on pourrait faire un peu causette, proposa-t-il timidement. D'autant que j'ai du pernod d'avant guerre dans la valise.

La porte se referma. Et le cœur de Scipion aussi. Frissonnant dans son léger manteau, il erra le long du lac gris. Les mouettes le regardaient avec des yeux méchants. Et ces petites poules dans l'eau, avec leur bec pointu, elles vous lançaient des cris parisiens, oh là là ! Oh qu'elles étaient vilaines ces petites concierges ! On avait l'impression qu'elles disaient du mal de vous, qu'elles trouvaient que vous étiez pas assez propre, pas assez bien élevé.

Il s'arrêta devant les mariniers qui déchargeaient

191

des pierres. Ils avaient de drôles de barcasses dans ce pays, genre radeau de la Méduse. Il fallait tout de même essayer. Il sourit au plus âgé qui était en train de nettoyer sa pipe.

— Alors c'est le lac, ça ? demanda-t-il d'un ton engageant.

— Non, répondit le vieil humoriste.

Rouge de honte, Scipion s'en fut. Soudain il s'arrêta. Non, non, il ne serait pas dit qu'un homme que tout le monde aimait à Marseille aurait si peu de succès à Genève ! Après tout, ces Genevois étaient des hommes. Ils avaient des pieds, des jambes, ils avaient de tout. Il se racla la gorge, avança le pied droit et d'une voix vibrante il lança son chant dans la brume froide, devant le lac dont les petites vagues de plomb dansotaient.

> Marseille s'est parée de ses plus beaux atours,
> Ce ne sont que jeux, ce ne sont qu'amours !

Son chant terminé, il rouvrit les yeux, sourit et s'inclina dans un silence de mort. Les mariniers enroulaient lentement des cordes, d'autres transportaient lentement des pierres sous la surveillance du contremaître qui lisait « La Suisse ».

— Mais alors quoi, balbutia le malheureux, c'est rien que des fantômes ?

Mais cette réflexion n'était destinée qu'à sauver la face et Scipion s'en fut rapidement, le dos courbé, pour fuir les témoins de son humiliation. Pour comble d'infortune, un gendarme l'arrêta, lui demanda s'il avait un permis de chanteur ambulant, lui dit que pour cette fois ça allait mais qu'il fallait voir à ne pas recommencer. Alors Scipion se révolta. Comment, il

fallait une permission pour chanter ? Quand il racon-
terait celle-là à Marseille, on lui dirait menteur. Il
fallait peut-être aussi un permis pour respirer ou pour
faire ses besoins ? Oh mais c'était un vrai Paris, cette
Genève !

Il alla s'asseoir sur un banc et remâcha sa rancœur.
Son âme offensée devenait juive. Et pour la première
fois de sa vie il eut des pensées moqueuses. Sur son
banc solitaire il « posa des banderilles à ces messieurs
genevois ». Il leur dit que leurs cygnes c'étaient des
grandes oies, qu'elles semblaient des chameaux et que
leur lac c'était deux rivages avec un peu de croroforme
entre. Bref, Scipion regrettait fort d'être venu à
Genève.

Il s'allongea sur le banc, couvrit son visage avec un
mouchoir, de peur que les mouettes ne vinssent
picorer ses yeux durant son sommeil, posa sa tête sur
sa valise et se disposa à faire un petit somme.

Un vieux petit homme à maigre barbe rousse
s'approcha, à petits pas traînants et dos courbé, du
banc où ronflait Scipion, le visage voilé. Il s'assit tout
au bord, précautionneusement, prêt à se lever et à
partir. Sa maigre face jaune et ravagée était, de toute
évidence, peu aryenne. Ses vêtements aussi. Sa lévite,
effrangée, déchirée, rapiécée, déteinte et gondolée par
les intempéries, avait perdu un peu de sa forme
traditionnelle. En effet, pour cacher tant bien que mal
un grand trou à la taille on en avait maladroitement
rapproché les bords par de grosses sutures. Cette
opération l'avait pincée et lui avait donné une expression frivole.

Le Juif s'assit, ouvrit une antique valise — cuir
pourri, carton et tapisserie — que consolidaient des

ficelles, des fils de fer et du raphia. D'un trou sortait la pointe d'un bois de cerf. Un lourd cadenas tenait jointes les deux poignées, inutilement car la valise était disjointe en son séant.

Le représentant du peuple élu sortit une tomate d'une vieille boîte à conserve passée en bandoulière. Il mangea lentement le rouge légume, s'arrêtant pour respirer largement, jouir de l'air pur et s'en fortifier ou pour sourire à quelque vision aimable ou pour se gratter ou pour caresser un petit chien de six semaines nommé Titus, au frêle cou duquel était noué un gros cordon. Il posa sa tomate, tira d'une chaussette, passée également en bandoulière, un morceau de sucre qu'il donna à son ami. Puis il offrit un peu de tomate, que le jeune chien refusa en faisant non avec la tête. Alors il sortit une pistache salée d'un panier à double couvercle passé à son bras gauche. Il détacha les coques, ôta la pellicule et tendit l'amande verte à l'animalcule qui refusa de la même manière. Le vieux détritus eut un geste d'impuissance comme pour expliquer qu'il n'y avait, hélas, rien d'autre pour aujourd'hui. Le jeune chien remua la queue avec désintéressement, s'assit et se décida à manger sa patte. Le Juif prit deux des cordons mystiques qui pendaient au châle rituel dissimulé par la lévite, les baisa, regarda les montagnes et bénit Celui qui a créé les choses dès le commencement. Ensuite il sortit de sa valise un énorme Talmud, fronça le front pour mieux comprendre les commentaires sacrés et marmonna tout en arrachant, tant il était absorbé par sa lecture, les poils de sa barbe ou des boucles qui pendaient aux tempes.

— Jérémie, rêva à haute voix Scipion, le chef toujours couvert du mouchoir anti-mouettes.

Le vieillard sursauta et le panier tomba et les pistaches salées, gagne-pain du vieux Juif, se répandirent à terre et roulèrent malgré les aboiements du petit chien qui leur enjoignait de rester tranquilles.

XIX

Scipion ne se lassait pas de contempler avec amour le long concombre catastrophé qui servait de nez à l'ami de sa jeunesse, perdu depuis deux ans et qui, tout en tripotant les oreilles de Titus, expliquait de son mieux que, sorti récemment d'une prison allemande, il allait « jistement » ce soir même prendre le train pour Marseille.

Et Scipion l'interrompait pour lui dire qu'il était bien vilain ou pour l'appeler capitaliste, sangsue du pauvre ou encore, selon l'usage des amis marseillais, ma belle, appellation assez inadéquate en l'espèce.

Et Jérémie ne cessait de raconter les « injistices des messiés allémands » qui l'avaient mis en prison parce qu'il était « jif » et qui lui avaient cassé les dents auxquelles il tenait le plus. Mais il ne leur gardait pas rancune parce que c'étaient des enfants « qui né savent pas et au fond ils né sont pas méchants ».

Mais Scipion n'était pas de cet avis. Ah, s'il n'avait pas rendez-vous ce soir avec les amis de Céphalonie, il prendrait tout de suite le train pour aller « s'espliquer d'homme à homme avec Hilaire ! ». Il se rasséréna soudain en pensant à une belle vengeance. Désormais, dans ses récits d'amour, la brunette, la petite, ne serait plus la fille de Michelangi mais quelque nièce ou cousine du dictateur allemand.

Ils s'en furent, suivis du petit chien qui s'arrêtait sans cesse pour des raisons hygiéniques, le plus souvent fallacieuses.

Scipion conduisit Jérémie jusqu'à la porte d'un magasin de confection. Mais, à la vue des complets impeccables, Jérémie recula, dit que jamais il ne mettrait de si beaux vêtements qui le rendraient suspect et attireraient sûrement l'attention de la police. Et pourquoi messié Scipion se ruinerait-il en dépenses inutiles ? En fin de compte, il fut décidé qu'on achèterait une belle lévite d'occasion. En sortant de chez le fripier, Jérémie déclara qu'il n'avait jamais vu une lévite juive qui fût neuve.

— Imbécile, dit Scipion, il faut bien qu'elles commencent à être neuves ! Voyons, allons, voyons !

— C'est comme ça pour manteaux jifs, expliqua Jérémie. C'est un mystère. Il y a pas manteaux jifs néfs.

Ensuite, toujours aux frais de Scipion, on acheta une valise magnifique dans laquelle Jérémie consentit à introduire sa vieille valise. Par contre, il refusa énergiquement d'entrer chez un marchand de chaussures. Justement il avait dans sa valise une paire de bottines de dame qui étaient tout à fait bien. Il décida de les mettre sur-le-champ puisque, aussi bien, dans quelques heures, commencerait la sainte journée du sabbat. Ce qui fut fait derrière un arbre. Les talons étaient très hauts et s'en allaient, l'un à droite et l'autre à gauche. Mais peu importait à Jérémie et l'Éternel n'en était pas moins vivant.

— Maintenant fini, messié Scipion ?

— Coiffeur maintenant, Jérémie. Couper cheveux.

— Non coiffeur, jé né peux pas.

(Difficile de dire comment Jérémie prononce. Voici à peu près. Tous les « u » sont prononcés « i ». Les « e » deviennent « é » ou « i ». La plupart des « on, ain, an » sont prononcés « one, aine, ane ». Les « oi » sont prononcés « oâ ». Les « un » sont prononcés « aine ». Les « r » sont terriblement grasseyés. « Je suis allé chez un bon coiffeur qui m'a demandé peu d'argent » devient : « Jé si allé chez aine bonne coâffèhrr qui m'a démanedé pé dé arrhgeanne. » Impossible de transcrire continuellement et complètement cette étrange prononciation. Les phrases deviendraient incompréhensibles.)

— Et pourquoi té né peux pas ? demanda le Marseillais.

Jérémie secoua la tête avec force et Scipion tira les boucles rituelles près des oreilles.

— Tu crois que tu es beau aque ces frisettes que tu sembles pareil une concierge ?

— Si jé coupe, dit Jérémie en montrant les papillotes près des oreilles, on né connaît plis que jé suis jif.

— Sois tranquille, dit Scipion, on te prendra jamais pour un Anglais. O Sainte Marie, mère de Dieu, dire que c'est mon ami, cette tête de mouton malade ! Allez, chez le coiffeur !

Mais Jérémie leva les deux paumes en l'air, sourit, fit signe que non.

— Eh bien au moins qu'on te coupe un peu la barbe.

— Péché, dit Jérémie.

— Qué péché ?

— Inconvenable dé montrer nudité, expliqua majestueusement l'Israélite. Si jé coupe barbe c'est même chose qué si jé suis tout nu.

Et Scipion rit beaucoup. L'idée que ce pauvre vieux

avait peur de faire tourner la tête des petites si on lui coupait les crins le remplissait d'aise.

— Pourquoi jé vis? reprit Jérémie. Pour faire les commandéments dé réligion.

Et il commença une explication embrouillée d'où il semblait ressortir que les prescriptions mosaïques et talmudiques avaient toutes un sens profond, même celles dont l'objet semblait sans importance.

— Exemple. Qu'est qué veut dire pas manger porc? Veut dire qu'il faut toujours choisir dans la vie, savoir qu'il y a choses dé pireté (pureté) et choses d'impireté. C'est pour rappeler aux Jifs qu'il faut toujours choisir, faire bien et pas sélément penser bien. Mais les rabbins (il prononça rabbènes) modernes ils né comprend rien. (Il haussa les épaules.) Ils disent qué c'est hygien. (C'était tout un poème que d'entendre Jérémie prononcer ce mot d'hygiène, étrange sur ses lèvres.) Tout hygien, imbéciles! (Il se fâchait presque, le pacifique Jérémie.) Circoncision, hygien! Circoncision, qué c'est justement signe qué nous sommes différents dé tous autres, choisis pour douleur, rois par douleur.

Sa façon de prononcer était certes ridicule. Mais l'expression de son visage était douce, résolue et non dépourvue de majesté.

— Bref, tu es un petit calotin, conclut Scipion.

Maintenant il était à l'aise dans cette ville! Il s'adressa à un facteur qui passait, propre et bien chaussé, l'appela Parisien, lui demanda où était le restaurant du village.

Ils poussèrent la porte de la brasserie Landolt. Mais lorsqu'il aperçut la tête de porc qui le regardait avec impireté, posée sur une assiette, Jérémie se sauva, suivi de Scipion.

Ils allèrent à la recherche d'un restaurant juif. Soudain, Scipion s'arrêta.

— Écoute, Jérémie, j'ai jamais très bien compris de quel pays tu es.

— Jé suis né à Lituanie.

— Ah bon. C'est un petit pays que j'ai entendu parler. Alors tu es un Lituanien.

— Non, messié Scipion. Parce qué mon père est né à Roumanie.

— J'ai compris. Tu es roumain, dit Scipion conciliant.

— Non, pas roumaine. Parce qué les messiés roumaines ont enlévé passéport à mon messié père.

— Alors tu es quoi ?

— Plitôt serbe.

— Comment, plutôt ?

— Parce qué je suis un peu anglais aussi.

Scipion porta ses mains à son front déjà lourd.

— Esplique, ma belle, vas-y. T'émotionne pas.

— Ma mère est née à Pologne. Mais son messié père était né à Salonique et il était turc mais pas beaucoup.

— Alors tu es turc, quoi.

— Oh non. Voilà, c'est simple. Mais lé consul n'a pas compris parce qu'il n'était pas intelligent. Lé messié père de mon messié père vivait à Maroc mais il était né à Malte pays dé l'Anglèterre. Mais comme lé consul n'a pas réconnu qu'il était bulgare malgré qué lé messié père du messié père dé mon père était dé Tatar-Pazardjik alors comme j'ai un cousin dé Canada qui était russe avant dé venir Canada (Scipion gémit douloureusement.) et qu'il était grand riche à Manchester avec beaucoup amis à Londres, ils m'ont donné un commencement dé papier qué je suis dé Malte mais après mon cousin est mort...

— Arrête ! cria Scipion.

— Pourquoi, messié Scipion ?

— Parce que je veux pas mourir aussi !

— C'est la fin qui est intéressante pour expliquer qué jé suis grec malgré mon passéport serbe parce qué j'ai ami à Belgrade qui...

Scipion s'enfuit. Jérémie, éberlué, trotta derrière lui. Et Scipion courut car il avait peur de toutes ces nations à ses trousses.

Une heure plus tard, ils sortirent d'un restaurant juif où Jérémie s'était délecté d'une carpe froide, abominable à Scipion. Ce dernier demanda au Juif s'il ne voudrait pas lui faire un plaisir.

— Et pourquoi jé né voudrais pas ? répondit prudemment Jérémie en tortillant sa maigre barbe rousse.

Scipion le pria alors de se faire catholique « vu que c'est une religion honorable et que ça me flatte pas d'avoir rien que des Juifs comme amis ». Jérémie répondit avec un caressant sourire qu'il né pouvait pas. A quoi Scipion rétorqua que la religion juive n'était pas vraie puisqu'on faisait tant de misères à ses sectateurs. A quoi Jérémie sourit tout en faisant des circonvolutions gracieuses avec ses doigts.

— Allons, allons, c'est pas sérieux ta religion. Vous avez pas de Bonne Mère, pas de saints, rien du tout. Rien qu'un bon Dieu là, tout seul. C'est pas sérieux, voyons ! Et puis tu t'imagines que ça me fait plaisir que tu vas rôtir pour l'éternité ? Et qu'est-ce que je ferai tout seul, moi, au paradis ? Tu y penses pas à ça, toi ?

— S'il y a paradis, jé sérai pit-être aussi à paradis, sourit Jérémie.

Scipion s'indigna. Un Juif au paradis ! Il ne manquerait plus que ça ! Jérémie eut un sourire particulièrement mystérieux.

— Va en enfer si tu y tiens ! se fâcha Scipion. Des fois je viendrai te rendre visite, je te raconterai ce que je mange de bon là-haut. Et même je t'en apporterai un peu en cachette. (Il réfléchit, s'assombrit.) Vous êtes tous des marteaux dans votre religion ! Et ce messie que vous attendez, tu comprends pas que c'est tout des bêtises ! (Coup d'œil sur le visage de Jérémie.) Enfin je sais pas, moi. Peut-être qu'il viendra quand même. Té, pour être plus sûr, j'y demanderai à la Bonne Mère. Je lui dirai comme ça : « Sainte Vierge, allez, soyez gentille, faites-le-lui venir son messie de malheur et qu'on n'en parle plus ! »

Puis on causa d'autre chose et Jérémie raconta les merveilles de Paris à Scipion qui rétorqua qu'il avait un ami qui était allé à Paris et qu'il y était mort.

— Tu vois la ville que c'est ton Paris si joli. Des mange-beurre comme les sauvages de la Chine que quand il fait un peu soleil ils illuminent tellement ils sont contents ! Et l'ail, ils te font des mines quand tu en as mangé un petit peu ! L'ail, que la rose c'est rien comme finesse, à côté !

Ainsi parlant et discutant, ils se promenèrent longtemps, Jérémie humble comme un chef de clinique devant son Patron et Scipion arrogant comme un chef de clinique avec ses internes. Jérémie tenait Scipion par la main, certain que nul mal ne lui serait fait tant qu'il serait avec son ami. Le Marseillais se pliait aux fantaisies du vagabond israélite qui changeait de trottoir à tout instant pour éviter un gros chien, un gendarme ou un étudiant trop blond. Jérémie sortit un réveil de sa valise, le consulta après l'avoir secoué comme un médicament.

— C'est heure dé prière, dit-il. Allons synagogue. Jé connais.

Et, comme doit faire tout Juif pieux, il pressa le pas pour montrer qu'il avait hâte de monter à la maison de l'Éternel. Scipion attendit patiemment à la porte de la synagogue dont Jérémie ne sortit qu'une heure plus tard, très lentement pour montrer son regret de quitter le saint lieu.

Pour fêter le sabbat, le mendigot à bouclettes et bottines féminines humait des feuilles de myrte préalablement frottées entre les paumes et émettait de petits rires artificiels, car il est ordonné d'être joyeux en ce saint jour qui préfigure l'ère messianique de paix et de justice éternelles. Lorsqu'il pensait à quelque chose de triste, il se faisait des chatouilles sous les bras pour se forcer à l'hilarité. Titus, le petit chien de six semaines, trottinait et regardait avec foi son vieux maître qui, insoucieux des rires et des moqueries de la rue, regardait avec foi le ciel.

XX

Dans le train que, le matin de ce même jour, ils avaient pris à Marseille, les Valeureux étaient inquiets. En effet, depuis la veille, Salomon n'avait cessé d'éternuer et de se moucher. Et ce, malgré diverses précautions dont il était coutumier : bonbons à l'eucalyptus, vaseline mentholée et, médicament en honneur à Céphalonie, graines de lin rôties et moulues. De plus, par crainte des « vents du Mont Blanc », il avait acheté un manteau en poil de chèvre, pareil à ceux que les conducteurs d'automobiles endossaient au début du vingtième siècle.

Il transpirait sous la chaude fourrure mais il n'en éternuait pas moins. Les Valeureux s'écartaient du pestiféré, buvaient des sirops pectoraux et s'appliquaient des mouchoirs contre le nez pour filtrer les microbes de ce petit imbécile d'éternueur qui n'en faisait jamais d'autres.

Pour ne plus penser à la grippe qui le guettait, Mangeclous s'approcha de la portière. Contre la courbe du coteau quatre rubans d'acier brillotants furent précipités. Hurlant de peur, le train plongea dans un tunnel mugissant. Cris de fers, effarouchements de métaux en douleur. Sorti du tunnel, le train redevint serein. Dos courbés, les arbres allaient à reculons sous le gros œil idiot de la lune. Une mare solitaire brilla puis s'éclipsa. Dans le cadre de la portière, débandade folle de plaines, de blés, d'arbres engouffrés, de poteaux télégraphiques abattus. Une locomotive passa avec des souffles désireux et chauds. Mangeclous salua le mécanicien pour s'imaginer ministre. Odeurs d'herbes nocturnes qu'un cheval interrogeait avec tristesse. Là-haut, les étoiles ne voyageaient pas. Le train hésita, ralentit et le rail protesta avec des glapissements de petit chien fouetté. Soudain Mangeclous se rappela que Salomon était une montagne de microbes.

— Éloigne-toi, porte-malheur! intima-t-il à l'innocent qui tâchait de tenir le moins de place possible dans son coin où, à la grande haine des futurs contaminés, il se mouchait honteusement, petitement, modestement, avec un vif sentiment de culpabilité.

Ce fut à quarante kilomètres environ de Bellegarde que la locomotive dérailla. Les Valeureux descendirent et prirent définitivement congé du train, la compagnie P.L.M. ne leur inspirant désormais plus confiance.

Ils s'enquirent de la route et s'en furent, suivis par le malheureux porte-virus auquel ils enjoignirent de se tenir à vingt mètres de distance au moins. Banni du groupe fraternel, fort malheureux, le paria suivait humblement, s'embrouillant dans le manteau poilu qui était trop large et trop long pour lui, tombant souvent et éternuant fort.

Les provisoirement non-grippés allaient dans la nuit et sous la pluie qui tombait à seaux. Ils s'étaient naturellement déjà perdus, consultaient d'invisibles étoiles, allaient du côté où les arbres étaient moussus, discutaient le point de savoir si Genève était au nord, supposaient que oui puisque nord signifiait froid. Ils allaient, obsédés par la grippe du maudit — peut-être espagnole. Mangeclous avait ôté sa redingote pour s'en entourer la tête et s'en faire un masque prophylactique car c'était la tête que visaient sûrement les microbes de la grippe. Il les imaginait noirs et velus, avec de ronds yeux rouges et furieux.

Les Valeureux allaient, chacun montrant sa langue à l'autre dans l'espoir d'un diagnostic rassurant, chacun tâtant son pouls ou l'offrant à un compagnon de malheur qui s'exécutait volontiers, dans l'espoir que le pouls de l'autre battrait plus maladivement que le sien propre. (Compliqué à expliquer.) Mangeclous parlait de grippe cervellique qui vous endort pendant des années et faisait des testaments à haute voix, imité en cela par les amis qui s'instituèrent réciproquement légataires universels.

Il pleuvait de plus en plus fort et Salomon était sûr, en sa solitude, que la grippe dégénérait en tuberculose lorsque le malade était sous la pluie. Dans le groupe des non-atteints, les éternuements commençaient. Chacun râlait pour apitoyer les autres. Chacun disait ses symptômes mais personne n'écoutait. Que faire ? Où trouver un médecin ? Et d'ailleurs, tous les médecins étaient antisémites, c'était connu, même les médecins juifs.

La nuit était noire et des tonnes d'eau tombaient. Salomon s'était rapproché et les autres n'avaient même pas songé à le chasser tant ils étaient maintenant persuadés de leur mort prochaine. Se traînant misérablement sur une route inconnue, ils récitaient à voix haute les prières des moribonds et le vent sifflait froid. Mangeclous, homme instruit qui savait que le moral influe sur le physique, essayait de rire de temps à autre. Mais ses rires étaient ceux d'un fantôme et le vent glaçait son corps trempé.

Une ferme enfin ! Ils demandèrent à y passer la nuit. Les paysans examinèrent les accoutrements étranges et refusèrent de donner asile à ces étrangers à têtes de fous. Les Valeureux supplièrent. Enfin, moyennant dix francs par tête — Mattathias s'arrangea pour n'en donner que neuf — ils furent autorisés à passer la nuit dans de petites chambres au-dessus de l'étable. Salomon se déclara guéri. En effet, il n'éternuait plus. (C'est le moment de le dire, il n'avait pas eu de grippe mais une légère irritation du nez et du pharynx, causée par l'abus d'une vaseline terriblement mentholée.) Chacun alla dans sa chambre et s'étendit sur une paillasse.

D'étranges bruits empêchaient Mangeclous de s'endormir. Des souris dansaient, des vaches rêvaient à haute voix et, dehors, des oiseaux de nuit riaient. Mangeclous suait à grosses gouttes. La peur se tenait auprès de lui dans l'obscurité. Il alla frapper à la porte de Salomon, le supplia de venir lui tenir compagnie. L'ex-grippé s'exécuta et se rendit, en longue chemise de nuit, dans la chambre du poitrinaire qui commença à parler de la mort.

— Si tu continues, je m'en vais, dit Salomon. Ce sujet ne me plaît pas.

Mangeclous promit humblement car il craignait de rester seul. Il avait peur. Tous ces remueurs de terre qui l'entouraient et ces vaches qui meuglaient ! Salomon s'étendit sur la paillasse. Mangeclous s'assit sur l'escabeau, fit craquer ses mains. Dehors, le vent promettait des malheurs. Le seul remède contre la peur, c'était de parler. Il secoua Salomon qui grogna et se rendormit. Que faire pour le tenir éveillé ? Il le secoua de plus belle et prétendit qu'on allait les arrêter.

— Pourquoi ? demanda Salomon, l'épi de cheveux soudain dressé.

— Pour haute trahison, murmura à tout hasard Mangeclous.

— Mais qui avons-nous trahi ?

— La France, souffla Mangeclous, après un long silence.

— Mais que dis-tu ? Qui oserait prétendre cela ? balbutia Salomon.

Mangeclous ferma les yeux. Et Salomon commença à haleter, ses deux mains contre la poitrine.

— Rassure-moi, Mangeclous.

Grand soupir de Mangeclous. Et Salomon se prit la tête entre les mains.

— Terrible, dit Mangeclous.

— Dis, dis, ami, ami cher, dis, dis ce qui nous arrive, dis quel est notre malheur.

— C'est une accusation injuste.

— Oui, mais plausible, n'est-ce pas ?

— Hélas oui, dit Mangeclous, les yeux fermés. Pauvre, pauvre Salomon.

— Tant pis. Je m'attends à tout. Parle. Je ne peux plus.

— Nous ne sommes que complices. C'est toi, l'auteur principal.

— Oui, évidemment, oui, dit Salomon, les tempes mouillées de sueur froide.

— Les apparences sont contre toi. L'idée ne m'était pas venue au moment même.

— Je t'en supplie, j'aime mieux savoir.

Le faux avocat fit un faible geste de dénégation. Il se décida enfin à parler d'une voix dolente.

— A Marseille, nous nous sommes arrêtés devant le

Fort Saint-Nicolas. (Salomon, claquant des dents, lui prit la main.) Tu sais qu'il est défendu de faire des croquis d'ouvrages militaires. Un soldat à l'oreille un peu coupée s'est arrêté pour regarder ce que tu dessinais.

— Mais je dessinais une fleur !

— C'est un truc d'espions. Dans la fleur ils mettent le plan. Et nous étions tous autour de toi.

— C'est tout ?

— Hélas non. Dans le train j'ai reconnu le même soldat. Il nous filait. Pourquoi serait-il monté justement dans ce même train ? Un policier militaire sûrement. Et il a passé plusieurs fois devant le compartiment. Et il a regardé. Toi d'abord et nous, les complices, ensuite.

— C'est vrai, dit Salomon. Je me souviens.

Soudain, Mangeclous frissonna à son tour. Non, non, c'était une idée absurde. Ce soldat rencontré deux fois, coïncidence tout simplement. Il n'avait parlé de ce soldat que pour tenir Salomon éveillé. Et voilà que ce soldat le terrifiait maintenant. Oh, cette oreille. Oh, ce regard significatif.

— Non, non, dit-il, puisque nous sommes innocents.

Il y eut un long silence. Un volet battit avec fracas.

— Dreyfus aussi, souffla Salomon dans l'obscurité.

Il s'assit sur la paillasse, respirant avec peine.

— Peut-être ne serons-nous pas arrêtés, dit Mangeclous.

Salomon chercha la main de Mangeclous qui la prit et la serra fort.

— Mais puisque je n'ai pas dessiné le Fort Saint-Nicolas.

— Calomniez, calomniez, dit lugubrement Mangeclous, il en restera toujours quelque chose.

La voix de Saltiel retentit dans l'obscurité.

— Mais puisque nous sommes innocents !

— C'est ce qui est terrible, dit Mangeclous.

— J'ai mon dessin ! cria Salomon. Ils verront bien que ce n'est qu'une fleur.

— Ils diront que ce n'est pas le vrai dessin, le coupable, le dessin de trahison. Comment leur prouver qu'ils ont tort ?

— C'est vrai, dit Mattathias dans un grand claquement de dents. Dreyfus, murmura-t-il.

— Nous sommes perdus, souffla Mangeclous ruisselant.

— Et si on ne nous arrête pas, on chuchotera, dit Saltiel. Le traître et ses complices, ainsi dira-t-on.

— Et on dira que nous sommes allés à Genève, ville frontière. Il y a toujours de l'espionnage près des frontières.

— Mais qui dira que nous avons trahi ?

— Le soldat, dit Mangeclous.

— Mais il ne le dira peut-être pas.

— Peut-être ! s'exclama douloureusement Mangeclous. Voilà !

— Dans l'angoisse toujours, dit Mattathias.

— Mais enfin, du moment qu'il me soupçonnait, pourquoi ne m'a-t-il pas arrêté ?

— Il n'était pas sûr. Il voulait attraper toute la bande, les complices allemands.

— Eh bien, nous n'en avons pas !

— Alors il ne dira rien peut-être. Mais il le dira sous le manteau à d'autres qui le répéteront.

— Et tous penseront que nous sommes peut-être des traîtres.

— On chuchotera.

— Déshonorés, grinça Mattathias.

210

— Les journaux allemands s'empareront de la chose.

Ils avaient la fièvre, les pauvres Juifs, fils de la peur et du traquenard. Et ils tressaillaient chaque fois qu'un veau gémissait.

— Un jour ou l'autre ils nous arrêteront.

— Mais nous n'avons rien fait tout de même, protesta une dernière fois Salomon.

Les yeux regardant à la fois le parquet et l'idée qui maintenant régnait en son cerveau, Mangeclous se borna à murmurer que les hommes n'étaient pas bons. Et Salomon, convaincu, frissonna. Et le harpon de Mattathias tinta convulsivement contre la cloison. Salomon se leva et dit qu'il fallait fuir.

— Partout où nous irons, ils nous trouveront, dit Saltiel.

— Au commissariat, commença Mangeclous.

— Quoi ?

— Ils se relayeront auprès de nous et, pauvres innocents que nous sommes, ils ne nous laisseront pas en paix.

— Pendant dix jours ils nous empêcheront de dormir.

— Nous serons si faibles que nous avouerons une trahison dont nous serons innocents.

— En Pologne ils croient que nous, pauvres, nous commettons des meurtres rituels, dit une voix dans l'obscurité.

— Donc, commença une autre voix.

— Au Moyen Age, commença une troisième voix.

Salomon courut à la porte. Mais ayant posé son pied sur le bas de sa chemise, il s'embrouilla dans son affolement de traître non encore arrêté et fit de tels efforts dans l'obscurité que sa chemise l'engloutit tout entier. Et il hurla de peur dans la triple noirceur de la

211

chambre, de la chemise et de son âme. Il courait en rond à travers la pièce tandis que Mangeclous, étalé et sans âme sur sa paillasse, suppliait ses persécuteurs de l'arrêter tout de suite. Salomon, enfermé dans sa chemise, demandait si la haute trahison était passible de guillotine en temps de paix. Cette réflexion décida les Valeureux à fuir. Les gens de la ferme avaient sûrement entendu et avisé la gendarmerie !

Ils coururent. Salomon, en chemise de nuit, bondissait sous la lune. Les autres suivaient, voûtés et grelottants. Une nébuleuse de condamnation pesait sur eux. Les têtes remuaient avec une mélancolie chevaline, les mains se crispaient l'une à l'autre et les yeux louchaient du côté du malheur. Des ombres s'étendaient. A quoi bon vivre ? Parfois un des malheureux sursautait.

— Oui, mais nous nous défendrons, dit Michaël, et on ne pourra pas ne pas nous libérer.

— Ils ne nous aiment pas, dit Mangeclous.

Apercevant un ruisseau, il y resta trempé un instant jusqu'aux chevilles puis décida de rejoindre ses complices et de trouver un suicide plus rapide.

Enfin le soleil parut et les Valeureux entrèrent dans une grange. Des coqs rouillés se lancèrent des défis. Les Valeureux restaient muets. Dans le silence, des borborygmes de faim ondulèrent. Salomon se leva, tapa du pied avec force.

— Non, non et non ! s'écria-t-il. J'ai dessiné une vraie fleur !

Il faisait beau, il faisait clair et, quoi, il leur expliquerait que c'était une fleur ! Une fleur fleur ! Plein d'assurance, il ôta sa chemise de nuit et apparut tout habillé. Les Valeureux allèrent à l'auberge du

212

village et s'y abreuvèrent de café bouillant. Une auto les emmena peu après.

Au buffet de Bellegarde, nouveau déjeuner. Salomon écrivit sur son carnet intime qu'il adorait dessiner des fleurs, que c'était sa manie, que depuis son enfance il dessinait des fleurs. De plus, il décida qu'il achèterait, aussitôt arrivé à Genève, un grand nombre de livres de botanique. Ainsi, si tout de même. Bref, le cher petit songeait malgré tout à prendre quelques précautions.

Après avoir avalé son septième croissant, Mangeclous se gaussa de Salomon, le traita d'affreux petit froussard. Il le désigna au garçon.

— L'espion du Fort Saint-Nicolas ! cria-t-il.

Une sonnerie annonça l'arrivée prochaine du train. Mangeclous se tâta pour chercher son passeport. Oui, il l'avait. Soudain, il pâlit. Il avait perdu son livret militaire ! Comment prouver qu'il n'avait pas été déserteur ? Les pogromes. La presse de droite. Le paragraphe aryen. Les persécutions en Roumanie, en Hongrie, en Pologne. Et en Italie cela commençait. Le Ku-Klux-Klan. La législation antisémite en Allemagne. Les autres pâlirent à leur tour, se tâtèrent, trouvèrent enfin leurs livrets militaires, se regardèrent avec affection, compatirent sans excès à la mésaventure de Mangeclous qui, le front ruisselant, pensait que les humains supportaient vaillamment le malheur des autres.

Dans le train, Saltiel, Mattathias et Michaël allumèrent des cigarettes, aspirèrent avec volupté. Salomon dégusta lentement un sucre d'orge rouge, se complaisant à en aiguiser l'extrémité. Seul Mangeclous était sombre et se voyait dans la prison du Cherche-Midi.

Enfin, il retrouva son livret militaire. Tout allait bien. Joie parfaite. Il chanta faux et tonitruant.

Nous étions là-haut cinq joyeux espions
Cinq traîtres noirs, cinq bandits, cinq frères.

Salomon bondit soudain et embrassa Mangeclous. Il vivait! Dieu, que c'était bon! Il avait des amis, quelle merveille exquise!

XXI

— Messieurs, commença Mangeclous, nous sommes aujourd'hui lundi vingt-six avril. Samedi vingt-quatre avril nous étions encore aux environs de Bellegarde et Salomon claquait des dents en pensant, l'imbécile, qu'il allait être guillotiné pour avoir dessiné quelques fleurettes !

— Mais c'est toi qui...

— Je suis au-dessus de la boue que certaines personnes de taille assez moyenne voudraient me lancer à la cheville qui est le point le plus haut qu'elles pourraient atteindre. Je continue mon résumé. Nous sommes donc arrivés samedi matin à la gare de Genève où mon frère de sang Scipion était resté à nous attendre toute la nuit, pleurant fort et respirant des oignons pour ne pas défaillir. Et maintenant nous sommes réunis avec Scipion et cet imbécile de Juif polonais à l'Hôtei Familial dans la chambre du révéré et muet Saltiel.

— Tu me prends toujours la parole ! gémit ce dernier.

— Væ victis ! cria joyeusement Mangeclous, surhomme ivre de puissance. Si je te la prends, c'est que je suis fort ! La marche sur Rome ! C'est la vie ! Les forts mangent les faibles ! Cette digression philosophique terminée, je poursuis. Deux points à l'ordre du jour. Primo, hier soir dimanche, vingt-cinq avril, nous sommes allés au Jardin Anglais comme demandé dans la lettre mystérieuse et nous n'avons vu personne à minuit.

— Nous le savons puisque nous y étions, dit Mattathias. Passons au pari que j'ai fait avec Scipion.

— Silence, roi des gros nez avares ! En Angleterre on résume toujours la question. Deuxième point. O mon frère catholique, as-tu réussi à te faire recevoir par la Société des Nations cet après-midi ?

Mattathias était blanc comme un linge qui n'aurait pas appartenu à Mangeclous.

— Donne-lui mes vingt-sept mille francs, dit Scipion à Saltiel.

Mattathias eut un rire de porte non huilée ou plutôt de chèvre. Sous l'œil triste du capitaine de La Flamboyante, Saltiel sortit son portefeuille. Mais Michaël s'empara de la main affamée de Mattathias.

— Es-tu sûr qu'on ne te recevra pas ? demanda-t-il à Scipion.

— Ils sont terribles, soupira Scipion. J'y suis allé vendredi avec Jérémie. Le domestique anglais il nous a regardés avec des yeux de vache, vous savez les yeux insolents qu'elles ont, les vaches, quand elles vous observent et qu'elles comprennent rien et qu'elles font semblant de comprendre tout. Depuis, j'y suis retourné chaque jour. Et tout à l'heure un gendarme m'a dit qu'on me fera espulser de la Suisse si je remets le pied à cette Société. Il m'a même fouillé pour voir si j'avais pas de catacla.

— Saltiel, donne ! cria Mattathias en tendant sa main valide et son harpon. Il n'a pu être reçu, qu'il paye !

— Tu ne donneras rien, dit Michaël, car je me charge de faire recevoir Scipion.

— Trahison ! cria Mangeclous qui avait été soudoyé par Mattathias, quelques heures auparavant. Tu n'as pas le droit, Michaël ! C'est à Scipion de se débrouiller tout seul !

— Eh bien, tu es un joli frère de sang, murmura amèrement Scipion.

— Je suis un homme politique, dit Mangeclous en clignant de l'œil. La vertu sans argent n'est qu'un meuble inutile.

Saltiel fut choisi comme arbitre et, comme il hésitait, on discuta. Après avoir soutenu la thèse de Mattathias, Mangeclous vint se placer devant Scipion, tendit subrepticement la main. Scipion s'exécuta discrètement. Et Mangeclous fit aussitôt un réquisitoire contre Mattathias, stigmatisa son avidité.

— Cet infâme à la mine aussi fausse que jaune, messieurs, ne vit que pour l'argent ! Regardez ses traits où l'avidité le dispute à la bêtise ! Il est si avare, messieurs, que s'il faisait l'emplette d'un revolver, il serait capable de se tuer pour ne l'avoir pas acheté en vain et pour ne pas perdre l'argent de l'achat ! (Et comme Mattathias faisait mine de protester :) Corrupteur ! dit simplement Mangeclous en lui tournant le dos.

Puis il fit un tel éloge de Scipion, en défendit la cause si brillamment que Saltiel rendit une décision favorable au Marseillais. Mattathias maudit les os des ancêtres de Mangeclous. Mais ce dernier lui lança des injures si savantes et si incompréhensibles — telles que cognat, mastaba, vexillaire, cofidéjusseur, passefilure, escope — que Mattathias n'eut pas le courage de répliquer. Et alors Mangeclous s'adressa à Michaël.

— Comment feras-tu recevoir Scipion? demanda-t-il en prenant une pose de diable esthète.

— Je ne sais pas, dit Michaël. Mais par le Dieu vivant il sera reçu par le chef des chefs!

Il sortit peu après, suivi de Salomon. Il se promena quelques minutes dans le petit hall où deux voyageurs basanés s'entretenaient en espagnol. Il s'approcha du bureau, feuilleta négligemment un registre, arracha une fleur au pot d'azalées et revint dans la chambre de Saltiel. Il annonça qu'il avait trouvé et les Valeureux le considérèrent avec un respect qui fit souffrir Mangeclous.

— Mais comment feras-tu, ô viande et ossements? demanda-t-il, les jambes croisées à la manière des grands-ducs.

— C'est mon secret.

— Je réclame mes vingt-sept mille! cria Mattathias.

— Silence, homme impur, intima Michaël. Tu seras vainqueur du pari si d'ici vingt-quatre heures Scipion n'a pas été reçu par un des grands personnages de cette Sottise des Nations ou Salade de Nouilles ou Salon des Niais ou que sais-je? Quant à toi, Mangeclous, puisque tu es si capable, essaye d'en faire entrer deux, comme moi, et si tu réussis je te nourris à ta guise pendant douze heures de suite.

— Du caviar frais non pressé? Autant que je voudrais?

Michaël baissa la tête en signe d'affirmation et Mangeclous hennit de joie anticipée.

— Eh bien, messieurs, annonça-t-il, je vous ferai recevoir cérémonieusement demain mardi, en aussi grand nombre que vous voudrez!

— En tout cas, moi je me charge de faire entrer Scipion et Jérémie, dit Michaël.

— Et moi, le reste du stock, dit Mangeclous, ou plutôt...

Il scruta Salomon, sembla en jauger la valeur politique, mondaine et internationale. Le petit bout d'homme joignit les mains car il tremblait d'être laissé pour compte.

— Oui, moi aussi ! supplia-t-il. (Le long phtisique toussa dubitativement.) Je paierai !

— Bon, je le ferai entrer, celui-là aussi, concéda Mangeclous non sans regret. Moyennant finances parce que c'est difficile de te faire entrer toi, ajouta-t-il d'un air sévère. (Ensuite, se tournant du côté de Michaël et affectant un respect excessif :) O inventeur, dit-il, puis-je savoir par quelles complications tu les feras recevoir à la Société des Nations ?

Michaël sortit de sa poche un clou qu'il montra à Mangeclous.

— Avec ceci, dit-il.

Et il sortit dans un silence admiratif, horrible à l'âme de Mangeclous.

— Et comment nous feras-tu recevoir, toi ? demanda Salomon.

— Avec ceci, dit Mangeclous en montrant son nez.

— Explique mieux, supplia Salomon.

— Mon cher, dit Mangeclous, tu me donnerais un million, bien plus, tu me donnerais cinquante francs que je ne te le dirais pas. Car j'adore tourmenter. Sur ce, je vais cuisiner ma combinaison par une déambulation.

— Est-ce que je peux t'accompagner au moins ? demanda Salomon.

— Si tu m'admires, oui.

Salomon assura qu'il croyait au génie de Mangeclous. Satisfait, celui-ci tendit la main. Salomon y déposa un écu que Mangeclous mordit et auquel il trouva sans doute bon goût puisqu'il autorisa Salomon à le suivre.

Une heure plus tard le vivace poitrinaire et son petit ami débarquèrent à Lausanne.

— Attends-moi au buffet.

— Mais j'ai payé pour te suivre, ô Mangeclous, et savoir ce que tu fais.

Mangeclous écarta ses dix terribles doigts.

— Si tu me suis, dit-il, que ta femme monodentaire devienne aveugle et que néanmoins elle vive cent vingt ans afin de bien souffrir et que toi-même tu aies la phtisie cancéreuse en prison pendant que ta fille...

Salomon n'attendit pas la fin et courut au buffet de la gare où, pour conjurer les paroles de Mangeclous, il fit des signes cornus avec ses doigts, s'en barda et s'en ceignit en ses longueur et largeur. Puis il commanda un sirop d'orgeat et attendit sagement le retour de Mangeclous tout en se demandant ce que le faux avocat était venu faire à Lausanne. Pourquoi d'être à Lausanne les ferait recevoir à la Société des Nations ? Il était là, dans un buffet de gare, sans rien comprendre à rien. C'était bien la peine de donner des pourboires à Mangeclous et de payer le prix des deux billets Genève-Lausanne et retour pour être remisé au buffet ! Et en général que faisait-il en ce monde et pourquoi tant d'hommes sur terre et dans quel but ?

Il croisa ses bras sur la table et s'endormit. Quelques minutes plus tard, il fut réveillé par une violente tape. Mangeclous était devant lui.

— Alors ?

— All right ! dit Mangeclous. Stock Exchange.

— Tu as tout fait en dix minutes ?
— By appointment of His Royal Highness.
— Et je verrai le chef des nations demain ?
— Dieu est grand, dit Mangeclous. Et moi aussi.

XXII

Le lendemain, vers trois heures de l'après-midi, Scipion et Jérémie se dirigeaient vers le Palais des Nations, ennoblis d'une redingote de location, d'une cravache et de quelques décorations. Jérémie portait sa valise neuve sur l'épaule et Scipion, qui avait bu beaucoup de lait de tigre, se répétait à haute voix les recommandations de Michaël.

— Être arrogant. Bon. Faire remettre à un chef cette enveloppe cachetée. Surtout être arrogant. Entendu.

De plus, le janissaire lui avait fait jurer sur divers saints de ne pas prendre connaissance du contenu de l'enveloppe et l'avait assuré que nul mal ne lui adviendrait s'il se conformait rigoureusement à ses prescriptions.

— En avant l'arrogance ! Et toi, Jérémie, si tu es pas assez arrogant, gare aux frisettes quand elles auront repoussé !

Ayant dit, il poussa la porte tournante et entra dans le hall du Palais des Nations.

La réunion du Conseil venait de se terminer et les délégués sortaient de séance. Le long et sympathique Robert Cecil — tête d'acteur élégant du siècle dernier, faux col aux grandes ailes cassées, doux oiseau de proie distrait, frileux et bossu — fonça, en affûtant le cimeterre de son nez, sur Lord Galloway qui souriait avec des retards à un attaché d'ambassade auquel, s'éloignant avec Cecil, il continua à parler sans se retourner, sans le rappeler — car il savait qu'il était, lui Galloway, un homme qu'on s'arrange toujours pour entendre.

Un ministre polonais à tête de vautour malade ou d'appariteur funèbre se promenait soucieusement, le traité de Versailles à la main. Un délégué italien — dents de vieux loup, fort nez de tyran florentin, vieux marcheur dégourdi quoique voûté — mâchonnait un cigare et affirmait que l'Italie était une très grande puissance à Cecil puis à Galloway, haut vieillard soigné — moustache positive et cheveux idéalistes plantés sur un crâne d'un rose propre aussi émouvant que son faux col paysan. Il n'écoutait pas beaucoup l'Italien et souriait enfantinement en montrant ses belles solides dents à Lady Cheyne, la femme du secrétaire général de la Société des Nations, pourvue de cette ride allant du nez aux commissures des lèvres, apanage des hautains. Elle tenait, d'une façon exquisément anglaise, ses pieds en dedans, ne donnait son cœur à personne mais offrait son amabilité à tous, même au délégué d'Albanie.

Le délégué d'un autre pays négligeable expliquait les finances de son pays à Solal, le haut et jeune et très beau sous-secrétaire général qui, pour s'en débarrasser, sourit avec une courtoisie rêveuse, prit congé et passa devant trois jeunes fonctionnaires qui tâchèrent de respirer le moins possible, d'occuper un espace extrêmement limité, et qui s'aplatirent, tapisseries vivantes, contre le mur.

Des diplomates parlaient de leur pays et de leur

gouvernement avec un amour abstrait et une idiote susceptibilité toujours en éveil. Une grosse déléguée balkanique et parfumée allait d'un groupe à l'autre, remontant ses seins volumineux et tenant entre ses grosses lèvres un long fume-cigarettes vert dont elle faisait sortir beaucoup de fumée, le poing sur la hanche éléphantine.

Des journalistes se disaient des injures qu'ils ne prenaient pas au sérieux. « Non, mon vieux, lui donne pas ton tuyau. Il fait partie de la bande des filous. » Un représentant de l'agence Havas posait des questions au ministre des Affaires étrangères de Roumanie qui répondait avec une voix rauque d'écolier furieux, neurasthénique et tuberculeux. Lord Galloway saluait tranquillement de hauts personnages, humbles car ils avaient besoin de livres sterling. Sachant que cinquante journalistes l'épiaient, il prenait un air anodin.

M. Jean-Louis Duhesme, de l'Académie française, en pardessus de confection et faux col de celluloïd, disait à tout venant que c'était inadmissible. Le vieux Léon Bourgeois, premier délégué de la France — veston candide, défaut de langue de grand-papa très doux — assura son nez qui paraissait postiche, prit congé de ces messieurs et regagna son taxi, le plus petit, le plus étroit, le plus vieux de Genève. Des journalistes américaines bien chaussées et lunettées d'écaille interrogeaient, mouches compétentes du coche international, la déléguée de Norvège, propre et congestionnée, au lorgnon universitaire épinglé au corsage. Les gendarmes à bicorne, Napoléons moustachus de la République de Genève, leurs gros doigts endimanchés de blanc posés sur le ceinturon, considéraient avec un respect méfiant tous ces étrangers distingués. Une Chinoise au sourire pudique regardait ses petits pieds. Des secrétaires anglaises passaient rapidement avec leurs bas luxueux et côtelés et leurs nez piqués d'insolation, laissant derrière elles des senteurs de pommiers en fleur. De jeunes attachés rieurs, universitaires, polyglottes, compétents, rasés et soyeux plaisantaient avec la gaucherie hardie de jeunes garçons qui n'ont pas encore fini de pousser et de se pousser. La déléguée balkanique allait et venait, ajustant ses lunettes d'écaille, faisant des bajoues majestueuses et décidées ou mettant sa courte main contre sa hanche de cantinière. Seins balayants, elle allait et venait, passionnée de coopération internationale, et un sillage de chypre suivait sa croupe formidable. Le délégué d'un pays négligeable rôdaillait seul avec des gentillesses tristes, attendant que le premier délégué de la Turquie eût fini son entretien avec un maharadjah aux yeux sanguinolents sous le turban doré et qui tenait un parapluie dans sa main enfumée. Lord Galloway se promenait tout seul avec des tics de rêveur. Il savourait les délices de cette détente. Sentant que certains délégués prenaient leur élan pour l'approcher, il sortit un petit carnet et, pour les décourager, feignit d'écrire d'un air absorbé. En réalité, il pensait au golf de demain et à la bonne promenade qu'il ferait tout à l'heure le long du lac, seul avec son mépris de la politique et son amour de la métaphysique. Le premier délégué français, que son antique taxi venait de ramener, se précipita affectueusement pour faire un brin de causette. Ces deux bons vieux, arrivés au sommet de leur carrière, s'aimaient bien et ne prêtaient guère attention au collège de petits garçons japonais, tous commandeurs de la Légion d'honneur, qui s'inclinaient trop poliment. Des employés de la Compagnie Marconi, un grand M à la boutonnière, circulaient. Le secrétaire général se grattait délicatement le front avec un rictus de la bouche pour mieux comprendre ce que lui disait son chef de cabinet. Des monocles luisaient, des agendas Hermès étaient feuilletés pour des rendez-vous. Sir John distribuait équitablement ses politesses hautaines. Le vicomte Ishii parlait avec un accent marseillais à un journaliste américain dont les manchettes de soie étaient propres mais froissées, les ongles manucurés mais un peu sales, et qui faisait aussi consciencieusement son devoir diurne que sa noce nocturne. De la barbe astucieuse et végétarienne du directeur du Bureau international du Travail, où la langue agile pointait des éclairs rouges, sortaient avec une rapidité étonnante et en bon ordre des phrases bien agencées et cordiales. Ses lunettes pétillaient de malice intelligente. Le représentant d'un comité juif rôdait sans en avoir l'air, méditant de quémander tout à l'heure un rapport qu'il commenterait demain avec des airs néroniens devant ses admirateurs en leur expliquant que Lord Galloway lui avait dit : « Lisez ça à la maison, je suis sûr que ça vous intéressera. » Lord Robert Cecil se promenait avec Solal qu'il tenait par le bras. Un hareng fumé en jaquette lisait à quelques intimes un rapport dont il ne dit évidemment pas qu'il avait été confectionné par son secrétaire. Il lisait mal, s'embrouillait. On discuta le rapport. Les commentaires étaient contradictoires mais chaque fois le hareng disait : « C'est ça, parfaitement ». Gêne. On comprenait seulement qu'on ne comprenait pas, à l'exception de Cecil et de Solal qui comprenaient et faisaient semblant de ne pas comprendre. Les autres qui ne comprenaient pas faisaient semblant de comprendre. Enfin le secrétaire arriva, expliqua, et tout le monde se sépara en disant : « Naturellement, naturellement ».

XXIII

Les délégués étant partis, Scipion se décida à entrer.
(Une heure auparavant, après avoir poussé la porte, il
avait fait marche arrière, impressionné par ces messieurs si bien vêtus. Les deux amis s'étaient cachés
dans le parc, attendant le moment propice.) Il se
réjouit de voir que le « valet de chambre » des jours
derniers n'était pas là et se dirigea vers le chef des
huissiers qui écarquilla les yeux devant les deux
messieurs à redingote, chapeau haut de forme et
cravache. Ce qui le surprit le plus fut l'anneau
d'oreille et les moustaches minuscules du petit
borgne.

— Que désirez-vous, monsieur ?

— Le prends pas sur ce ton ! Je suis pas d'humeur à
accepter les quolibets d'un marmiton. Je veux voir ton
patron et plus vite que ça !

— Sir John est en conférence, monsieur.

— Silence, domestique anglais !

— Qui dois-je annoncer ? demanda Huntington,
impressionné.

— Quelle curiosité ! s'indigna Scipion. Allez,
dépêche-toi, inférieur ! Apporte-lui notre enveloppe et

qu'il nous reçoive vite ! Qu'est-ce que c'est ces manières de faire attendre les clients ?

Le chef des huissiers se dit que cet homme si sûr de son fait devait être le délégué de quelque petit pays sud-américain. Moins ils étaient importants et plus ils étaient susceptibles et vindicatifs. Pas de gaffes. Il décida donc d'apporter l'enveloppe aux grands cachets armoriés non à Sir John ou à l'un des sous-secrétaires généraux mais à un personnage de moindre importance.

Le comte de Surville, directeur de la section politique, était un crétin solennel d'une cinquantaine d'années, parfumé et monoclé. Son petit nez de perruche, aplati mais recourbé du bout, était la partie la plus originale de sa personne. Il était méchant, très médisant, très envieux et ses yeux morts étaient la terreur du personnel subalterne. Il avait une petite âme, un petit cerveau et beaucoup de relations.

Il était en train de sourire dans son cabinet de travail qui semblait sculpté dans du foie gras. Il était heureux car une déléguée roumaine, illustre poétesse, l'avait invité à un bridge où il rencontrerait la duchesse d'Arques.

— Pom pom pom.

Oui, très gentil le petit huissier italien. Il avait une façon charmante de s'emparer de votre chapeau et de votre manteau. D'ailleurs jolie frimousse. A protéger.

— Au travail maintenant.

Après avoir pris une bouffée d'air et considéré avec sympathie le lac propre, le parc propre, le tapis propre, ses mains propres aux ongles manucurés, il retroussa ses manches pour jouir de la vue de ses manchettes neuves « très bien coupées, ma foi ».

Ensuite il ouvrit son étui en or, tapa la cigarette, se la mit au bec, l'alluma à la flamme d'un briquet en or et considéra tendrement sa chevalière armoriée. Heureux de la bonne bouffée de tabac, il se pencha sur la table.

— Au travail.

Il étala sur la table les achats de la journée — stylo et canif — pour bien les savourer. Il remplit le stylo, l'essaya, le ferma puis le rouvrit. Ensuite il tâcha de voir ce qu'il pourrait bien couper utilement avec son canif en or. Ensuite il aligna les deux emplettes, côte à côte. Ensuite il forma un triangle avec le canif, le corps du stylo et le capuchon.

Il considéra ses nouvelles possessions, pétrissant cette contemplation avec une idée non moins délicieuse : tandis que les pauvres poires de France payaient un tas d'impôts et subissaient un tas de dévaluations, lui : primo, exemption de tous impôts ; secundo, augmentation automatique en cas de hausse de plus de dix pour cent des indices des prix ; tertio, Genève ville propre, saine, confortable, air pur, beau lac. Ils pouvaient dévaluer autant qu'ils voudraient en France ou même en Suisse ! Plus ils dévalueraient plus il serait content car plus il se sentirait privilégié !

Il prit un fondant au chocolat et ouvrit un dossier. Mais que se passait-il ? Il éprouvait d'étranges démangeaisons en son séant. Il se souleva, regarda. Tonnerre de Brest ! Ces manants de nettoyeurs lui avaient encore enlevé ses journaux ! Il avait pourtant bien recommandé qu'on laissât toujours sur son fauteuil les journaux qu'il y plaçait. En effet, le contact échauffant du velours était pernicieux à l'épiderme délicat de son postérieur, comtal mais administratif. Il ne pouvait travailler qu'assis sur des journaux. Sinon démangeaisons.

Dans la caissette des entrées il prit les journaux envoyés par le service des périodiques mais il ne trouva pas le « Figaro » dont seule la glissante fraîcheur lui était propice. Il rédigea aussitôt, sur un slip vert, la note suivante pour le chef du service des périodiques :

« Madame de Souza. J'attire votre attention sur le fait qu'il m'est absolument nécessaire de recevoir le Figaro. Ce périodique m'est particulièrement indispensable comme élément de documentation. Je vous serais reconnaissant de m'en refaire le service dès aujourd'hui. »

Il signa, data, relut sa note. Est-ce qu'elle n'était pas un peu trop cavalière ? La Souza était très bien avec la femme du secrétaire général. Il fit une note plus polie sur laquelle il épingla le papillon d'urgence et qu'il posa dans la caissette des sorties.

Après avoir exécuté quelques mouvements de gymnastique respiratoire pour se détendre, il se demanda si le « Monde Illustré », dont le papier était plus glacé que celui du « Figaro », ne serait pas encore plus amène à son derrière. Oui, mais le papier de cet illustré craquerait peut-être trop et cela le dérangerait. Faire un essai.

Il ouvrit le dossier « Propagande dans les Magasins de Jouets en faveur du Désarmement », jeta un coup d'œil sur la pendulette du bureau. Quatre heures seulement. Il enferma la pendulette dans le tiroir, se promit de ne l'en sortir que lorsqu'il aurait l'impression qu'une heure s'était écoulée. Il attendit longtemps, très longtemps, acheva l'ana d'histoires gauloises que lui avait prêté le directeur de la section morale. Le change français ayant baissé la veille, il fit de longs calculs pour savoir combien il touchait actuellement en francs français, non seulement par an et par mois mais encore par jour et par heure. Les résultats des divers calculs lui furent agréables et il reprit un fondant.

Voilà, maintenant il pouvait regarder l'heure. Il y avait certainement une heure de passée. Il sortit la pendulette. O douleur. Elle marquait quatre heures dix-sept.

A quatre heures vingt, on gratta à la porte. (Féru de cérémonial, il avait introduit ce noble usage dans la section.) C'était Huntington. Le comte de Surville lut le contenu de l'enveloppe, tout en caressant délicatement sa barbe grise pour maîtriser son émoi. L'entretien qu'il allait avoir avec les deux hauts personnages serait d'une importance considérable pour l'avenir de la Société des Nations. Il tenait son coup de Trafalgar.

— Vous pouvez faire monter, dit-il avec une froide lenteur qui dissimulait son trac.

— Je dois avertir monsieur le directeur que ces messieurs ont quelque chose d'excentrique.

— Je sais. On m'a averti.

— Ils ont l'air assez fâchés.

Le directeur estima au-dessous de sa dignité de poursuivre cet entretien avec un huissier. Aussi se borna-t-il à émettre un léger grognement qui cachait pas mal de gêne. Huntington courut avertir Scipion et Jérémie.

Peu après, le vieux comte en jaquette et rosette rouge sortit de son cabinet pour attendre, au haut de l'escalier, les deux délégués. Ceux-ci, graves croque-morts, montaient lentement les degrés, tenant à la main leur haut-de-forme et leur cravache. Scipion s'arrêta à deux reprises pour toiser Huntington avec un face-à-main.

Le directeur s'inclina profondément, selon les tradi-

231

tions de la vieille école française. Scipion s'inclina dans le plus grand silence et Jérémie en fit autant, tout en récitant intérieurement la prière des agonisants. Le haut fonctionnaire fit une nouvelle courbette et les deux amis crurent devoir lui rendre la politesse. Charmé par cette urbanité inattendue, le comte de Surville s'inclina une troisième fois. Scipion et Jérémie étaient épouvantés par ces grandes manières. Des gouttes de sueur apparurent sur leurs fronts coupables.

XXIV

Revenons, chers amis, avec une grande joie de vie, car tout est bien et vivre est une bonne chose ainsi que mourir, revenons quelques heures en arrière et pénétrons dans la chambre de cet aigle royal qui a nom Pinhas des Solal et dont le surnom est Mangeclous. Evohé !

Il était plus de dix heures lorsqu'il se réveilla. Il contempla d'abord ses pieds joliment patinés de crasse et qui avaient dormi au frais, hors des couvertures et entre les barreaux. Il les fit craquer avec une sombre satisfaction et décida d'être particulièrement intelligent en cette journée décisive pour sa carrière.

Il sauta hors du lit, tout habillé, trempa ses mains dans la cuvette, les passa sur son visage et aspira avec satisfaction, heureux d'être propre de nouveau. Puis il chaussa ses souliers, ce qui mit fin à sa toilette.

Il dansa une légère danse, caracola sur place, virevolta avec des lenteurs espagnoles faisant subitement place à des ardeurs jalouses, claqua des doigts, fit des moues de baisers et ses yeux s'abaissèrent en aveu suprême de courtisane mexicaine ou d'impératrice plutôt. Il y eut encore de mignonnes danses des mains, le tout avec un sourire délicat.

S'étant ainsi dionysiaquement dépensé, ce noir et fort laid bougre et seigneur ouvrit précautionneusement la porte, descendit l'escalier sur la pointe des pieds et son énorme langue dehors. Pourquoi dehors ? Mystère. Peut-être parce que Mangeclous était un vivant. Peut-être pour savourer un petit danger, un petit risque. Qu'importe ? Tout importe.

Bref, il entra dans un petit bazar de la rue du Mont-Blanc où, après avoir fait à la vendeuse une déclaration de dévotieux amour pour la Suisse, il acheta un pot de colle, un réchaud à alcool et des ciseaux. Il paya, simula un évanouissement qui lui permit d'obtenir un verre de cognac gratuit et sortit. (C'était son habitude de s'évanouir dans les magasins où il faisait des emplettes. De cette manière il se procurait à l'œil de légères collations : tasses de bouillon, sandwiches et autres petits réconfortants.) Il se dirigea vers l'hôtel, clignant de l'œil et séparant sarcastiquement sa barbe noire en deux et chipant des petits fruits à divers éventaires et s'en délectant en toute gracieuse impudence.

A onze heures et demie il écrivit la lettre suivante à ses amis :

« Le futur mort Mangeclous à ses frères de destinée, salut ! Je suis vaincu. La combinaison machiavélique que j'avais innocemment échafaudée pour vous faire recevoir à la Société des Nations a échoué ! Je reste seul avec mon désespoir et je demande qu'on me laisse dormir honteusement pour ensevelir ma neurasthénie sous les plis noirs du sommeil. Priez pour le déchu Mangepoix. »

Il sonna le domestique auquel il conseilla l'achat d'actions Canal de Suez, petite manœuvre pour connaître la richesse du valet de chambre et en avoir éventuellement sa part au moyen d'ingéniosités. Ensuite, il lui demanda d'apporter la susdite lettre à Saltiel.

— Et secundo, tu m'amèneras dans ma chambre un poulet cuit avec son frère, ce qui en fera deux en quelque sorte, et des pommes de terre en nombre suffisant et frites à grand feu dans l'huile, et du pain, et de la salade, et des macaronis aux tomates pour quatre, bien que je sois un, comme l'Éternel. Mais tel est mon mystère. Et tu m'apporteras aussi un livre indiquant les manières des diplomates. Mais tout ceci en secret de mes amis auxquels tu diras que je verse des larmes silencieuses dans le plus grand jeûne affligé. Va, homme de bien.

A trois heures de l'après-midi, l'oncle Saltiel qui venait d'achever sa sieste aperçut une enveloppe glissée sous la porte. Il se baissa, frémit. C'était un télégramme et d'une incroyable épaisseur. Il frappa contre le mur car il n'avait pas le courage d'ouvrir tout seul un télégramme. Il lui fallait une présence amicale.

Peu après, Salomon ébouriffé apparut, pieds nus, dans sa chemise de nuit. Très éprouvé par les fatigues de la veille, il venait de se réveiller et était encore tout cotonneux.

— Mauvaises nouvelles, oncle ? demanda-t-il en portant sa petite main à son cœur.

Saltiel lui montra l'enveloppe non encore ouverte et Salomon frémit de toutes ses narines car il n'aimait pas non plus les télégrammes. Aussi courut-il chercher Michaël pour avoir main-forte. Lorsque les deux

Valeureux poussèrent la porte, ils trouvèrent l'oncle qui marchait de long en large, la dépêche à la main.

— J'ai peur, mes enfants.

— Si la nouvelle est mauvaise, dit Salomon, je vous prendrai les mains, oncle.

Saltiel ouvrit le télégramme mais en gardant les yeux clos. Il se décida enfin à les ouvrir et à jeter un coup d'œil sur les feuilles vertes. Il respira largement et d'un geste superbe congédia Salomon et Michaël. Le télégramme qui lui était adressé était signé d'un nom merveilleux. Il le lut attentivement et s'évanouit.

Mais il reprit vite ses esprits car il n'y avait pas de témoins. Tout moite et blanc, il se leva et but au broc de la table de toilette. Puis il se dirigea en flageolant vers la porte, l'ouvrit et trouva naturellement Salomon, Michaël et Mattathias à l'affût.

— Mauvaises nouvelles de ma femme, oncle ? demanda Salomon.

— Mieux que cela, mon fils. Cours appeler Mangeclous et venez tous les quatre ensemble et non les uns après les autres. (Sa voix sonnait brève et nette.)

Salomon courut frapper à la porte de Mangeclous. Mais le faux avocat devait dormir profondément car il ne répondit pas. Salomon poussa la porte. En effet, Mangeclous était abîmé en un sommeil immaculé qui mettait sur ses lèvres un sourire dolent, tout de grâce et d'innocence.

Salomon était embarrassé car il ne voulait pas réveiller trop brusquement son cher ami. Il décida de siffler doucement. Il arrondit donc les lèvres, fit divers efforts mais aucun son ne sortit. (Depuis sa plus tendre enfance, Salomon s'était efforcé d'apprendre à siffler. Il avait même pris des leçons payantes. Mais en vain. Les hommes vraiment bons ne savent pas siffler. Petit mystère.) Il appela très doucement Mangeclous qui ronfla de plus belle. Il le secoua de plus en plus fort.

Enfin Mangeclous ouvrit un œil qu'il referma pour ouvrir l'autre quelques secondes après.

— Où suis-je ? demanda cette vierge avec une voix d'agnelet.

XXV

— Messieurs les ministres, dit le comte de Surville
en regardant tour à tour Jérémie et Scipion, qu'il
devina aussitôt être le plus important des deux, j'ai
l'honneur de vous souhaiter la bienvenue et de dire à
Vos Excellences la joyeuse espérance avec laquelle
nous accueillons votre venue qui sera peut-être, je me
plais à l'espérer, le début d'une ère nouvelle dans les
rapports entre votre noble pays et la Société des
Nations.

Il avait débité tout cela comme il est d'usage dans
les hauts cercles diplomatiques : ton uniforme et
visage impassible, ce qui a pour but de signifier que
l'orateur n'est pas dupe de ces phrases convention-
nelles.

Jérémie et Scipion s'inclinèrent de nouveau. Mais
ils ne trouvaient rien à dire car c'était la première fois
de leur vie qu'ils voyaient un personnage aussi distingué. Jérémie s'en voulait à mort d'avoir eu la faiblesse
d'accompagner son ami. Il n'avait pas supposé que la
Société des Nations était un lieu aussi terrible. Et
l'Éternel ne lui pardonnerait jamais d'avoir sacrifié
ses boucles rituelles.

— Je suis désolé, dit le directeur de la section

politique, intimidé par ce silence glacial, que Sir John soit dans l'impossibilité, toute momentanée d'ailleurs, de recevoir lui-même Vos Excellences. Mais votre visite ne nous ayant été annoncée que pour la fin de l'après-midi...

Scipion s'inclina et Jérémie en fit autant. Le silence était lourd. Scipion s'essuya le front d'une paume professionnelle.

— Je passe l'éponge, dit-il enfin avec l'accent parisien. Et je décrète l'armistie.

Le comte de Surville, habitué au langage incorrect de la plupart des délégués, sut garder l'impassibilité dont il n'était pas peu fier et proposa aux deux hauts personnages de le suivre en son cabinet. Scipion regarda avec étonnement le monsieur qui lui faisait cette étrange proposition et qui pourtant avait l'air si respectable.

— Quand nous en aurons besoin, nous vous le dirons, répondit-il non sans sévérité.

Mais il se rasséréna lorsqu'il vit l'immense cabinet de travail du haut fonctionnaire qui s'effaça pour laisser passer les importants personnages. Scipion, très rouge, s'inclina. Faisant glisser ses pieds et aspirant sa salive pour avoir l'air distingué, il entra avec délicatesse, suivi de Jérémie plus voûté que jamais. Le comte de Surville indiqua des sièges, offrit des cigares. Soucieux de bon ton, Scipion mit le cigare dans sa poche. Jérémie en fit de même, après l'avoir soupesé et en avoir intérieurement évalué le prix de revente. Puis il se gratta la poitrine et sourit au directeur qui réprima un soupir. Évidemment, il fallait s'y attendre. Ces deux délégués d'un gouvernement de gauche ne pouvaient être qu'incultes et grossiers.

— Je puis m'aventurer à dire, commença-t-il, les

jambes croisées, ce que Scipion crut devoir faire à son tour, imité en cela par Jérémie, que l'institution de Genève est particulièrement désireuse de ne rien faire qui puisse, à l'occasion du retour de votre grand pays au sein de la famille internationale, heurter ses susceptibilités — légitimes, je m'empresse de le dire.

Scipion ne trouva rien d'autre à faire que de sourire douloureusement en disant que c'était bien « comprensible ». Puis il lissa ses accroche-cœur.

— Vous avez sans doute longtemps vécu en Provence, monsieur le ministre ?

— On pourrait dire qu'il y a un peu d'indiscrétion de votre part, commença Scipion sur un ton de gourmet délicat. Mais venant d'un homme que mon grand pays il estime, il y a pas d'offense. Je vous répondrai donc gentiment que le papa il était marseillais et quand nous sommes allés émigrer dans notre futur grand pays j'avais quinze ans, non, quatorze, et naturellement ma langue avait pris le pli et ça se repasse pas une langue ! D'ailleurs à la maison on parlait toujours marseillais pour de dire de pas oublier.

Le comte de Surville, par une légère inclinaison du chef parfumé, montra qu'il appréciait. En réalité, il était très choqué.

— Puis-je, monsieur le ministre, connaître les intentions de votre gouvernement en ce qui concerne le retour de votre noble pays parmi nous ?

— Parfait, parfait, répondit Scipion. (Habile homme, pensa le vieux comte.)

— Quelques précisions à ce sujet seraient les bienvenues, monsieur le ministre. Nous savons fort bien que pour le moment vous ne revenez parmi nous qu'en qualité d'observateurs, ainsi que l'indiquent d'ailleurs les lettres d'introduction que vous avez bien voulu me faire remettre.

— Je le sais aussi, dit Scipion. Eh bien, avant de vous répondre sur la chose du noble pays, je voudrais avoir quelques renseignements sur l'activité de votre noble palais pour la paix du monde.

Le comte de Surville eut un beau sourire illuminé et quasi prophétique.

— Nous avons mille sept cents portes, commença-t-il avec feu, mille six cent cinquante fenêtres, quatre-vingt-huit mille mètres carrés de surface vitrée non compris les lanterneaux, vingt et un ascenseurs, soixante-quinze mille mètres carrés d'enduits, neuf mille foyers lumineux dont la consommation est de trois cent vingt mille kilowatt-heures environ. Notre chaufferie chauffe — veuillez excuser la répétition, sourit-il en homme de goût, soucieux de style — trois cent mille mètres cubes par le moyen de ses mille neuf cents radiateurs qui, placés bout à bout, atteindraient une longueur totale de deux mille cinq cent trente-trois mètres, la capacité du réservoir à mazout étant de cent cinquante mille litres. De plus, nous disposons de six cent soixante-huit water-closets et lavabos. Enfin, les feuilles de papier que nous utilisons annuellement pour la paix du monde feraient, placées bout à bout, environ huit fois le tour de la terre.

— Je vois, dit Scipion. Alors, quand il y a une guerre, qu'est-ce que vous faites?

— Nous souffrons, répondit le comte de Surville. Tous ces morts, c'est affreux. (Il tendit une coupe pleine de fondants au chocolat à Scipion et à Jérémie qui refusèrent. Il en prit un.) Oui, affreux, tous ces morts. N'en voulez-vous pas goûter un? (Il esquissa le geste de tendre la coupe délicieuse.) Affreux, tous ces morts. C'est dommage que vous ne vous laissiez pas tenter. Ils sont encore chauds. Ils ont un goût exquis et singulièrement les allongés qui sont très fortifiants car ils sont vitaminés. Ils sont tièdes plutôt, car j'ai accoutumé de les déposer sur ce petit coussin électrique, la chaleur faisant ressortir l'arôme du chocolat.

— Et qu'est-ce que vous faites quand il y a une guerre qu'elle commence ?

— Nous constituons un dossier, dit le comte de Surville tout en continuant à se fortifier. Nous nous réunissons, nous remettons à la presse un communiqué prudent par lequel nous exprimons notre douloureux regret.

— Et si la guerre continue ?

Le comte de Surville éloigna la coupe de fondants pour mieux résister à la tentation.

— Alors, dit-il sur un ton viril, nous adoptons la manière forte. Nous constituons une commission et même des sous-commissions et nous allons, s'il le faut, jusqu'à prier les belligérants de cesser ce carnage. Vraiment, ces fondants ne vous disent rien ?

— Et si la guerre continue ?

— Alors nous n'envoyons plus une prière mais une recommandation d'avoir à cesser les hostilités. Vous sentez la nuance ? Une recommandation, je ne crains pas de le dire, une véritable recommandation.

— Et si la guerre continue ?

— Alors nous émettons des vœux par lesquels tout en donnant raison au plus faible nous ne donnons pas tort au plus fort. Et nous demandons aux deux pays en guerre de déclarer solennellement qu'ils ne se font pas la guerre mais qu'ils procèdent à des opérations d'ordre pour règlement de conflit. C'est plus paisible. En général, les opérations militaires finissent bien par finir. Nous admettons alors que la partie la plus forte procède à telle prise de territoire qu'il lui plaira à condition que le mot d'annexion ne soit pas prononcé. En ce qui concerne l'Éthiopie nous avons été terribles au début et nous n'avons pas craint de protester contre l'attitude de l'Italie. Mais, après avoir ainsi prouvé notre attachement à l'idéal de justice, il nous a bien fallu regarder la réalité en face. Car, quoi qu'en disent les folliculaires en mal de copie, nous ne sommes pas des utopistes. Nous avons donc été heureux de laisser les États membres libres de reconnaître ou non cette conquête. La tactique est jolie, que vous en semble ? Les convenances sont en effet respectées. Primo, la Société des Nations reste fidèle à son idéal puisqu'elle ne reconnaît pas, pour le moment du moins, la conquête de l'Éthiopie. Secundo, les États membres ne manquent pas à leurs devoirs envers la Société des Nations puisque cette dernière les autorise à reconnaître la conquête de l'Éthiopie, s'ils le désirent. Nous sommes, comme vous le voyez, très soucieux de la liberté de pensée et de la souveraineté des États membres de la Société des Nations non encore vaincus. Que chacun des États fasse ce qu'il lui plaira. Nous, nous nous en lavons les mains. Après tout, notre rôle est d'émettre des vœux prudents, de voter des résolutions habiles qui ne désobligent personne. Notre tâche se résume en ceci : être anodins ! Nous accomplirons cette tâche avec une vigueur toujours grandissante. (Confidentiel :) D'ailleurs ce négus est bien antipathique. Il paraît qu'il n'est pas malade du tout, que c'est une comédie. Et de plus, je me suis laissé dire qu'il tire le diable par la queue. Évidemment tout cela est bien triste. Mais que faire ? L'Éthiopie n'avait qu'à se servir de gaz asphyxiants et ce n'est tout de même pas notre faute si elle avait une armée déplorable, je ne crains pas de le dire, déplorable. (Il frappa sur la table.) Voilà, brièvement résumée, monsieur le ministre, l'activité de la Société des Nations. Mais ce n'est pas tout. J'ai deux grands projets qui sont en quelque sorte la chair de ma chair, enfants de ma pensée et de mon cœur, que j'ai conçus dans le silence et la méditation. Voici le premier projet que je vous dis confidentiellement. Si Sir John Cheyne est d'accord, nous demanderons aux grands pays d'appeler Humanité, Concorde, Paix Internationale et ainsi de suite tous les super-cuirassés actuellement en chantier. Mon second projet consiste à supprimer les soldats et les canons dans les magasins de jouets. Désarmons les enfants! Au point de vue moral les enfants sont plus importants que les parents. C'est l'avenir!

Enflammé par son sujet, le vieux comte avait parlé avec une telle rapidité que les deux amis, peu habitués à un accent aussi distingué, n'avaient à peu près rien compris. Scipion sentit qu'il fallait rompre le silence par quelque question agréable et mondaine.

— J'aime beaucoup savoir le petit nom de mes amis, dit-il, étant que ça facilite la conversation. Quel petit nom elle a choisi pour vous, la maman ?

— Adhémar, répondit le comte de Surville, décidé à tout supporter.

— Tous les goûts sont dans la nature, dit Scipion. Eh bien, monsieur Adhémar, je vais vous dire une chose qu'elle m'offense. On dirait que ça vous fait mal à la langue de dire le nom de mon noble pays, que ça vous dégoûte, quoi.

— C'est avec la plus vive sympathie, monsieur le ministre, que j'ai coutume de parler de la République Argentine.

Scipion se leva et vint serrer la main du comte de Surville.

— Merci, dit-il d'un ton pénétré. (Il se rassit.) Je me pensais que peut-être vous aviez un défaut de prononciation que vous pouviez pas dire République Argentine. Moi par ezemple, j'avais un collègue à l'école qu'il pouvait pas jamais dire drapeau de la patrie, il disait toujours cràpaud de la pacrie. Enfin, c'est réglé. Oh la République Argentine, comme je l'aime mon Dieu, vous pouvez pas savoir! Et quelles femmes, caramba! Et maintenant, pour que la franchise elle soit complète et que nous soyons bien collègues, je vais vous dire une chose, monsieur Adhémar, qu'elle me plaît pas beaucoup, c'est quand vous me dites monsieur le ministre seulement. Ça vous troue le ventre de me dire tout mon titre, dites? Vous comprenez, c'est une petite anttention qu'elle me ferait plaisir, question prestige, dignité de l'homme. Et puis notre gouvernement il est très strict. Il tient qu'on nous respecte. Vous comprenez, ça me chagrine quand vous me dites monsieur le ministre, sans rien d'autre, comme à un rien du tout. Question politesse. Parce que pour la politesse, vous savez, l'Argentine... (Il émit divers sons suspects avec ses lèvres pour faire comprendre le haut degré de la courtoisie argentine.) Vous pourrez en chercher des pays éduqués, vous en trouverez pas un autant comme l'Argentine!

— Mais j'en suis persuadé, monsieur le ministre plénipotentiaire et envoyé extraordinaire. Je dois même ajouter que je ne déteste pas un certain cérémonial et que ce n'est pas sans plaisir que je constate, monsieur le ministre plénipotentiaire...

— C'est pas la peine de me le dire tout le temps, interrompit Scipion. Une fois comme ça, de temps en temps, ça suffit, juste pour de dire pour l'estime.

Et Scipion, très à son aise maintenant, sortit son cure-dent. Le comte de Surville était horrifié. Quel langage! Quelle tenue!

(On s'étonnera peut-être de ce que le directeur de la

section politique n'eût pas flairé l'imposture. Outre que le noble comte n'était pas d'une intelligence extrême, il avait eu, le matin même, une conversation au sujet des délégués argentins qui devaient venir discuter des conditions auxquelles la République Argentine consentirait à retourner dans le bercail genevois. Sir John Cheyne lui avait dit qu'il avait rencontré à Paris, quelques jours auparavant, les délégués du nouveau gouvernement argentin, qu'il les avait trouvés fort mal élevés mais point si bêtes qu'ils en avaient l'air. « Méfiez-vous, avait dit le secrétaire général, ils font les ânes pour avoir du son. A plusieurs reprises, je me suis rendu compte que leur excentricité et leur inculture cachent beaucoup d'astuce. Tenez-vous à carreau. »)

Scipion, ayant achevé sa toilette dentaire, accepta le verre de porto que lui offrait le comte de Surville, le déclara bon, engagea Jérémie à boire, accepta un second verre, lui trouva un goût qu'il n'arrivait pas à définir, en but deux autres pour trouver la définition et se sentit gaillard. La Société des Nations ne lui faisait plus peur.

— Par délicatesse, dit-il, nous avons pas regardé la feuille quand on nous l'a remise en République Argentine. Mais j'aimerais bien savoir si on a bien mis tous nos titres. Donnez-moi ça (Le comte de Surville tendit les lettres de créance en se demandant ce que cachait cette défaite.) Pedro Ollorio Garcia. Je lis pas avec l'accent espagnol parce que vous comprendriez pas. Ça, c'est moi, vous voyez, ministre. Bref, comme c'est écrit là, c'est inutile que j'allonge et ça aurait l'air que je me flatte. C'est une situation ça, j'espère. Et remarquez bien que je suis envoyé estraordinaire ! Dans mon pays, ils me connaissent comme tempérament ! Ah mais, monsieur Adhémar, il m'en a fallu du

246

travail pour en arriver là ! Ah, l'Argentine, c'est un pays où on reconnaît les capacités ! Et vous savez, je voulais pas être ministre estraordinaire, je voulais pas, je leur ai dit : « Mettez-moi ordinaire. » (Le comte de Surville sourit à ce qu'il crut être une plaisanterie de mauvais goût.) Vous êtes pas venu, vous, en Argentine, jamais ?

— Il y a trente ans, monsieur le ministre.

— Tant mieux, tant mieux.

— Pourquoi tant mieux, monsieur le ministre ?

— Parce que le pays il a beaucoup changé. C'est plein de moustiques maintenant. Eh bien moi, dans le temps quand j'étais ministre de la Marine, je me montais toujours sur La Flamboyante, c'est le plus grand cuirassé. Tout le confort moderne et des torpilles, mon ami, oh là là, comme le bras, dites ! Des marines comme la marine argentine vous en trouverez pas beaucoup ! L'Argentin est marin dans l'âme ! Ah, ils sont gentils les Argentins, dit-il avec un soudain et sincère attendrissement. Imaginez-vous que je voulais pas venir à Genève. Mais je résiste pas à la caresse. D'autant que c'était la fille du Président de la République qu'elle me l'a demandé en me faisant le baiser poivre rouge comme nous disons en Argentine. (Coup d'œil légèrement érotique au comte de Surville qui prit bonne note de la moralité des hautes sphères argentines.) Et vous savez, j'ai pas honte de parler genre marseillais. C'est une tradition dans la famille. Nous avons un blason qu'il dit comme ça : « Marseillais dans l'âme, Argentins de cœur ! » Une devise, comme vous diriez Dubo Dubon Dubonnet. Oh, ce qu'elle peut m'agacer cette réclame, oh là là ! De colère que ça me fait j'en bois jamais du Dubonnet ! Chaque fois que j'en vois une d'affiche en passant dans le tranvé je me dis : « Toi, monsieur Dubonnet, tu

m'auras pas comme client, tu m'embêtes trop ! »
Parce que des fois la nuit quand je dors pas, ça me
poursuit ce Dubo Dubon. Et ça me met dans des
colères terribles. Pourtant, le Dubonnet, c'est bien bon
comme liqueur. Pour vous en revenir à l'Argentine, je
suis populaire là-bas pourquoi je les fais rigoler étant
boute-en-train et bien causant. Je leur raconte des
devinettes, je leur sors des calembours ! Et alors ils
m'adorent. Oh si vous pouviez me voir à la Chambre
des Députés, à peine que je monte à la tribune tous les
députés ils se mouillent de rire et ils m'applaudissent
tant fort que je peux jamais placer un mot. (« Quel
monde ! » pensait le comte de Surville.) Mais je parle
trop de moi. Je ferais mieux de parler de mon
collègue. (Il donna une tape à Jérémie.) Il lui manque
quelque chose. Vous avez compris l'allusion ? Nous *les*
aimons beaucoup en Argentine pourquoi nous
sommes pour la liberté de conscience. (Sourire
constipé du comte de Surville.) Et tel que vous le
voyez, il a été ministre de la Justice ! Il est silencieux
mais il est terrible, vous savez. On l'appelle le Torpil-
leur du Parlement. Méfiez-vous de lui, vous savez, il
dit rien, il vous écoute et puis tsac, une flèche au bon
moment ! Oh, je sais bien que nous sommes pas
distingués, allez ! N'empêche que les distingués, ils
restent fonctionnaires et moi je suis ministre ! Sic !
(En son ingénuité Scipion croyait que de dire « sic »
ponctuait bien une plaisanterie et que ce mot étrange
avait une mystérieuse puissance comique.)

Il se leva, soudain pris d'enthousiasme. Le porto
était exquis et il était ministre ! Après quelques
virevoltes de toréador, il poussa la cantilène tout en
claquant d'imaginaires castagnettes devant le comte
de Surville qui battait des cils et le pauvre Jérémie qui
grelottait.

C'est moi le roi de la pampa,
Chéri des belles aux gros appas,
De la pampa !
Ah, ah, ah !

Il était soûl, il le savait, mais il ne pouvait pas résister au désir de faire le terrible. Il avait tellement bu que la guillotine même lui paraissait charmante. Le comte de Surville suggéra à monsieur le ministre que, s'il se sentait souffrant, Sir John pourrait le recevoir demain.

— Souffrant, moi ? dit Scipion, l'œil menaçant. Occupez-vous de ce qui vous regarde. Je suis solide autant comme le transbordeur. Allez, interrogez-moi un peu en politique. Vous allez voir !

— Vous n'êtes pas sans savoir, monsieur le ministre, que mon collègue de la section juridique est en congé et que je suis chargé de l'intérim. C'est vous dire, monsieur le ministre, que j'accueillerais avec gratitude quelques indications sur l'attitude que votre noble pays...

— Foutez-moi la paix, Adhémar, gémit tendrement Scipion qui avait le sentiment très doux que ses bras s'allongeaient infiniment.

Il s'empara de la bouteille de porto mais Jérémie la lui ôta des mains sans cesser de grelotter car il savait bien où et comment finirait leur histoire.

— Monsieur Adhémar, vous m'auriez parlé franchement, je vous aurais tout espliqué tout de suite, le cœur sur la main ! Mais les façons habiles, moi, je les aime pas. Et puis je vous garde une dent qu'il y avait personne en bas pour nous recevoir quand nous sommes arrivés, pas un orphéon, même pas la petite fille aque le bouquet. Mon Dieu, quand je me pense qu'en Argentine c'est plein de drapeaux quand je passe ! Et ici rien, comme des vagabonds ! Mais mon Dieu, en Argentine, quand je vais dans un débit pour m'acheter la boîte d'allumettes, ils ont l'arc de triomphe tout prêt. Et à peine qu'ils me voient arriver, zou, ils le mettent !

— Croyez que je suis désolé.

— Parce que nous, les enfants de la Révolution, et de la Révolution argentine, spécifia-t-il, l'index menaçant et incertain, nous sommes terribles, vous savez. Une impolitesse, trois coups de revolver ! Tarif ! Mais est-ce que vous vous rendez compte ce que c'est un ministre ? Dites-le encore une fois pour voir si vous le dites bien.

— Plénipotentiaire.

— Très bien. Pourtant, c'est un mot difficile. Vous avez de l'instruction. Moi aussi je le dis bien. Et si vous me l'entendiez dire en argentin, alors vous vous régaleriez ! (Tendre :) Sans vous commander, monsieur Adhémar, j'ai une intimité à dire à mon collègue de la Justice.

Il entraîna Jérémie au fond du cabinet près de la fenêtre.

— Tu es la honte de l'Argentine. Il se méfie parce que tu es comme un qu'il est mal à l'aise. Fais-moi le plaisir de lui parler. Et gaiement encore ! Si tu le fais bien rigoler, je te laisse partir et le grand chef c'est moi que j'irai le voir. Coucou, monsieur Adhémar, c'est fini !

Magnanime et tendre, il dit tout bas au comte de Surville qu'il ferait bien de parler un peu à son collègue.

— Parce qu'il a honte que vous y dites pas un mot. (Coup de coude cordial et complice.)

— Ainsi donc la République Argentine a eu la

douleur de perdre son président, commença le comte de Surville en s'adressant à Jérémie.

— Oui, c'était très amisant, répondit Jérémie qui n'avait rien compris mais qui était décidé à être gai pour pouvoir filer.

— Pardon ?

Scipion sentit qu'il fallait sauver la situation.

— Il faut dire que notre vénéré président 'l était un peu drôle en cadavre. Alors on rigolait.

— A l'enterrement ?

— C'est la coutume en Argentine. On rigole toujours aux enterrements. Chaque pays il a ses habitudes. La population elle rigolait beaucoup en voyant passer le corbillard. Même les croque-morts et le curé ils se gondolaient. Ils pouvaient plus marcher tellement ils rigolaient. Manière de cacher notre douleur.

Jérémie se creusait la tête pour trouver quelque chose d'amusant à dire.

— Jé vais faire un pétite jeu, proposa-t-il avec amabilité. Jé vous donne dix pistasses, messié directeur.

Et il sortit dix pistaches salées de sa poche.

— Et alors, que dois-je faire ? demanda le directeur, assez gêné mais s'efforçant de prendre un air enjoué et participant.

— Et alors vous mé donnez une pièce dé cinq francs sisses. Merci, messié directeur, voilà pistasses.

— Et le jeu consiste en quoi ? demanda le comte en considérant les pistaches dans le creux de sa main.

— Ça consiste qué jé garde les cinq francs, dit Jérémie avec un sourire rayonnant.

— Et ensuite ?

— Ensite on récommence. C'est un pétite jeu dé Argentine. Pour faire rire les personnes.

Mais le comte de Surville ne rit point. Il trouva

251

cependant la force de dire que le jeu était curieux en effet.

— Oui, messié directeur, dit Jérémie avec bonté, après avoir garé l'écu suisse dans sa poche.

Le haut fonctionnaire déposa les pistaches sur la table de travail, ajusta son monocle pour donner à son regard la force critique qui lui manquait et considéra les deux délégués. Dans son cerveau peu spacieux le doute s'était insinué depuis le récit des étranges funérailles du président de la République Argentine. A ce moment, un huissier entra et dit que le sous-secrétaire général attendait la délégation argentine.

— Je me sens pas très bien, dit Scipion. Je vais aux lieux et je reviens.

Tout frissonnant et blême, il sortit, chercha le chemin de la liberté, ne le trouva pas, erra de couloir en couloir, en prenant des points de repère pour ne pas trop flageoler. Quelques minutes plus tard, il croisa Sundar, le mélancolique Hindou que les fonctionnaires appelaient le Fantôme de Bénarès. Ce doux et gras jeune homme au visage cendré, neveu d'un délégué de l'Inde, déambulait depuis cinq ans dans les couloirs du Secrétariat de la Société des Nations. Du matin au soir, on le rencontrait, souriant, vaguant et flottant dans les divers étages. Il s'obstinait avec un si tendre entêtement qu'on ne songeait même pas à lui faire des reproches ou à lui demander un simulacre de travail. Il ne dérangeait personne, ne voulait être dérangé par personne. Fonctionnaire impeccable, il arrivait à l'heure, déroulait sa ronde rêveuse pendant les sept heures réglementaires et partait à l'heure.

Comme il était très courtois avec tous, connus et inconnus, il montra gentiment ses dents éclatantes à Scipion et poursuivit, les mains dans les poches, son pèlerinage éternel, souriant tristement et saluant avec urbanité les collègues qu'il rencontrait sur sa route. (Cet astre errant n'interrompait sa trajectoire que le vingt du mois. En ce jour solennel il allait toucher ses beaux billets suisses à la caisse. Puis, les poches gonflées, il recommençait sa douce errance jusqu'au vingtième jour du mois suivant.)

Encouragé par ce sourire, Scipion demanda à Sundar où était la sortie. Le gentil Asiatique le renseigna avec une particulière amabilité. Tout ce qui avait trait à la sortie lui plaisait. Il sympathisait avec ceux qui désiraient partir.

Au guichet de la gare, Scipion prit un billet pour Marseille tout en se traitant de misérable. Dans le compartiment, il se moucha en pensant au pauvre Jérémie qu'il avait lâchement abandonné.

— C'est affreux. Moi que j'ai tant de courage en général.

Et il médita tristement sur ce mystère. Il se rasséréna peu avant Bellegarde et commença à raconter à une jeune salutiste l'histoire du requin qu'il avait hypnotisé puis celle du tigre qu'il avait étranglé et enfin celle du caïman affectueux. Ce qui le consola définitivement fut la description qu'il fit de son imaginaire fabrique de chocolat à l'ail.

— Mais les ouvrières elles me laissent pas tranquille. Sitôt que j'entre, en avant les bâtons de rouge qui sortent pour se faire les lèvres !

XXVI

Tandis que Salomon secouait Mangeclous terriblement endormi, Saltiel mettait de l'ordre dans sa chambre. Après avoir disposé les chaises en rond autour de la table, ce qui faisait officiel, il passa sa plus belle redingote, chaussa ses escarpins à boucles, mouilla sa touffe de fins cheveux blancs, la fignola, ce qui consistait à la faire tenir aussi droite que possible, se regarda dans la glace avec un sérieux qui eût arraché des larmes à un antisémite. Puis il attendit, mains jointes derrière le dos.

Les amis tardant à venir, il essaya diverses poses politiques devant la glace. Primo, mains derrière la nuque. Non, décidément, ce n'était pas très imposant. Secundo, une main contre la poitrine, l'autre tenant une feuille roulée, comme les statues des grands hommes. Pas mal. Tertio, la main en visière contre le front, pour abriter des yeux qui contemplaient un champ de bataille. Quarto, divers saluts militaires.

On frappa. Il passa trois doigts entre deux boutonnières de son gilet à fleurs.

— En avant ! cria-t-il d'une voix rajeunie. Les uns derrière les autres et en silence, ordonna-t-il à la théorie valeureuse qui pénétrait dans la chambre. Stoppez !

Les Valeureux s'immobilisèrent devant celui qui détenait une importante nouvelle et qui, avec l'assurance d'autrefois, posait sur ses troupes le regard perçant de l'aigle.

— Salomon, ta veste est déboutonnée. Boutonne. (Salomon s'exécuta promptement.) Mattathias, ton harpon dans l'alignement. Michaël, ta guitare est inopportune. (Michaël posa sur la cheminée l'instrument de musique dont il tira toutefois quelques sons, comme par mégarde.) Merci. Messieurs, prenez place. (Les Valeureux obéirent.) Messieurs, debout. (Les Valeureux obtempérèrent.) Messieurs, le salut à la valeureuse tout d'abord.

— Vive la France !

— Et maintenant, messieurs, rendons grâces au Seigneur.

Les Valeureux imprimèrent un demi-tour à leurs globes oculaires et, les yeux blancs, remercièrent l'Éternel de la nouvelle qu'ils ignoraient. Dans le silence les cœurs battaient et Saltiel respirait avec peine.

— Messieurs, quatre ou cinq douzaines de siècles vous contemplent. Mes enfants. (Il n'en pouvait plus, était trop ému. Il continua cependant, la voix étranglée.) Amis, le Royaume est ressuscité. (Il avala le peu de salive qui lui restait et sa main serra sa gorge pour la débarrasser du spasme.) Et j'en suis le chef. Je savais bien que j'étais un grand homme. Messieurs, ma carrière commence en la soixante-dixième année de mon âge.

Et il considéra ses amis d'un air de défi. Il aurait aimé pouvoir les embrasser mais l'heure n'était pas aux émois indignes d'un chef. Le silence gêné qui suivit l'étonnante déclaration ulcéra Saltiel. Le pauvre s'attendait à des cris, à des pleurs, à des vivats qu'il eût modérés, à des agenouillements et à des baisemains qu'il eût noblement refusés. Mattathias promena son harpon sur son bouc roux puis l'introduisit dans l'encolure et s'en gratta le dos.

— Saltiel, dit-il enfin, n'as-tu pas mal à la tête et n'aimerais-tu pas te mettre au lit ?

Saltiel ne put, quoi qu'il en coutât à sa dignité, réprimer un petit rire de sarcasme.

— C'est toi, Mattathias, qui iras au lit peut-être lorsque tu apprendras. O mes amis, ô pupilles de mes yeux, apprenez que si je ne suis pas mort en lisant ce télégramme c'est à ma grande volonté et à ma grande énergie que je le dois. Mais assez parlé de questions intimes. Debout, messieurs, car un tel document ne peut être écouté autrement. Et d'abord, messieurs, une prière pour la santé d'un des plus grands hommes en Israël, le docteur Chaïm Weizmann. (Ce qui fut fait.) Et maintenant, messieurs, je vais vous lire, mais à voix plutôt basse car des oreilles germano-polono-hungaro-roumaines nous écoutent peut-être.

Il monta sur un petit tabouret pour rehausser sa taille et lut avec divers gestes le télégramme dont voici le texte sublime.

« apprends votre présence à genève stop comme suite décision gouvernement britannique ai été secrètement nommé président provisoire république juive stop et hourra cette nouvelle sera rendue publique dans quelques jours stop nécessaire choisir personnalité non mêlée à luttes intestines comme premier ministre stop gardant souvenir reconnaissant vos nombreuses lettres et admirant votre génie politique et saisissant occasion de votre présence à genève vous nomme » (Saltiel, homme de théâtre, s'arrêta, épongea son visage, ferma les yeux. D'émotion, deux des Valeureux avaient tourné au vert, un troisième au jaune. Le dernier, Salomon, était écarlate. Quant à Saltiel, il était plus blanc que la feuille sur laquelle j'écris avec un plaisir extrême car en ce moment j'entends une chanson populaire espagnole. Enfin, jugeant que le silence avait suffisamment agi, Saltiel reprit sa lecture.) « premier ministre république juive »

Il posa les feuilles sur la table, croisa les bras et promena sur ses amis un regard loyal et fier. Salomon s'écroula d'un seul coup. Mattathias s'assit et ses oreilles tournèrent en rond. Michaël poussa un rugissement et vint baiser la main de Saltiel qui ne put s'empêcher de lui donner sa bénédiction. Ensuite le petit oncle crut devoir s'abîmer en de nobles réflexions, le regard perdu dans le lointain des âges et des espaces.

— La suite ! supplia Mangeclous.

Saltiel reprit les feuilles, s'épongea et reprit sa lecture.

« vous charge en conséquence constituer ministère vous recommandant galoper société des nations pour obtenir territoire énorme stop si réussissez vous confirmerai dans vos fonctions et vous enverrai divers capitaux stop si échec prière vous considérer comme démissionnaire et retourner silencieusement céphalonie stop salutations sionistes politiques sincères docteur weizmann et en post-scriptum mettez-vous en rapport avec représentation sioniste genève à laquelle ai écrit par avion lui ordonnant impérieusement vous donner documentation et mettre à votre disposition personnel administratif pour accomplissement votre mission historique stoppez soyez fort stoppez cinquante siècles vous regardent intensément stoppez de nouveau votre mettant prénom seulement pour intimité chaïm docteur chimiste inventeur grandes inventions ayant rendu grands services chimiques pendant guerre à angleterre »

Ayant fini, Saltiel mit ses mains derrière le dos et inspecta sa vieille garde.

— Le style est de toute beauté, déclara Mangeclous, je le soutiendrai devant toute personne généralement quelconque tant privée que publique par tous moyens que de droit. Tous ces « stoppez » sont admirables et sentent l'homme d'action. Et maintenant pas de temps à perdre et formons le ministère ! Je me mets sur les rangs et je me propose comme vice-président du Conseil, ministre de la Justice et du Commerce !

Les oreilles du manchot s'arrêtèrent de tourner.

— Un instant, dit-il. Qui nous dit que le télégramme est authentique ?

— Mais il y a imprimé sur la petite bande qu'il vient de Jérusalem ! dit Salomon, outré de ce scepticisme qui risquait de gâcher la joie de l'oncle.

— Mattathias n'a pas tort, dit Mangeclous d'une voix modeste. Qui nous dit que c'est bien le docteur Weizmann, longue vie ait-il et moi aussi, qui a envoyé ce télégramme ? N'importe quel mauvais plaisant de Jérusalem aurait pu l'envoyer !

Saltiel prit le télégramme, le relut et sa face s'éclaira.

— Il est authentique, messieurs ! Il y a une chose que vous n'avez pas remarquée, vous ! Mais moi, je l'ai remarquée !

258

— Rien ne vous échappe, oncle, fit Salomon. Dites vite, afin que les serpents se taisent !

— Voici, messieurs. « Mettez-vous en rapport avec représentation sioniste Genève à laquelle ai écrit par avion ». Il leur a écrit, messieurs ! fit-il en frappant si fort les feuilles du télégramme qu'elles se déchirèrent en divers endroits. Or, le représentant sioniste de Genève... Ferme la fenêtre, Salomon, pour garder secrètes nos délibérations. (Mais Salomon osa ne pas obéir tant il était anxieux de connaître la suite du raisonnement.) Or, dis-je, le représentant sioniste de Genève connaît le papier à lettres et surtout la signature du cher docteur ! Donc la lettre dont il est question dans ce télégramme est authentique ! Et par conséquent le télégramme aussi !

Et Salomon, délirant de bonheur, ferma les poings, leur imprima un mouvement de rotation sous le bouc de Mattathias puis sous la barbe fourchue — deux ailes noires — de Mangeclous, autre sceptique et empêcheur de gouverner en rond. A vrai dire, Mangeclous se reconnut aussitôt, et fort loyalement, vaincu.

— Je ne serai persuadé, dit Mattathias, que lorsque nous aurons, par le fil du mystère, parlé avec cette représentation sioniste. Il existe un gros livre où sont marqués les numéros.

— Arrête tes explications qui font mal aux dents des véritables compétents, dit Mangeclous, et ne viens pas me raconter ce que je savais dès avant ma naissance. Venez, messieurs.

Ils se précipitèrent tous dans le couloir où se trouvait le téléphone. Mangeclous consulta l'annuaire, composa le numéro, demanda si c'était bien le représentant sioniste qui répondait. La réponse fut affirmative.

— L'homme de sagesse et d'élection, l'honoré Sal-

259

tiel qui ne choisit que les meilleurs, va vous faire la faveur de vous parler. Dis allô, souffla-t-il à Saltiel, sans cela l'appareil s'éteint.

— Allô! dit Saltiel ému de parler à un si haut personnage.

Mais son ton s'affermit immédiatement car il venait de se rappeler que cet homme, après tout, était son subordonné. La conversation fut assez longue et Saltiel la résuma à ses amis, de nouveau réunis autour de la table.

— Oui, messieurs, l'Office sioniste auprès de la Société des Nations est au courant. En effet, ils ont reçu hier, par les airs, une lettre de Jérusalem, tout à fait autographe, du noble docteur Weizmann. Et le représentant sioniste était justement en train de s'habiller en grand luxe pour venir me présenter ses hommages.

— Nous allons voir des sionistes! clama Salomon, fou de joie.

— Non, je lui ai dit de remettre sa visite à plus tard. Le ministère n'est pas encore constitué et je ne voudrais pas qu'ils assistent à une discussion qui sera peut-être orageuse. Nous devons garder notre prestige et d'ailleurs il vaut mieux qu'ils ne se mêlent pas trop de l'affaire afin que l'honneur de la réussite revienne à nous seuls.

— Et quel besoin avons-nous, nous Juifs du soleil et de la bonne humeur éloquente et chevaleresque, nous Juifs de la mer et des manières élégantes, descendants des Juifs d'Espagne à cheval qui furent vêtus de soie et portèrent dagues, rubans, roses et épées, quel besoin avons-nous de ces Juifs polonais de jargon de malheur, mangeurs de carpes froides, que le ciel les écrase et leurs nez pleins de puces et leurs papillotes avec! cria Mangeclous.

260

— Mangeclous ! dit sévèrement Saltiel, tu vas peut-être — je ne sais pas encore, je n'ai pas pris de décision — tu vas peut-être occuper une situation assez importante. Modère donc tes expressions et donne-leur ce tour sage et conciliant propre à l'homme politique. Les Juifs polaques sont nos frères, ne l'oublie pas. Et si le malheur les a faits moins bien venus que nous, ce n'est pas leur faute.

— Je suis un réaliste, dit Mangeclous. S'ils sont malheureux, tant pis pour eux ! J'aimerais mieux donner mes filles à un Allemand qu'à ces Juifs de la froidure, nés de l'accouplement du singe et du pou volant de Lituanie. Ils sourient gras et vous montrent à tout bout de champ des photographies de leurs enfants. Et leur manière de prononcer le français mérite la guillotine ! D'ailleurs il est connu qu'ils ont des cornes aux pieds. Et puis ils parlent allemand. Crois-tu qu'on parlait allemand aux temps du roi David ? Dès que j'aurai le ministère de la Justice je les ferai tous mettre en prison ou plutôt non, je les chargerai de chaînes et ils travailleront pour nous, Juifs exquis de race séfardite, gentils parleurs français. Les Juifs polonais me dégoûtent avec leurs façons de parler. Quand je les entends prononcer l'hébreu à leur manière, j'ai envie de leur couper l'aubergine qu'ils ont au milieu de la face ou d'envoyer un télégramme de félicitations à mon ami Hitler.

— Hors d'ici, infâme ! Et n'attends de moi aucun ministère !

— Allons, allons, je retire le télégramme et j'admets que Hitler n'est pas du tout mon ami. Bref, dépêchons, dépêchons !

— Un instant, dit Mattathias.

Pour mieux réfléchir, il introduisit son petit doigt

dans son oreille et le secoua fortement, ce qui fit cracher Salomon.

— Voici, dit-il. Comment se fait-il que ce docteur Weizmann ait justement pensé à toi ? Que diable, il y a des Rothschild de par le monde, il y a des hommes plus connus que toi.

— O ver rongeur ! cria Mangeclous. O empêcheur de ministère, tais-toi un peu ! Pourquoi nous gâtes-tu ainsi la royauté et quel plaisir trouves-tu, ô froide urine, à étaler tes immondices sur notre tapis de roses ?

— Veux-tu que je l'expulse, Saltiel ? demanda Michaël.

L'oncle leva la main avec noblesse et calma les irrités.

— Messieurs, commença-t-il avec une feinte douceur, la jalousie est un sentiment que certains disgraciés éprouvent et nous devons y compatir plutôt que de nous en irriter. Sache, ô crapaud, dit-il mélodieusement à Mattathias, ô homme du plus grand fiel, ô poche de venin, ô réflexion uniquement tournée vers le mal, sache, ô jaune, véritable citron de la médisance, ô postérité des balayures et descendance des latrines, sache, ô basilic, que depuis vingt ans j'ai une correspondance active avec le docteur Weizmann et il ne se passe de mois que je ne lui envoie des conseils.

— Correspondance active ! marmonna Mattathias. Active de ta part car lui il ne te répond jamais.

Saltiel rougit.

— Deux fois il m'a répondu.

— En vingt ans, dit Mattathias. Et chaque fois il y avait quelques mots.

— Mais quels étaient ces mots, ô postérieur du singe ? demanda Mangeclous. Ne te rappelles-tu pas le texte de la première lettre ? « Je vous remercie de votre lettre dont j'ai pris connaissance avec le plus vif intérêt. » Que veux-tu de plus ?

Saltiel mit son poing sur sa hanche et cambra ses mollets.

— Et, de plus, ô fabrique de couleurs jaunes, continua Mangeclous, ne sais-tu pas que Saltiel a inventé toutes sortes d'inventions ?

— Un marteau muni d'un distributeur automatique de clous ! dit Salomon.

— Amenant, une fois le coup porté, un nouveau clou prêt à être enfoncé, compléta Saltiel.

— Et la seringue contre le brouillard ! cria Mangeclous. Et le frein pour voitures d'enfants qui bloque les quatre roues dès qu'on lâche la voiture ! Et l'encre qui sèche immédiatement ! Toutes ces merveilles sont sorties de la tête fumante du nouveau chef des Hébreux !

Saltiel serra la main de Mangeclous dont la carrière politique était désormais assurée.

— Oui, mais comment le docteur Weizmann a-t-il su l'adresse de Saltiel à Genève ? demanda Mattathias.

— Le sioniste à qui j'ai téléphoné m'a dit que par ses espions il a appris que j'étais en cet hôtel et que, connaissant l'admiration du cher docteur Weizmann pour moi, il lui a aussitôt télégraphié.

— Voilà qui est clair, cria Mangeclous, et laisse-nous en paix, Mattathias ! Que diable, laisse-nous devenir ministres, homme de petite foi !

— N'empêche, dit Mattathias, que je trouve inconsidéré ce docteur Weizmann de faire tant d'histoires pour Saltiel qui est, après tout, un inconnu malgré ses inventions dont personne n'a voulu.

— Je suis un inconnu, moi ? Mais ne sais-tu pas qu'un livre tout entier appelé « Solal » a été écrit sur moi avec mon propre nom et que l'écrivain de ce livre est un Cohen dont le prénom étrange est Albert. Et que cet Albert, né en l'île de Corfou, voisine de la nôtre, est le petit-fils de l'Ancien de la communauté de Corfou qui faillit épouser ma mère, ce qui fait que cet Albert est en quelque sorte mon parent ! Ne sais-tu pas que dans tous les pays du monde et même à Ceylan, ô Mattathias, on me trouve sympathique grâce à ce livre et ne l'as-tu pas lu ?

— J'ai lu le livre et il ne me plaît pas, dit Mattathias.

— Et moi, il me plaît ! dit Salomon. Bisque et rage, moi il me plaît ! Sauf qu'il y a une page où une dame est toute nue. Mais cette page je l'ai déchirée.

— Messieurs, dit Mangeclous, ne perdons pas de temps avec des romans ! Il ne s'agit pas de romans mais de courir à la Société des Nations ! L'oncle est connu, c'est un fait, et moi aussi. Et je vais l'être encore davantage puisque je vais être ministre des Affaires étrangères.

— Non, dit Saltiel, c'est occupé. Les Affaires étrangères je me les réserve. Agissons et constituons le ministère juif. Faites votre choix, messieurs.

— Préalablement, dit Mangeclous, je propose que nous définissions le mot juif. Y a-t-il un peuple juif ? Je n'ai pas le temps de raconter les péripéties de la constitution du ministère. Qu'il suffise de dire que l'oncle Saltiel se tailla la part du lion et s'adjugea — à l'exemple de certains de ses collègues européens — cinq ministères. Les amis protestaient mais lui, impavide, posait la question de confiance, affirmait, malgré les protestations, qu'il n'y avait pas d'opposition et qu'il agréait sa propre candidature. Mangeclous fut nommé ministre de la Justice. Les compétitions furent particulièrement violentes lorsqu'on en vint au ministère des Finances. Ce dernier échut, en fin de compte, à Mattathias, sous la réserve, imposée par Mangeclous, que Mattathias rendrait le soir les clefs de la caisse.

Michaël dit qu'il se contenterait de veiller sur le sommeil de Saltiel et d'être le chef de sa garde privée qui serait vêtue de bleu et d'or. Quant à Salomon, il se récusa et dit qu'il avait la tête trop faible pour être ministre. (Son idéal était d'être garçon de café, « l'important, celui qui verse ». Mais il n'osa pas avouer ces goûts bas.) Saltiel insista affectueusement, proposa à son préféré le ministère de l'Hygiène. Ce mot effraya Salomon qui, le doigt dans le nez, avoua modestement ne pas en connaître la signification.

— Parfums d'Arabie, expliqua Mangeclous.

Finalement, Salomon fut nommé ministre de la Guerre avec promesse d'un sabre en fer, d'un plumet et d'un cheval vivant.

— Et que ferai-je sur le cheval ?

— Rien, répondit Saltiel.

— Très bien, dit Salomon.

— Toutes les semaines tu passeras à la Banque de Jérusalem, dit Mangeclous, et on te donnera deux livres sterling. Tu seras à cheval devant le cabinet de l'oncle et quand il passera tu feras miroiter le sabre.

— Mais un cheval tranquille, dit Salomon, qui ne bouge pas car je ne tiens pas à dégringoler. A midi, j'irai manger du poulet. Puis je ferai une bonne sieste jusqu'à cinq heures et après je viendrai miroiter.

— Ce sont points de détail, dit Saltiel en se coiffant du haut-de-forme barbu réservé aux sublimes occasions. Quelle sera notre politique générale ?

— Alliance avec l'Angleterre ! cria Mangeclous.

— Et la France ! suggéra Michaël.

— Adjugé, dit Saltiel. Et ensuite ?

— Déclaration de guerre à l'Allemagne et exemption générale du service militaire, proposa Salomon.

— Je n'accepte que le premier point, monsieur le ministre de la Guerre.

— D'accord, dit Salomon. Mais pas de guerre tout de même.

— Non, la déclaration de guerre suffira, dit Saltiel.

— On engagera des Peaux-Rouges pour notre armée. Ils sont terribles, dit Mangeclous. Et quant aux Allemands on leur enverra une lettre anonyme avec des malédictions.

— Et ensuite, messieurs ?

— Pas d'impôts pour les ministres, dit Mattathias.

— Je refuse dictatorialement, dit Saltiel.

— Une rente aux orphelins et aux veuves, proposa Salomon.

— D'accord, dit Mangeclous. Et une rente plus forte aux pères ayant trois enfants.

— Un étalon-or, dit Mattathias.

— Qu'est-ce que c'est ? demanda Salomon.

— Un grand cheval tout en or qu'on met dans les caves de la banque, expliqua Mangeclous. Plus il est gras et plus le change est bon. Et puis tous les ministres en bottes. Mais Salomon est-il assez courageux pour être ministre de la Guerre ? Quels sont tes titres, exigu ?

Le petit chéri s'était déjà habitué à son cheval, à son sabre, à ses Peaux-Rouges. Il réfléchit. Que pouvait-il arguer en fait de courage ? Un de ses grands-pères avait bien ciré les chaussures d'un officier bulgare mais il sentait que c'était insuffisant. Enfin il trouva.

— Une fois un gendarme grec m'a dit que j'étais un vilain Juif. Et moi je lui ai répondu d'un air insolent : « Je ne suis pas d'accord avec vous, monsieur le gendarme ! »

— Et qu'est-ce qu'il a dit ?

— Je ne sais pas, répondit Salomon, il était déjà loin.

— Pourquoi ?

— Parce que moi aussi j'étais un peu loin.

Mangeclous argua de son grade de caporal, sortit une médaille qu'il prétendit militaire et qui n'était autre qu'un souvenir de Lourdes, don de Scipion.

— Salomon demeure ministre de la Guerre, dit Saltiel. Excellence, à mes côtés. (Salomon salua militairement, claqua des talons puis alla, en se dandinant, vers le chef du gouvernement à la droite duquel il se tint, les bras sagement croisés.) Messieurs, agissons avec la promptitude du zèbre et passons aux choses importantes. Quelle est la teinte politique du cabinet ?

— La mienne, et sans barguigner, dit Mangeclous.

— C'est-à-dire ?

— Inutile de prendre des airs de dictateur, mon cher Saltiellini. Ma teinte politique est sioniste antisémite royaliste communiste, dit d'un trait Mangeclous.

— Impossible, monsieur le vice-président.

— Alors, tory. J'aime encore mieux. Car je suis tory au fond de l'âme ! Et j'ai horreur des whigs. Aussi n'ai-je envoyé aucun don à la famille Asquith.

— Adopté provisoirement, dit Saltiel, les tories ayant bien réussi à l'Angleterre, somme toute. Et maintenant, messieurs, voici un plan d'action immédiate.

— Bravo ! cria Salomon.

— Voici, messieurs, dit Saltiel. Avant d'aller à la Société des Nations pour y demander une république juive longue et large, il est nécessaire que nous passions chez le coiffeur. La séance est levée.

Le ministère sortit, fortement lotionné, de chez le coiffeur, et suscita dans la rue une hilarité que les Valeureux attribuèrent à la jalousie. Peu après, ils entrèrent dans un magasin de confection pour y faire l'emplette de vêtements dignes de leurs hautes situations.

— Ayons l'air de venir de pays torrides, dit Mangeclous.

Il acheta un complet de coutil blanc et des souliers ferrés. En outre, il demanda au vendeur de lui faire confectionner sur-le-champ une housse de toile blanche pour son haut-de-forme, ce qui prit une demi-heure. Saltiel s'impatientait, trouvait inopportune cette housse. Mais Mangeclous tenait bon. Était-il, oui ou non, ministre d'un pays chaud ? Si oui, le haut-de-forme devait avoir quelque chose de colonial.

Salomon, impressionné par l'argumentation de Mangeclous, choisit des pantalons de tennis pour garçonnet, des souliers de toile blanche et une chemise à la Shelley. Pour militariser son costume, il acheta un petit canif de boy-scout qu'il suspendit à sa ceinture, contre ses fesses dodues. Michaël ne voulut rien changer à son vêtement. L'ancien janissaire du rabbin Gamaliel garda donc la fustanelle, les longs bas blancs, les souliers à pointe recourbée, les deux poignards damasquinés et la courte veste à galons d'or. Mattathias, ministre du Commerce, se décida simplement pour un imperméable huilé, ce qui le fit nommer supplémentairement ministre de la Marine. Quant à Saltiel, il se borna à acheter des gants de peau blanche et un mouchoir brodé.

Et le ministère juif, le premier qui eût été constitué depuis la destruction de Jérusalem, se dirigea, auréolé d'eau de Cologne, vers la Société des Nations où, à cette même heure, le pauvre Jérémie était en train d'en voir de belles. Ces hommes d'État se tenaient par l'auriculaire. La boutonnière de Saltiel était fleurie d'une grosse touffe de lilas et de temps à autre Mangeclous soulevait son haut-de-forme blanc. Mattathias ne disait mot et supputait le prix de l'immense télégramme. Il arriva à la conclusion qu'il devait y en avoir pour cinq cents francs suisses au moins, ce qui lui donna une grande tendresse pour l'Organisation sioniste.

Soudain, à la stupéfaction de ses amis, Mangeclous fit signe à un taxi de s'arrêter, monta seul et dit au chauffeur de filer « à toute vapeur ». Quelques secondes plus tard, le haut chapeau blanc disparaissait dans la poussière soulevée par l'auto, et les Valeureux, immobiles au milieu de la route, se demandaient quel vilain tour voulait leur jouer le perfide. Soudain, ils galopèrent sous les huées amusées des promeneurs genevois.

XXVII

L'huissier referma la porte et un lamentable délégué de l'Argentine, à la redingote inquiète et aux pantalons tremblants, se trouva en présence d'un jeune sous-secrétaire général infernalement beau. Très grand, Solal se promenait, les yeux perdus. Il jeta un regard sur Jérémie qui, le nez bas, tenait à la main l'inséparable valise et un haut-de-forme étrangement cambré. Il continua son errance. Son visage était impassible et dans ses yeux il y avait un désert d'ennui et d'indifférence.

Jérémie voyait la plus grande catastrophe de sa vie s'approcher. Le silence s'épaississait. Ce vieil Israélite de mon cœur — je suis son fils et son dévot — changeait sa valise de main, la posait à terre, la reprenait, souriait, la posait de nouveau, emmêlait sa barbe, toussotait pour attirer l'attention, souriait à déchirer le cœur, se grattait le front pour faire quelque chose, levait ses bons yeux et surtout guignait du côté de la porte.

(Oui, son dévot. Car il est de la race qui a proclamé l'homme sur terre et combat à la nature. J'aurais tant de choses à dire, tellement plus importantes que toutes ces histoires valeureuses. Un jour viendra. En

tout cas, je t'aime tel que tu es, mon livre auquel je me
remets en ce matin noir d'hiver, tandis que tous
dorment dans la maison triste. Patience, mes amis.)

Le sous-secrétaire général regardait ses mains, puis
le délégué argentin, puis ses mains. Et Jérémie, pour
conjurer le sort, souriait. O sourire servile, seule
défense du pauvre Jérémie. O mes Juifs, pauvres mites
de la terre qu'on déteste et écrase si facilement entre
deux mains battantes. O mes Juifs, aigles inouïs.

— Tournez-vous.

Jérémie obéit avec empressement. Solal sortit une
seringue, puisa dans le flacon de morphine, piqua à
travers le pantalon, pressa, attendit. Au bout d'une
minute, ce fut la large aspiration satisfaite puis la
légèreté veloutée de la tendre importance de tous les
mots. Les hommes étaient bons de nouveau.

— Veuillez vous retourner.

Jérémie obéit et Solal considéra le visage tourmenté
du vieil enfant qui depuis plus de soixante ans savait
que le monde n'était pas bon aux miséreux sans
patrie. Il haussa ses fastueux sourcils.

— Les femmes sont plus belles que les hommes, dit-
il.

Jérémie s'empressa d'approuver avec un sourire
qu'il essaya de rendre spirituel et charmé. Mais il ne
trouva pas un seul mot à dire. Sa gorge était bloquée.
Cependant ce début de conversation lui semblait de
bon augure. Mais le sous-secrétaire général ne dit plus
rien et crayonna de petites bêtes à nez crochus qui
paraissaient être des puces fort au courant du Talmud. Sonnerie du téléphone. Le sous-secrétaire
général décrocha, regarda l'écouteur, raccrocha. Le
délégué argentin sentit qu'il fallait rompre le silence.

— C'est beau temps aujourd'hui, messié général,
dit-il de son ton doux et chantant, les yeux ravis. Jé sis

content pour les pitits oiseaux. (Il releva la tête et considéra le plafond comme pour y sourire à de nombreux petits chanteurs.) Quand il fait beau ils peuvent bien s'amiser et quand il né fait pas beau ils né chantent pas. (Je sens mon impuissance à rendre la douceur enfantine du ton de Jérémie. Une consolation : à ceux que j'aime je pourrai dire, de vive voix, comment Jérémie prononce et susurre.) Mais quelquéfois ils chantent même quand il pleut. C'est comme s'ils disaient : « C'est printemps, nous avons droit à plaisir, à rire, à chanter même s'il pleut. Et nous chantons même qu'il pleut. » Ils ont leurs pitits droits, leur pitite vie.

Il sourit, espérant que les petits oiseaux lui attireraient la bienveillance du grand personnage dont il scrutait le visage sans en avoir l'air, tout en bouclotant sa barbiche rousse avec deux doigts.

— C'est une jolie chose les oiseaux, messié général. Et mainténant jé vais sortir pour les régarder.

— Non. (Solal rêva quelques minutes. Puis, brusquement, à Jérémie qui sursauta :) J'oublie toujours, dit-il, qu'elles sont nues sous leurs robes et qu'elles aiment l'homme. (Le vieillard frémit de peur.) Un respect enfantin dont je n'arrive pas à me débarrasser. C'est pourquoi j'ai tant d'animosité contre elles. Oui, une immense stupéfaction quand je m'aperçois que telle admirable jeune fille regarde les hommes, s'intéresse à eux. Une rage quand je me rends compte que les plus austères et virginales pensent aux hommes. Horreur, elles parlent d'hommes entre elles ! Honte et jalousie et rancœur qui ne cesseront qu'avec ma mort lorsque je comprends que telle épouse, décente devant les autres et qui a déjà un fils, fait certaines choses abominables et transpirantes avec son époux. Seigneur Éternel, que trouvent-elles de si remarquable aux hommes ? Pourquoi font-elles tant d'histoires pour ces petits méprisables ? Et comment certaines, de visage si noble et si pur, mes angéliques chéries, peuvent-elles condescendre à l'homme et aux attributs intimes du mâle qui sont si dégoûtants, si grossiers, si laids, si canins ? Puisqu'elles touchent l'homme ou qu'elles le toucheront, qu'elles m'épargnent leurs regards liliaux et leurs attitudes d'extrême grâce et pudeur. Jamais, jamais je ne pourrai me débarrasser de mon profond respect pour elles. En somme, Don Juan cherchait la femme qui lui résisterait et qu'il pourrait enfin adorer. Alors je me venge tout le temps. Et tout m'est bon pour les offenser. Même leurs ridicules petits chapeaux catastrophés. Il n'y a rien de plus idiot et de plus laid qu'un chapeau de femme élégante. Bref, toutes les femmes sont ma mère. Et moi je suis un arriéré.

— Oui, messié général, dit Jérémie qui ne connaissait pas la signification du dernier mot dit par Solal.

— Taisez-vous. (Jérémie pinça ses lèvres entre deux doigts.) Vous êtes argentin ?

— Dé Argentine, messié général, répondit Jérémie, les yeux modestement baissés.

— Vous en êtes sûr ?

— Tout le monde lé dit, messié général.

— Parlez-moi de la situation politique de l'Argentine.

— Comme ci, comme ça, messié général. Un peu bon, un peu mauvais.

— J'y suis allé il y a quelques années. (Jérémie approuva avec politesse.) Mais le pays a dû beaucoup changer.

Jérémie toussa, sourit, toucha sa barbe, susurra enfin que le pays avait « plitôt » changé.

— Chose étrange, j'ai oublié le nom de votre capitale.

— Oui, messié général, approuva amoureusement Jérémie.

— J'ai oublié le nom de votre capitale.

— Ça né fait rien, vous vous rappellérez plis tard, quand vous sérez seul. Cé soir en vous couchant.

— C'est agaçant d'oublier le nom de la capitale d'un si grand pays. (Jérémie compatit.) Vous me feriez plaisir, monsieur le ministre, en me le rappelant.

Il y eut un silence et Jérémie était aux abois sous le regard méchant de Solal.

— Jé né peux pas dire lé nom dé capitale, se décida-t-il enfin à murmurer, les yeux baissés.

— Pourquoi ?

Il chercha autour de lui une raison, ne la trouva pas, s'avança en conspirateur.

— C'est un sécret d'État, messié général. Nous avons changé lé nom dé capitale et nous avons décidé dé lé garder sécrète pendant quelqué temps.

— Mais l'ancien nom ?

Jérémie s'approcha, prit la main de messié général avec un sourire câlin.

— Tâchez dé vous rappéler, pria-t-il en caressant la main de Solal. Doucement, doucement, pitit à pitit, ça va vénir, ajouta-t-il sur un ton de mère consolatrice. C'est mauvais pour cerveau quand une chose on a oublié dé né pas sé rappeler soi-même. Jé vais vous aider. Il y a plisieurs lettres dans lé nom dé capitale. Vous y êtes maintenant ?

— Et votre collègue, où est-il ?

— Jé vais chercher, proposa obligeamment Jérémie.

Et il s'empressa vers la porte. Mais un « non » incisif du terrible messié général l'arrêta et Jérémie revint docilement. Obéissant à l'ordre qui lui en fut donné, il s'assit avec délicatesse sur le bout de la chaise, soucieux d'être poli avec elle.

— Maintenant, donnez-moi votre impression générale sur l'Argentine.

— Oh cé n'est pas important mon impression, répondit le modeste Jérémie.

— Vite.

Jérémie passa sa langue sèche sur ses lèvres sèches puis approcha son index d'une de ses narines. Il était si affolé que le vieux désir enfantin de se curer le nez, toujours refoulé dans le cœur des hommes et même des altesses royales, remontait à la surface en ce moment de désarroi. Enfin il se jeta à l'eau.

— Eh bien, mon impression générale, commença-t-il sur un ton d'élégie, c'est qué Argentine est un pays lointaine. Jé crois jé né peux pas mieux dire. Maintenant, si vous voulez impression particulière, jé vous donne une autré fois parce que j'ai mal dé tête et si vous pouvez permettre — il eut un tendre sourire persuasif — jé fais pitit tour et jé reviens.

— Vous êtes un humoriste.

— Oui, messié général, répondit Jérémie qui ignorait la signification de ce mot. C'est-à-dire un peu, ajouta-t-il pour ne pas se compromettre.

— D'autres choses sur l'Argentine, vite.

— Oui, messié général, soupira Jérémie.

Que dire de ce pays dont il ne savait rien ? De son ton tranquille et chantant, il se résigna à affirmer avec douceur qu'il y en avait qui disaient que l'Argentine c'était pitit pays mais d'autres qui disaient que c'était grand pays et que, bref, c'était affaire de goût. Soudain, il trouva le filon.

— En Argentine, dit-il avec enthousiasme, il y a dé

tout, bicyclettes, maisons, hommes gentils, hommes pas gentils, Jifs.

En pleine possession de son sujet, il continua sa vue à vol d'oiseau, déclara qu'en Argentine il y avait des femmes, des enfants — petits, moyens et grands — du pain, des crocodiles, des cigarettes. Sur ce, il croisa ses mains, huma l'air avec satisfaction.

— En somme, un pays prospère ?

— Terrible, messié général.

— Politique argentine, maintenant.

— Pas intéressant, messié général, pas di tout.

— Et votre président de la République, comment va-t-il ?

— Vous savez, messié général, il va plitôt bien, merci. Il sé lève lé matin dé bonne heure, il prend son café noâr et — il prit une voix attendrie comme s'il parlait du coucher d'un joli nourrisson — il sé couche lé soir, comme ça — mouvement de rotation des mains, destiné à faire comprendre à messié général qu'il ne pouvait garantir l'heure exacte du coucher du président de la République Argentine — dix heures, dix heures et quart. Mais avant dé coucher il fait pitit tour pour santé. (Sourire mendiant, complice, un peu malicieux, un peu malheureux :) Et moi aussi, messié général.

— Non.

— Bien, jé reste, acquiesça Jérémie avec tendresse.

— Le président est toujours sourd ?

Le visage roussi et tourmenté s'éclaira de compétence charmée, féminine.

— Il n'entend pas, figurez-vous, messié général.

— Mais je me trompe, il est aveugle.

— Plitôt, plitôt, chantonna Jérémie d'un ton conciliant. C'est-à-dire qué la sirdité elle s'est portée sur les yeux.

Et il se dépêcha de gratter avec l'ongle le coin de la bibliothèque et expliqua qu'il y avait pitite tache mais que, depuis qu'il avait gratté, il n'y avait plus pitite tache.

— Trop aimable. L'ambassadeur se trouve justement dans le salon à côté. Voulez-vous le voir ?

Jérémie remercia et dit que non, il ne voulait pas voir monsieur ambassadeur parce que voilà, n'est-ce pas, parce qu'il était un peu fâché avec monsieur ambassadeur. Pas beaucoup mais un peu. Et il caressa, immédiatement après, le velours d'un des fauteuils.

— Il n'y a plis poussière.

— Pourquoi êtes-vous fâché avec monsieur ambassadeur ?

— C'est un secret dé famille, messié général. Il n'y a plis poussière. La chambre il est propre maintenant.

— Pourquoi vous fâché avec monsieur ambassadeur ?

— Il a tué mon père, messié général, dit le vieux Juif avec amabilité.

Et il expliqua qu'il était en froid avec monsieur ambassadeur depuis ce triste événement. Il hocha soudain la tête car il venait de revoir son minuscule père cheminant, dos courbé, dans les plaines neigeuses de Lituanie, avec son petit ballot de mercerie sur les épaules et sa Loi contre son cœur et le petit enfant Jérémie qu'il tirait par la main et qui avait faim. Il soupira puis sourit avec affabilité. Solal fit ses condoléances, s'intéressa à l'étrange meurtre.

— Oh, cé n'est pas la peine, messié général, j'ai pardonné à messié ambassadeur. Et maintenant jé fais pitit tour et jé réviens.

— Comment cet ambassadeur a-t-il tué monsieur votre père ?

— Il lui a tiré barbe et zongles.

— C'est tout ?

Jérémie se rendit compte qu'en effet cela ne suffisait pas.

— Avec révolve, couteau, poison.

— Mais cet ambassadeur est une canaille ! Je ne veux plus le recevoir !

— Oh non, messié général, il est très gentil.

— Mais il a tué votre père !

— Oh, ça né fait rien, messié général.

— Mais c'est un assassin !

— Qu'est-ce qué veut dire assassaine ? soupira Jérémie. Tout lé monde assassaine, messié général. (Il revit divers épisodes de sa vie persécutée.) C'est un bon messié lé messié ambassadeur. Jé né voudrais pas qué on apprend cé qué jé vous ai dit. Ça pourrait lui faire du tort. Et maintenant, jé fais pitit tour.

— Non.

Jérémie sourit et s'assit. Solal aspira une dernière bouffée et jeta sa cigarette sous la table. Jérémie se baissa, ramassa le mégot, s'aperçut que Solal le regardait, lâcha son butin, baissa les yeux.

— C'est une coutume dé Argentine, messié général. (Les yeux relevés :) Non, cé n'est pas coutume dé Argentine. (Silence.) C'est coutume dé moi. Coutume dé pauvre Jif, messié général, dé Jif pas argentaine, pas français, pas sisse, pas anglais, pas siédois, rien. Jif. Mon nom dans langue française c'est Jérémie. Alors c'est prison mainténant ?

— Évidemment.

Jérémie emmêla d'un geste philosophique et las ses maigres cheveux roux, regarda le lac et les arbres. Il pleuvait dehors. Les gouttes s'abattaient contre les vitres où elles roulaient capricieusement. Oui, les hommes étaient comme les gouttes de la pluie sur les fenêtres. Cette goutte allait à gauche puis soudain à droite. C'était son destin. Eh bien lui, Jérémie, depuis quarante ans, il était une goutte qui allait toujours du côté de la catastrophe. Patience. La sainte Loi n'en était pas moins grande et excellente.

— Vous êtes triste d'aller en prison ?

— Un peu triste, messié général. Mais content qué jé n'ai pas tiberkilose.

— Et si vous aviez la tuberculose ?

— Alors content dé né pas avoir cancer.

— Et si cancer ?

— Alors content d'être jif. C'est ine catastrophe mais belle.

— Pourquoi ?

— Les autres nations, messié général, ont des moments, deux ânes, trois ânes — le pauvre Jérémie voulait dire « deux, trois ans » — dé leur vie où ils pensent qué l'homme va être lé frère dé l'homme, qu'il n'y aura plis des pauvres, plis des riches, plis des méchants. Mais nous, nous croyons cette chose toujours, depuis deux, trois mille ânes. C'est bonne chose. Et aussi j'ai bague magnifique.

Il sortit de sa poche une petite saleté en simili et la tendit bravement.

— Combien ?

— Mais magnifique !

— Combien ?

Jérémie évalua Solal des pieds à la tête.

— Deux mille francs. (Il prononçait franques.)

— Bon. Maintenant le prix raisonnable.

— Mille cinq cents ! dit avec feu Jérémie.

— Bon. Maintenant le dernier prix.

— Mille francs.

— Bon. Maintenant le prix définitif.

— Cinq cents francs.

279

— Bon. Maintenant le prix pour l'Israélite.

— Quatre cents. (Il y eut un temps et, comme Solal souriait, Jérémie ajouta :) Vingt.

— Bon. Maintenant le prix véritable.

— Trois cents.

— Montrez.

Solal alla à la fenêtre, examina la pierre à la manière des bijoutiers, en l'approchant de son œil. Jérémie tournait autour de lui, faisait des grâces, disait que le rubis était véritable.

— Aucun éclat, dit Solal.

— L'éclat né sé voit pas parce qu'il est à l'intérieur.

— Inutile, dit Solal en continuant d'examiner. (Il tendit la bague à Jérémie.) Vingt-cinq francs.

— Messié général veut ma mort ! O ma mère pourquoi m'as-tu mis au monde ? Vingt-cinq francs ! s'indigna-t-il. (Puis, froidement :) A trente jé sis vendeur.

— Voici trois mille francs.

Jérémie battit des paupières.

— Non, messié général. Vous né fériez pas bonne affaire. Jé vous lé laisse à trois cents (Un temps.) cinquante.

Il reçut l'argent, posa délicatement la bague sur la table après avoir soufflé sur le magnifique rubis de quatre sous et l'avoir astiqué.

— Qué l'Éternel bénisse cé pétit commerce, messié général. Mais j'y perds, j'y perds.

— Moi aussi, dit Solal.

— C'est comme ça les affaires, dit Jérémie. (Silence.) Prison toujours, messié général ?

— Beaucoup prison.

— Oui, messié général, dit Jérémie avec douceur. Jé sis prête pour prison. Prison dé Généve jé né connais pas encore.

Le sous-secrétaire général se leva, s'approcha, sembla hésiter, se pencha, baisa la vieille main avec dégoût.

A ce moment, on frappa à la porte dont Solal tourna aussitôt la clef. Il dit à Huxley qu'il ne voulait pas être dérangé. Mais, derrière la porte, Huxley insista. Lord Galloway voulait voir le sous-secrétaire général.

— Je sonnerai.

Jérémie fut remisé dans un petit vestiaire — ce qui ne lui déplut pas. Solal ne put se résoudre à sonner immédiatement. Il se promena avec d'affreuses manières, tortillant une barbe imaginaire, voûtant le dos, faisant des mimiques de peur et une lippe énorme et des sourires câlins. Puis il se gratta frénétiquement la poitrine qu'il se plut à imaginer grouillante de tous les poux volants de Lituanie. C'était bon. Sa lèvre était rieuse mais ses yeux étaient tristes.

Oui, il était brillant devant les autres, leur fournissait une imitation parfaite de l'intelligence rapide et de l'acuité. Il avait un sosie qui parlait avec les mannequins politiques. Depuis des mois, il était un homme sage, important et sans âme et s'ennuyant à mourir et vivant comme en rêve. Habile, oui. Mais ayant perdu ses ailes et la vraie intelligence. Ses dents avaient peur de mordre. Il n'osait plus recommencer à souffrir. Il se terrait dans la réussite. S'il se laissait aller à aimer et à vivre, ils l'enfermeraient.

Il s'approcha de la table et prit le poignard, manche d'ébène et acier éblouissant, dont il se servait pour couper du papier. Vice-roi de la Maison du Papier. Il retroussa sa manche, appuya la pointe du poignard sur le bras musclé, fit une profonde entaille, en approcha ses lèvres.

Pourquoi avait-il triché aux cartes, hier soir, triché non pour gagner mais pour perdre ? Il devait y avoir quelque symbole là-dessous. Aux romanciers de le trouver.

— Mort aux Juifs.

Ce regard furtif et dégoûtant qu'il jetait sur les murs avec la peur et le désir d'y lire le vieux souhait d'amour. Et dans son appartement du Ritz, appartement qu'il ne voyait et ne sentait jamais, la lamentable volupté de lire des journaux antisémites. Et cette peur que lui donnait le mot « juin » qu'il repérait si vite dans les journaux. Se convertir ? Mais il faudrait d'abord se faire enlever une grosse partie du cerveau.

Une raison de vivre, tout de suite ! La Bible ? Résumé des prophètes : « Cela va mal parce que vous n'êtes pas des moutons. Mais plus tard Israël sera un gras mouton bien doux et alors tout ira bien. » S'enthousiasmer pour ce végétarisme de l'âme ? Il ne pouvait pas. Et pourtant cette moutonnerie était ce qu'il aimait le plus au monde. Et si on parlait de Dieu ? Dieu si gentil et qui aimait tout le monde et même les méchants, leurs gaz asphyxiants et les bébés asphyxiés. Donc aimer la femme du Deume. Oui, mais il fallait la séduire. Affreux, cette opération chimique qui ne ratait jamais. Aimer les hommes plutôt, non ? Oui, mais les fils riaient deux ans après la mort du père. Il était bien bon de dire qu'ils riaient seulement deux ans après. Et les veuves s'habillaient si bien. Et l'ami mangeait après l'enterrement de l'ami.

Il sonna et, peu après, Lord Galloway entra, d'une propreté émouvante. Sa candeur n'avait d'égale que son efficience. Tous heureux, sauf Solal. Le sous-secrétaire général résista au désir pervers de proposer au veston d'admirable cheviote l'achat de la bague de Jérémie et de lui affirmer que l'éclat ne se voyait pas parce qu'il était à l'intérieur. Ou plutôt faire sortir Jérémie ? Oui, prier extravagamment avec le vagabond et se mettre des phylactères et jouir du mépris de Galloway. Mais il se tint convenablement et parla avec un scepticisme du meilleur ton et s'affirma féru de golf. Mais tout ce qu'il disait au vieux lord, il le traduisait intérieurement en hébreu. Assez, assez. En finir avec cette lèpre juive.

XXVIII

Sorti de son taxi, Mangeclous se frotta les mains.
Oui, son idée était sublime et pourquoi laisser la
première place à Saltiel ? Arriver le premier, parler au
grand chef, lui arracher les neuf dixièmes du territoire
palestinien, télégraphier la nouvelle au docteur
Weizmann et exiger d'être nommé sur-le-champ président du Conseil !

A grands pas pressés, il traversa le hall désert du
Secrétariat, s'arrêta devant l'huissier qui, peu auparavant, s'était arrêté de tourner sa meule à crayons pour
se lever et écouter avec un amoureux respect les
ordres de Petresco, fonctionnaire albinos merveilleusement rasé, discrètement poudré et dont le tic frontal
faisait sans cesse tomber un monocle heureusement
captif. (Un duc crétin ayant l'habitude de dire souvent
« quoi ? » à la fin de ses phrases, Petresco en faisait
autant, aboyait à tort et à travers des quoi ? quoi ? et
se sentait en conséquence très distingué.)

Mangeclous ôta son haut-de-forme blanc, passa la
main sur la rigole où s'étaient réunies toutes les
sueurs de son crâne chauve et brûlé de soleil. Après
avoir salué froidement Petresco éberlué par l'appari-

tion de coutil blanc, il s'empara d'une des noires ailes de sa barbe et s'adressa à l'huissier.

— Pas de tergiversations ni d'amusettes, mon ami ! Je suis habillé comme on doit l'être sur des chameaux tropicaux et cours en conséquence dire à ton maître que je suis venu bénévolement à travers les fatigues et les déserts de sable où naissent les lions et remets-lui cette lettre si tu veux compter sur ma protection et sur mon bon souvenir à la prochaine émission de billets de la Banque Nationale dont Rothschild sera le directeur sous ma surveillance soupçonneuse car qui a de l'argent en veut toujours plus mais la patrie pourra compter sur moi nuit et jour et le coffre aura deux clefs et on ne l'ouvrira qu'en présence d'un notaire auquel nous mettrons des menottes par précaution car on ne sait jamais et on voit souvent sur les journaux qu'ils ont filé avec la caisse ce dont les rentiers ne doivent s'en prendre qu'à eux-mêmes car s'ils avaient recours aux bons offices d'un avocat non diplômé et par conséquent ayant de la pratique enfin ce n'est pas la peine que j'allonge.

Le jeune fonctionnaire et l'huissier assistaient, bouche bée, à ce défilé de paroles qui se télescopaient les unes dans les autres.

— Ainsi donc, prends cette lettre qui concerne ma mission historique et file comme un de ces jolis ânes rayés et avec la fidélité du pélican, file vers ton maître et dis-lui que mon humeur est bonne et que je serai heureux de lui apporter, devant la collation simple mais copieuse qu'il est d'usage de servir à des personnages provisoires mais officiels, les vœux de la population juive de Palestine gémissant dans les intérieurs d'un territoire trop étroit !

Petresco eut l'intuition du beau coup à faire. L'hurluberlu — un des nombreux toqués qui venaient quotidiennement à la Société des Nations proposer des inventions et des solutions à la crise — allait peut-être lui donner l'occasion de prendre contact avec le sous-secrétaire général au cabinet duquel il était attaché mais qu'il ne voyait que rarement, ce salaud de Huxley tirant tòute la couverture de son côté. Oui, causer avec le patron, lui décrire l'habillement du piqué.

Tout en montant rapidement l'escalier, il voyait la tournure probable des événements. Le patron, alléché par le portrait qu'il ferait du demi-fou, lirait la lettre et lui demanderait sans doute de faire venir le bonhomme. Ils l'interrogeraient et, chose exquise, ils riraient ensemble du toqué! (Rire avec un chef, et par conséquent entrer dans son intimité, est le nec plus ultra pour un fonctionnaire.)

Solal ouvrit la lettre qui portait les signatures de Saltiel, de Mangeclous et des autres. Il pria Petresco de renvoyer le bonhomme. Puis il le rappela et lui dit qu'il changeait d'avis, qu'en effet ce serait peut-être amusant. Il lui demanda donc de faire entrer dans le salon le toqué ainsi que les acolytes qui allaient sans doute le rejoindre bientôt.

Quelques minutes plus tard, il y eut un grand brouhaha dans le salon voisin et Solal regarda par le trou de la serrure. Ils étaient tous là. Salomon en champion de tennis, Mattathias en pêcheur de morues, Mangeclous en roi nègre civilisé, Michaël en gendarme d'opérette et Saltiel, inexprimable de courtoise gravité.

Il poussa le verrou de la porte qui donnait sur le salon, alla dans le corridor et ferma à clef l'autre porte. Ils étaient bouclés et dans l'impossibilité momentanée de nuire. Que faire maintenant? Les voir ? Les visites des Valeureux ne lui avaient jamais porté bonheur. Cerné par les Juifs.

Il sortit de son cabinet qu'il ferma à clef, dit au délégué du Portugal qu'il était empêché de le recevoir. Courbettes, sourires affectueux. Garde-à-vous amoureux des huissiers du grand hall dont le chef se précipita pour pousser la porte tournante.

Solal dit quelques mots à son chauffeur et la blanche automobile fila. Cinq minutes plus tard elle s'arrêta devant un magasin d'accessoires de carnaval.

XXIX

Dans le salon où ils attendaient depuis plus d'une heure, les Valeureux étaient en proie à une vive angoisse de respect. Quel homme était ce sous-secrétaire général qui ne craignait pas de faire attendre tout un gouvernement ? Saltiel s'entretenait à voix basse avec Mangeclous qui avait cyniquement avoué « ma tentative manquée de t'évincer traîtreusement, mon cher ami ». La panique de trac avait facilité la réconciliation.

— Je me demande comment s'appelle ce sous-secrétaire général, dit Saltiel.

— Il est anglais sûrement, dit Mangeclous.

— Il nous fait trop attendre, dit Mattathias.

— Eh que veux-tu, mon ami, dit Mangeclous, malgré tout nous ne sommes qu'un gouvernement juif. Il faudra que nous nous dépêchions d'acheter une douzaine d'avions de bombardement de haut vol bien énormes et pointus pour qu'on nous respecte un peu plus par ici.

— Tu ne tueras point, dit Saltiel.

— Point dans l'œil de ta sœur ! dit Mangeclous. Il me faut une flotte qui fasse trembler l'Allemagne. Et pour que l'Angleterre s'allie avec moi il faut qu'elle

288

nous prenne au sérieux et admire nos armements. Et avec les Américains aussi je ferai alliance car chaque ouvrier américain a une cuisine qui est plus belle que les appartements du roi de Grèce, avec diverses machines pour vider le poisson, plumer les poules et faire les gâteaux. Tu mets de la farine et quelques ingrédients en désordre d'un côté et de l'autre il te sort un gâteau à entrailles crémeuses avec décorations en fruits confits. Mais je ferai aussi un petit traité avec l'Italie car je suis un peu fasciste, étant homme de supériorité et par conséquent aimant la hiérarchie. Mussolini a raison. Tu es intelligent, commande ! Tu es imbécile, reçois ce coup de pied ! Je signerai un traité de sympathie un peu méfiante avec l'Italie.

— Mais avec l'Allemagne ? s'enquit Salomon.

— Je leur couperai les crédits. Et ainsi, ils mourront de faim n'ayant à se mettre sous la dent que de l'acier !

— Et voilà pour eux ! dit Salomon. Mais aux petits enfants allemands nous enverrons quelques friandises.

Ensuite il résolut en son for intérieur que dans les canons des cuirassés on mettrait des « cartouches pas vraies, rien que de la poudre pour faire du bruit et que l'Allemand tremble ! »

Puis on fit diverses guerres terribles à la Roumanie, à la Pologne, au Japon et à l'Allemagne. On imposa les amendes à ces pays et on mit leurs chefs dans des cages. De plus, on décida qu'on les ferait travailler gratis pour les bons États.

— Allons, allons, ordonnait impétueusement Mangeclous aux vaincus, faites des chemins de fer pour la France, donnez du pétrole pour rien à l'Angleterre et un tas de bonnes choses à l'Amérique ! Et puis à la Suisse aussi, sacripants, faites-lui des cadeaux !

bad guys

On convint de mille gracieusetés pour les gouvernements bons aux Juifs et que, notamment, on leur prêterait des sommes formidables sans intérêts.

— Mais remboursables, stipula Mattathias.

— Dans cent ans seulement, dit Saltiel.

— Et ainsi, s'écria Salomon enthousiasmé, la France n'aura plus à emprunter !

— Oui mais je dirai à la France : « Je te donne cent milliards, tu entends, cent milliards-or. Mais à condition que tu ne me fasses plus un sou de dettes ! » Ainsi ferai-je, dit Mangeclous que Salomon regardait les yeux brillants. Ah, mes chers amis, poursuivit le faux avocat, j'adresse des reproches muets à ma mère car j'aurais voulu être né anglais. Ah, comme j'aimerais être ministre anglais ! Ce qui m'irait bien ce serait des nationalités panachées, voilà, comme les glaces vanille-fraise. J'aimerais avoir un passeport franco-anglo-américano-tchéco-scandinavo-suisse. (Il bâilla et ses mains veineuses et poilues eurent des sursauts électriques.) Ah, mes chers amis, croyez-moi, il ne les fait pas attendre aussi longtemps, les ministres anglais !

— Mais, mon cher, qu'est un ministre à côté de cet homme qui est le sous-chef des nations ? dit Saltiel.

— Quelle tête ont-ils tous ces puissants pour tout se rappeler, tout savoir et tout dire d'un air fier ! s'exclama Salomon.

— N'oublie pas que tu es ministre de la Guerre, dit Saltiel.

— Je ne peux pas m'y habituer, oncle. Et puis, où est-elle mon armée, où sont-ils mes généraux ? Et comment ferai-je, pauvret que je suis, pour commander et savoir s'ils font juste puisque moi je ne sais rien ?

— Tu t'achèteras un livre militaire, dit Saltiel.

— Mais rien ne m'entre dans la tête, oncle ! Je lirai le livre, je croirai que j'ai tout compris et retenu et au moment de parler à un général j'aurai peur de lui et je m'apercevrai que j'ai tout oublié.

— Eh bien, tu diras toujours à tes généraux qu'ils font faux, suggéra Mangeclous. Ainsi ils te craindront et respecteront ta compétence.

— Le mieux, dit Salomon, serait peut-être que j'engage un officier de Saint-Cyr, bien garanti par ses généraux, qui me dira à voix basse tout ce que je devrai dire à voix haute. (Réflexion profonde.) Non, oncle Saltiel, je ne veux pas être ministre de la Guerre ! Moi qui ai peur d'écraser une fourmi, comment voulez-vous que je fasse une guerre ?

— Ce n'est pas le moment de remanier le ministère, dit Saltiel.

— Écoutez, oncle, je vous donne ma démission, dit Salomon. Ces entrevues ne sont pas pour nous qui sommes des ignorants.

— Lâche ! cria Mangeclous.

— Je suis courageux mais pas quand il y a du danger, dit Salomon.

A l'exception de Michaël, les Valeureux étaient très nerveux. Comme les malades dans le salon d'un médecin, ils lisaient des revues sans les comprendre, regardaient le plafond, suivaient le vol d'une mouche, déplaçaient un bibelot, émettaient des bâillements aigus.

— Parlons sérieusement, dit Saltiel. Comment ferons-nous quand nous serons reçus ?

— Vous parlerez, oncle, et nous nous tairons, dit Salomon.

— Toi, Salomon, si le vice-roi des nations t'interroge, tu répondras quelque chose de non compromettant.

— Tu diras que l'inquiétude règne au Quai d'Orsay, suggéra Mangeclous.

— Quant au mot de passe, je propose Espérance et Diplomatie, dit Saltiel.

— Non, Obsèques et Fatalité, dit Mangeclous.

— S'il promet quelque chose de bon, dit Mattathias, il faudra le lui faire signer tout de suite pour qu'il ne manque pas de parole après.

Bruits dans la pièce voisine. L'heure terrible était venue. Mangeclous se précipita vers la porte qui donnait sur le corridor. Saltiel prit le vice-président du Conseil par le poignet.

— Sais-tu que je pourrais te faire fusiller pour abandon de poste ?

— Entendu, mais fuyons ! dit Mangeclous.

Hélas, la porte était fermée. Pris comme des rats !

— Écoute, Saltiel, dit Mangeclous devenu livide, je n'aime pas cette affaire où tu nous as embarqués. Je donne ma démission. Dis-lui ce que tu voudras, mais moi je n'en suis pas. Et d'ailleurs, il faut que je te dise une chose...

A ce moment la porte s'ouvrit et un monstre apparut.

XXX

Sur le seuil de la porte, un sous-secrétaire général en robe de chambre noire et gants noirs, privé de face humaine. Sur ses épaules reposait une boule blanche faite de bandes à pansements qui cachaient son visage et ses cheveux. Il portait des lunettes noires et une barbe rousse coulait hors des bandes de gaze. C'était un sous-secrétaire général vraiment très laid et très terrible.

Les Valeureux s'inclinèrent devant cette divinité qui se mit à parler d'une voix étouffée, avec divers défauts de prononciation.

— Ve regrette de vous refevoir la tête ainfi couverte de panfements mais v'ai été victime d'un acfident d'automobile il y a quelques vours.

— Un accident mortel ? demanda Saltiel pour dire quelque chose d'aimable.

— Non, merfi, répondit la machine humaine à Saltiel qui s'inclina, très rouge. Que dévirez-vous ? Dépêfez-vous, v'ai un rendez-vous à fix heures.

Aucun des ministres n'eut le cœur de répondre. Le visage plissé d'amabilité, Saltiel faisait le geste de se savonner les mains, ce qui était signe de grand embarras. Le silence s'épaississant, Salomon se décida à dire au terrible monsieur que, pour sa part, il ne voulait rien.

— Je ne veux rien non plus, Altesse, dit Mangeclous. C'est monsieur Saltiel qui veut quelque chose. Je ne sais même pas pourquoi il nous a amenés ici, ajouta le traître. Moi, je ne désire savoir qu'une chose, et c'est l'heure du train. Mais ne vous donnez pas la peine, un esclave du palais me l'indiquera et je vais partir sur-le-champ. Au revoir, Altesse.

Le monstre à tête de gaze fit un signe de dénégation et indiqua un siège à Mangeclous qui obtempéra.

— Je désire me recueillir un instant, Excellence, dit Saltiel.

Et il se dirigea, pâle et mort mais noble, vers le petit salon. Après avoir refermé la porte derrière lui, il s'adressa à Dieu. Oui, il était seul, mais il ne se laisserait pas abattre. Il demanda à l'Éternel de lui donner la force et le charme. Moïse et Disraeli le regardaient. Oui, il avait bien fait de demander cette minute de solitude. Cela lui permettrait une entrée plus réussie.

Après avoir enfilé ses gants blancs, il ouvrit la porte et, mains contre le dos, tête penchée, houppe charmeresse et œil perspicace, il fonça, à petits pas distingués et rapides de toréador, vers le sous-secrétaire général auquel il tendit confraternellement la main.

— Charmé. La Société des Nations est une noble institution.

Sans peur et admiré des Valeureux, il convia le sous-secrétaire général à prendre place, lui remit le télégramme de Jérusalem avec une noble gravité. Le monstre lut tandis que Saltiel, le poing à la taille, le regardait fixement. Chose curieuse, lorsqu'il eut posé le télégramme sur la table, ce fut Mangeclous qu'il considéra et non Saltiel.

— Préventez-moi fes meffieurs, demanda-t-il à Saltiel qui s'exécuta de bonne grâce.

Lorsque le tour de Salomon arriva et que le haut fonctionnaire à robe noire lui eût demandé quelle attitude il comptait prendre à l'égard des Arabes, le petit ministre de la Guerre répondit en rougissant que ce serait une « attitude plutôt terrible, Excellent ». Saltiel sentit que le moment de vaincre était arrivé.

— Excellence, dit-il, à l'époque où Genève n'était qu'un marais putride...

Mangeclous, fier cheval de bataille, dressa l'oreille et hennit en lui-même en entendant ce dernier mot qui lui plut terriblement, douloureusement, et provoqua en son âme un eczéma d'éloquence. Oh, pourquoi n'était-ce pas lui qui parlait, pas lui surtout qui disait « putride » ?

— A l'époque où Genève n'était qu'un marais putride, reprit Saltiel, au bord duquel s'élevaient quelques huttes autour desquelles des hommes hélas nus attrapaient du gibier avec leurs dents, une ville superbe s'étendait en Orient, majestueuse et couronnée, et peuplée d'une multitude d'enfants de Dieu qui agitaient des palmes et lisaient les Commandements que Dieu a envoyés à l'homme pour qu'il devienne homme.

Mangeclous jaunissait considérablement et sa langue se mouvementait fort. De jalousie, il sentit sa poche à fiel lui éclater dans le foie. Quand donc ce maudit Saltiel aurait-il fini ? Il considérait chaque phrase de son ami comme un vol et une usurpation.

— Cette ville, continua Saltiel, avait nom Jérusalem, capitale du royaume d'Israël ! (Si douloureuse était sa jalousie que Mangeclous toussa longuement pour troubler l'orateur.) Bref, Excellence, cette nation est à la veille d'être reconstituée. Elle m'a fait l'honneur de me nommer son cicérone et cet honneur je le reporte tout entier sur moi-même !

A ce moment-là, le monstre à la tête enveloppée de pansements eut un geste qui encouragea terriblement les Valeureux, un geste incroyable. Il saisit la main de l'oncle Saltiel et l'approcha de ses lèvres. Les Valeureux sentirent qu'un vent de victoire gonflait leurs voiles. Le sous-chef du monde reconnaissait le génie de Saltiel ! Mangeclous ne put se maîtriser davantage et sentit qu'il allait mourir de mutisme. Il se leva et poussa de côté l'orateur.

— Et maintenant, Altesse, dit-il, c'est à mon tour de me dulcifier la langue par les phrases de bon goût et de bel ornement. Je commencerai en vous disant — car je suis homme de bonne éducation, moi — que nous compatissons aimablement à votre accident d'automobile terrible, mais, grâce à Dieu, non mortel. (Coup d'œil à Saltiel et petite toux ironique.) Après donc vous avoir présenté nos bienséants vœux de guérison et de bonne santé ainsi que nos souhaits mondains de non-rupture de crâne, ce que mon contradicteur a oublié de faire, ayant préféré parler de marais putrides.

Mangeclous fit une telle grimace de dégoût que Saltiel se leva pour protester, mais le sous-secrétaire général lui fit signe de ne pas interrompre.

— Merci, Altesse, d'être mon allié et sauvegardien sublime mais je ne sais plus où j'en suis, la haine interruptrice de certains éléments factieux m'ayant coupé le fil lingual de la suite des idées dans mon cerveau peu putride.

— Les vœux.

— Merci, chère Altesse, dit Mangeclous en tendant la main au monstre qui sembla ne pas s'en apercevoir, ce qui mit quelque baume en l'âme ulcérée de Saltiel.

Oui, après vous avoir poliment soumis nos souhaits protocolaires de rétablissement rapide comme l'éclair et après vous avoir réitéré nos affectueuses recommandations de faire rouler votre superbe automobile d'une manière prudente et plutôt languissante, car lorsque nous avons perdu la vie il ne nous reste plus rien et nous aimons trop Votre Altesse pour ne pas trembler à l'idée de devoir présenter nos condoléances à votre cadavre, j'en viens à mon exposé juridique. En fait, messieurs, de quoi s'agit-il ? Il s'agit de ceci que le gouvernement anglais, voyez-vous, ne nous donne pas assez de terrain en Palestine. Aussi les enfants juifs dépérissent, les vaches juives défaillent et meurent dans d'atroces convulsions, faute de quelques fruits à se mettre sous les canines ! Les panthères de Palestine elles-mêmes se nourrissent de framboises sauvages et languissent de nuit en nuit ! J'en recule d'horreur apitoyée ! (Après avoir reculé, la main au front, il se rapprocha du sous-secrétaire général avec un sourire insinuant.) Donc, Altesse, un plus grand territoire s'il vous plaît, et si vous voulez me signer ce petit papier, je le ferai enregistrer moi-même, ne vous donnez pas la peine.

— Combien de kilomètres carrés vous offre l'Angleterre ? demanda l'homme à la tête de gaze.

Mangeclous se tourna du côté de Saltiel qui se tourna vers Mattathias qui dit qu'il n'en savait rien.

— De toute façon, Altesse, dit Mangeclous, carrés ou ronds, les kilomètres offerts par l'Anglais sont nettement insuffisants. Alors, j'ai apporté du papier timbré et vous n'avez qu'à mettre quelques mots. Par exemple : « Je vous accorde deux fois plus que l'Angleterre. »

Le sous-secrétaire général objecta que si l'Angleterre donnait aux Juifs les trois quarts de la Palestine il serait difficile à la Société des Nations de leur donner le double.

— Ne vous préoccupez pas, Altesse. Laissez-nous faire. En ce cas, nous prendrons un peu d'Égypte. Ne vous faites pas de souci.

— Il faut tout de même penfer auv Arabes.

Mangeclous eut un bon sourire, s'approcha du monstre, lui prit la main.

— Ce sont tous des fainéants, Altesse. Nous leur donnerons un bon pourboire et quelques insecticides et ils resteront tranquilles.

— Non, ve ne puis vous donner autant.

— Faites une offre, dit Mattathias.

— Dif pour fent de plus que l'Angleterre.

Mangeclous leva les bras au ciel.

— Altesse, vous voulez rire ! s'écria-t-il.

Saltiel contemplait tristement son déclin. La vie était injuste. Autrefois il ne se serait pas laissé faire. Mais maintenant il avait moins de vitalité, il était vieux et on le mettait de côté. Non, ce n'était pas seulement l'âge. C'était surtout parce qu'il avait perdu Sol. Soudain, il se rappela le geste étrange du sous-secrétaire général et reprit espoir.

— Excellence, commença-t-il en souriant.

— Un instant, monsieur, dit Mangeclous, je n'ai pas fini de parler et ne me dérangez pas dans mes conversations amicales que je déroule dans la sympathie. (Il réfléchit un instant.) Excusez, Altesse, j'ai une confidence d'État à faire dans un petit coin. Nécessité ne connaît pas de loi.

Il emmena Saltiel au fond du grand cabinet, lui parla à voix basse. « Ne m'en veuille pas, lui dit-il, des quelques fléchettes que j'ai lancées dans le feu du combat. Je suis toujours ton ami et non complètement dénué de vie morale. Sois tranquille, je ne t'ôterai pas la présidence. Mais laisse-moi faire. J'ai compris où il veut en venir. » Il serra la main de Saltiel et revint au monstre.

— Altesse, dit-il d'un air riant, voyons les choses de plus haut. J'ai parlé de pourboire aux Arabes tout à l'heure. Nous disposons en effet de capitaux immenses, Altesse. (Avec une douceur insinuante :) Vous avez peut-être une famille, quelques enfants malades, des dépenses de médecin, quelques petits vivants à nourrir, quelques petits morts à enterrer. Eh bien, nous autres financiers, Altesse, nous comprenons les choses.

— Je t'ordonne de te taire ! intima Saltiel. Excellence, n'écoutez pas cet impur !

— Fe qu'il dit m'intéreffe.

Saltiel s'arrêta, horrifié. Par un gracieux mouvement hélicoïdal, Mangeclous releva ses pantalons et continua gaillardement, avec le ton familier du corrupteur.

— Je disais donc, chère Altesse, que nous devrions avoir un petit entretien privé où je viendrais accompagné d'une, hum, petite valise, ajouta-t-il, guilleret et satanique. (Avec une fausse innocence :) A propos de valise, Altesse, avez-vous remarqué combien de billets de banque peuvent entrer dans une toute petite valise ? Des milliers et des milliers, Altesse ! (Comédien :) Mais je m'égare, il ne s'agit pas de cela. Donc, Altesse, je viendrai vous rendre visite prochainement en vos appartements intimes avec ma petite valise.

Et les Valeureux, horrifiés d'une telle corruption de mœurs, virent le sous-secrétaire général tapoter la joue de Mangeclous. Quel cynisme ! Alors Mangeclous se frotta les mains.

— Je vous quitte, mon cher, dit-il au monstre. Je vais télégraphier à mon ami Weizmann pour, hum, lui demander un petit conseil au sujet de la grandeur de la valise.

Et soudain il se passa une chose étonnante. Le sous-secrétaire général prit le télégramme, en compta les mots. Il se leva et se dirigea vers Mangeclous.

— Vous êtes une crapule, dit-il.

La stupéfaction disloqua un instant la langue de Mangeclous.

— Je ne vous crois pas, Altesse, répondit-il enfin aussi dignement qu'il put.

— Vous avez envoyé ce télégramme, n'est-ce pas ?

Mangeclous recula, la main au cœur.

— Altesse, quelle supposition ! Moi, moi ? Toute une vie d'honneur, Altesse ! A une telle idée mes veines les plus intimes et les plus petites s'embrouillent les unes dans les autres et les ongles de mes pieds se retournent ! Altesse, une telle offense ne peut être lavée que dans le sang et ce sera le mien, car je tiens trop au vôtre ! Aussi, je m'en vais !

Mais le monstre le retint, ordonna à ces messieurs de se rendre au salon et de le laisser seul avec le suspect.

XXXI

— Altesse, dit Mangeclous les mains en avant et avec une évidente sincérité, comment voulez-vous que ce soit moi qui aie envoyé le télégramme puisque l'indication de service imprimée sur la bande porte que ce télégramme a été envoyé de Jérusalem hier soir! Or, je vous jure sur l'âme de Petit Mort que j'étais en Suisse hier toute la journée! Innocent comme l'amande, Altesse!

— Vous êtes une crapule, Mangeclous.

Les longues jambes du faux avocat fléchirent. Quel service d'espionnage en cette Société des Nations! Ils connaissaient même son surnom!

— Altesse, je me permets de vous rappeler que vous avez un rendez-vous à six heures et il est six heures et sept minutes à votre pendule qui, vu vos moyens et l'aristocratie de vos occupations, doit fonctionner avec justesse. Ainsi donc, Altesse, le mieux serait que nous sortissions et ne parlassions plus de ces bagatelles. Votre Altesse ira à son rendez-vous et en sa voie. Et moi j'irai en la mienne et vers mon destin de noirceur et de modestie.

— Je n'irai pas au rendez-vous. C'est une femme.

Mangeclous s'étonna généreusement, dit qu'il ne

301

fallait pas faire attendre une femme et que leur entretien pourrait être repris demain.

— Oh, respectez la femme, Altesse ! Est-elle belle ? osa-t-il demander en donnant à son visage une expression attendrie et paternelle.

— Asseyez-vous.

— Humblement, Altesse.

— Des indications de service de ce télégramme, il ressort qu'il devait contenir cent quatre-vingt-neuf mots. Or il n'en comporte plus que cent quatre-vingt-deux. Qu'avez-vous fait des sept autres mots ?

— Ils sont humblement chez moi, Altesse, dans ma modeste chambre d'hôtel. Altesse, n'abusez pas, je suis dégrisé. Humblement je m'accuse. Qui s'accuse s'excuse, Altesse ! Ayez pitié d'un père de famille qui voulait léguer un nom sans tache à ses neuf petits enfants âgés de deux et trois ans !

— C'est vous qui avez envoyé le télégramme ?

— Humblement, Altesse, dit Mangeclous en se frappant la poitrine. De Lausanne, Altesse, je l'envoyai humblement à Genève. Car ceux de Genève à Genève ne sont pas imprimés, on les écrit à la main. J'ai dû, Altesse, payer le télégramme, le billet Genève-Lausanne et retour ! Donc vous voyez bien, Altesse, dit-il d'un ton implorant. Je l'ai donc envoyé à moi-même, Altesse, pour pouvoir le tripoter un peu. J'ai mis humblement dans le texte une petite phrase inutile de sept mots.

Il cligna de l'œil et esquissa même un sourire douloureux, petit ballon d'essai.

— Une phrase inutile, dis-je, où il y avait les mots Saltiel Solal et Jérusalem. J'ai décollé le bout de bande où il y avait cette phrase et de cette manière ingénieuse j'ai pu mettre dans l'adresse le nom de Saltiel à la place du mien, et j'ai pu mettre également

302

au début du texte, là où se trouve le nom de la ville d'où est envoyé le télégramme, le mot Jérusalem, infiniment plus antique que le mot Lausanne! Et j'ai glissé le télégramme ainsi maquillé sous la porte de monsieur Saltiel. Tout était très bien combiné, Altesse, je vous en donne ma parole d'honneur! Mais que voulez-vous, dans cette affaire je me suis heurté au réverbère de votre perspicacité. Un télégramme qui me coûta si cher! Je ne vous en fais pas reproche, Altesse! Mais à cause de vous toute une vie d'honneur est perdue! Saltiel ne me le pardonnera jamais! Et pourtant c'est pour lui que j'ai fait tout cela.

— Et pour vous.

— Et pour moi, bien entendu, Altesse, pour léguer un nom glorieux à mes enfantelets. Un moment d'égarement! J'ai voulu devenir ministre. La folie des grandeurs me fit oublier tout mon passé de vertu, et voici, ma cervelle s'envola de ma tête! Je me disais, Altesse, que tous les grands hommes politiques ont commencé par l'imposture. Et pourquoi pas moi alors? Rappelez-vous, Altesse, la dépêche d'Ems, Louis XI et le cardinal La Balue, Mazarin! Et Napoléon, Altesse, entre nous soit dit, est-ce qu'il n'a pas dit aussi quelques petites blagues au début de sa carrière? Rappelez-vous quand il a raconté aux Égyptiens qu'il était musulman! Et le dix-huit Brumaire! Bref, si vous n'aviez pas été si douloureusement finaud je réussissais et je télégraphiais à Jérusalem que nous avions obtenu un grand territoire et je demandais à Weizmann qu'il ratifie et me confirme chef des ministres!

Ému, il épongea son front du revers de sa manche qui se macula de noir, puis il continua, marchant à grands pas ou s'arrêtant pour faire de larges gestes.

— Et quel Premier ministre j'aurais été, Altesse!

Quelles inventions ! Quelle prospérité pour mon peuple et pour moi-même ! Quelle flotte et quels pots-de-vin ! Et, étant riche enfin à milliards, quelles nourritures et comme mon âme sans fond se serait rassasiée amoureusement de glorieux petits beignets au sésame, expédiés chaque jour pour moi de Céphalonie par Jacob Sans Mouchoir qui est le seul pâtissier du monde à bien les réussir ! O sublimes beignets dont mon cœur est fervent, ô petits beignets délicieusement dégoûtants tant ils sont bourrés de sirop jusqu'à l'âme interne ! O confitures sèches de cédrats ou de melons, ô confitures juteuses de dattes farcies d'amandes et de clous de girofle ! O mangements perdus ! O condoléances à moi-même ! Et si j'avais été ministre quelles superbes banques j'aurais fondées à Jérusalem pour mon propre profit personnel et intime ! Et quels coups de bourse à coup sûr, connaissant les secrets des délibérations sur la dévaluation que je me serais empressé de décréter immédiatement !

Les deux mains du tragédien, haut levées, tremblaient et vivaient.

— Quelle armée, reprit-il, et quelles gentilles ristournes des fournisseurs ! Et quels pourparlers rusés et juridiques avec les puissances ! Et quels banquets avec les ambassadeurs ! Ah, ils auraient vu ce qu'est un Premier ministre juif bien habillé, habile aux grands usages, mangeant toujours en gants blancs avec petits trous pour la transpiration, coupant aux grands dîners son pain avec le couteau, en vrai homme du monde, ne prenant pas le fromage avec ses doigts mais le piquant, comme les grands officiers anglais dont j'aurais été le supérieur, avec la pointe du couteau et faisant grand bruit pour écraser les coquilles des œufs à la coque, ne jetant pas les asperges derrière lui mais les posant poliment sur un bout de papier filigrané après les avoir bien mâchées jusqu'au bout d'en bas! Voilà, Altesse, voilà ce que j'aurais fait si j'avais été Premier ministre! Mais vous m'avez ôté la gloire de la bouche ainsi que les œufs frits! Ah Altesse, tout cela, tout cela est perdu à jamais! Adieu, banquets, s'écria Mangeclous d'une voix mouillée, la main au cœur et les yeux clos comme un chanteur d'opéra, adieu, discours en larmes, adieu, profits et pourboires noblement refusés mais acceptés dans les entrevues secrètes et les nuits sans lune, adieu, trafics de décorations, adieu, saluts militaires aux foules en délire, adieu, garde-à-vous des troupes, adieu, vingt et un coups des canons saluant mon arrivée dans les capitales, adieu, adjudications secrètes, adieu, expropriations d'intérêt public, adieu, conversations délicates et respectueuses avec des évêques et des cardinaux estimables et déférents, adieu, prisonniers bienveillamment libérés moyennant rémunérations illicites et occultes, adieu, délices d'une grande vie politique, adieu, calèche sublime et landau et même automobile lentement conduite par un chauffeur prudent et entourée par des gendarmes motocyclistes avec casque de cuir veillant sur ma sécurité, adieu, jalousies suscitées par la gloire, stationnements de mon tilbury devant la boutique de Mattathias, oui adieu, grande vie mondaine et politique, bains mensuels avec plusieurs serviettes et voyages en bateau de première classe avec quatre cuirassés autour, crainte de naufrage par tempête, adieu, gloire de Mangeclous arrivé au déclin de sa carrière, adieu, adieu! Le soleil de Céphalonie s'est couché à tout jamais! L'Éternel des Armées m'avait mis sur le pavois et voici, je dois quitter la bataille à l'heure de la victoire et de l'honneur!

Il était ému pour de bon et de larges taches de sueur apparaissaient sur la redingote de coutil blanc.

— Et les breakfasts, Altesse, les breakfasts que vous m'avez fait manquer, reprocha-t-il de ses mains tendues et tremblantes, les breakfasts c'est-à-dire déjeuners anglais des ministres servis avec serviettes blanches et verreries tintantes ! (Sa voix devint soudain tendre et maternelle.) Chers petits déjeuners du matin avec des douzaines de petits pains ronds ou allongés, tous les aimables breakfasts que Votre Excellence m'a ôtés cruellement de la bouche et que j'aurais mangés à Londres si vous ne m'aviez gâché ma royauté et mes combinaisons sataniques, tous les breakfasts de corne d'abondance que j'aurais dégustés avec mon collègue, le Chancelier des Échecs, et qui comprennent du poisson fumé tellement bon avec sauce délicieuse, Altesse, du pain à discrétion et rôti de diverses façons voluptueuses, du café au lait sans chicorée, du miel, des biscuits Huntley et Palmers, et de la marmelade d'oranges dorées Crosse et Blackwell, comme pour Lord Jellicoe, et des tranches de viande avec moutarde effroyable, et des œufs frits, Altesse, des œufs frits !

Sa voix s'éploya, son bras s'allongea et ses yeux étaient ceux d'un visionnaire.

— Des œufs frits, de nombreux œufs frits, cuits à point comme je les aime, le jaune restant liquide mais le blanc étant bien pris, des œufs frits très poivrés et salés, des œufs frits que je n'aurais pas craint, étant puissant en Israël et ne redoutant désormais nul rabbin — que le diable les emporte ! — que je n'aurais pas craint, dis-je, de manger avec grandes tranches de jambon et même pieds et têtes de porc ! Tout cela, tout cela, Altesse, et le bien du peuple et les discours désintéressés, tout cela perdu à jamais à cause de quelques mots de moins dans un télégramme !

Il s'arrêta, s'approcha d'une petite table sur laquelle reposaient divers carafons, but d'un seul trait désespéré un grand verre de porto puis un second.

— Je vais chez un armurier, conclut-il, mais je ne vous oublierai pas dans mon agonie et je prierai pour vous, Altesse ! Telle sera ma noble vengeance !

Et il s'en fut, une main recouvrant son front baissé et l'autre tendue en arrière, comme font les rois aveugles et désespérés dans les tragédies classiques. Il se dirigea vers la sortie comme un homme décidé à quitter ce bas monde. Mais, hélas, la porte était fermée à clef.

Il fit bon cœur contre mauvaise fortune et, voyant qu'il n'y avait pas moyen de s'esbigner en douce sous le couvert d'un faux suicide, il se résigna à rester, décidé à tirer quelque profit de la mésaventure. Après avoir fortement toussé pour s'éclaircir le cerveau, il reprit en ces termes :

— Bref, Altesse, je suis victime du dévouement à ma cause personnelle et privée. Je suis moralement tué, Altesse, et par qui ? Par vous, Altesse, sans vous offenser ! Ah, quel besoin de faire remarquer quelques mots manquants d'un télégramme ? Sans vous, je décrochais la dictature ! Vous avez massacré un homme, Altesse ! Et quel homme, quel tempérament !

Sa voix se mouilla à l'idée qu'il était en train de faire son oraison funèbre.

— Quel homme ardent a sombré dans le néant ! Un homme qui avait le sens du grandiose et qui aurait fait de ses compatriotes de Palestine un peuple de gentlemen ! Quinze millions de gentlemen sont mort-nés à cause de vous, Altesse ! Je leur aurais donné des bottes et un cheval à chacun et moi en tête, Altesse, avec mes yeux étincelants et ma barbe fourchue sur mon cheval noir répandant de la fumée par les naseaux palpitants ! J'aurais gagné des batailles, j'aurais créé une armée pourvue de tout le confort moderne, j'aurais bien mangé, j'aurais eu des décorations, j'aurais tout fait pour ma chère patrie !

Il but un autre verre de porto, s'essuya les lèvres du revers de la main et continua.

— Je vous pardonne, Altesse, tout en espérant que Votre Paume Généreuse examinera le cas d'un œil favorable et me donnera les dommages-intérêts qu'elle me doit en toute équité pour voyage Genève-Lausanne et retour, frais de télégramme qui furent immenses, pot de colle, mort morale, ciseaux, réchaud, perte d'honneur et de breakfasts ! Et j'oubliais, Altesse, l'argent de la corruption à mon ami Silberfeld de Genève pour qu'il stationne à la cabine téléphonique du café où il a très bien joué le rôle de représentant sioniste quand Saltiel lui a téléphoné. Bref, j'évalue le tort matériel et moral...

Il s'arrêta, promena son regard sur les beaux meubles.

— Je l'évalue entre six mille et neuf mille neuf cents francs. Et il ne s'agit que du damnum emergens, c'est-à-dire de la perte effectivement subie par moi. Car si je voulais récupérer ce que nous autres juristes instruits nommons le lucrum cessans, soit le manque à gagner, alors ce seraient des millions que je vous demanderais car en ma qualité de ministre de la Justice vous pouvez vous imaginer les petites valises que j'aurais reçues !

Il fit tournoyer sa main et cligna coquinement de l'œil.

— Nous pourrions transiger à quinze mille francs, Altesse, en y comprenant le chagrin d'avoir causé une telle déception à Saltiel que le sort a si cruellement frappé. Le pauvre, il ne me parle que de son neveu qu'il a perdu et qu'il veut retrouver. Tout cela, Altesse, vaut bien une vingtaine de mille francs, voyons, dit-il en écartant ses grands bras et d'une voix qui l'émut. Altesse, à vos ordres pour recevoir les vingt-quatre mille francs du pardon en chèque ou espèces civilisées ayant cours !

Il tendit la main dans laquelle la divinité à tête de gaze mit un billet de cent francs que Mangeclous porta respectueusement à ses lèvres avant de l'empocher.

— A propos, Altesse, voulez-vous demander à vos subalternes si dans vos registres des habitants du monde ils ne pourraient pas retrouver l'adresse de Solal, fils de Gamaliel Solal le rabbin, et l'indiquer à l'oncle Saltiel afin qu'il le baise sur les joues ? Car nous sommes allés le jour de notre arrivée en ce lieu où rendez-vous avait été donné par une lettre mais il n'y avait personne ! Et maintenant Saltiel retombera dans la même mélancolie que durant ces deux dernières années et dans la même véracité ! Oh pauvre Saltiel si vous pouviez le voir aux fêtes manger tout seul avec, devant lui, une assiette pour son neveu Solal, assiette sur laquelle il met les meilleurs morceaux ! Et contre la carafe il y a la photographie de son neveu ! Ah, Altesse, si vous aviez connu le Saltiel d'autrefois, vif et si menteur que c'était plaisir, toujours une invention à la bouche comme une fleur. Tandis que maintenant, Altesse, depuis qu'il a perdu son neveu c'est un individu pâle ! Cet homme désemparé ne profère plus que des paroles véridiques et par conséquent ses jours sont comptés !

Et Mangeclous cessa de parler car il était devenu triste pour de bon et tremblait pour la vie de Saltiel.

Lorsqu'il était sincère, ce bonhomme perdait toute éloquence. Il s'assit et pensa qu'il avait oublié les babas au rhum dans sa description des splendeurs ministérielles. Soudain, il prit une résolution et se leva.

— Altesse, dit-il, je renonce aux vingt-cinq mille francs de la perte d'honneur — car bien que vous ne me les ayez pas donnés encore, je me connais et je sais que je me serais arrangé. Mais j'y renonce si vous pouvez, en échange, aider Saltiel à retrouver son neveu !

Solal fit signe au grotesque d'aller rejoindre ses pareils. Resté seul, il erra dans le grand cabinet. Oui, il avait honte de sa race et honte de sa famille. Une honte en ricochet. Parce qu'il savait que Saltiel était de ceux que Galloway ou Huxley ou Petresco méprisaient. Jamais un Petresco, si respectueux des Rothschild, ne comprendrait que Saltiel était beaucoup plus admirable que tous les Rothschild de la terre. Les voir ? Oui, mais en ce cas, dans quelques jours, les caricatures dans les journaux antisémites. « Le sous-secrétaire général et sa tribu. » Condamné à faire souffrir ceux qu'il aimait le plus, à avoir honte de ce qu'il admirait le plus. Oui, il était le seul à respecter les grotesques juifs, les mal élevés juifs et leurs nez et leurs bosses et leurs regards peureux. Honteux de sa race, il vénérait sa race et ses traînantes et princières lévites pouilleuses.

Voué à la gaffe. Qui lui avait demandé de leur écrire à Céphalonie, de leur envoyer ce chèque et ce stupide cryptogramme pour les amuser ? Qui lui avait demandé de leur donner ce rendez-vous au Jardin Anglais ? « Oui, noble lord, j'étais dans un taxi à minuit et par le rideau soulevé je les savourais de loin. »

Et maintenant, ils étaient à deux mètres de lui. Et l'autre, le Jérémie, le prophète aux pistaches, suspendu dans la penderie à vêtements ! Belle collection. Cerné par la juiverie. Et si faible quand il en voyait un. Le Jérémie était venu et, au lieu de le renvoyer ou de le faire arrêter, il s'était lâchement commis avec lui. Les Juifs étaient ses maîtresses et ses adultères. D'ailleurs, pas si gaffe que cela. Dans son île, Saltiel aurait fini par apprendre. Cet hurluberlu lisait le « Temps », les autres journaux n'étant pas assez distingués pour ce dégustateur de haute politique. « Tôt ou tard, il aurait appris que je suis sous-bouffon général. » Si faible et si lâche avec eux qu'il n'avait même pas pensé à demander au Polonais dans quel but il était venu faire l'Argentin et comment il s'était arrangé pour se faire recevoir par le Surville. Il était tout à la volupté de respirer l'odeur de Jérémie et de se délecter de son nez.

— Oui, cher Petresco aux yeux de poisson, j'habite le Ritz. Mais le soir, je vais dans une maison solitaire à Céligny où m'attend mon père, un lourd rabbin aveugle et dont les lèvres pèsent trois kilos et qui parle le français avec un accent si ridicule.

A cause des Petresco, son père vivait seul, loin de lui. Si docile, le fier Gamaliel d'autrefois. Acceptant avec tant d'humilité la honte d'être caché comme une lèpre. Oui, ce Petresco devait avoir la syphilis. Louange aux Petresco qui trouvaient impossible un rabbin au turban violet. Enfermer Saltiel à Céligny ? Pas confiance en Saltiel. Trop bavard.

— Sur une corde raide.

Un jour viendrait où les gens de Céligny sauraient qui était l'homme qui rendait visite au solitaire. D'ailleurs, ils devaient jaser sur l'aveugle qui errait tout le jour dans le lugubre jardinet, ceint de hauts murs et plein de toiles d'araignée. Jour après jour, seul et sans domestique, vêtu de sa plus belle robe sacerdotale, le vieillard attendait patiemment le fils qu'il savait honteux de lui. Oh, le sourire du vieux lorsque son fils arrivait. Sa gorge se serra d'un sanglot réprimé. Il avait mis son père en prison.

— Oui, cher Cecil, c'est moi qui apporte des provisions à mon père. Pas de domestique qui pourrait trahir. C'est moi qui lui prépare ses repas. Riez, c'est moi qui le lave.

Lorsqu'il arrivait, le vieux l'emmenait au salon qui sentait la poussière et le bois pourri. Tous deux s'asseyaient sur l'horrible canapé à fleurs. Et le vieux aux yeux morts, sa main sur le genou du fils, écoutait les merveilles que son admirable lui racontait. Oh, ce sourire orgueilleux et malade.

Oui, se faire reconnaître des Valeureux et leur enjoindre de filer sur-le-champ. Il leur donnerait beaucoup d'argent.

XXXII

— Et avez-vous vu comme il m'a soulevé et comme il m'a embrassé ? dit Saltiel après s'être beaucoup mouché.

Mangeclous se borna à dire que ce spectacle avait été répugnant. Il n'en croyait pas un mot. Mais il tenait à montrer qu'il était un viril non sentimental. Et parce que Saltiel était au comble du bonheur, il se contenta de traiter Mangeclous de vipère.

— Ah, mes amis chéris, dit-il ensuite, je me sens les mains solides et le pied jeune maintenant. Il m'a tout très bien expliqué quand il m'a parlé en secret. Le silence de ces dernières années c'était parce que ce chéri voulait être encore une fois très haut personnage avant d'écrire à son oncle. Le chèque, c'est bien de lui. Il nous l'a envoyé de cette manière de roman parce qu'il sait que nous aimons les mystères.

— Encore, oncle, supplia Salomon. Encore des merveilles sur la réunion des cœurs.

— Avec le plus grand plaisir, mon fils. En grande confidence, je vous dirai, ô mes amis, que lorsqu'il m'a appelé et que j'ai reconnu sa voix délicieuse...

— Certes, dit Salomon.

— Et que, mourant, je me suis traîné dans son

immense salle où il était comme le soleil à son lever, il m'a embrassé sur le front et sur les épaules et il m'a broyé. Nos larmes ont coulé en forte abondance et il m'a montré la flûte sur laquelle je jouais pour le faire danser quand il était petit. Il a grandi mais il l'a gardée ! Et comme mes jambes tremblaient il m'a porté sur son fauteuil.

— Qui est comme un trône, dit Salomon.

— Et il m'a montré le tiroir où étaient des photographies de moi que je lui reprendrai car je n'y suis pas à mon avantage.

Il sourit et ses larmes coulaient délicieusement. Il avait retrouvé sa Prière. Ainsi appelait-il en secret son neveu.

— Encore, oncle, demanda Salomon.

— Il s'est agenouillé devant moi. Que veux-tu que je te dise de plus ? (Mangeclous fit une moue qui ne plut pas à Saltiel.) Cobra, tes trois petits noirauds crottés ne font pas partie de la Société des Nations, je suppose ? Du moins j'en ai l'impression. Et de plus, j'ai entendu dire qu'un de tes neveux vend des bas de soie dans un parapluie ouvert, sur les boulevards de Paris.

— Mangeclous, dit Salomon, si tu continues à faire le cobra, je te tords le cou !

— Chut, mon enfant, dit Saltiel, mon neveu reçoit un évêque.

De gloire, Salomon fit une petite danse, les deux index dressés. L'évêque plut si fort à Mangeclous qu'il pardonna au seigneur Solal de s'être agenouillé devant un Saltiel de rien du tout.

— Enfin, dit l'oncle, il a retroussé sa manche ! Et j'ai vu qu'il porte toujours les courroies sacrées à son bras !

— Mais la manche recouvre, dit Mattathias. C'est

bien. Ainsi personne ne sait. Mais puisqu'il t'aime tant, pourquoi n'est-il pas venu en ce Jardin Anglais !

Saltiel toussa.

— Eh, que voulez-vous, il a eu un empêchement.

Pour embrouiller les choses, Mangeclous demanda à Salomon à quoi il pensait.

— Que j'ai la cervelle petite mais bien faite, dit Salomon.

— Mes enfants, dit Saltiel, je vous recommande d'être corrects et discrets.

— Qu'il me paye et m'engraisse et je serai gentleman, dit Mangeclous. Car enfin s'il a donné dix mille francs, comptants et liquides de la main à la main, à ce Jérémie, maudit soit-il, avant de le renvoyer — Saltiel ferma les yeux à ce triste souvenir — il me doit à moi dix fois plus. Et maintenant, Michaël, raconte un peu comment tu t'es arrangé pour faire recevoir Scipion et le Polonais de malheur et d'avidité.

— Dans le salon de l'hôtel, commença Michaël, j'avais remarqué deux hommes laids qui parlaient espagnol, langue que je comprends. C'étaient les deux vrais délégués argentins. J'ai écouté. Ils se plaignaient de ce petit hôtel où ils avaient dû descendre car les autres étaient pleins.

— Abrège !

— Je les ai entendus ensuite décider leur départ pour Paris, une affaire urgente, que sais-je ? Ils sont partis à midi et moi, grâce à un clou sagacement tordu, j'ai pénétré dans leurs chambres et j'ai pris leurs lettres d'introduction.

— Ton stratagème était peu compliqué, dit Mangeclous avec un aristocratique mépris.

— Avez-vous vu, dit Salomon, avec quelle arrogance le seigneur a dit au caissier, par le moyen de la machine à transporter la parole, qu'il vienne lui apporter son salaire de trois mois.

— Salaire dans l'œil de ta mère la sans-vertu ! dit Saltiel indigné. On ne dit pas salaire quand il s'agit du vice-roi du monde !

— Ah bon, bon, je ne savais pas, dit Salomon. Inutile de dire du mal de ma sainte mère.

— Manière de parler, s'excusa Saltiel.

— Comment faut-il dire alors ?

— Honoraires, dit Mangeclous.

— Liste civile, dit Saltiel. Je dis vice-roi du monde mais en réalité c'est roi que je devrais dire. Car ce vieil Anglais, ce sire John de malheur, que le diable l'engloutisse le plus vite possible afin que nous (ce « nous » signifiait Sol évidemment) puissions prendre sa place, ce vieil Anglais imbécile, dis-je, est mis là pour la figuration.

Mattathias eut un sourire qui ne plut pas à l'oncle Saltiel.

— Est-ce que par hasard, ô Mâche-Résine, l'expression « vice-roi » choquerait tes oreilles tournantes ?

— Je constate une chose, répliqua le manchot. Au temps où ton neveu était secrétaire d'embrassade, tu nous insultais si nous faisions mine de penser qu'il y avait quelque chose de mieux que secrétaire d'embrassade. Mais maintenant qu'il est au-dessous d'un secrétaire...

Coup de sang à la poitrine de Saltiel.

— Mattathias, écoute-moi car c'est la dernière fois que je t'adresse la parole et si je te parle cette fois encore c'est davantage pour l'honneur de l'humanité et de la vérité que par considération pour toi et ta carcasse incomplète qui sera bientôt mangée des vers ! Sache d'abord que si je ne t'arrache pas ta barbe de l'enfer ce n'est pas par bonté mais par crainte que tes cris ne nuisent à mon neveu et ne fassent scandale. Au-dessous d'un secrétaire, as-tu osé dire ! Et tu oublies, homme de foi mauvaise, tu oublies d'ajouter général qui est le mot important ! Et général de quoi ? De l'ensemble des nations ! cria Saltiel avec un geste large qui enveloppait la planète. Imbécile, homme d'ignorance noire, noire comme l'interstice de tes orteils que j'ai vus pour ma douleur et ma honte l'autre soir, ô puant véritable, fils des trente-six pères et neveu des entremetteuses, ô postérité des faux-monnayeurs, ô issu des ordures, ô Mattathias de vomissement, ô Arabe, apprends de moi puisque, sans instruction, tu n'as jamais été bon qu'à chercher des sous dans les ruisseaux ou à pressurer des bambins de pêche, apprends de moi, hyène du pourcentage, apprends la signification du mot secrétaire. Secrétaire veut dire celui qui connaît les secrets. Et les secrets de qui ? De toutes les nations !

— Oui, mais sous-secrétaire, insista Mattathias en tapant avec son index sur son genou.

— Et Moïse, est-ce qu'il n'était pas Sous-Dieu ? Est-ce qu'il n'était pas plus grand homme que Dieu ? osa avancer l'oncle Saltiel pour la défense de sa cause. Tu ne sais pas ce qu'est un sous-secrétaire général de la Société des Nations, toi ?

— Voilà, marmonna Mattathias, il va nous refaire le coup du secrétaire d'embrassade.

— Un sous-secrétaire général... (Oh, comme il détestait ce « sous ». Mais que faire ?) Un sous-secrétaire général, mon ami, arrive dans son bureau le matin. Bon. Que se passe-t-il ? Téléphone de la Roumanie ! « Pouvons-nous augmenter les impôts ? » demande-t-elle d'une voix fluette. Réponse froide et méchante de mon neveu : « Non, imbéciles balkaniques, tricheurs de cartes, pas d'impôts nouveaux ! »

317

Bien. Il raccroche. Téléphone de la Hongrie! (Pour faire la voix de la Hongrie, il prit un ton de jeune femme affectée.) « Nous n'avons plus d'argent, nous sommes sans le sou! » Et alors mon neveu (Voix virile, catégorique :) « Vous avez encore tout dépensé, imbéciles Hongrois de la bouse du chameau? — Le pays est pauvre, Sublime Excellence! répondent les Hongrois. — Oui, répond Sol, vous avez encore gâché tout l'argent que je vous ai donné le mois dernier, espèce de Hongrie, en vous fabriquant des opéras, des orchestres, en buvant des cafés glacés, en vous achetant des violons trop chers, en faisant toutes sortes de dépenses stupides. Et quel besoin de faire de nouveaux trains? Quand on est la Hongrie, on se contente des anciens! Allez coucher! » Et ainsi de suite! Et voilà!

— Et l'Angleterre? demanda Mangeclous troublé.

— L'Angleterre aussi, répondit Saltiel après quelque hésitation. Les Anglais téléphonent et lui disent : « Nous voudrions construire encore dix cuirassés. » Alors lui, mon neveu donc, répond d'un ton fort aimable, un peu musical et triste...

— Mais d'où sais-tu tout cela?

Saltiel foudroya le manchot et répliqua brièvement — oh, comme il savait mentir de nouveau, le petit oncle! — que c'était Sol lui-même qui le lui avait dit tout à l'heure.

— Donc aux Anglais mon chéri répond de cette manière : « Cher premier ministre anglais, ne trouvez-vous pas que vous exagérez un peu? Je voudrais bien vous faire plaisir mais je ne peux pas vous permettre plus de neuf cuirassés. » Voilà, mon ami, voilà! Hors d'ici immédiatement, Mattathias, que je ne voie plus ta figure de citron malade et de pleure-pain! Sors d'ici, sors de chez moi! Et sais-tu comment

318

il salue un ministre polonais ? En lui crachant à la figure !

— Mais l'autre se fâche ? demanda Salomon.

— Pas du tout, mon enfant, dit Saltiel avec bienveillance. Il remercie.

— Sais-tu, Mattathias, dit Mangeclous qui tenait à rentrer dans les bonnes grâces de Saltiel, sais-tu, ô Pissefroid, que lorsque l'honorable Altesse et neveu voyage, il arrive que les douaniers ne le reconnaissent pas. Alors sais-tu, ô Miss Avarice, (Saltiel buvait du lait.) sais-tu, ô toi qui ne vas jamais en un certain lieu par économie et goût de la conservation, sais-tu ce qui se passe ?

Saltiel, les yeux écarquillés pour mieux entendre et comprendre, se rapprocha de son cher ami Mangeclous, mit sa main en cornet autour de son oreille et écouta avec amabilité.

— Lui, poursuivit Mangeclous, lui donc, l'honorable, le révéré, fait semblant de ne pas voir tous ces douaniers qui sont là. « Eh là, lui disent-ils avec arrogance, ce n'est pas parce que vous voyagez en première classe que vous allez éviter la douane ! » Alors lui il écarte son veston et il montre la médaille qu'il est seul à avoir avec l'Autre, le Sir John, celui qui est un tout petit peu au-dessus, et alors les douaniers se mettent à genoux ! Et sais-tu ce que le révéré seigneur Solal dit au capitaine des douaniers, d'une voix tonnante ? « Sache, dit le neveu de Saltiel, sache, ô fils de dix mille chameaux, sache, ô chef de la douane du crottin de la chèvre noire, sache, ô galeux farfouilleur de valises, sache, ô mal payé, ô crève de faim, ô chaussures ressemelées, ô chacal bossu et couvert de mites, sache que mon plaisir est d'avoir dans ma valise dix mille cigarettes et un kilomètre de dentelles ! » Et alors les douaniers courbent le front

dans la poussière et ils s'écrient tous d'une seule voix :
« Que ces quelques cigarettes soient fumées dans la
félicité parfumée ! » Voilà. Et le commissaire de
police, sais-tu qu'il n'ose même pas jeter un coup d'œil
sur son passeport ? Sais-tu ce qu'il fait ?

— Non, dit Saltiel tout palpitant, dis vite, cher
Mangeclous !

— Il se précipite pour le brosser et pour lui cirer les
souliers !

— Absolument, dit Saltiel. (Il croisa ses bras et
fulmina du regard le manchot déconfit. Une immaté-
rielle fumée de victoire sortait de ses narines palpi-
tantes.) Ose parler maintenant ! (Convaincu, Mattathias demanda pardon. Mais Saltiel tenait à piétiner
le vaincu.) Et ne sais-tu pas que lorsqu'il a été député
il a été si intelligent et si instruit à la Chambre qu'on
lui a proposé de former le ministère ?

— Pourquoi n'a-t-il pas accepté ?

— Parce que son parti socialiste n'avait pas la
majorité.

— Alors son parti est le parti des sans-cervelle, dit
Mangeclous. Mais il n'avait qu'à s'entendre avec tous
les partis pour ne pas lâcher cette confiture !

— Il n'a pas voulu former un gouvernement
d'union nationale.

— Moi, dit Mangeclous, je formerais un gouvernement de désunion nationale et tout ce qu'on voudra
pourvu que j'en sois et que je puisse fortifier ma chère
armée française et serrer, en ma qualité de premier
ministre français, la main de mon roi bien-aimé
George d'Angleterre et que je puisse beugler devant
lui, les larmes aux yeux, ma Marseillaise adorée en
agitant les drapeaux des deux plus nobles pays du
monde !

— En tout cas à toi on ne t'offre rien, dit Mattathias.

Mangeclous se leva, froissé, et se dirigea dignement vers la porte. Puis il fit demi-tour et revint s'asseoir.

— Je suis un incapable en effet, dit-il tristement.

— Non, un méconnu, dit Saltiel.

— C'est toujours comme ça les grands hommes, dit Salomon.

Solal entra. Tous se levèrent et le trouvèrent beau comme la lune à son lever sur la mer. Et, comme il restait silencieux, ils l'admirèrent à la manière des femmes.

Saltiel n'osa pas l'embrasser de nouveau. Cependant, pour être en contact affectueux avec lui, il ôta, à petits coups soigneux, une poussière qui était censée se trouver sur la manche de son neveu. Solal annonça que l'affaire argentine était terminée : le comte de Surville, principal témoin, partait ce soir même en mission dans les Balkans et Huntington recevait un long congé.

— Et pour moi, seigneur, demanda Mangeclous, n'auriez-vous pas quelque affaire de contrebande à me confier en m'immunisant diplomatiquement ?

— Si la Société des Nations s'occupe d'importation ou d'exportation ou de prêts hypothécaires je pourrais, après examen, entrer dans l'affaire, dit lentement Mattathias.

— Est-ce qu'on pourrait t'aider un peu, mon fils ? Mettre des tampons sur des feuilles, par exemple ? demanda Saltiel tandis que Mangeclous subtilisait du papier à lettres officiel qui pourrait toujours servir plus tard.

— Ne pourriez-vous pas nous laisser vous remplacer, suggéra le long phtisique, pour avoir la joie de refuser des passeports et des visas ?

— Quel plaisir ? demanda Mattathias.

— Ah, que j'aimerais dire à quelque consul polonais : « A mon tour, mon ami, de te brûler et rôtir, reviens dans deux mois et je te dirai si je t'accorde le visa après l'enquête de la police sur toi. »

— Le mieux, dit Saltiel, serait de surveiller les employés suspects pour qu'ils ne te volent pas.

— Oui, chacun de nous espionnera avec de fausses barbes ! cria Salomon.

— Et alors, oncle, tout va bien ? demanda Solal. Quelle est la dernière invention ?

— Je vais te dire, mon chéri, répondit sur-le-champ Saltiel. Une pendule, et quand les hommes de science l'ont vue ils ont ouvert des bouches comme des fours et les mouches y sont entrées en grand vol. Une pendule pour les coiffeurs, mon chéri. Le client quand on le rase, qu'est-ce qu'il fait ? Il regarde dans la glace. Et qu'est-ce qu'il veut quand il regarde dans la glace ? Il veut savoir l'heure. Et à ce moment-là, il se désespère car il ne peut pas lire l'heure car je ne sais pas si tu l'as remarqué, Sol, mais dans une glace, quand on regarde une chose, elle est à l'envers, Sol. Alors moi, voilà mon chéri, moi j'ai fait faire une pendule à l'envers. Ce qui fait que lorsqu'on la voit dans la glace on la voit à l'endroit et cela fait, mon chéri, qu'on a acheté mon brevet deux mille francs et tous les coiffeurs à Athènes ont des pendules à l'envers, ce qui fait que les garçons, lorsqu'ils oublient de regarder l'heure dans la glace, ils deviennent fous.

— Bravo, bravo ! cria Mangeclous. Et maintenant, Altesse, au point de vue titres de noblesse, j'aimerais assez être milord afin de pouvoir faire de l'équitation, si du moins la Société des Nations m'en juge digne.

— Et moi vicomte ou plutôt dauphin, suggéra Salomon. (Petite note inutile : Solal ayant fait un

322

vague signe d'acquiescement, Salomon envoya le soir même à sa femme un télégramme où il lui annonça qu'il était dauphin. Le lendemain matin il reçut cette réponse : « Pour l'amour de Dieu, couvre-toi bien et fais venir le médecin. »)

Ils pénétrèrent dans le luxueux cabinet de travail, admirèrent, touchèrent tout et enflèrent de fierté. Et Saltiel couvait des yeux son retrouvé et méprisait tous autres oncles et leurs neveux. Vraie mouche, il suivait son chéri, lui avançait le fauteuil, ramassait tout ce que Solal laissait tomber exprès. Son bonheur aurait été complet s'il y avait eu des plumets d'autruche dans le beau cabinet. Oui, cela manquait de plumets rouges. Il décida qu'il en parlerait à Sol dans l'intimité.

— Est-ce vrai cette histoire du commissaire de police qui vous cire les souliers ? demanda Mattathias.

— Rien que la semelle, répondit Solal. Seul le directeur de la Sûreté a le droit de cirer le dessus. Le caissier va venir pour me remettre mon traitement. Soyez sages.

Un grand silence vibra. O joie, ils allaient savoir combien gagnait le vice-roi du monde ! Quelques minutes plus tard, le caissier-chef entra et les Valeureux se levèrent et honorèrent ses cheveux blancs. Ce respectable vieillard anglais, père, fils et cousin de pasteurs, était très sourd et si myope qu'il n'y voyait pas à plus d'un mètre malgré ses lunettes épaisses comme des loupes. C'était d'ailleurs la raison pour laquelle Solal avait osé le mettre en présence de ses terribles parents.

L'honorable Mr. Wilson était assez étonné de ce que le sous-secrétaire général lui eût demandé de lui apporter son traitement de trois mois et en billets de banque français. Il ne pouvait évidemment pas se douter que cette mise en scène était faite à l'intention de Saltiel, pour qu'il pût se rengorger, et des Valeureux, pour qu'ils pussent palpiter et avoir à Céphalonie un sublime sujet de conversation.

Les Valeureux s'inclinèrent devant l'impressionnant sillage, et les narines de Mangeclous, embroussaillées de longs poils, s'agrandirent considérablement lorsque le caissier ouvrit son immense portefeuille. Les oreilles pointues de Mattathias frissonnèrent.

— Cela fait, monsieur le sous-secrétaire général, trois cent soixante-douze mille cinq cents francs français.

Saltiel tituba puis se pencha, voilier blessé à mort, sur Mangeclous qui, d'émoi, émit un zéphyr puis ferma les yeux et vint doucement expirer contre l'épaule de Salomon qui, après avoir hoqueté, s'abattit contre Mattathias que Michaël retint dans sa chute. Le caissier quasi aveugle ne s'aperçut de rien.

Solal jeta les billets dans un tiroir, prit le reçu que lui tendait le caissier et se disposa à signer. Saltiel n'y tint plus.

— Sol, compte les billets avant de donner le reçu, souffla-t-il dans le dialecte vénitien des Juifs de Céphalonie.

Solal chuchota (il adorait prendre le genre des Valeureux) qu'il ne pouvait pas, qu'il y en avait trop. Cette absurde réponse causa un tumulte indigné parmi les Valeureux. Comment pouvait-on dire trop en matière d'argent ?

— Au nom de ta sainte mère qui te regarde et qui pleure là-haut en ce moment, Sol, mon chéri, ne lui remets pas le reçu sans vérifier. Au nom de ton grand-père, de tous nos rabbins, de Moïse, des patriarches, au nom de mon cœur qui est malade, Sol, ne me fais pas une chose pareille !

Solal pria le caissier de revenir un peu plus tard. Le respectable vieillard sortit.

— O malheureux ! dit Saltiel.

— O malheureuse Altesse ! renchérit sombrement Mangeclous.

— Seigneur Solal, dit Salomon, comment pourrons-nous vivre tranquilles désormais ?

— Comment pourrai-je dormir en mon lit de Céphalonie ? dit Mattathias qui, de panique, avait avalé sa résine.

— Je me retournerai toute la nuit, dit Salomon, en me disant que peut-être en ce moment vous êtes en train de ne pas vérifier votre liste civile !

— Jamais, jamais, dit Saltiel, je n'aurais cru que tu me causerais à mon âge une pareille douleur !

— Excellent seigneur, dit Mangeclous, il me vient une idée. Pour que vous soyez tranquille et l'oncle aussi, est-ce que vous ne pourriez pas me nommer trésorier et ainsi, avec moi, point ne serait besoin de vérifier les billets. (Et il cligna de l'œil, mais intérieurement, si l'on ose ainsi s'exprimer.)

— Mais de qui tiens-tu ? s'écria Saltiel en contemplant l'incompréhensible neveu. Moi qui compte et recompte lorsqu'on me donne la monnaie de vingt francs !

— Et moi, dit Mangeclous, quand on me rend de la monnaie je proteste toujours d'avance, avant de vérifier, pour établir mon droit !

— Moi, dit Mattathias, après avoir vérifié je mets d'abord l'argent dans ma poche et c'est ensuite seulement que je signe le reçu, crainte que si je le signe lorsque l'argent est sur la table l'homme ne me prenne à la fois l'argent et le reçu !

— Et moi, dit Mangeclous, je ne signe jamais de reçu car je trouve cela imprudent.

— Messieurs, dit Saltiel en chaussant ses lunettes cerclées de fer, au travail, comptons !

— En avant pour la vérification ! cria Mangeclous. Dépêchons car le voleur va bientôt revenir !

Mattathias eut un rire de vierge et commença à compter, imité aussitôt par ses compères qui s'affairèrent, lèvres soucieuses, autour des billets de banque.

Mangeclous avait ôté sa veste de coutil pour avoir les bras nus et n'être point suspecté au cas où le compte ne serait pas juste. De plus, et pour faire admirer sa probité, il tenait son corps le plus éloigné possible de la table où gisaient les billets éparpillés. Son torse nu et fort velu transpirait d'émoi désintéressé. Le grand cabinet bruissait de chiffres et s'était transformé en salle d'école. Très à leur affaire et nullement portés à la plaisanterie en cette heure émouvante, les vieux élèves comptaient à haute voix, humectaient leurs pouces, faisaient claquer les puissantes images pour en vérifier l'authenticité, les plaçaient devant la lumière pour voir si les filigranes y étaient, faisaient des paquets de vingt, les ficelaient puis les déposaient doucement dans une coupe d'or, avec des gestes tendres et professionnels. Saltiel, debout sur une chaise, faisait le gardien de phare. Les yeux mobiles et méfiants, il contrôlait les contrôleurs. Et son regard de croupier en chef se dirigeait surtout du côté de Mangeclous dont les grandes mains ne lui plaisaient pas.

— C'est juste, dit avec regret Mattathias. Le compte y est.

— Pour cette fois, rectifia Mangeclous.

— De temps en temps, dit Saltiel, il te donne le compte juste, pour te mettre en confiance.

— Quand il nous a vus, dit Mangeclous, il a baissé les yeux, vous avez remarqué, mes amis ? Et pour ma part, j'ai l'impression qu'il a remis adroitement dans le portefeuille les billets qu'il avait subtilisés.

— Il avait l'air honnête pourtant, dit Salomon.

— Justement, dit Mangeclous. Les vrais bandits sont ainsi.

— Puis-je signer le reçu ? demanda Solal.

— Vous pouvez, dit Mangeclous, mais mettez « sous toutes réserves expresses et absolues de tous mes droits généralement quelconques et en faisant des réserves même sur ces réserves ».

Solal sonna l'huissier, lui remit le reçu par la porte entrebâillée.

— Et maintenant tout cet argent, qu'est-ce que tu vas en faire ? demanda Saltiel.

— Je le laisserai ici.

— Dans un tiroir en bois ? s'indigna Saltiel.

— Eh bien alors dans mes poches.

Saltiel se prit la tête entre les mains.

— Trois cent soixante-douze mille francs dans un pantalon ! O maudit que je suis ! Mais quel péché ai-je commis pour entendre de telles abominations en la soixante-dixième année de ma vie ?

— Si au moins c'était un pantalon de fer avec des serrures ! dit Mangeclous.

— Que dois-je faire, alors ?

Les Valeureux s'entre-regardèrent. En effet, que pouvait-il faire d'autre puisque les banques étaient fermées ?

— Nous passerons la nuit avec toi, décida Saltiel. Et demain matin, nous t'encadrerons jusqu'au coffre de ta banque.

Solal prit un air presque niais (il aimait scandaliser son oncle et savourait ses indignations) pour demander ce qu'étaient ces coffres de banque. Saltiel frémit. Un homme si intelligent qui ignorait l'existence des coffres de banque! Il essaya de regarder sévèrement son neveu. Mais pourquoi diable Dieu ne lui avait-il pas envoyé une grande situation, à lui Saltiel, homme de bon sens et d'expérience, qui gardait son maigre avoir dans un talon truqué, qui portait toujours un porte-monnaie contenant un faux billet de banque à l'intention d'un agresseur possible?

Il se rasséréna en se disant que désormais il resterait toujours auprès de Sol. Sol gagnerait l'argent et Saltiel le garderait. Car garder, cela il savait!

Solal regarda l'heure à son bracelet-montre. Voyant le regard concupiscent de Mangeclous pointé sur le massif et large bijou de platine, il l'ôta de son poignet et le lança au faux avocat. La grosse main poilue happa et se referma sur la petite merveille. Saltiel lança un regard d'antipathie à Mangeclous et même à son neveu.

— A cet homme grossier tu donnes un bijou qui vaut au moins cent francs!

— Et qui es-tu toi, Saltiel, graveur de Deutéronome sur ossements de poulets, pour t'opposer aux volontés du chef du monde? S'il me veut favoriser, est-ce que cela te regarde et de quoi te mêles-tu?

— De son patrimoine. O mon fils, si tu gardes cet homme auprès de toi il ne te laissera pas ta chemise!

— Dépouiller mon seigneur de sa chemise, jamais! dit Mangeclous. D'autant plus que je n'aime pas la soie qui me fait mal aux dents. Mais par contre j'ai un faible pour les perles marines et celle que le seigneur au visage pur comme la lumière du matin porte à sa cravate ferait les délices de ma pauvre femme le jour du sabbat.

Solal ôta l'épingle de cravate.

— Sol ! cria d'une voix vibrante Saltiel. Assez ou j'appelle la police ! Écoute, donne-la-moi, cette perle ! (Petite ruse : Saltiel se disait qu'il feindrait de garder pour lui l'épingle de perle et que, quelques jours plus tard, il la rendrait à l'inconsidéré.)

Mais Solal aimait infliger des souffrances au petit oncle dont les indignations le ravissaient. Aussi Mangeclous entra en possession de la magnifique perle, sous les regards épouvantés des Valeureux. Il ricana, dit aux jaloux qu'il n'y pouvait rien si Son Altesse avait un faible pour lui, que certaines petites vipères envieuses n'avaient qu'à être aussi sympathiques que lui.

— Rien d'autre, Altesse, dont je pourrais vous décharger ? demanda-t-il gracieusement.

Solal fit d'autres dons aux Valeureux pendant que Saltiel, le dos tourné et ses mains bouchant ses oreilles, regardait le paysage. Au moins ne pas savoir. Salomon reçut un portemine en or et la photographie d'une princesse, Mattathias une pelisse et Michaël un beau pistolet Colt. Saltiel se retourna et se lamenta sur la ruine de son neveu. Un tel jour de joie, le lui gâcher ainsi ! Il se réconforta en voyant le cadeau reçu par Michaël. Pour cela il était d'accord. « Que Michaël se blesse autant qu'il voudra. »

Dehors il faisait nuit noire. Aucun bruit dans le grand édifice. Solal sortit, suivi par le suroît de Mattathias, le blanc chapeau de Mangeclous, les fustanelles de Michaël, les bas gorge-de-pigeon de Saltiel et les flanelles sportives du petit Salomon.

Il eut honte de montrer les Valeureux à son chauffeur, de blanc vêtu, qui attendait dans la noble Rolls, la plus chère du monde, disait-on à Genève. Ils allèrent en silence. Solal avait peur de rencontrer des gens qu'il connaissait. Et il avait honte de sa honte et de sa peur.

— Donnons-nous tous le bras, dit-il.

Ils allèrent le long du beau lac. Un bateau, jouet pointu et piqué de lumières, coupait en deux la soie noire et laissait derrière lui deux traînes obliques qui balançaient les barques et leurs falots et leurs chants amoureux.

Chère et belle Genève de ma jeunesse et des joies disparues. Chère Suisse. Dans la chambre nocturne, je revois tes monts, tes eaux, tes regards purs.

XXXIII

Le lendemain soir. Cheveux au vent, il allait rapidement le long de la triste rue des Pâquis que de pâles ampoules, pendues à un fil, badigeonnaient de lait frelaté. Après un coup d'œil en stylet sur un mur où était tracée à la craie une injure aux Juifs, il entra dans un bar. Debout devant le comptoir, il but quatre verres, coup sur coup et avec dégoût.

Une heure plus tard, il était accoudé à une fenêtre de l'hôtel Ritz d'où, nu, il contemplait Genève sagement illuminée. Ne pas réussir, triste. Réussir, plus triste encore. Que faisait-il au milieu de ces mannequins politiques ? Et surtout le crime d'être né juif. D'être né. Pas une ville au monde sur les murs de laquelle il n'eût lu le « Mort aux Juifs ». Ceux qui traçaient ces mots ne savaient-ils pas que les Juifs étaient des humains avec des yeux pour voir et un cœur pour souffrir ? Ne savaient-ils pas que les Juifs baissaient la tête pour ne pas voir le méchant vœu de mort ?

Pareil à un bloc de neige en train de fondre, un cygne vaguait sur l'eau funèbre. Solal ôta une bague qui jetait des feux blancs, la lança sur l'élégante volaille de polonaise prestance qui donna un coup de bec à une poule d'eau endormie et balancée qui aussitôt plongea tandis que ses cousines germaines s'enfuyaient en glapissant.

Il se retourna, regarda dans la glace la sombre beauté du visage, les dents parfaites, la haute et dure nudité. Assez joué, il fallait se déguiser en membre de la société.

Frac impeccable, plastron empesé, décorations. Pour faire quoi ? Ah oui. Voir Lord Galloway. Dans deux mille ans que resterait-il d'un entretien avec Galloway ? Donc pas de Galloway.

Il ouvrit une malle-armoire, en sortit un flacon de colle, une touffe crépue, des vêtements, des chaussures. Il jeta le tout dans une petite valise que, dans le long couloir désert, il lui plut de porter sur l'épaule, comme un Jérémie changeant de train à quatre heures du matin.

Un bruit de pas le ramena à la sagesse et il s'empressa de tenir sa valise de manière plus décente. Il descendit lentement les escaliers, tantôt bâillant et tantôt inutilement souriant. Un délégué égyptien et bouffi le salua avec empressement. Mais Solal ne le remarqua pas. Par contre, quelques marches plus bas, il s'inclina devant un domestique chargé d'un plateau. Il s'arrêta pour admirer une lampe électrique, murmura qu'il n'avait jamais rien compris à rien, ni aux lampes ni aux téléphones. Et l'amour ? Pourquoi plus de femmes ? A quoi bon puisque le sort l'avait fait naître Solal des Solal, un homme sans prénom ? « Une tradition dans la noble famille des Solal, chère marquise. Le premier-né s'appelle Solal Solal. Impossible de faire l'amour sans prénom. »

Au deuxième étage, il ôta sa cravate de commandeur, s'amusa à la lancer très haut et à la rattraper. Entendant des voix capitalistes qui montaient, il remit vite sa décoration, mais à rebours, se composa un masque romain et descendit sévèrement.

Dans le grand salon du premier étage, des couples dansaient. Il regarda à travers les rideaux de tulle, soudain éberlué par ces femmes décolletées qui collaient honnêtement leur corps contre des hommes qui n'étaient pas leurs maris. Cette jeune marquise de Forestelle, si son danseur, ami de son mari, la touchait dix fois moins à midi, elle glapirait de vertu offensée ! Mais il était dix heures du soir et, de plus, ce demi-accouplement était baptisé tango. En conséquence elle souriait aimablement à son demi-étalon. Étrange invention, la danse. Pas d'histoires, pas de complications pour se faire aimer, pas de clairs de lune, pas de lettres. Immédiatement, on pouvait la toucher et se l'appliquer verticalement partout, tout comme si elle vous aimait. Maintenant, c'était le représentant de la Perse que son mari lui présentait et avec lequel elle se quasi-accouplait debout. Voilà, ce Persan inconnu s'excitait contre elle et elle souriait et elle se laissait manier et le Persan qui la voyait pour la première fois sentait la fermeté rebondissante des seins. Sans autre préparation, sans avoir à lui parler de ses beaux cheveux et de sa belle âme, il gironnait contre elle.

— Je n'aurais qu'à entrer et dans cinq minutes je pourrais aussi la triturer sous prétexte de tournis mondain. Mais si dans la rue je voulais en faire de même, elle hurlerait d'épouvante et appellerait la police. Je n'y comprends rien.

Et ils étaient une cinquantaine de couples à faire cela debout et à se sourire et tous se considéraient comme parfaitement honnêtes ! Mais pourquoi ne finissaient-ils pas dans les chambres ce qu'ils avaient commencé ici ? Trop vertueux, n'est-ce pas ? Hypocrites ! Et comme ils le trouveraient antipathique s'ils l'entendaient !

Et cette autre, assise, qui croisait ses jambes et les montrait jusqu'au genou. Pourquoi s'offenserait-elle s'il entrait et s'il relevait cette jupe un peu plus haut que le genou ? Infernale civilisation. Ces femmes s'attifaient de manière à faire saillir le bas de leur dos et à dessiner leurs seins et si quelque brave garçon naïf approchait sa main de ce qu'elles voulaient qu'il eût envie de toucher, elles mugissaient aussitôt et le faisaient mettre en prison !

Il mugit à son tour, se complut à croire qu'il était un pauvre idiot et se remit en marche. Archangéliquement beau, jeune et de haute taille, il continua sa lente descente avec les petits sourires confidentiels d'un fou qui s'ennuie. Se suicider ? Non, pas encore. Attendre le résultat de ce qu'il allait tenter ce soir.

Dans un des petits salons du rez-de-chaussée, le marquis de Chester causait avec une jeune fille. Lorsqu'il aperçut Solal, il montra gaiement la paume de sa main. Heureux, tous ces gens. La jeune fille étant belle, Solal obliqua et se dirigea vers son presque ami. Il fut présenté à la jeune comtesse Groning dont les splendides cheveux roux étaient tressés en diadème. Peu après, Chester s'excusa. Il était désolé mais un rendez-vous et cætera.

Haute et bien faite, le nez fort et les yeux légèrement globuleux, elle tenait la tête à la manière des chameaux. Mais cela lui allait bien. Il la regardait qui lui parlait avec foi de collaboration internationale. Lorsqu'un sujet lui tenait à cœur, ses yeux s'humidifiaient et elle rejetait la tête en arrière comme un canari s'abreuvant. Une riche heureuse, très comme il faut, à l'abri du mal, et qui ne soupçonnait pas le mal. Et pourquoi l'aurait-elle soupçonné ? Elle avait eu certainement des bouillottes en caoutchouc rose au temps de son enfance. Et comme elle avait été aimée par ses parents ! Les pauvres, eux, n'avaient pas le temps d'aimer leurs marmots. Il l'imaginait à cinq ans, dans une exquise école nouvelle, avec d'autres angéliques petits riches et chantant d'exquises rondes innocentes, et non, comme les enfants des ouvriers, de vulgaires chansons sentimentales. Une chambre claire, de belles poupées, des vacances, un médecin à la moindre alerte, et ne sachant rien des pogromes, des expulsions, de la peine des hommes, et vivant en pleine féerie idéaliste. Vive Dieu qui veut les riches et les pauvres.

Cependant la jeune Groning parlait de son important papa dont elle était la secrétaire bénévole et millionnaire. Et Solal était atterré par ce teint hâlé et sain des bien-nourris qui font des grands sauts inutiles dans la campagne, qui ne circulent pas en métro et qui, les chéris, se plaignent d'être si fatigués par cette longue partie de tennis. Et il avait peur de ces dents éclatantes et sans défaut dans cette grande bouche. Oui, depuis l'âge d'un an on la menait tous les six mois chez le dentiste !

Et soudain il vit, derrière la comtesse Groning, les innombrables poulets et tous les veaux et tous les foies gras qu'elle avait consommés et, dans de jolis flacons, toutes les vitamines dont on l'avait gavée. « Parle, ma fille. Moi, je n'aime pas les riches. Là où il y a de l'argent il n'y a pas de cœur. Galvanoplastie. L'or recouvre le cœur d'une couche métallique. » Oui, pour rester riche, il fallait n'être pas bon. Les nés riches n'y pouvaient rien. Ils n'en étaient pas moins puants. Oui, personne n'était responsable. Mais avec cette noble pensée on devenait une moule approuvant tout.

Il ne comprenait rien à ce qu'elle lui disait et se

demandait si elle était vierge. Sûrement non. Où étaient les vierges ? Fallait-il les retenir dans le ventre de leur mère ? Il maudit le cousin avec lequel elle avait noblement forniqué certainement, sous prétexte de beauté et de musique. Oh, il voyait le beau nigaud blond qui lui avait tout d'abord demandé de se mettre nue pour qu'il pût, en toute pureté, admirer la forme de son âme. Il en était sûr. Toutes les femmes le trompaient ! Solal, cocu universel. En somme non, elle devait être vierge.

Il bâilla, se leva, le regard ailleurs. Choquée, la jeune comtesse. Elle s'était proposé d'éprouver de fortes jouissances économiques et sociales avec le sous-secrétaire général. Elle se leva aussi et dit une phrase insolente et aimable. Les riches ne sont pas comme Jérémie. Ils savent se défendre.

Pour venger Jérémie, il la prit par la taille, lui baisa les lèvres. Elle rendit profondément. Voilà, plus de Groning. Elle était une du harem de Solal. Elle était sans défense et avait perdu son papa. Il pressa un des beaux seins et, le tenant dans sa main, il réfléchit quelques secondes.

— Non, dit-il à la jeune fille. Pas chambre. Pas lit. (Il lui sourit avec tendresse.) Pas nus. Ariane, elle s'appelle. Mariée à un imbécile. Oh dis, dis, dis, bien-aimée, sœur inouïe, pourquoi à un imbécile ? Je l'ai vue chez des gens. Je ne lui ai pas parlé. Que la paix soit avec vous, souhaita-t-il avec une grave courtoisie de jeune cheikh. Ayez des enfants, beaucoup, des petits, des grands, des moyens.

Il posa rêveusement un doigt sur les lèvres encore humides de celle qui redevenait doucement Groning et sortit, balançant inutilement sa valise, les yeux saintement au plafond. Pourquoi heureux mainte-nant ? Un chasseur se précipita pour s'emparer de la valise, s'effaça pour laisser sortir le sous-secrétaire général qui s'engouffra dans la longue auto blanche.

— Chemin du Nant d'Argent, à Cologny.

L'auto s'arrêta devant une de ces villas du genre chalet suisse qu'on trouve fréquemment dans la campagne genevoise. Nu-tête et sa valise à la main, Solal descendit de l'auto.

— Retournez à l'hôtel.

Resté seul, il passa ses longues mains sur le visage impassible couronné de ténèbres désordonnées, considéra la villa cossue qui semblait en acajou tant elle était astiquée. Sur les ardoises du toit badigeonné de lune les cupules d'un anémomètre tournaient lentement. Solal alluma un briquet qu'il plaça devant une plaque de cuivre. « Adrien Deume. » Il erra sur la route, tenant le briquet allumé, comme un pèlerin son cierge. « Sois donc, espèce d'Inexistant ! » Il leva la main pour sentir l'air. Il faisait si doux qu'il se déshabilla. Nu, il s'élança sur la route déserte, les bras écartés pour saisir plus d'air. Peu après, rhabillé et plus correct seigneur que jamais, il se dirigea gravement vers la villa.

Mordant sa lèvre sombre, il poussa la grille avec précaution. Pour éviter le bruyant gravier, il fit un bond jusqu'aux plates-bandes d'hortensias, protégées par des rocailles. Arrivé devant la grande baie éclairée, il monta sur un banc et regarda, dissimulé par le lierre.

Un salon de velours rouges et de bois dorés. Sous une lampe posée sur une table à fioritures de nacre, un gentil petit vieux à tête de phoque — mais un phoque sur le visage duquel on aurait collé une barbichette — s'intéressait à un casse-tête chinois. Près de lui, une

337

quinquagénaire osseuse — qui avait, elle, une tête de dromadaire — tricotait tout en lisant un illustré. Au-dessus d'elle souriait un portrait royal au cadre duquel était fixé un flot de rubans aux couleurs belges. Sur la cheminée, derrière la tricoteuse, une tigresse en bronze doré rugissait, transpercée de flèches, sous une potiche garnie de fleurs séchées. Assis devant le secrétaire et leur tournant le dos, un homme d'une trentaine d'années remplissait des fiches. Ayant réussi son casse-tête, le petit vieux tourmenta maladroitement ses moustaches, aussi maigres que sa barbe. Puis, avec des mouvements bouleversants de naïveté enfantine, il frotta ses gros ronds yeux saillants et toujours effarés.

— C'est du travail pour le Secrétariat que tu fais, Adrien ? demanda-t-il.

— Non, répondit le jeune homme qui continua d'écrire tout en sifflotant.

— Ze donne ma langue au çat, dit le petit phoque.

— Hippolyte, il me semble que tu es indiscret, dit la quinquagénaire.

Le jeune homme se leva, grand et bien bâti, mit les mains dans ses poches en homme fort, passa sur ses lèvres sa langue qu'il avait étrangement pointue.

— Imaginez-vous que j'ai eu une idée superbe.

— Voyons ça, dit le vieux phoque d'un air gourmand.

— Hippolyte, je te prie de laisser parler Didi.

— Mais c'est ce que ze fais.

— Tu l'interromps tout le temps. Tu disais, Adrien ? demanda la quinquagénaire sur un ton très doux.

— Eh bien voilà, Mammie... répondit le jeune Adrien en portant sa main à sa barbe en collier qui, soignée et courte, lui donnait un air de poète romantique ou plutôt de peintre moderne.

338

— Tu nous mets l'eau à la bouce ! dit le vieux gentil bonhomme.

— Hippolyte ! intima la dame dont les mains verruqueuses s'arrêtèrent de tricoter.

— Eh bien voilà, je fais des fiches gastronomiques et hôtelières. J'ai décidé que chaque fois qu'un de mes collègues me dira du bien d'un restaurant ou d'un hôtel je le noterai sur ces fiches. Deux classements : géographique et alphabétique.

— Et tu mets les prix ? demanda la tricoteuse.

Adrien qui était retourné à son secrétaire fit un « oui » grave d'homme d'action. Après une dernière caresse à son collier de barbe, il se remit au travail.

— Naturellement, tu mets s'il y a çauffaze central et ainsi de suite. Eh bien ze trouve que c'est une çarmante idée, dit le petit zézayeur rondelet. Parce que tes collègues, ces messieurs de la Société des Nations — il s'arrêta un instant pour siroter ces trois derniers mots — pour ce qui est des bons hôtels et des bons restaurants, ils s'y entendent ze suppose ! N'est-ce pas, cérie ? demanda-t-il à sa femme.

La cérie — au cou de laquelle pendait un court ligament de peau, terminé par une petite boule charnue, insonore grelot — eut un sourire satisfait et distingué. Ce qui ne l'empêcha pas de dire peu après à son petit mari que de parler tout le temps comme il faisait dérangeait Adrien.

— Mais çuçoter, ze peux ?

— Même pas chuchoter, ça me dérange aussi, vu qu'en ce moment je dois me concentrer vu que j'ai mes augmentations à compter.

Le petit phoque barbichu se le tint pour dit et ne pipa mot. Pourtant il adorait bavarder le soir en famille au coin du feu. Il souffrit en silence pendant cinq minutes. Il bâilla puis regarda avec tendresse sa longue épouse et la boulette de viande qui se balançait hors du ruban dont le cou de madame était orné. Il aimait tant son Antoinette que tout d'elle lui paraissait charmant. C'est ainsi qu'il comparait souvent à une fleurette l'affreuse ficelle de peau et la boule terminale d'icelle. « Ton petit brin de muguet », avait-il coutume de lui dire dans les moments de tendresse. A la dixième minute, il se leva, erra doucement, les mains dans les basques de sa jaquette d'alpaga puis alla s'asseoir sur le canapé, auprès d'une belle jeune femme qui cousait dans l'ombre.

— Qu'est-ce que vous en dites, Ariane ? souffla-t-il. Moi ze trouve que c'est très bien. Une supposition que vous voulez aller en Ézypte avec Adrien, il consulte son ficier et vous trouvez un hôtel qui a été recommandé par des zens de confiance.

Pour approuver, la jeune femme fit une légère aspiration mouillée et se remit à sa couture.

— Eh bien, Ariane, ça avance la réparation de votre peignoir ? demanda la tricoteuse.

La jeune femme releva la tête et répondit avec un gracieux sourire qu'elle allait bientôt finir ce difficile travail. En réalité elle ne cousait rien du tout dans son coin d'ombre. Elle avait bien étalé le peignoir de foulard sur ses genoux mais n'avait ni fil ni aiguille. Cependant ses gestes étaient si habiles qu'aucun des membres de la famille ne s'était aperçu du stratagème. Elle se remit à son travail et une aiguille sembla entrer après un peu de résistance. Au bout de quelques minutes, elle passa son doigt sur les parties censément cousues, pour les lisser. Puis elle coupa avec netteté un fil inexistant et dit que c'était fini.

— Déjà dix heures vingt-cinq, dit Adrien Deume.
— Quelle horreur ! s'écria le petit phoque.

— Il faut penser à aller se coucher, modula l'osseuse chérie à tête de dromadaire sentencieux.

Elle ôta ses lunettes dont les verres étaient d'un bleu très pâle et promena un de ces regards inexorablement décidés à aimer — qui sont l'inimitable apanage des professionnelles de la religion — sur ses diverses possessions : son mari ; son fils adoptif ; sa belle-fille ; le superbe poste de radio ; la jardinière remplie de douze plantes vertes ; les rideaux de velours que l'on baissait au moindre rayon de soleil. (« Je n'ai pas envie que ma tapisserie passe en deux ans. ») M. et Mme Deume se levèrent. Le jeune Adrien soupira, désolé de n'avoir pu terminer ses fiches. (Comme tous les paresseux, il était toujours occupé et n'avait jamais le temps de rien faire.)

— Alors vous allez vous coucher ?

— Oui, mon chéri, tu sais que rien ne vaut le sommeil des premières heures de la nuit.

— Eh bien, moi, je reste, na ! (Mme Deume sourit au charmant enfantillage du cher enfant si bien casé.) Je ne quitterai le salon que quand j'aurai fini mes fiches. J'y passerai la nuit s'il le faut ! énonça Adrien Deume avec décision. (Bien que taillé en hercule, il était de caractère faible et il aimait les gestes violents, les mots excessifs tels que « formidable » ou « fantastique ».)

M. Deume dit qu'avant de se coucher il aimerait bien que Didi leur fît une petite imitation de Chopin au piano. Adrien s'exécuta de bonne grâce et le petit père admira particulièrement les salmigondis aigus que son fils adoptif fit agilement à l'extrême droite du clavier avec des fantaisies de la main gauche qui venait parfois par-dessus la droite faire des virtuosités. Le piano refermé, le jeune artiste se tourna vers sa femme.

— Rianounette, tu ne me tiens pas compagnie ?

— J'ai un peu mal à la tête.

Embrassades. Fermant la marche et boitant gracieusement, M. Deume combinait de damer le pion à Adrien. Parfaitement, dès demain il ferait un fichier, lui aussi. Il mettrait tous les objets de la villa en fiches. Ce serait bien commode pour les retrouver. Il en faudrait des fiches ! Eh bien tant pis. Ce serait épatant. Quand Antoinette lui dirait qu'elle ne savait pas où se trouvait l'encrier de porcelaine de tante Julie, vite il courrait à son fichier et crierait triomphalement : « Grenier, malle numéro quatre, au fond, à gauche ! » Il se frotta les mains. Tante Julie, tante Julie ? Qu'est-ce que ça lui rappelait ? Il rougit. Ah oui, c'était une tradition dans la famille d'Antoinette d'appeler ainsi les indispositions féminines.

Resté seul, Adrien acheva ses fiches puis alla jouer avec le chat Deume, un gras matou apathique. Il lui ordonna de donner la patte, et le chat obéit, à la grande satisfaction de son jeune maître. (Joie pitoyable de commander ; d'avoir un chat extraordinaire ; d'amuser les amis avec ce tour.) Puis il alla dans son fumoir. C'était la pièce attenante qui lui servait de salon lorsqu'il recevait des amis du Secrétariat. Il admira son goût. Pas bête, Adrien ! Distingué, artiste, nom d'un chien ! Ça, c'était un salon moderne au moins ! Un des murs était peint en jaune, l'autre en rose, le troisième en vert, le quatrième en rouge sang de bœuf. Il cligna des yeux pour savourer ses tableaux. Il s'assit devant sa « table de travail » et commença un roman. Pour ce faire, il mit un châle de soie sur ses épaules. Tous les artistes ont de ces originalités.

Ayant écrit quatre lignes, il s'arrêta, se prépara une

342

pipe, tourna le bouton de son poste personnel de radio, un meuble gigantesque à treize lampes, et se mit en devoir de lire les souvenirs de jeunesse de Winston Churchill. Il était très content parce qu'il avait le sentiment de participer à cette vie. Tout comme Winston Churchill, il était un officiel. Il n'était donc pas jaloux de la belle vie du jeune lieutenant Churchill, si bien logé et habillé, jouissant de longues permissions et de somptueuses allocations supplémentaires. Lui aussi était un privilégié. Belge et fier de l'être, il n'en était pas moins l'ami d'Anglais très importants. Il aimait donc Winston Churchill.

« En somme ce qu'il faudrait, ce serait de mettre un grand cactus contre le mur comme chez O'Brien. Très moderne. Et puis une lampe articulée et des fauteuils acier et peau de rhinocéros comme chez Csapek. Parfait, parfait ! » Il se frotta les mains.

Onze heures sonnèrent. Eh là, pas de blagues, aller se coucher ! Il s'agissait d'être en forme demain. Il se leva donc, non sans avoir, au préalable, écrit sur la première page du livre de Winston Churchill : « Ex Libris Adrien Deume ». On était un intellectuel, que diable !

XXXIV

Valise à la main, Solal fit le tour de la villa, s'arrêta devant un prunier, se hissa. Arrivé au balcon du premier, il regarda. Chambre à coucher. Ce n'était pas ici puisque table de nuit.

Un pied sur la chaîne d'encoignure, une main sur la pièce de bois en saillie, il fit un rétablissement, atteignit l'appui de la fenêtre du deuxième étage, poussa la croisée. Chambre à coucher aussi. Une table de chevet, des fleurs, un grand beau lit où traînaient des cigarettes, des livres, un cendrier, un nécessaire à ongles. Cette fois, c'était la bonne chambre sûrement.

Il déposa la valise derrière les rideaux, s'approcha du lit et ouvrit le livre. « Matière et Mémoire. » Pauvre petite. Figé soudain, il écouta, s'élança, se dissimula derrière les rideaux de velours blanc. Et la jeune femme entra, vêtue d'une petite robe terne un peu usée aux coudes. Elle s'approcha de la psyché, baisa sur la glace l'image de ses lèvres, s'assit sur le lit, ouvrit le livre de Bergson, haussa les épaules, le lut en croquant un bonbon très dur. Puis elle lança le livre à la volée dans la direction des rideaux de velours et se leva.

Elle entra dans la salle de bains attenante à la

344

chambre. Grondement des eaux, divers petits rires. Dix minutes plus tard elle sortit, haute et de merveilleux visage, revêtue d'un tailleur de daim blanc à piqûres noires. Elle arpenta fièrement la chambre, retourna à la salle de bains. Elle en revint, incroyablement bien faite, en noble et blanche robe du soir. Suivie par une traîne bruissante, elle se promena en lançant des regards furtifs vers la glace.

— La plus belle femme du monde, décréta-t-elle.

Elle s'approcha de la glace, considéra les yeux brumeux, les beaux cheveux châtains et dorés, la lèvre inférieure lourde, charnue de pitié et d'intelligence. Sa bouche souvent entrouverte lui donnait un air étonné, parfois stupéfait ou même légèrement imbécile, qui contrastait avec les ironiques commissures des lèvres.

— Tout est terriblement beau. Le nez peut-être un peu fort, non ? Non, pas du tout. Juste bien.

Elle souleva un peu la robe. Les jambes étaient nues. Elles étaient en soie, quel besoin de bas ?

— Il y a des femmes qui ont des poils sur les jambes.

Elle eut un sourire victorieux. Toutes poilues ! Toutes, sauf elle. Les autres femmes étaient un peu gorilles. Mais elle, oh elle, plus lisse qu'une statue ! Elle disposa son fauteuil devant la glace, s'y assit, sourit à sa robe et à ses souliers de crêpe blanc cependant que dans la chambre voisine son mari glougloutait un gargarisme.

Lorsque le silence fut revenu, elle croisa ses jambes très haut, peu pudiquement. Tout en lançant des regards à la dérobée sur ses nudités secrètes, elle imagina qu'elle s'entretenait avec une charmante vieille dame et ce fut un dialogue à une voix. La duchesse trouva Ariane exquise. Ariane l'en remercia dignement. Puis elle se leva et alla en reine, soulevant sa robe jusqu'à la taille, regardant dans la glace les cuisses soyeuses, les nobles fesses insolentes et dures.

— Ce que je suis appétissante tout de même.

Elle entrebâilla la porte pour se sentir en danger puis alla de nouveau, main gauche tenant haut levée la robe, à travers la chambre, impérialement, jouissant de son ridicule et mangeant des bonbons.

— Mais vous êtes folle, Ariane.

— Justement, duchesse.

Elle allait et venait, amoureuse d'elle-même, lançait des regards coupables pour adorer la cambrure des reins ou l'ardeur d'or ou le sein menaçant auquel elle avait permis de sortir. Puis elle déclara que demain elle irait chez le dentiste. Oui, mais chaque fois c'était pour rien. Chaque fois le bonhomme lui disait que c'était extraordinaire, qu'il n'avait jamais vu ça dans toute sa carrière, mais qu'il n'y avait rien à faire, que toutes les dents de Madame étaient impeccables et qu'elle avait la plus belle dentition qu'il eût jamais vue. Et alors pourquoi ?

— Pourquoi quoi ? Je ne sais pas. Fichez-moi la paix !

Elle laissa retomber la robe. Pourquoi, oui, pourquoi pas heureuse puisque si belles dents ? Fumer une cigarette, peut-être ? Dans la chambre voisine Adrien sifflotait l'hymne national belge. Elle gémit comme une femme endormie que le bruit a réveillée à demi. Adrien se tut et Ariane se rendit soudain compte que ce qui la désolait c'était qu'elle était une grande personne. Avec les autres, il fallait remuer la tête sagement et dire qu'un immeuble c'était évidemment un placement sûr — alors qu'elle avait une envie folle de tirer la barbichette du petit phoque ou, volupté à

346

jamais interdite, d'arracher la charmante boule de chair du dromadaire aux verrues.

— Tant pis. Aller les prendre.

Elle revint de la salle de bains avec un carton. Assise à terre, elle l'ouvrit et répandit son petit royaume sur le tapis : d'affreuses vaches en bois, des moutons de porcelaine sans tête, des poussins de coton jaune, des chiens en verre, une saleté de petit chat en velours vert pâle qui, depuis dix ans, dépérissait à cause d'une perte de sciure. Il y avait cent trente-sept animaux plus une vingtaine de petits trucs en papier ondulé, anciennes maisons de petits fours, qui servaient maintenant de tubs pour les serpents ou de prie-Dieu pour la sauterelle.

Elle les disposa en se répétant l'histoire de chacun. L'ours en métal était le Roi mais le vrai vrai Roi c'était le petit éléphant à trois pattes dont un canard un peu mort était la femme. Puis il y avait le Petit Prince qui était le cher petit bouledogue taille-crayon, un pataud à tête de détective mélancolique qui aimait dormir dans une coquille Saint-Jacques ornée de papier d'étain.

A onze heures et demie, elle remit ses Bêtes dans le carton, les trouvant soudain vraiment bêtes. Assez de ces histoires de crétine. Mais elle n'avait pas sommeil et ne put résister à la tentation de se préparer une mer pour elle toute seule.

Elle revint de la cuisine avec une cuvette remplie d'eau salée dans laquelle trempait une feuille d'oseille découpée en lanières — censées être des algues. Elle jeta un peu d'encre à stylo, dix gouttes de teinture d'iode, approcha son nez. Exquis. Exactement l'odeur de la mer. Les yeux fermés, elle trempa ses pieds nus dans la cuvette, imagina qu'elle était au bas d'un escalier moussu et qu'elle hésitait à se lancer dans une trop froide Méditerranée.

Heureuse de son bain, elle remit ses souliers de bal, s'étendit sur la plage, souleva sa robe par-derrière jusqu'au creux des reins pour prendre un bon bain de soleil. Tout en caressant de temps à autre sa croupe fruitée, elle lut un livre sur les grands mystiques hindous. Mais bientôt elle le referma pour continuer sa conversation avec la vieille dame qu'une ombrelle violette abritait du soleil.

— Oui, chère duchesse, bien que mon nom soit Ariane Deume, je suis d'une famille genevoise de premier ordre. Mon nom de jeune fille est Ariane d'Auble. Les Auble ce n'est pas rien. Ce qui se fait de mieux à Genève. Depuis plus de deux siècles, nous avons donné à Genève un tas de savants, de moralistes, moi par exemple — elle se pinça le nez pour avoir une voix pieuse — une ribambelle de pasteurs, de modérateurs de la Vénérable Compagnie et des banquiers à n'en plus finir. Papa a été professeur à l'Université. Et un ancêtre a fait un tas de choses scientifiques avec Pascal. L'aristocratie genevoise c'est mieux que tout, sauf bien entendu la noblesse anglaise. Grand-maman était une Armiot-Idiot. Parce qu'il y a les Armiot-Idiot et les Armyau-Boyau. Naturellement le second nom, Idiot ou Boyau, n'existe pas de vrai, c'est seulement pour qu'on ne soit pas obligé d'épeler les dernières lettres. Bref, zut. Dieu, que de choses inutiles on raconte dans l'existence. Et voilà, ma vieille toupie, à qui vous avez affaire. Et de plus, Agrippa d'Auble fut un chenapan très bien, très ami d'Henri IV et même on dit que sa femme, Corisande d'Auble — moi-même je m'appelle Ariane Cassandre Corisande — ne fut pas insensible à la barbe du Vert-Galant, ce en quoi elle avait bien tort, car je déteste les barbes. Bref, il se peut que j'aie du sang des Bourbons et que je sois la vraie héritière des rois de France. Bref, une prétentieuse pécore, très bien faite, yeux piqués d'or, joues mates et ambrées, voix bien timbrée, front très lisse et pas du tout populaire, bouche un peu grande, attaches fines, visage honnête et non fardé. Très élégante. Pourquoi suis-je entrée par mon mariage dans une famille de petits-bourgeois ? Ceci est un mystère que je vous expliquerai plus tard, chère amie. En attendant, vous me barbez terriblement. Voulez-vous filer, s'il vous plaît, espèce de sale vieille.

Elle se leva, fit des essais de danse du ventre. Puis elle frotta une allumette et l'approcha des rideaux qui ne flambèrent pas. Elle eut un sourire navré sur elle-même, incendiaire de quatre sous.

XXXV

Le lendemain soir. Un maître d'hôtel entra dans le petit salon, s'inclina devant Solal puis, mélancoliquement, devant les Valeureux qui lui rendirent la pareille. Il poussa les deux battants de la porte qui donnait sur la salle à manger privée. Solal dit aux Céphaloniens de passer les premiers. Ils obtempérèrent et allèrent en glissant un peu pour faire mondain et dégagé.

Mangeclous prit le bras de Salomon qui, de ce fait, quitta terre. Et le faux avocat se dirigea, en s'éventant, vers la table merveilleusement parée. Le noble domestique étant sorti, il s'empara du menu, le parcourut, se maîtrisa pour ne pas pousser les rugissements du lion de la Metro-Goldwyn-Mayer. Il se frotta les mains, regarda le seigneur puis ses amis d'un air spirituel, satisfait et orgueilleux. Et le grand rabbin d'Angleterre n'était pas son cousin.

— Prenez place, messieurs, dit-il.

On s'assit, on se cuirassa de serviettes et on attendit très sagement tout en coulant des regards tendres vers le seigneur qui fumait près de la fenêtre. Saltiel ne s'était pas assis auprès de lui pour ne pas l'agacer. Mais chaque fois que le neveu prenait une cigarette, l'oncle se précipitait pour allumer. Il tenait une boîte sur ses genoux et une allumette toute prête contre le frottoir.

— Seigneur Solal, ne nous ferez-vous pas le plaisir de partager notre modeste repas ? demanda Salomon.

— Quel tact ! ricana Mangeclous, très ogre avec diverses fourchettes petites et grandes et divers couteaux dans ses mains.

Solal dit qu'il n'avait pas faim mais qu'il leur tiendrait compagnie. Il paraissait engourdi, vivant à demi seulement. Quant à Mangeclous, il vivait entièrement et il se maîtrisait pour ne pas clamer son impatience. Les nourritures vraiment tardaient à venir. Pour se calmer il mangea force petits pains briochés.

Enfin, trois domestiques élégants et silencieux entrèrent et apportèrent soixante hors-d'œuvre. Puis il y eut des truites diversement préparées et notamment au bleu ; douze soles à la normande, à la Dufferin, à la Dugléré ; du cassoulet ; du foie gras en gelée ; des ballottines dont j'ai oublié le nom ; des pâtés chauds ; des truffes à la crème ; du pâté en croûte ; des bouchées à la reine ; diverses timbales au ris de veau ; du pâté de grives ; des canards à l'orange ; des poulets Beaulieu, Marengo et autres ; quinze plats froids à noms merveilleux, accompagnés de salade russe et de diverses autres. De plus, furent roulés sur des tables de cristal des mets chinois, espagnols, italiens, arabes et turcs ; quinze entremets ; dix fromages ; des fruits ; six douzaines de gâteaux émouvants ; des montagnes de petits fours extraordinaires ; une grande caisse de fruits confits et du café et des liqueurs et six vins ! Tout cela ! Et tout cela aux sons d'un orchestre qui, dans le petit salon attenant, jouait sans arrêt le Beau Danube bleu.

Au début du repas, les Valeureux se tinrent bien,

modestes et troublés par le regard attentif du seigneur Solal, un peu trop silencieux à leur gré. Ils mangèrent donc les hors-d'œuvre d'une manière distinguée, avec des timidités ravies et des échanges de courtoisie. Mais lorsque les vins eurent agi, ils se passèrent de fourchettes, se débarrassèrent des serviettes et de toutes inutiles gracieusetés.

Mangeclous alla jusqu'à ôter sa redingote et ses souliers ferrés pour être plus à son aise. « Ah, mon Dieu, qu'on est heureux ! » dit-il avec un bon regard circulaire. Puis il attaqua le cassoulet. Les pieds nus et le torse fort poilu, il se réjouit à la limite de la réjouissance, faisant force claquements de langue et divers bruits de lèvres et frappant son assiette avec sa fourchette et interpellant le maître d'hôtel et criant que jamais il n'avait mangé aussi bien et rotant et discutant tout en se nourrissant et riant et résolvant toutes questions et expliquant que « le conseiller d'ambassade est plus fort que l'ambassadeur car il conseille l'ambassadeur qui n'est bon qu'à parler et bien inférieur à un consul qui lui, au moins, te donne le droit d'entrer dans un pays » et énonçant que lorsqu'on écrit à une société anonyme il faut lui dire madame si elle est vieille et grondant les domestiques et les questionnant sur leurs gains et parentés et enfournant subrepticement dans ses poches biscuits et petits fours qui feraient la joie de sa progéniture et demandant des recettes culinaires au maître d'hôtel ainsi que des confidences sur ses vols et illicites profits et racontant des histoires infinies et chantant à tue-tête que la vie était belle et s'empiffrant des deux mains.

Saltiel buvait un peu, mangeait un peu et regardait beaucoup son vice-roi et lui posait diverses questions politiques. Personne n'entendait personne tant tous parlaient fort. Salomon transpirait et se remplissait et se moquait des jours tristes et était fort courageux. Mattathias mangeait vite, soucieux de se créer des réserves qui lui permettraient de faire un économique jeûne demain. De joie, il criait parfois diverses sommes en dollars et livres. Michaël seul était silencieux. Il n'en mastiquait pas moins puissamment. Ses redoutables masséters mouvementaient sa mâchoire carrée et, sous le front étonnamment bas, le nez aux amples ailes transpirait. Parfois Mangeclous se levait et, tenant dans sa main un pilon de poulet ou une tranche de pâté, tournait virginalement aux sons du Beau Danube bleu, sans s'arrêter de manger.

Après s'être versé un verre de Jerez Napoléon 1808, il narra diverses histoires sur Salomon pour amuser le seigneur Solal et s'attirer sa sympathie. Il raconta notamment que le petit bonhomme, du temps où il faisait partie de la fanfare de Céphalonie, était tombé dans son propre trombone et avait disparu dans les circonvolutions de l'instrument d'où on l'avait sorti à la fourchette, comme un escargot. Puis il remplit son verre, chanta sombrement que la vie était belle et se remit à manger, non sans avoir invité les amis à suivre son exemple.

— Mange, Salomon ! Remplis ta panse à en éclater car un tel dîner est unique en ton histoire et en celle de l'humanité ! Mange, Mattathias et crève de mangeaille car tout est gratuit en ce jour et plus tu en laisseras et plus le patron injustement s'enrichira ! En avant, enfants de la patrie, du cœur à l'ouvrage et mastiquons ! Tout est payé ! Mourons s'il le faut mais mastiquons ! Hé, Michaël, tu ne t'es jamais vu à pareille fête ?

A plusieurs reprises, Saltiel essaya de ramener l'ordre et la décence parmi ses troupes. Mais en vain.

Salomon, plein d'entrain, disait qu'il était aussi inventeur que l'oncle et que son invention à lui c'était d'introduire dans les pores du visage des graines qui empêcheraient la barbe de pousser — et ainsi de petites fleurs surgiraient sur les joues au bout de quelques jours. Saltiel introduisait des sujets profonds, expliquait que le substantif « comptant » et l'adjectif « content » avaient une même origine sûrement — ce qui était bien compréhensible. Mais les Valeureux n'étaient pas d'humeur à faire de la linguistique. Ils étaient déchaînés, faisaient les bravaches avec le maître d'hôtel parce que le professeur Einstein venait de recevoir le prix Nobel, chantaient et riaient et mangeaient et se servaient réciproquement et s'encourageaient à en prendre davantage car plus ils en enfournaient et plus on en rapportait. Mattathias ne s'arrêtait de manger que pour prendre d'immenses cuillerées de bicarbonate de soude qui le faisaient enfler et avaient des conséquences si sonores que Mangeclous en eût été jaloux s'il en avait eu le temps.

Mais le faux avocat était bien trop occupé. Tout en menant grand vacarme, il engouffrait presque sans mâcher, si bien qu'à deux reprises, assommé par tant d'ingurgitations, il tomba dans une sorte de coma dont on le sortit en lui faisant respirer du poivre en poudre. Après les liqueurs, une surprise lui fut réservée. Un plat supplémentaire rien que pour lui : douze œufs frits à l'espagnole avec marmelade d'oranges et café au lait ! Il mangea et but le tout en cinq minutes. Puis il émit un rot de bien-être qui commença comme un beuglement de bœuf et se termina en languide gémissement voluptueux. Puis il demanda de la bière. Lorsque la chope pétillante fut arrivée, il se leva.

— D'abord, amis, le salut à la valeureuse. (Les amis se mirent debout non sans peine et, la main sur le cœur, crièrent en l'ingénuité de leurs cœurs : « Vive la France ! ») Merci, messieurs. Couchés, maintenant. Seigneur Solal, je soulève ma chope mousseuse en affirmant que c'est la première fois de ma vie que j'ai mangé et, que Dieu me pardonne, je n'ai plus faim. Que pourrais-je dire de mieux ? Grâces soient donc rendues à la Société des Nations dont je comprends maintenant l'utilité et le rôle humanitaire. Ce n'est pas Société des Nations qu'il faut dire, mais Satisfaction des Nourris et Satiété du Nombril et Saturation de Nouilles ! Seigneur amphitryon, dispensateur de voluptés alimentaires et de festins gustatifs de la langue et du gosier, je n'oublierai jamais ce grand jour où j'ai absorbé, résorbé, avalé, croqué, grignoté, dévoré, goûté, happé, gobé, bâfré, consommé jusqu'à gonflement dangereux des parois stomacales et dilatation suprême ! De par votre munificence j'ai subsisté, brouté, ruminé et vécu et me suis rempli à la satisfaction des entrailles et papilles linguales et me suis réellement et véritablement régalé, restauré, repu, rassasié, assouvi, gorgé, gavé, empli et sustenté. Oh, je penserai toute ma vie à de telles résorptions et intussusceptions ! Certes, je m'en suis glissé en mon tuyau digestif, et mon estomac en restera farci jusqu'à la fin de ses jours. En un mot comme en cent, seigneur Solal, on m'apporterait un œuf frit en ce moment, eh bien, je le jure sur les restes incomestibles et sacrés de ma chère mère, je le refuserais ! Que dire d'autre, seigneur Solal ? Au nom de mon estomac adoré, merci ! Je vais m'asseoir non sans avoir crié alléluia de tous mes intestins satisfaits ! Et criez tous avec moi, mes chers compagnons de la truite, des ballottines et des truffes : « Louange à Dieu qui nous a repus et au seigneur Solal qui L'a fortement aidé ! »

— Louange !

— Et à la prochaine! dit Mangeclous en se rasseyant. Vous m'avertirez quelques jours à l'avance, seigneur Solal, pour que je puisse faire jeûne et me purger afin que le trou soit profond et large! Et maintenant, messieurs, ajouta-t-il en grignotant une poire confite du bout des dents qu'il avait longues, écartées, jaunes et noires, donnons une pensée compatissante à tous ceux qui, en cette heure, ont faim, à tous les malheureux, à tous les affamés, et crions comme le rabbin de l'histoire bien connue, que Mattathias a fort mal racontée en essayant d'être gai et spirituel, ce qui n'est donné qu'à moi, et par politesse nous avons fait semblant de ne pas la connaître et de la trouver très drôle, crions, dis-je, comme le rabbin : « Hourra pour les pauvres! »

Il s'arrêta, comme surpris. On l'interrogea.

— J'ai faim, dit-il sombrement.

Saltiel était partagé entre l'admiration et une certaine honte. Non, ce n'était pas ainsi qu'il aurait fallu remercier Sol. Mais il ne put se décider à faire un discours. La tête lui tournait car il avait bu deux verres de vin et il souriait, hébété.

Le mot de la fin fut dit par Mattathias, dont les poches étaient gonflées de mets froids et chauds, à Solal qui prenait congé.

— Seigneur, la prochaine fois que vous voudrez nous inviter à un festin, donnez-nous plutôt la contre-valeur en espèces et nous nous arrangerons au mieux de nos intérêts.

— Alors, bonne nuit, Sol, dit Saltiel. Alors, tu as apporté ton argent à la banque ce matin, n'est-ce pas ?

— J'ai oublié, dit Solal, et il sortit.

Les Valeureux se voilèrent la face. De telles immensités monétaires toute une journée dans un veston et des pantalons ! Ils décidèrent qu'ils n'iraient pas se coucher, qu'ils monteraient la garde en cette salle à manger pendant que le seigneur dormirait, et qu'ils veilleraient sur le repos et la conservation des trois cent soixante-douze mille cinq cents francs. (« Ces cinq cents francs, dit soudain Mangeclous, il aurait bien pu me les donner. A quoi est-ce qu'ils peuvent bien lui servir ? Pour lui ils sont goutte d'eau et pour moi décalitre. »)

Saltiel alla faire part de cette décision à Solal. Il revint peu après.

— Mes chers amis, dit-il, son argent est en lieu sûr.

— Où ?

— Lieu très sûr. Je vous dirai tout à l'heure. En second lieu, j'ai l'impression qu'il en a un peu assez de nous.

— Quelle ingratitude ! dit Mangeclous. Et pourquoi ?

— Je ne sais. J'ai l'impression que vous ne vous êtes pas comportés en gentlemen au cours du dîner.

— Quel manque de gentlemanerie y a-t-il à manger ? Est-ce que les gentlemen ne mangent pas ?

— Bref, il nous demande de quitter son appartement.

— N'y avait-il pas quelque femme belle et ample cachée sous les couvertures ? demanda Michaël.

— Non, monsieur. Peu lui importent les femmes. C'est un homme sage et non un impudique comme toi. Peut-être est-ce à cause de cela, songea-t-il.

— Cela quoi ?

— Eh bien, je crois qu'il écrit un roman.

— Et pourquoi ? demanda Mattathias.

— Et pourquoi pas ? dit Salomon.

— Quelle idée d'écrire un roman ! dit Mattathias.

— Quand tu gagneras autant d'argent que lui, mon cher, tu auras le droit de critiquer, dit Mangeclous.

— Où est ce lieu sûr ? questionna Mattathias.

— Expliquez le roman, oncle, dit Salomon.

— Il m'a demandé mon avis. Voici. Un homme, jeune, je suppose, entre dans la chambre d'une femme qu'il a remarquée quelques jours auparavant au cours d'une brillante soirée. Il ne lui a pas parlé. Mais elle lui a terriblement plu.

— Certes, dit Salomon. Étant belle.

— Anglaise probablement, dit Mangeclous.

— Oh, cette femme me plaît beaucoup, dit Salomon. Et alors ?

— Eh bien, il va chez elle, se cache pour la regarder. Elle se couche, s'endort. Et le personnage du roman s'en va sans lui parler, sans s'approcher.

— Et pourquoi diable puisqu'elle est au lit et prête aux mouvements ? s'indigna Michaël.

— Si tu continues à parler ainsi, je ne dis plus rien. Bref, le personnage s'en va. Il se dit que c'est mieux ainsi.

— Ce personnage-là est un sans-cervelle, dit Michaël.

— Moi je crois que je comprends un peu l'idée, dit Salomon. Par honnêteté, voilà.

— Il n'a pas voulu m'expliquer pourquoi son personnage ne parle pas à la jeune dame qu'il aime.

— Jeune fille, rectifia Salomon.

— Eh bien, je trouve que le personnage a raison. Ce n'est pas lui qui doit lui parler mais il doit envoyer une personne d'âge, expérimentée, causer avec les parents, s'enquérir de la santé de la jeune fille, tâcher de deviner un peu si elle a une dot.

— Deviner ! s'indigna Mattathias. Il ne s'agit pas de deviner mais d'être mis exactement au clair et de prendre des renseignements sur la solvabilité du père et de réclamer remise de la dot avant le mariage !

— Oui, et le père refusera car il se dira que le fiancé va filer avec la somme et sans la fille ! dit Mangeclous. La seule chose à faire c'est de mettre l'argent au compte en banque du personnage mais de faire un compte bloqué, c'est-à-dire...

— La discussion dévie, messieurs, dit Saltiel.

— Il ne s'agit pas d'argent mais d'amour ! dit Salomon. Et quel besoin d'argent ? Et alors comment finit le roman ?

— Il ne le sait pas lui-même et cela le tourmente. (Mattathias haussa les épaules.) Il m'a posé cette question : « Oncle, répondez oui ou non, sans réfléchir. Le personnage doit-il retourner chez elle et la séduire rapidement, ce qui est hélas facile. Ou bien doit-il faire comme la plupart, c'est-à-dire tâcher de la revoir dans quelque bal mondain, enfin il n'a pas dit ces mots mais c'était le sens, et de la séduire lentement, ce qui est misérable. Bref, lui plaire en jouant le jeu habituel. Ou bien, troisième possibilité, doit-il retourner avec la valise mystérieuse ? — Mon fils, je ne puis te répondre, lui ai-je dit, ne sachant pas ce que contient la valise. » Mais il n'a pas voulu me dire le contenu de la valise. Il a insisté. Et alors, comme il se fâchait, j'ai tâché, en un clin d'œil, de deviner ce qu'il préférait que son personnage fasse et j'ai dit qu'il devait retourner avec la valise parce que j'ai bien compris que cette valise de mystère lui plaisait beaucoup.

Silence. A l'exception de Salomon, les Valeureux n'étaient pas enthousiastes. Mattathias pensait que c'était pitié d'écrire « des fables » lorsqu'on gagnait des sommes immenses. Michaël trouvait que le personnage ne connaissait pas les femmes. Que diable, la belle jeune femme était dans un lit, toute prête ! Tout homme bien proportionné n'avait qu'une chose à faire. Et s'il ne la faisait pas, la femme qui sûrement ne dormait pas pour de bon l'aurait en mépris et grande haine. Quant à Mangeclous, il aurait préféré un roman où il y aurait eu des entrevues dans les caves de la Banque de France entre le père de la demoiselle, ministre des Finances, et le jeune homme. « Il se sert de l'amour de la demoiselle pour forcer le futur beau-père à faire la dévaluation et le roman finit sur un coup de bourse magnifique ! »

— Bref, résuma Saltiel, moi j'ai peur qu'avec cette idée de roman il ne travaille trop la nuit et que ce ne soit mauvais pour la tête.

— Mais qu'y a-t-il dans cette valise mystérieuse ? demanda Salomon. Des fleurs ou peut-être de beaux petits oiseaux auxquels, en la présence de la belle personne, il veut rendre la liberté pour qu'elle soit attendrie ?

Mangeclous bâilla.

— Assez parlé, messieurs. Il n'y a qu'une sorte de valise qui m'intéresse, moi. Et soyez sûrs que ce n'est pas une valise à fleurs ou oiseaux. Alors on rentre chez nous, Saltiel ?

— Non. Le cher enfant veut nous sentir près de lui. J'ai oublié de vous dire qu'il y a, en cet hôtel de luxe, cinq salles à dormir qui nous attendent à l'étage au-dessus. Un séide du patron se tient à notre disposition pour nous les montrer.

Ils allèrent, Salomon fermant la marche et tâchant de deviner le contenu de la valise.

XXXVI

Les amis furent éberlués par les appartements que leur fit visiter le jeune gentilhomme de la réception, choqué mais résigné. Chaque Valeureux se trouva donc être légitime usager non seulement d'une chambre à coucher mais encore d'une salle de bains et d'un boudoir.

Cinq chambres à coucher, cinq salles de bains et cinq boudoirs ! Au nom du Ciel pour quoi faire et quel besoin de bouder ? Ils n'étaient que cinq et on leur donnait quinze pièces sans compter la petite antichambre de chaque appartement. Et quels meubles ! Lits de rois anglais, tapis de sultans et tout le reste ! Et ne pouvait-on se laver les uns après les autres dans une seule baignoire ?

— Et quel besoin de baignoire, d'ailleurs ? dit Mangeclous. L'important c'est de se rafraîchir les parties nobles, la tête où se font les comptes et les mangeries, et les mains qui prennent la monnaie et portent les aliments à leur destination.

— Qui sait combien toutes ces chambres lui seront comptées ! gémit Saltiel.

— On examinera la question, dit Mattathias. Explique d'abord la combinaison de sécurité pour l'argent immense.

— Il m'a confié les trois cent soixante-douze mille francs et ils sont sous ma chemise.

— Tu as oublié les cinq cents francs, dit Mattathias.

— En effet, dit sévèrement Mangeclous. Donne, que je garde les trois cent soixante-douze mille cinq cents francs.

— Non, dit Saltiel.

— Eh bien, au moins les cinq cents francs.

— Non, dit Saltiel d'un ton distrait.

Il était angoissé. Quelle idée de s'être fait payer en argent français ! Et s'il y avait une dévaluation cette nuit ? De plus, que faire de tous ces billets ? Les mettre sous le matelas ? S'en tapisser le corps, à même la peau ? Il les répartit dans ses diverses poches. Les billets étaient en si grand nombre que l'oncle paraissait être, de toutes parts, dans une situation intéressante. Enceint, bref. Peu après, il sortit les billets pour les compter, demanda à Michaël de coudre les poches que bientôt il fallut découdre pour voir si certains billets n'étaient pas faux.

— Et avez-vous remarqué comme il les avait mis dans son pantalon sans les regarder, tout en désordre ?

— Comme si c'était un ticket de train !

— Moi, dit Mattathias, un ticket de train, je fais attention de bien l'enfoncer et je mets plusieurs mouchoirs par-dessus.

Une sonnerie de téléphone fit sursauter Saltiel. Un malheur ! Sol était malade sûrement ! L'appendicite peut-être ?

— Oui, mon fils, qu'est-ce qu'il y a ? Veux-tu que je vienne ? Michaël peut aller à la pharmacie !

Mais ces alarmes s'avérèrent inutiles. Solal voulait demander à son oncle si les chambres lui plaisaient.

362

— Très belles, mon chéri, sauf ces boudoirs qui me font mal au cœur. Enfin, Dieu soit loué tout de même. Écoute, les choses sont toujours là. Hum, tu ne comprends pas ? Je parle des trois cent soixante-douze francs et cinquante centimes. (Il estimait inutile de tenir au courant la téléphoniste, peut-être en train d'espionner.) C'est une petite somme mais enfin sois tranquille. Nous sommes tous autour.

Solal dut à ce moment dire une phrase épouvantable car la fine houppe blanche de Saltiel se dressa sur son crâne.

— Tu es fou ! Que je leur donne tout ton argent ? Jamais, Sol, jamais !

Mangeclous, à genoux devant le téléphone, s'arrachait de nombreux poils, joignait les mains et suppliait Saltiel d'en finir avec ces funestes conseils. On transigea et Solal consentit à garder la moitié. Les Valeureux se partageraient le reste. Les amis calculèrent aussitôt et griffonnèrent. Avec le chèque suisse non encaissé, cela faisait à peu près un demi-million de drachmes pour chacun.

Salomon, petite boule glapissante, cabriola sur le lit moelleux et à plusieurs reprises sa tête heurta le plafond. Mangeclous battait des entrechats en faisant claquer de toute son âme ses doigts, comme des castagnettes, aux sons de la mandoline grattée par Michaël. Il virevoltait avec des langueurs espagnoles ou vibrait sur place avec des sourires secrets d'impératrice ou, main en visière sur le front, semblait considérer un merveilleux amour. Reine impassible, il souriait, projetait son ventre qu'il rejetait ensuite pour faire des ronds irrités avec sa maigre croupe aux basques volantes. Il s'éperdait, bouche ravie. Il s'échevelait et sa pomme d'Adam montait et descendait et son cou ruisselait de sueurs noires. Il s'évertuait aux sons de la mandoline et ses jambes volaient et sa barbe filait sous le vent de la danse. Quant à Mattathias, les bras écartés, il tournait lentement sur lui-même, le visage grave et les yeux clos. Exténué, percé de bonheur, Mangeclous arrêta brusquement sa danse, exigea la remise immédiate de son dû. Le partage fut effectué non sans malédictions et méfiances. Enfin, on s'embrassa en se souhaitant bonne chance et prolifération des parts respectives.

— Enfants de mon cœur, fils de la fortune, dit Mangeclous, ne nous quittons pas, que diable ! Passons la nuit confortablement dans la chambre de Saltiel ! Mais pour être tout à fait bien, faisons apporter nos lits ici. Ainsi nous serons bien et causerons de nos avoirs et grandeurs.

— Il est tard, dit Salomon. On ne peut pas les forcer à transporter quatre lits, surtout que ces lits sont lourds.

— J'ai un demi-million de drachmes, répondit Mangeclous qui sonna longuement divers domestiques auxquels il donna des ordres si péremptoires que bientôt quatre autres lits s'alignèrent dans la chambre à coucher.

Les Valeureux s'étendirent tout habillés, leurs têtes reposant sur les édredons qu'ils croyaient être des oreillers — bien incommodes en vérité. Le compétent Mangeclous ordonna de les plier en quatre « à la mode suisse ». Puis ils discoururent fort avant dans la nuit, faisant des projets et imaginant diverses manières d'humilier leurs ennemis et de faire crever d'envie leurs amis. Mangeclous s'endormit au beau milieu de la description de son yacht à trente cabines, la plus somptueuse de ces dernières étant réservée à Sa Majesté Britannique.

Vers trois heures du matin, entendant du bruit, ils

se réveillèrent en sursaut et allumèrent. Saltiel avait disparu ! On avait volé Saltiel et la grosse somme ! Du bruit dans un des appartements inoccupés ! Michaël poussa la porte, suivi de loin par les autres. Mange-clous fermait la marche et, tout tremblant, recommandait à Salomon, tout frissonnant, de ne pas avoir peur. Dans le cinquième appartement ils aperçurent enfin Saltiel qui se promenait, les yeux fermés.

— Oncle, êtes-vous somnambule ? chuchota Salomon.

Saltiel rouvrit les yeux.

— Non, dit-il, j'ai fait l'inventaire et je suis en train de me demander combien lui coûtent nos cinq chambres avec tous ces boudoirs de malédiction. Mais je n'arrive pas à trouver la somme, ne connaissant pas la valeur des tapis.

Mangeclous dit que cela n'importait guère puisque les appartements étaient payés par le Sopha des Neveux — nouveau nom mangeclousien de la Société des Nations. Mais Saltiel décrocha brusquement le téléphone. Lorsqu'une voix endormie lui eut dit le prix des chambres, il répondit en ces termes :

— Que ta grand-mère accouche par adultère à cent trois ans !

Le portier suisse-allemand n'avait qu'une connaissance imparfaite du français. Il remercia et Saltiel raccrocha puis alla soulever le rideau de la cheminée dans l'espoir de trouver des cendres pour les répandre sur sa tête.

— Mes amis, dit-il, préparez-vous. (Les Valeureux se préparèrent.) Les cinq appartements reviennent, avec leurs boudoirs du paganisme, à deux cents francs suisses par jour, c'est-à-dire...

Il s'arrêta car il lui aurait été trop douloureux de savoir combien de drachmes, d'escudos, de milreis, de leis, de sapèques ou de dollars représentait la location des cinq appartements.

— C'est-à-dire six mille francs suisses par mois!

— Le prix d'un cuirassé! cria Mangeclous, mains véhémentes.

— Et en dix ans, sept cent vingt mille francs suisses! dit Salomon pour en être.

— Qui placés à intérêts composés pendant six siècles produiraient, dit Mattathias, cent millions à peu près.

— Mais en quoi sont-elles, ces chambres? questionna dramatiquement Salomon. En pierreries ou en or?

Saltiel se tenait la tête entre les mains.

— O voleur de directeur du Ritz, que ta fille meure avant sa mère et que ta femme meure avant toi!

— Mes enfants, dit Mangeclous, cela ne peut se passer ainsi! Vengeons-nous!

Il se leva, alluma toutes les lampes dans les quinze pièces, fit couler l'eau chaude dans les cinq baignoires cependant que Saltiel téléphonait une seconde fois au portier pour le charger de dire au directeur qu'il était un pharaon.

— Et que l'Éternel lui lance une faillite fin courant! cria Mattathias.

Ensuite — il était quatre heures du matin — Mangeclous sonna tour à tour le valet de chambre, la femme de chambre et le maître d'hôtel, se fit brosser par le premier et demanda aux deux autres des renseignements sur les monuments historiques de Genève.

Ceci fait, il alla dans les cabinets de l'étage pour en allumer les lampes et y faire une razzia de papier hygiénique. Ensuite il donna des coups de pied aux tables, rabota les tapis avec ses souliers ferrés, dévissa des ampoules qu'il enferma dans sa valise, cracha dans les crachoirs du corridor, tira l'une après l'autre les chaînes des cabinets et nettoya ses souliers avec les peignoirs de bain. Enfin il ordonna aux amis de prendre un bain. Aux grands maux les remèdes tragiques ! Il s'agissait de profiter ! Que diable, deux cents francs par jour !

Ce ne fut pas sans douleur que Mangeclous entra dans la baignoire. En effet, il était très fier de ne s'être jamais baigné et en prenait prétexte pour se comparer à Louis XIV. Il resta une heure dans l'eau chaude et soupira beaucoup car il craignait des maladies de peau. Peu à peu les soupirs devinrent plus doux. Affreux, il y prenait goût. Il devenait un vicieux, un Romain de la déchéance. Et même, pour parfaire sa déchéance, il se savonna pour la première fois de sa vie. S'étant séché, il se campa devant la glace et recula d'horreur. Il ne se reconnaissait plus.

A six heures du matin, les Valeureux s'endormirent, exténués par leurs hydrothérapies mais consolés par le ravissant tumulte des eaux qui se déversaient dans les baignoires. Car Mangeclous avait recommandé de laisser couler sans arrêt l'eau froide et surtout l'eau chaude.

XXXVII

Ils se réveillèrent dans une étuve, perdus dans les vapeurs qui sortaient des salles de bains grondantes. Malgré les lampes allumées on n'y voyait pas à un mètre. Les papiers des murs s'étaient décollés et les draps de lit étaient moites. A tâtons dans la brume, Mangeclous alla ouvrir la fenêtre.

— En avant, messieurs, pour le déjeuner suisse !

Ils s'efforcèrent de manger le plus possible — que diable, deux cents francs par jour ! — et ce qu'ils ne purent boire ou manger, ils le vidèrent dans la baignoire ou ailleurs.

Le poitrinaire descendit au salon, fit à l'aide de ses immenses mains une étrange musique sur le piano à queue, d'abord pour profiter de tout et aussi pour voir si, par hasard, il ne serait pas un grand compositeur. Il maudit intérieurement le directeur qui osa lui faire des sourires à deux cents francs par jour, sourires accordés uniquement parce que l'étrange bonhomme en coutil blanc était un invité du sous-secrétaire général qui, hum, avait d'étranges relations.

Après s'être entretenu avec un groom minuscule et lui avoir fait des allusions ténébreuses à l'esprit du mal et de l'escroquerie, Mangeclous alla se promener

devant le lac, dans un but digestif. Il déconseilla
l'hôtel Ritz à des Anglais qui l'ignorèrent et poursuivi-
rent leur chemin, le menton levé. Mangeclous ne s'en
formalisa pas. Il s'adossa à la rampe et admira le
Léman, cuve d'encre bleue extra-fluide.

Aux choses sérieuses maintenant ! Il remonta et
trouva les Valeureux habillés, pommadés et rasés de
frais, prêts à vivre et à vrombir.

— Messieurs, dit Saltiel, préparons notre plan de
bataille. Nous avons notre chèque suisse à toucher
puis ces centaines de milliers à mettre à la banque.

— En deux parts égales, rappela Mangeclous.

— La nôtre et celle de ton neveu, précisa Mattathias.

— Que proposez-vous, messieurs ? demanda
Saltiel.

— Je propose, dit Salomon, que nous allions
d'abord encaisser le chèque et qu'ensuite nous allions
mettre tout cet argent dans un coffre à la banque.

Le petit bonhomme fut regardé avec mépris. Quel
pauvre esprit !

— Et si les voleurs nous suivent, ô petit futé ?
demanda Mangeclous.

— Eh bien, dit Salomon, prenons de ces voitures
marchant seules par l'effet du pétrole.

Les quatre autres se regardèrent. En somme l'idée
de prendre un taxi, quoique venant du brimborion,
n'était pas mauvaise. Oui, dire au chauffeur de passer
à une certaine heure précise, avec minutes et
secondes, et s'engouffrer dans le taxi précipitamment
pour ne pas laisser le temps aux gangsters de s'approcher. Mais on creusa l'idée et on la trouva dangereuse.
Si le chauffeur était affilié à quelque bande, calabraise
ou autochtone, il pouvait fort bien les emmener dans

un lieu désert, les ligoter et les déposer sur des rails de chemin de fer.

On fit des plans, on dépensa beaucoup de salive et on décida que Mangeclous descendrait en éclaireur dans la rue pour « tâter l'ambiance » et voir un peu les têtes des passants. Ce qui fut fait.

Au fond du hall, Saltiel tenait contre sa poitrine, farouchement, la valise bourrée de billets de banque. Flanqué des trois autres, il attendait que Mangeclous leur fît signe que la voie était libre. Le poitrinaire lançait des regards soupçonneux sur les « individus de la rue ». Enfin il se retourna, fit le salut fasciste tout en clignant de l'œil, ce qui voulait dire — selon un code établi d'avance — qu'il n'y avait pas trop de suspects. Les quatre amis sortirent donc de l'hôtel.

Mais les passants se retournaient, intrigués par le petit vieillard en toque de castor qui, tel un prisonnier de guerre, était encadré par quatre sentinelles sévères.

— Stop, dit Saltiel. On nous regarde trop. Réfugions-nous !

Ils s'engouffrèrent dans un petit café où ils commandèrent une tasse de café noir et quatre verres d'eau. Assis, ils chuchotèrent. Ils étaient sauvés pour le moment. Mais comment arriver indemnes et non volés jusqu'au Crédit Lyonnais ?

— La question, dit Mangeclous, est d'autant plus grave que pour atterrir en ce Crédit Lyonnais il faut, messieurs, d'après le plan que j'ai consulté tout à l'heure, traverser un pont, patibulaire comme tous les ponts.

On réfléchit et Mangeclous annonça qu'il avait une idée géniale. Il sortit, revint une vingtaine de minutes plus tard, chargé d'un filet à provisions que gonflaient des salades, des carottes, des tomates et des oignons.

— Ce filet va nous sauver, messieurs !

Il conduisit les amis dans un lieu du café que la bienséance empêche de désigner plus clairement. La porte fut verrouillée et Mangeclous expliqua qu'on allait mettre le trésor dans le filet à provisions.

— Personne ne pourra se douter qu'il y a presque un demi-million français enfermé dans un filet. Les carottes et les oignons seront notre alibi !

Mattathias fit remarquer que les billets de banque et le chèque risqueraient d'être salis par les légumes. On décida que Salomon irait acheter un journal. Le petit Valeureux traversa le bar en courant, sous l'œil méfiant du patron. Il revint peu après, tout essoufflé et tenant à la main le « Temps » dont le format lui avait paru idoine.

On enferma les billets de banque dans le journal qu'on froissa pour lui donner un air misérable et qu'on plaça ensuite au milieu des divers légumes. Et on sortit du petit endroit. Ayant réglé la consommation — l'affolement lui faisait oublier tous ses principes — Mangeclous souffla à ses amis, en faisant un œil traître, qu'afin de mieux tromper les voleurs il fallait relever le col des redingotes ou des manteaux, pour avoir l'air misérable. Ainsi fut fait. Les consommateurs contemplaient, bouche bée, le groupe étrange.

— Et même, dit Saltiel à voix basse, prenons l'air contrit, l'air de gens qui vont mourir de faim, qui n'ont plus le sou !

Ils sortirent du café, lippes pendantes et poussant de tels soupirs que tous les passants se retournaient au passage du quintette désolé. Mangeclous forçait la note. Non seulement il faisait des yeux sombres et soupirait comme ses collègues mais encore il se mouchait, pleurnichait, essuyait des larmes purement spirituelles et se lamentait sur son sort de famine.

Saltiel tenait le filet à provisions si tragiquement sous le bras que presque toutes les tomates en furent écrasées.

Sur le pont de la Machine, une cinquantaine de personnes et d'animaux — vieilles femmes, fillettes, soldats, chiens, gamins — suivaient et se moquaient de la toque de castor, de la fustanelle, de la peau de bique, du haut-de-forme blanc et du suroît. Ils étaient plus de cent lorsque les faux miséreux s'engouffrèrent dans le Crédit Lyonnais.

Ils encaissèrent le chèque, examinèrent ensuite la salle des coffres-forts. Ceux-ci ne leur semblèrent pas assez épais. De plus, les chaises étaient en bois et par conséquent combustibles. Ils répandirent la poussière de leurs souliers sur cette banque inconsidérée et sortirent, dégoûtés de Lyon.

Précédés de bicyclistes, escortés ou suivis par une foule croissante, les Valeureux traversèrent la Corraterie, allèrent au hasard, n'osant pas s'enquérir d'une banque pour ne pas susciter de malsaines convoitises. Mangeclous lançait des regards noirs. Quels curieux, ces Genevois ! Quoi, n'avaient-ils jamais vu un filet à provisions ? Enfin une deuxième banque. Elle ne leur plut pas car elle ne regorgeait pas de clients et par conséquent était susceptible de faire faillite.

Troisième banque. L'employé qui les renseigna leur parut avoir une tête doucereuse d'escroc. Ils sortirent, continuèrent leur recherche d'un absolu bancaire. Un petit garçon leur apporta une liasse de billets de banque qui était tombée. Un gendarme interrogea les transpirants, les emmena au poste de police où leurs passeports furent examinés à fond. Mangeclous voulait écraser le commissaire de police en lui annonçant qu'il était un cousin de Son Altesse. Mais Saltiel le supplia à voix basse de n'en rien faire. On les relâcha à regret mais un agent de la secrète fila le groupe étrange qui fit encore trois banques, suivi d'une multitude rigoleuse et hurlante.

Enfin le Crédit Suisse trouva grâce à leurs yeux. Les employés avaient des têtes bien grasses, bien honnêtes et les clients fourmillaient. La salle des coffres, toute en acier, leur plut énormément. Ils se découvrirent religieusement en entrant, se parlèrent à voix basse et avec plus de politesse que d'habitude. Les coffres étaient épais, vraiment très bien, très sérieux. Un gardien, très épais et très sérieux aussi, ouvrit la porte principale du coffre. Il leur montra le compartiment mis à leur disposition, leur remit les clefs — dont la complication les ravit — et, écouté avec recueillement, expliqua la manière de former la combinaison du secret. Ils remercièrent avec effusion, aimèrent les clients qui ouvraient leurs compartiments ou qui, assis dans les isoloirs, détachaient leurs coupons. Ils ne les envièrent pas. N'étaient-ils pas leurs frères en capital ?

Le gardien s'éloigna. Ils apprécièrent cette discrétion.

— Que Dieu protège le Crédit Suisse !

Saltiel compta les billets, les répartit en six tas. Pour le préserver des regards malintentionnés, les amis montaient la garde autour de lui. Lorsque les billets furent ficelés, on discuta à voix basse et avec des yeux conspirateurs. Quel chiffre secret fallait-il choisir ? Trois cent soixante-quatorze n'allait pas, c'était un chiffre trop naturel. Cent onze ? Malice cousue de fil blanc. Quatre cent cinquante-six ? N'importe quel nourrisson y penserait. Enfin on trouva un chiffre intelligent, propre à dérouter les cambrioleurs et qui commençait par sept, jugé de bon augure.

Autre problème : lorsque, pour faire le sept, on

tournait la molette, sept petits déclics se faisaient entendre et cette vieille sorcière, l'honorable Mme Deume en l'espèce, qui était tout près, était capable d'en prendre bonne note. Il fut convenu que Mangeclous, spécialiste des voies respiratoires, tousserait pendant l'opération. Saltiel compliqua la chose en faisant un grand temps d'arrêt entre le cinquième déclic et le sixième. Il fallait embrouiller la maudite, le gardien — qui était peut-être un hypocrite — ainsi que tous les clients, qui commençaient d'ailleurs à protester contre le tousseur. On changea le secret parce que, Mangeclous ayant émis une toux à chaque déclic, le voleur qui guettait peut-être n'avait eu qu'à compter le nombre de toux pour connaître le chiffre. On pria le tuberculeux de tousser sans solution de continuité.

Une demi-heure après, la délicate opération fut enfin terminée et les billets bien enfermés. Les Valeureux retournèrent cependant à plusieurs reprises pour voir si la petite porte du compartiment était vraiment bien fermée. Chacun tira de toutes ses forces.

— Alors, messieurs, dit Saltiel, nous avons tous bien vu, n'est-ce pas ? Nous avons tous essayé d'ouvrir et la porte ne s'est pas ouverte, n'est-ce pas ?

— Oui, dit successivement chacun des Valeureux après avoir constaté une dernière fois.

— Eh bien, que ce jour soit pétri avec du lait et du miel.

— Espérons que vraiment il n'existe pas de double de cette clef, dit Mangeclous.

— Les Suisses sont honnêtes, dit Saltiel.

Après une courte prière, ils s'en furent, pas tout à fait rassurés. Ils revinrent pour voir si la petite porte était bien fermée, l'ouvrirent avec une petite angoisse. Les billets y étaient-ils toujours ? Oui, Dieu merci. Ils refermèrent cette porte, la plus importante du monde, la recommandèrent aux bons soins du gardien, en contemplèrent les boutons sacrés qu'ils brouillèrent une dernière fois. Ils se dirigèrent à regret vers la sortie, s'arrêtèrent devant la ronde porte d'acier massif qui fermait la salle, aimèrent les quarante pênes délicieux, tâtèrent la monstrueuse épaisseur, chérirent les quatre serrures.

Un autre gardien devant une deuxième porte. Il avait l'air honnête et courageux. Saltiel lui demanda aimablement s'il était armé. Le gardien montra un impressionnant revolver. Saltiel l'en félicita, le remercia tendrement, lui dit sa sympathie, lui serra la main, imité en cela par les autres amis. Mangeclous fit même semblant de se tromper et tâta le bras au lieu de serrer la main. Parfait, l'homme était bien musclé.

Dehors, un vieux Juif distribuait des prospectus. Ils le prièrent de faire sa petite besogne devant le Crédit Suisse et, s'il voyait des gens suspects entrer ou sortir, d'alerter la police.

Et ils allèrent, atteints de la maladie des riches. Ils étaient inquiets, craignaient des dévaluations, des grèves, des faillites, des guerres. De plus, ils se sentaient pauvres. Tel est le mystère des riches. Ils se préoccupaient de placements sûrs et n'en trouvaient pas. Enfin, ils se rendaient compte que les dictatures avaient du bon et que le Duce était un homme très intelligent et même pas bête du tout. Quant à Léon Blum, ils le trouvaient décidément moins sympathique.

— Trop doux, voilà, dit Mangeclous. Il n'a pas de poigne. Il me faut des gouvernements énergiques, en tout cas en Suisse !

— Le capital, c'est le capital, dit Mattathias.

— Il faut être sévère avec les ouvriers, dit Mangeclous. Et fusiller les meneurs et les louches éléments à la solde des puissances étrangères.

— Il est incontestable qu'il faut des pauvres et des riches, dit Saltiel.

— Je déteste ces grévistes qui veulent gagner plus et dépouiller ceux qui, comme moi, travaillent à la sueur du front des autres, dit Mangeclous.

— Je suis pour la collaboration des classes, dit Salomon avec une timide fierté.

— Parfaitement, dit Mangeclous. Collaboration ! Qu'on se partage la besogne ! Que le chômeur ait faim et que moi je mange pour lui ! Enfin, souhaitons que le gouvernement de Genève soit un peu antisémite. Car ceux-là tiennent tout bien en ordre.

Ils entrèrent dans un cinéma d'actualités et Salomon ne put s'empêcher de crier à des artilleurs espagnols qu'ils étaient des vilains. Dégoûtés de toutes ces guerres, ils sortirent et se réfugièrent dans un café. Saltiel but en tenant sa tasse avec la main gauche. « Ainsi, expliqua-t-il, pas de risque d'attraper des maladies provoquées par l'impudicité. Si tu tiens ta tasse de la main gauche, tu touches un bord qui n'a jamais été touché par leurs lèvres car eux ils tiennent la tasse avec la main droite. »

Ils sortirent du café en laissant un infime pourboire. Ils étaient riches et savaient maintenant la valeur de l'argent. Enfin, ils allèrent admirer le Mur de la Réformation et contemplèrent, chapeau bas, la haute statue du seigneur Calvin.

— Il me plaît, dit Saltiel.

— Sévère, dit Mangeclous. J'aime ça.

— Vive la Suisse, dit Salomon. J'aimerais qu'elle soit une petite fille avec des tresses pour que je puisse l'embrasser. J'ai peur qu'on ne lui fasse du mal à la prochaine guerre.

Après avoir chanté l'hymne national suisse, ils allèrent à la synagogue où ils demandèrent à l'Éternel d'accorder longue vie et prospérité à leurs avoirs. (En ce jour de richesse ils se sentaient beaucoup plus religieux que d'habitude.) Mangeclous se fâcha contre les Juifs polonais qui n'accentuaient pas correctement, hurla selon le rythme oriental pour leur faire honte et couvrir leurs voix. (On sait qu'il se disait leur ennemi juré. En réalité, il les aimait beaucoup.)

En sortant de la synagogue, il se rendit chez un dentiste pour demander le prix d'une aurification complète des dents. Mais il renonça à ce riche projet, se disant qu'il serait en somme préférable de se faire arracher toutes les dents, même les saines, et de se faire mettre un dentier. Ainsi plus de rages de dents. A étudier.

A l'exception de Mangeclous, les Valeureux entrèrent dans une église. Ils admirèrent. Ils étaient fiers de circuler, chapeau bas. Salomon mit toute sa petite monnaie dans le tronc des âmes du Purgatoire. Dehors, Mangeclous allait et venait, les mains dans le dos et le menton haut levé, en vrai imbroyable.

On décida de rentrer à l'hôtel. Saltiel fermait la marche sans dire un mot. Il trouvait que le sort des capitalistes juifs était triste. En tant que possédants, ils devaient préférer les gouvernements de droite. Oui, mais en tant que juifs ? Il se réconforta illogiquement en se rappelant que Dante Alighieri était le prince des poètes italiens. Il était ému aux larmes en pensant que, lorsque l'auteur de la Divine Comédie était entré à la cour de Milan, tous les seigneurs s'étaient découverts respectueusement.

A l'hôtel, les Valeureux trouvèrent le seigneur qui leur vanta les joies du camping et leur dit la gloire qu'ils en pourraient tirer. Bref, il les engagea à faire un petit tour sur le Salève, montagne de douze cents mètres, pourvue d'un funiculaire. Ils s'enthousiasmèrent à l'idée de raconter aux amis de Céphalonie qu'ils avaient gravi une immense montagne suisse.

XXXVIII

Tout d'abord, Mangeclous chipa à la devanture d'un libraire le manuel de Loiseau. Mais il entra quelques minutes plus tard dans le magasin, dit qu'il voulait faire un don au patron, déposa noblement quatre francs, prix du manuel, dont il se garda de parler. Et il sortit avec dignité, sans plus se préoccuper du commis abasourdi.

Les amis lurent attentivement le manuel de camping, assis sur un banc du Jardin Anglais, banc qui n'était pas peint en jaune et qui ne le sera jamais. Ensuite commencèrent des emplettes telles que nul alpiniste au monde n'en fit. Et les marchands de Genève n'oublieront pas de sitôt les gains immenses que leur procura la prudence des Valeureux.

Ils achetèrent notamment une tente en toile d'avion, à double toit, avec abside et trois mâts ; des couvertures et des sacs de couchage en duvet ; des matelas pneumatiques ; une canne-fusil-tabouret ; un bidon d'aluminium, vitrifié à l'intérieur ; des couteaux à trente lames ; des trompettes à deux sons ; des revolvers chargés à blanc ; une hache-pelle-bêche-pioche (ils s'exercèrent à prononcer très vite le nom de ce bel instrument) ; de la kola ; un ballon d'oxygène ; une malle à pharmacie ; de la poudre à lessive ; une lessiveuse-essoreuse ; un fer à repasser ; une tondeuse ; des graines pour semer ; des lunettes noires ; quelques instruments dentaires ; un barillet de teinture d'iode que Salomon porta aussitôt à la manière des cantinières d'autrefois ; quelques bistouris utilisables en cas d'appendicite ; du sérum antivenimeux ; des pantalons en toile cirée ; des conserves ; du fly-tox ; du pemmican ; un réchaud à pétrole ; divers instruments de musique ; des pièges à perce-oreilles ; des cartes d'état-major ; des culottes en drap de Bonneval ; des piolets ; des souliers de phoque à petites chaînes antidérapantes et ferrage Tricouni ; des blousons en cuir de rhinocéros avec manches à pivot permettant des mouvements aisés dans les précipices ; d'immenses bérets alpins ; des mocassins pour le repos ; des moufles ; des sur-moufles ; des cordes d'alpinisme. Mais celles qu'on leur montra et qui n'étaient qu'en chanvre — ô inconsidérés Chrétiens ! — ne leur inspirèrent pas confiance. Ils accordèrent leur préférence à des câbles d'acier pour ascenseurs. Ils exigèrent d'un pharmacien — qui, humoriste, feignit de déférer à leur désir — du sérum contre les moustiques.

Mais ce n'est pas tout. Ils achetèrent aussi des slips de laine pour l'intimité sous la tente ; des portefeuilles avec chaînes se fixant à la ceinture ; des chaufferettes japonaises ; des masques d'escrimeurs contre les taons ; des mouchoirs qu'ils firent imprégner de menthol-eucalyptus ; un œuf à thé dont ils supposèrent qu'il devait servir de douche portative ; une machine à écrire pour composer des souvenirs alpestres ; un monocle pour impressionner les populations ; un parapluie rouge ; un pot d'herbe pour les petits agneaux ; des boîtes étanches pour allumettes ; un bougeoir dont le mécanisme poussait la bougie toutes les minutes ; un parabellum et des grenades à main à l'intention des taureaux ; du fil de fer barbelé contre les chèvres nocturnes et les serpents ; des fusées lumineuses pour appeler au secours ; un altimètre ; un sextant ; un tube de pommade du docteur Séchehaye ; un nécessaire à couture ; des jumelles prismatiques ; un appareil cinématographique ; des fanions individuels.

De plus, ils commandèrent à une couturière effarée des pyjamas en ouate thermogène ainsi que des caleçons fourrés de cygne. Enfin, Mangeclous se fit faire cent cartes de visite dont le texte est donné ci-dessous.

Pinhas Solal

Propriétaire de Cinq Cent Mille Drachmes
Chef de l'Expédition Salévienne
Guide A Travers Toutes Montagnes Fortes
Tous dons acceptés sans Reconnaissance
Vu la Somme susdite Longue et Large
Mécène de Divers Lords et Généraux anglais
Père de Petit Mort et de Trois Merveilles

Ils surmenèrent la couturière, allèrent à deux heures du matin prendre livraison des pyjamas et des caleçons. Et le lendemain déjà, ils se mirent en route, à l'exception de Michaël qui déclara être retenu à Genève par une certaine affaire personnelle. On comprit.

Après avoir recommandé leurs âmes et surtout leurs corps au Dieu du Sinaï, ils prirent le funiculaire, le téléphérique ne leur ayant pas plu. (« Que diable, si au moins on avait mis un grand filet sous la voiture comme pour les acrobates du cirque. O folies et imprudences chrétiennes ! ») Mais une fois le petit train en marche, ils tremblèrent en leurs os à l'idée que les dents du funiculaire pouvaient se casser. Aussi descendirent-ils à Monnetier.

Ils pensèrent tout d'abord à louer des ânes qui les conduiraient jusqu'au sommet. Mais ils changèrent vite d'avis. En somme, ce Monnetier était à huit cents mètres au-dessus de la mer. C'était bien assez. Au cours du change cela ferait au moins quatre mille mètres à Céphalonie.

Hâte de finir. Je vais aller vite et dire brièvement. Donc à Monnetier. Ils installent leur tente dans une prairie, à cent mètres d'une villa. Il est sept heures du soir. Préparation du dîner. Le réchaud explose et on mange des conserves. Préparatifs pour le coucher. On s'injecte préventivement du « sérum contre les serpents ». On hurle avant, pendant et après la pénétration de l'aiguille. En somme, on aurait dû emmener un infirmier.

On s'introduit dans les sacs de couchage. Mais on s'aperçoit qu'il existe des fourmis montagnardes. On élit un veilleur de quart dont la mission sera de recueillir ces affreuses bêtes entre deux feuilles de papier hygiénique et de les jeter dehors. Il fait humide mais on déclare exquise la vie au grand air et on s'apprête à dormir. Des chenilles tombent sur les visages. La vigie a fort à faire. Les malheureux ne peuvent se défendre contre les chenilles car ils sont ficelés dans leurs sacs de couchage. Horreur, une araignée ! Le veilleur l'abat à coups de revolver.

Pluie. Froid. Éternuements. Une voix. C'est le propriétaire de la villa qui leur enjoint de déguerpir.

On monte la tente ailleurs. On feint de dormir. Une

vache égarée entre sans frapper, regarde le foulard rouge de Salomon d'un œil stupide mais très méchant. Les ficelés ferment les yeux. La vache commence à brouter la tente. Ils n'osent protester, craignant de la froisser. Lui lancer une grenade à main ? Non, c'est pour le coup qu'elle se fâcherait. La vache s'en va enfin. Le vent se lève. La tente s'envole. Ils courent derrière la tente.

A cinq heures, ils sont réveillés par des sauterelles. Et le dôme de la tente est noir de perce-oreilles qui ont dédaigné les pièges.

— Ce froid est très sain, dit Salomon.

Silence. Les Valeureux ont l'onglée. Mangeclous parle de la mer tiède. Trois paysans viennent voir les excursionnistes et rient. C'est de jalousie, explique Mangeclous.

Un cri. C'est un jeune vacher qui vient d'avoir le pied pris dans un des pièges à loup posés par Saltiel. Indemnité. Discussions. Huées.

Ils se recouchent. Mais ils ne peuvent dormir. Tous les gens de Monnetier sont autour de la tente. Les Valeureux vont camper plus loin. Le pays grouille de chiens hurlants, pleins de canines. On mange froid car on a oublié de mettre des allumettes dans les boîtes étanches de Marbles.

— Ce que j'aime dans cette vie agreste, c'est l'imprévu, dit Mangeclous.

Vers le soir, il fit plus doux et les âmes se rassérénèrent. Et les amis s'assirent contre une meule de foin. Oui il faisait bon et ce serait exquis de raconter cette épopée aux ignares de l'île.

Sorti d'une grange où il vivait avec sa maman, un charmant petit chat de deux mois vint s'asseoir à un mètre des amis qui étaient en train de rédiger le journal de l'expédition et de noter les mœurs et le climat. Il regarda fixement l'eau du petit ruisseau pour le comprendre, pour le penser. Telle était sa métaphysique. Mais il n'arriva à rien de bon et cette activité intellectuelle se termina par un grand grattage d'oreille. Et il se ficha totalement de l'eau. Toujours assis, il considéra candidement les alpinistes de ses yeux bleus de madone ignorante du mal. La courbe de sa queue entourait ses pattes de devant sagement parallèles et dénotait une conduite exemplaire.

Salomon tressaillit. Sa touffe se dressa et il poussa un cri.

— Qu'y a-t-il, imbécile ?

L'œil exorbité, Salomon montra la petite bête dont un milligramme de langue rose pointait. Mangeclous regarda. Mangeclous pâlit. Mangeclous se leva. Un chat c'était un petit tigre et un tigre c'était féroce ! Et d'ailleurs n'existait-il pas de chats-tigres ? Si une folie bestiale s'emparait de ce chat et si ce chat s'accrochait à sa barbe et lui crevait les yeux ? (Authentique.) Et justement le petit s'approcha en ronronnant car c'était un chaton très précoce. Mangeclous recula.

— Du calme, dit-il, le front humide et l'œil traqué. Du calme, messieurs, répéta-t-il à voix basse pour ne pas irriter le fauve. Si vous ne l'attaquez pas, il ne vous fera pas de mal.

Le petit chat bâilla et ses canines glacèrent le sang du faux avocat. De plus, si un chat même petit s'agrippait à vous avec ses griffes infectées de tétanos, il était impossible de s'en débarrasser. La chose était connue.

— Ne donnez pas de signes de frayeur, messieurs,

cela les excite. Ne faites pas de mouvements brusques. Du calme.

Avec une tige de blé, il essaya de chasser la bête aux canines. (Authentique.) Le petit chat, fort ravi, se mit à jouer, assis sur ses pattes de derrière, avec la tige joliment remuante. Ses griffes luisaient et Mangeclous verdissait.

— Aidez-moi, dit-il, sans quitter du regard la bête tétanifère.

Salomon prit une petite branche et vint à l'aide. Mais le chaton était si excité, lançait de si nerveux coups de patte qu'une de ses griffes effleura la main de Salomon qui lâcha la branche et détala. Mangeclous et Mattathias se mirent à courir aussi sous prétexte de rattraper Salomon et de le rassurer.

Saltiel avança la main vers le chaton, le prit par la peau du cou et le posa sur ses genoux. Puis, tout en caressant le petit animal, il fuma rêveusement.

Là-bas, Mangeclous, Salomon et Mattathias observaient avec horreur la scène de ménagerie. C'était un fait, le petit oncle avait apprivoisé la bête! Tout de même ce Saltiel n'était pas un Juif comme les autres. Frayer ainsi avec des animaux païens! Enfin s'il lui plaisait de risquer ses yeux ou d'avaler des poils homicides, libre à lui! Il était célibataire après tout.

— J'ai toujours pensé que Saltiel avait du sang chrétien dans les veines, dit Mattathias.

Cependant, au bout de quelques minutes, l'immobilité du petit chat rassura Salomon qui revint sur la pointe des pieds, prêt à fuir au moindre mouvement suspect. Mais la petite bête dormait profondément. Ému par cette innocence, Salomon s'approcha, s'enhardit jusqu'à caresser le petit chat — mais avec une touffe d'herbe pour ne pas souiller ses mains par le contact animal. Constatant que le petit chat ne l'avait pas mordu du tout, il le prit, le posa sur ses genoux et continua à le caresser avec ses herbes, sous l'œil bienveillant de Saltiel et au grand dégoût des deux autres.

Cinq minutes plus tard, le petit était à l'intérieur du manteau en peau de chèvre et ronronnait au chaud. Salomon éprouvait des sentiments coupables. Ce qui l'émouvait surtout c'était les battements du petit cœur. Il voyait avec honte quelques poils gris sur son pantalon. Bah, il se brosserait beaucoup et tout serait dit et sa femme n'en saurait jamais rien. Il entrouvrit sa pelisse pour mieux voir l'animalcule qui se réveilla et le regarda de ses yeux bleus embrumés.

— Petit chat, dit Salomon, pourquoi as-tu choisi d'être petit chat et non homme ?

A tout hasard, il lui récita tout doucement le Décalogue pour que ce mécréant l'entendît au moins une fois dans sa vie. Il exhorta la petite bête confiante à ne point se faire d'images taillées et à ne point se prosterner devant elles, à ne jamais prendre le nom de l'Éternel en vain, à observer le jour du repos pour le sanctifier, à ne point tuer, à ne point dérober et à ne jamais porter faux témoignage. Il insista particulièrement sur l'importance qu'il y avait pour le chaton à honorer ses père et mère. Oui, oui, il savait bien que le petit chat ne comprenait pas mais la Loi était si puissante et qui sait si les paroles sacrées n'auraient pas quelque bonne influence sur le petit être aux pattes sages qui vraiment l'écoutait, les yeux levés. Il termina en lui intimant de ne point commettre adultère.

Il fut décidé que le petit chat serait hospitalisé pour la nuit. On n'aurait qu'à l'enfermer dans la malle à pharmacie. Et même on lui ferait une piqûre antivenimeuse. Mais à ce moment se profilèrent à l'horizon deux chèvres noires méchamment cornues. C'en était trop. Les Valeureux plièrent bagage en toute hâte, chaussèrent leurs souliers à chaînes antidérapantes, mirent sac au dos et, piolet à la main, se dirigèrent vers l'Hôtel de Savoie.

Ils ne louèrent qu'une chambre. Ils montèrent leur tente en se conformant rigoureusement aux indications du manuel de camping. A dix heures du soir ils s'introduisirent dans les sacs de couchage, firent de petits sauts pour entrer dans la tente, s'étendirent sur leurs matelas pneumatiques et fermèrent les yeux en souriant, des miettes de pemmican sur les lèvres.

Le lendemain, vers minuit, ils reçurent la visite inopinée de Michaël, de Jérémie tenant en lourde laisse son minuscule chien, et de Scipion que le remords avait fait revenir à Genève.

— Voici, dit Michaël après les accolades. Nous sommes allés au sommet de la montagne mais les montagnards nous ont dit que nous vous trouverions ici. Vous êtes très connus dans le pays.

— Évidemment, dit Mangeclous. Si nous sommes descendus un peu c'est parce que nos oreilles bourdonnaient dans l'air raréfié. Et quel est le but de ta visite, ô janissaire étrangement parfumé et à la voix éteinte ? Et pourquoi as-tu transporté jusqu'à notre chaste séjour tes yeux cernés et cette bague nouvelle qui comprime ton énorme annulaire ?

— Êtes-vous heureux ici ?

— Certes, dit Saltiel. La vie simple, les exercices du corps.

— Ah, mon cher, dit Mangeclous, si tu me voyais marcher à travers les pierres ou me pencher sur les torrents, tu comprendrais ma passion pour la montagne ! L'âme s'éploie dans la splendeur de la nature !

— L'air est très bon, dit Salomon.

— Propice aux méditations, dit Saltiel.

— Très sain, dit Mattathias.

Silence.

— La vérité, dit soudain Mangeclous, est que nous crevons d'ennui ici, et que les vaches ont des cornes trop aiguisées à mon goût et le regard trop insistant.

— Toutes ces pierres pointues me font mal aux yeux, dit Salomon.

— Et ces Gentils qui payent pour venir les voir et crever de froid ! dit Mattathias.

— Il est incontestable, dit Saltiel, que la montagne a deux inconvénients qui sont l'altitude et les pierres.

— Moi, dit Salomon, je comptais m'enfuir en cachette.

— Moi aussi, dit Mangeclous.

— Moi aussi, dit Mattathias. Et toi, Saltiel ?

Saltiel toussota.

— Je mets en fait, dit Mangeclous, qu'une montagne est un caillou. Et que m'importe que ce caillou ait mille mètres et qu'il existe au plafond des Indes un caillou de huit mille mètres ! Cela ne m'impressionne pas. Car je puis imaginer une montagne de cent mille mètres et je trouve leur Himalaya bien petit. Suis-je un chamois ou un homme ? Eh bien, les hommes sont faits pour vivre en hommes et non dans la nature, comme les serpents. Regagnons donc la plaine, mes chers amis, et fuyons ces lieux où rôdent les chiens du Saint-Bernard, amateurs de la chair humaine des égarés. Car là est le secret de leur fameux dévouement. En réalité, s'ils cherchent les alpinistes perdus c'est parce qu'ils préfèrent la viande crue. Bref, messieurs, nous avons de l'argent. Allons le chercher à Genève et en jouir car l'homme est mortel !

— Bravo ! dit Salomon. On part tous !

— J'en suis, dit Scipion.

— Il me tarde de revoir Sol, dit Saltiel.

— Non, dit Michaël. Il est parti en voyage.

— Alors, en avant pour l'Amérique ! dit Mange-clous.

Ils décidèrent de partir sur-le-champ. Après avoir maudit et piétiné leurs splendides équipements et craché sur leurs immenses sacs et sur leur tente et décidé de les abandonner aux amateurs de vaches, ils payèrent l'hôtelier, le maudirent aussi et s'en furent à pied, impatients de revoir les aimables plaines.

La nuit était belle et le ciel était pur. Ils se tenaient par le bras et ils chantaient, accompagnés par la guitare de Michaël. Il faisait doux. C'était bon de se tenir par le bras avec parfois d'amicales pressions. On était des hommes exquis et de vrais amis. On chantait et tant d'amitié régnait dans les cœurs que Mattathias, de temps à autre, faisait don de diverses sommes à ses amis. Quoi, il mourrait un jour. Alors à quoi bon ? Ils n'étaient pas millionnaires, ils n'étaient pas jeunes, ils n'étaient pas illustres, ils n'étaient pas aimés par de magnifiques femmes mais ils étaient de vieux amis heureux de leur amitié.

Le soleil allait se lever. Ils s'arrêtèrent au tournant d'une route. Au faîte d'un arbre, un oiseau dodu et minuscule chantait tout seul dans l'air enfantin et frais. Il chantait gratis, pour rien, pour le simple et innocent plaisir d'être un petit oiseau sous le ciel. Sans en rien dire aux amis, Mattathias laissa tomber quelques francs sur la route.

Ils restaient là, abasourdis et ravis, à regarder leur petit ailé, ivre de soleil levant. Sur la plus haute et plus fine et plus flexible cime de l'arbre, il soulevait une petite patte pour la décontracter, faisait de petits mouvements de gymnastique digitale pour se faire du bien, pour faire cesser la crampe. Puis il replaçait sur la branche la patte reposée et il soulevait l'autre. Il ne se préoccupait pas des tanks allemands, ni du nouvel alignement monétaire, ni du coût de la vie, ni des impôts et n'était pas triste de ne pas connaître l'ambassadeur de Pologne. Muni d'un petit bec dont il était extrêmement et insolemment propriétaire, il se fichait pas mal des sottises méchantes de l'humaine société. Il chantait l'amour et la belle vie et les vols joyeux de tout à l'heure, s'arrêtait de chanter pour lisser à petites coutures ses petites plumes puis reprenait son poème éperdu.

— O mignon adoré, dit Salomon.

Ils ne pouvaient détacher leurs yeux de ce petit piocheur clair, innocent et discret prophète. Immobiles, ils sentaient que ce petit oiseau était la vérité. Émus et respectueux, ils écoutaient et ils se sentaient des cœurs paternels pour le brimborion fou et chantant, si haut juché.

— J'ai peur qu'il n'ait le vertige et qu'il ne tombe, dit Salomon.

Et soudain, dans une foudroyante illumination, tournoyante et craquante, Mangeclous comprit que Dieu aimait chaque être en particulier et d'un amour absolu, qu'il aimait spécialement cet oiseau et spécialement le ridicule homme de rien nommé Mangeclous et son plus infime insecte et chaque reptile et même cette petite pierre pointue. Il ôta son chapeau haut de forme.

— Gloire à Dieu, dit-il gravement.

D'absurdes larmes coulaient sur les rondes joues de Salomon qui pleurait doucement sans bien comprendre. Ses petits ongles s'enfoncèrent dans la main poilue de Mangeclous qui ne put retenir un gémissement. Oh bonheur, ils étaient sept amis en un clair matin et tous pénétrés de vérité et de beauté. Jamais une telle heure ne reviendrait dans leur vie. Mais ils ne l'oublieraient jamais.

— Je donnerai tout mon argent aux pauvres, dit Mangeclous.

— Et moi la moitié, dit Mattathias.

Mangeclous, Salomon, Saltiel, Mattathias, Michaël, Scipion et Jérémie reprirent leur marche, aspirant l'aube fraîche et ses festoiements de vie. Ils allaient d'un pas léger dans l'air rose et gris, bras dessus bras dessous, sept fieffés frères et amis, le long des prés, des arbres chantants et des fleurs aimantes.

XXXIX

Le lendemain soir. Ariane ouvrit l'armoire, sortit le chapeau secret, un béret écossais à plume de coq de bruyère qu'elle aimait mettre quand elle était seule. Elle fit le tour de la chambre en marchant du pas sûr et pesant des alpinistes expérimentés. Elle imaginait qu'elle était sur les montagnes maternelles de l'Himalaya, sereines et catastrophiques, qu'elle gravissait les hauteurs du pays de la nuit sans humains où les derniers dieux se tenaient sur des cimes entourées de vents effroyables.

— L'Himalaya, c'est ma patrie.

Assez de ces stupidités. Faire de l'ordre. Elle remisa le béret écossais et les bêtes, vida un verre d'eau dans la corbeille à papier, éteignit, lança à la volée sa robe et ses souliers, ferma les yeux, se demanda si demain elle trouverait guéri le crapaud blessé qu'elle avait badigeonné de teinture d'iode et caché dans une corbeille à la cave.

— Demain, s'il y a du soleil, déjeuner au jardin contre le mur. En somme, je suis très heureuse, quoi, non ? Mais oui, bien sûr. Je suis une femme absolument heureuse. Où vous fûtes laissée. Être un grand prédicateur ? Un chef d'orchestre admirable ? Quand

392

j'avais onze ans, je devais me lever à sept heures pour être à l'école à huit heures, heure exquise qui nous grise lentement, mais je mettais le réveil sur cinq heures pour avoir deux heures à m'imaginer que je soignais un soldat ma mort. Dormir, idiote. Mesdames, mesdemoiselles, monsieur, on va prendre trois cachets de véronal pour bien dormir.

Oui, dormir, ne plus penser. Elle se leva, avala les cachets, jeta le verre contre le mur. Pourquoi ? Peut-être pour avoir un succédané de grande vie ardente et russe. Elle griffonna quelques mots sur une feuille, ouvrit la porte, épingla la feuille, ferma à double tour et se coucha.

Trois cachets, folie. Tant pis. Être sûre de dormir sans arrêt au moins jusqu'à midi. Oh, tirer la boulette viandelette. Ou bien forcer la bique Deume à danser à l'espagnole et à chanter que quand elle danse avec son grand frisé elle en perd la tête. Mais trois cachets est-ce que cela ne faisait pas mourir ? Non, sûrement pas. Qui sait, peut-être, plus tard. Elle, vivante maintenant, serait une chose qui ne saurait plus rien. Et cela arriverait certainement. Moite, elle se tourna du côté du mur pour s'endormir. Croire en l'immortalité de l'âme, saperlipopette ! Bien la peine d'avoir eu tant de pasteurs dans la famille. La terre d'un cimetière l'attira et elle entra dans les profondeurs humides du sommeil.

Quelques minutes plus tard, les rideaux s'écartèrent. Solal ouvrit doucement la valise mystérieuse, sortit un pot de colle, une touffe crépue, un petit paquet de farine, un autre d'où sortit un peu de terre. Il posa ces divers objets sur le tapis, les regarda longtemps. Son sort dépendait peut-être d'eux.

Commencer maintenant ? Non, plus tard. Se reposer d'abord. Il se déshabilla lentement. Lorsqu'il fut entièrement nu, il s'étendit sur le tapis. Il ferma les yeux pour mieux penser à ce qu'il ferait tout à l'heure. C'était sa deuxième incursion dans cette chambre. Elle aurait plus de résultats que la première.

XL

Mon cher petit père Deume se réveilla, mit son lorgnon et, comme il le faisait chaque matin depuis plus d'un demi-siècle, consulta, de ses ronds yeux effarés et saillants, la montre à verre grossissant, posée sur la table de nuit.

— Six heures trente. Décidément z'ai un réveil dans la tête, comme Napoléon.

Il sourit puis, comme à l'ordinaire, éternua en prononçant distinctement le mot sacré. Il aimait beaucoup dire atsoum et appuyait avec satisfaction sur la dernière consonne.

— Atsoumme !

Après un regard destiné à s'assurer que l'éternuement matinal n'avait pas réveillé sa chère épouse qui continuait à ronfler avec certitude et légitimité, il tâcha de se rappeler les incidents de la nuit et la qualité de son sommeil.

— Oui, murmura-t-il, ze crois que z'ai bien dormi. Du moins, ze l'espère.

En chemise de nuit et pieds nus, mais ne s'appuyant que sur les talons afin de prendre le moins de froid possible, il se dirigea vers la fenêtre en boitillant. Il ouvrit doucement les volets et son bon visage barbu

395

s'éclaira de contentement. Les arbres étaient vêtus de neige. Exposition de blanc.

— Quel bonheur ! De la neize !

Fallait-il réveiller Antoinette pour lui annoncer cette importante nouvelle ? Non, tout de même non, Antoinette ne serait pas contente d'être réveillée plus tôt que d'habitude.

— De la neize le trente avril ça n'est pas ordinaire !

Les cordes poétiques de M. Deume vibrèrent. Ce petit sexazénaire (il m'embrouille avec son défaut de prononciation) au doux visage ahuri avait une adoration enfantine pour la bonne chère neige qui lui permettait de mieux savourer la tiédeur de sa villa.

— D'ailleurs c'est bien le moins puisqu'on n'a pas eu de neize à Noël, ce qui a été bien décevant.

D'impatience il fit de petites grimaces. Oh, quel bonheur de dire tout à l'heure à Antoinette : « Bicette, il y a une surprise ! Devine ! » Oui, il se mettrait en écran devant elle pour l'empêcher de voir les petites plumes blanches qui tombaient ! « Tu ne devines pas ? Tu donnes ta langue au çat ? Eh bien regarde ! » Et il s'écarterait et elle serait bien stupéfaite ! De la neize le trente avril ! Il fallait remonter à quarante-deux ans ! Il se réjouit de lire l'article du « Journal de Genève » à ce sujet.

— Diable, diable, diable, il fait bon çaud.

Ce chauffage central au mazout, quelle merveille de régularité et de douceur ! Ah, celui qui avait inventé le chauffage au mazout n'était pas le premier venu et méritait bien une statue !

Il tapota le baromètre qu'il aimait beaucoup parce qu'il était dans la famille depuis près d'un siècle. Oui, il avait remonté et le ciel était sans nuages. A travers les vitres il regarda le thermomètre. Brr, il faisait zéro. De la neize le trente avril ! Mais le ciel était bleu.

Il y aurait donc du soleil. L'hygromètre aussi annonçait le beau temps car c'était le pâtre qui était sorti du chalet et non le socialiste, une figurine en bois, tenant un couteau entre les dents.

— Ça sera cic de faire une bonne petite promenade au soleil bien çaud en allant à la banque pour nos petits coupons, murmura-t-il. Et puis après z'irai attendre Adrien au Secrétariat et on ira voir un peu où en sont les travaux de la nouvelle plaze. Z'adore ça, moi. Et on ira à pied, comme ça on fera de l'exercice et pas de tram à payer ! Les petits ruisseaux font les grandes rivières, comme disait papa.

Il regarda avec respect la photographie de son cher père dont le visage, encadré de favoris notariaux, semblait lui dire comme autrefois : « Dépense cent francs tant que tu voudras mais ne me dépense pas tout le temps des cinquante centimes ! »

— Ze n'en suis pas absolument certain mais il me semble que z'ai bien dormi. En tout cas z'ai bonne mine, dit M. Deume en considérant dans la glace de l'armoire la tête de phoque posée sur le petit corps.

Il mit de l'ordre dans ses moustaches tombantes, pour mieux les mêler à la barbiche. Puis il gratta la petite lie vineuse de sa joue qu'il appelait son gros grain de beauté et qu'il aimait tout autant que son ventre rondelet. Il adorait tout ce qui lui appartenait — sa fortune, sa femme, sa barbiche, ses bibelots, son uniforme suranné de lieutenant de réserve.

Il sortit de la poche de sa chemise de nuit les lorgnons que retenait un cordonnet noir passé autour du cou, prit sur l'étagère placée au-dessus de la table de nuit le petit flacon qui contenait un liquide merveilleux pour le nettoyage des verres. Ceux-ci dûment humectés, il les essuya avec le pan violet de sa blanche chemise de nuit. (En matière de réparations,

397

Mme Deume se préoccupait d'économie plus que de beauté.) Il campa ses lorgnons et son regard se fit intelligent.

Après avoir consulté le thermométrographe et inscrit sur un petit carnet les températures maximum et minimum de la nuit, il ouvrit la porte, descendit avec précaution les premières marches de l'escalier.

— On va se faire un bon petit café au lait.

(Il se méfiait des domestiques et, depuis de nombreuses années, préparait son café lui-même. Ces filles étaient incorrigibles. Il leur avait tant de fois expliqué qu'il fallait bien tasser la poudre de café, que l'eau devait être versée bouillante et que, durant le « filtraze », la cafetière devait être mise dans un bain-marie. Mais ces filles étaient sans conscience. Il y avait quelque chose de changé dans leur mentalité depuis que les bandits rouges s'étaient emparés de la Russie. M. Deume établissait des rapports entre l'avènement de Lénine et le café saboté par les domestiques. Tout se tenait. Dans les salles de bal, ces filles entendaient des propos subversifs ou lisaient des journaux de cinéma. Bref, depuis la Révolution d'Octobre, M. Deume faisait son café lui-même.)

— Ah, si ze les tenais, ces bolcéviks ! En tout cas, puisque le caviar vient de Russie eh bien ze n'en manzerai plus ! Ça leur apprendra.

Il s'arrêta brusquement. Décidément ces communistes lui faisaient perdre la tête. Voilà-t-il pas qu'il allait à la cuisine en chemise de nuit et en pantoufles ! Il revint dans la chambre à coucher. Oh, sûrement il s'était enrhumé ! Enfin peut-être que non puisque le thermomètre marquait vingt. N'empêche, une précaution ne coûtait rien. Il enfourna dans ses narines une chère vaseline à l'acide phénique qui faisait merveille.

— Espérons que ce n'est qu'une fausse alerte.

Tout en enfilant son pyzama en poil de çameau, le vieux petit bonhomme considéra, placée au-dessus du lit conjugal et entourée d'un cadre aux fioritures dorées, la photographie en couleurs de sa première épouse, dont il avait inscrit, au bas du cadre et en belle gothique ombrée, les nom et prénoms ainsi que les dates de naissance et de mort.

— Elle avait une vraie taille de guêpe.

Il sifflota car décidément il se rendait compte qu'il avait bien dormi. Et puis, il était content de n'être plus en vacances. Ce voyage à Nice l'avait éreinté. Il était mort de froid à Nice ! Il faisait meilleur en Suisse où on savait se chauffer, où les bureaux de poste étaient propres. Il avait le frisson rien que de penser à ces douaniers français avec leurs pantalons en tire-bouchons, leur képi de travers et leur mégot socialiste à l'oreille. Tandis que les bons douaniers suisses, si gentils, avec leurs beaux uniformes en belle étoffe verte et leur col impeccable et bien raide, à la bonne heure !

Et les employés des chemins de fer suisses donc, si obligeants, si confortablement chaussés, si corrects ! Et les trains suisses si propres, si bien chauffés, qui arrivaient à l'heure, qui marchaient à l'électricité et dont on descendait aussi pimpant qu'on y était entré. Et les ouvriers si raisonnables qui ne demandaient pas tout le temps des augmentations ! La petite Suisse avec son franc solide, à la bonne heure ! Et les conseillers fédéraux une fois élus, eh bien on leur laissait faire leur travail en paix pendant de longues années, jusqu'à leur mort. Ils étaient honnêtes et on leur faisait confiance. Tandis qu'en France, tous les trois mois, un nouveau ministère ! Et puis en France, ces bureaux de poste mal aérés avec leurs murs sales et toutes ces employées qui jacassaient derrière leurs guichets, armées de ciseaux et de pinceaux à colle et qui vous regardaient de travers si on leur demandait un formulaire de changement d'adresse. Et tous ces curés et toutes ces femmes rouges de vin rouge et en voiles de deuil et tous ces grévistes qui vous rançonnaient sur les routes, il frissonnait rien que d'y penser ! Et leurs allumettes soufrées qui vous asphyxiaient ! Et leur chocolat tellement moins bon qu'en Suisse ! Il admira M. Tobler de mettre sur le paquetage de son exquis chocolat au rhum : « Pour adultes seulement ». On était consciencieux en Suisse. Et puis ce gruyère qu'ils avaient en France, du caoutchouc sans saveur et sans odeur ! A leur retour de Nice, il avait mangé du bon vrai gruyère toute la journée pour bien sentir qu'il était en sécurité dans sa chère Genève où l'on pouvait en paix perdre son parapluie, sûr qu'on était de le retrouver le lendemain au bureau des objets trouvés.

— Ah qu'on est bien, qu'on est bien cez nous ! chantonna le vieil Helvète. (Il virevolta soudain.) Mais qu'est-ce que z'ai ce matin ? Ze fais tout de travers. Rien que de penser à ces grévistes français, ça m'a tourné la tête. Z'allais faire comme eux et oublier de prendre mon bain. Enfin, la France c'est quand même la France, le premier pays du monde, ze ne sors pas de là. C'est un pays çarmant. Dommaze qu'il n'y ait pas plus d'ordre. Et puis ce n'est peut-être pas vrai l'histoire des grévistes qui vous rançonnent. Bref, déshabillons-nous pour prendre notre cer petit bain.

Tout en ôtant son pyjama il regarda avec tendresse sa chère moitié belge qui, interminable et osseuse, ronflait avec courroux dans le lit conjugal. Ses mains couvertes de verrues brunes étaient jointes sur la courtepointe.

— Oh, que nous sommes bien dans notre petit nid, murmura-t-il.

Antoinette Deume fut en son jeune âge une demoiselle Leerberghe, de Mons. A la mort de son père, un notaire ruiné, elle fut hébergée par les riches van Offel avec lesquels elle avait de vagues liens de cousinage. Plus tard, elle fut engagée comme demoiselle de compagnie par Mme Rampal. Les van Offel et les Rampal étaient les deux fleurons de la couronne sociale d'Antoinette. Depuis plus d'un siècle, les Leerberghe étaient les vassaux belges, notaires et gérants, des Rampal, agents de change parisiens qui possédaient de nombreuses propriétés en Belgique.

La veuve Rampal passait la plus grande partie de l'année dans sa villa de Vevey, sur les rives du lac de Genève. C'était une tyrannique créature à tête de mort qui réveillait plusieurs fois par nuit la pauvre Antoinette pour lui demander des compresses chaudes ou de somnifères gratouillis sur la plante des pieds. La vieille fille — elle avait trente-cinq ans à cette époque — supportait tous les caprices de la Rampal parce qu'elle avait charge d'âme : Adrien Janson dont le père, un dentiste à barbiche de mousquetaire, était mort quelques années après son mariage avec la sœur d'Antoinette Leerberghe. Sa femme l'avait suivi peu après dans la tombe. L'orphelin n'ayant hérité que d'une somme insignifiante, la tante assuma courageusement le rôle de mère et subvint à l'entretien du petit Adrien qui, conformément aux dernières volontés du père, fut envoyé à Paris pour y continuer ses études en qualité d'interne dans un lycée. (Ceci requiert explication. Feu Janson père avait la toquade de croire qu'on ne pouvait faire de solides études qu'en France. Lui-même avait été interne à Condorcet. Et il en tira gloire toute sa vie. Chacun de nous a ainsi une petite couronne chimérique.)

Antoinette Leerberghe souffrait de ne voir son cher Adrien qu'aux vacances. Elle se consolait en pensant qu'à Paris Adrien avait l'occasion d'aller deux fois par mois chez les chers riches Rampal et, Dieu voulant, de se faire apprécier d'eux. La vieille fille n'avait pas de dot et la nature ne l'avait pas pourvue d'attraits particuliers : peu de chair mais par contre beaucoup d'os et de verrues ; et une gueule de dromadaire. Elle sentait bien qu'elle ne se marierait jamais et avait reporté toute sa soif d'amour sur son neveu. C'était pour lui qu'elle grattait les pieds parcheminés de la vieille Rampal, qui mourut trois ans plus tard en léguant à sa bonne Antoinette la jolie villa de Vevey.

Ne parvenant pas à vendre cette villa au prix qu'elle « s'était fixé », elle prit la décision de la transformer en pension de famille qu'elle dénomma « Pension de santé Béthel », lugubre asile pour convalescents pieux et légumivores. (Mlle Leerberghe appartenait à une famille protestante qui, depuis deux siècles, dégageait de forts parfums de sainteté. Elle était elle-même très bigote et, à ce titre, aussi pénible que certaines bigotes catholiques ou juives.) L'aimable institution marcha tant bien que mal et Mlle Leerberghe plaçait au nom d'Adrien ses maigres bénéfices.

Adrien passait les grandes vacances chez sa tante. A la fin de septembre, il repartait pour Paris où il faisait de brillantes études. Il allait déjeuner deux fois par mois chez les mirifiques financiers et servait de secrétaire bénévole à un vieux Rampal, général en retraite. « Mon chéri, écrivait Antoinette, ne manque pas tes visites aux chers messieurs Rampal pour lesquels je prie chaque jour. Sois prévenant et respectueux. »

Souvent, dans sa pension peu achalandée, elle broyait du noir à l'idée de mourir vierge. A plusieurs reprises elle avait espéré qu'un de ses pensionnaires neurasthéniques ou dyspeptiques, qu'elle entourait de soins souriants et parfumés de lavande, se déclarerait. Mais rien, jamais rien ! Elle avait surtout beaucoup compté sur un professeur de Lausanne qui l'appelait très chère. Mais l'inconstant s'était épris d'une gourgandine fardée.

Et les années passaient. Antoinette avait quarante ans lorsque le petit père Deume vint faire un séjour à la pension de santé. Il avait cinquante ans et venait de perdre sa femme. Comme il mélancolisait beaucoup, les médecins lui avaient conseillé un changement d'air. Aimables entretiens. M. Deume, qui avait été pendant trente ans employé dans une banque privée de Genève, avait hérité de sa femme un bon petit immeuble de rapport qui lui assurait un revenu assez confortable. De plus, il avait des obligations Jura-Simplon et CFF série A.K. Il venait de donner sa démission et ne s'occupait plus que de son petit travail bénévole de collecteur, pour le canton de Genève, de l'Asile protestant de La Force. Il avait donc de quoi passer le temps.

Le brave homme confia ses soucis à Antoinette, parla des tracas que lui donnait la gérance de son immeuble. Elle lui proposa aimablement de l'aider à tenir ses comptes et à préparer les quittances. Plein de reconnaissance, M. Deume parla avec émotion de la défunte Clarisse. La maîtresse de pension s'approcha, prit la main de l'affligé, lui parla remarquablement de Dieu. M. Deume, un peu gêné, s'écarta. Le lendemain, il eut une crise de lumbago et fut soigné merveilleuse-

403

ment par cette chère Mlle Leerberghe qui venait lui sourire toutes les heures. Guéri, le petit père Deume crut de son devoir, dès sa première sortie, d'apporter un bouquet de fleurs à la bonne demoiselle pour lui témoigner sa gratitude. La vierge quadragénaire défaillit, ferma les yeux, se jeta dans les bras du petit bonhomme épouvanté auquel elle murmura qu'elle consentait, que sa réponse était « oui » et qu'elle acceptait de devenir sa femme parce qu'elle sentait que c'était la volonté de Dieu.

L'hymen fut célébré quelques semaines plus tard et le petit père Deume fut désormais pourvu d'un souriant tyran femelle qui s'évanouissait ou pleurait ou avait mal à la tête lorsqu'il ne filait pas droit, ce que la nouvelle Mme Deume appelait être indulgent avec elle. Les premières semaines, il avait bien essayé de réagir. Le trentième jour du mariage, il alla jusqu'à dire « z'exize ». Mais la nouvelle épouse ayant pleuré, boudé et prié à haute voix pendant plusieurs jours, M. Deume n'alla pas plus loin et abdiqua. Il devint ce que ces dames appellent un mari charmant, c'est-à-dire un esclave constamment approbateur. Telle est la puissance des scènes féminines, que ces dames baptisent de noms plus doux, tels que tristesse, désespoir ou affolement. Pauvres de nous, mes frères.

La villa de Vevey fut louée et les Deume s'en furent à Paris rejoindre Adrien qui venait de passer la première partie du baccalauréat avec la mention « bien ». Hippolyte se prit d'une vive affection pour le jeune homme, d'ailleurs très gentil avec son nouvel oncle. Peu après, le vieux couple adopta le neveu d'Antoinette, désormais Adrien Deume.

Mais M. Deume dépérissait à Paris au charme duquel il était résolument insensible. Il ne songeait qu'à Genève, enrageait d'être obligé de manger du chocolat français, s'indignait contre les fabricants. « Mais enfin, bon sang, pourquoi est-ce qu'ils ne sont pas capables de faire du çocolat au lait aussi bon que cez nous ? Enfin quoi, le lait est le même partout. Oh, tout ça c'est du manque de conscience ! » Et puis ce Bois de Boulogne plein de papiers et de boîtes de conserves vides ! Et ces ministres socialistes ! Et cette Seine noire ! Et toutes ces cheminées d'usines ! Oh, retrouver les rues de Genève si nettes et « ordrées », les beaux jardins publics, l'eau propre du cher lac !.

M. Deume maigrissant toujours plus, les médecins prescrivirent de nouveau un changement d'air. Il fut décidé qu'Adrien irait préparer sa licence ès lettres à Bruxelles. Mme Deume en voulait au père défunt d'avoir obligé son fils à faire ses études secondaires en France. Le pauvre petit allait se sentir dépaysé à Bruxelles. Pierre qui roule n'amasse pas mousse. Et par-dessus le marché, ce mari suisse qui se mourait de langueur ailleurs qu'à Genève et qui refusait, avec la ténacité obscure du mouton, d'aller à Bruxelles ! Adrien partit donc pour la Belgique et les Deume pour la Suisse.

A Genève, Mme Deume ne tarda pas à s'apercevoir que son petit mari était un zéro social. Elle s'occupa avec zèle de diverses œuvres de bienfaisance où elle rencontra des dames charmantes, c'est-à-dire appartenant à la bonne société, ce qui ne la consola pas d'être séparée d'Adrien. Elle aurait aimé le voir entrer à la Société des Nations dont elle savait que le personnel était convenablement rétribué.

Fièvre typhoïde d'un van Offel. Mme Deume vola à Bruxelles, soigna merveilleusement la malade. Un jour, pendant qu'elle bichonnait la convalescente, elle s'évanouit. Questionnée, elle dit sa souffrance : son cher mari ne pouvait pas vivre loin de Genève et son cher Adrien devait faire sa carrière en Belgique, dans l'enseignement secondaire, toujours loin de sa mère adoptive ! Elle pleura, pauvre mère et épouse écartelée. On lui demanda s'il n'y avait pas quelque possibilité pour Adrien de trouver une situation à Genève. « Il y a bien la Société des Nations, soupira Mme Deume après s'être mouchée. Mais il faut des protections. »

Un beau-frère de la van Offel était chef de service au ministère belge des Affaires étrangères. Adrien fut nommé.

XLI

M. Deume emporta les serviettes qui avaient passé la nuit sur le radiateur et entra dans la salle de bains dont il chérit les nickels. La verte clarté de l'eau l'enthousiasma. Ah, le Rhône avait « meilleure façon » que la Seine ! Comme tous les matins il relut, avec un sourire approbateur, le refrain qui avait été brodé en rouge sur les serviettes, soixante ans auparavant, pour l'édification du jeune Hippolyte.

> Vive l'eau
> Vive l'eau
> Qui rend propre
> Et qui rend beau !

— Ce n'est pas une rime bien rice, disait-il en se savonnant avec conscience. Tout le monde n'est pas Victor Hugo ou Zuste Olivier. N'empêce que c'est bien trouvé.

Il finit son bain par une douche glacée qui lui fit rugir de petits halètements voluptueux et effrayés, accompagnés, sur les fesses tremblotantes, de claques que l'amateur d'hygiène supposait bienfaisantes et sportives.

Il sortit de la baignoire, s'essuya en souriant d'aise, car les serviettes étaient très chaudes, puis exécuta un rite secret. Il gonfla de toutes ses forces son gros ventre, tapa dessus avec ses deux mains à plat, en imaginant qu'il était un chef nègre qui, dans la brousse, appelait à la guerre sa fidèle tribu. Chaque humain a ainsi ses petits mystères.

Ensuite, toujours nu, mais le visage habillé de barbe et de lorgnons, il exécuta avec sincérité des mouvements de gymnastique qui consistaient à faire tourner les bras tout en clamant : « Une deux, une deux ».

Enfin, il enfila le peignoir qui devait le débarrasser de tout reliquat d'humidité. Se sentant bien sec, il sourit de ses dents artificielles et retourna dans la chambre où Antoinette dormait toujours. Là, il s'apprêta à savourer son moment de poésie pas surmenante. Il ouvrit la fenêtre et tout en s'empêchant de respirer — un rhume est si vite attrapé — le cher petit homme suspendit prestement le sac tricoté qui contenait des débris de noix pour les mésanges.

— Et maintenant, notre bon petit café au lait.

Il se dirigea doucement vers la porte pour ne pas risquer de réveiller Antoinette dont il ne se doutait pas que le sommeil était simulé.

Vingt minutes plus tard, tout était prêt. Sur le plateau étaient disposés les pots de café et de lait, recouverts l'un et l'autre d'un petit édredon en forme de sac ; les toasts grillés à point et enveloppés dans une serviette ; le rayon de miel ; la marmelade d'oranges ; les œufs à la coque ; les petits pains mollets ; la passoire destinée à arrêter au passage la peau du lait, que M. Deume détestait ; la plaque de beurre ornée d'un dessin représentant un chalet d'où sortait une vache en parfaite santé que tenait en laisse un pâtre trop bien coiffé pour être socialiste.

— Ze crois que tout y est !

Il se frotta les mains, tourna plusieurs fois sur lui-même en fredonnant une vieille valse. Il se repentit vite de cet instant d'égarement. Danser, alors que du café chaud attendait et risquait de devenir tiède !

— En avant marche !

Son pied droit maintenant ouverte la porte munie d'un pousse-porte, il prit le plateau, retint à l'aide de son dos le brusque retour de la porte — il détestait le bruit — et s'en fut, prêtre du petit déjeuner.

Se réjouissant de boire du lait sain, non écrémé et sans microbes de fièvre aphteuse — « pas de ce zus de craie qu'on nous a servi à Milan » — il gravit l'escalier rapidement. Il n'aimait pas rencontrer la domestique en cette heure délicieuse où, chargé de la bonne offrande, il allait réveiller sa chère épouse. Arrivé devant la chambre à coucher, il en poussa la porte d'un coup de pied impatient.

— Voilà la camomille ! cria-t-il d'une voix qu'il s'efforça de rendre caverneuse.

Mme Deume, qui détestait cette tisane mais raffolait de café au lait, sourit à ce trait d'esprit toujours goûté depuis de nombreuses années. Il lui était agréable et rassurant d'entendre tous les matins la même phrase. Pas le temps de raconter les longs et ardents commentaires sur la neige inattendue, sur les dommages qu'elle occasionnerait aux arbres fruitiers, et aux légumes qui seraient hors de prix. L'intéressant sujet étant épuisé, M. Deume embrassa de nouveau sa femme qui ne s'arrêta pas, pour cela, de tricoter. Elle avait horreur du temps perdu (j'en sais une qui a accouché en tricotant) et était en train de confection-ner des chaussons de bébé pour une de ses protégées du Bercail, maison d'accueil pour filles mères. (« Ces pauvres filles qui se laissent toujours embobiner ! Enfin j'ai eu un entretien sérieux hier avec elle. J'espère qu'il lui sera en bénédiction. Elle a en tout cas de très jolis sentiments. J'ai bien aimé quand elle m'a dit que ces chaussons étaient trop jolis pour l'enfant d'une ouvrière. »)

— Quatorze, quinze.

Elle comptait ses mailles à haute voix pour ne pas perdre le fil de son travail, pour montrer à son mari qu'elle était très occupée et surtout, inconsciemment, pour lui rappeler qu'elle était le chef de la raison sociale Deume.

— Combien d'heures as-tu dormi, Bicette ?

— Dix-neuf et une à l'envers.

M. Deume recula horrifié. Qu'était-il arrivé à sa malheureuse femme ?

— Il ne s'agit pas d'heures mais de mailles. J'ai dormi quatre heures au maximum, articula Mme Deume en grattant son visage enflammé par l'eau de lavande dont elle frottait souvent ses joues. Mais je suis reconnaissante, dit-elle avec un sourire divin de jeune martyre. C'est un progrès. Hier je n'ai dormi que trois heures. Certes, je suis reconnaissante, modula-t-elle langoureusement, rêveusement, délicatement, secrètement, amoureusement, adultèrement.

Un silence suivit que M. Deume, impressionné et pas trop à son aise, n'osa pas rompre. Il savait que lorsque sa femme disait qu'elle était reconnaissante, il fallait toujours sous-entendre que cette gratitude allait au Dieu fort qui, étrange occupation, veillait sur le sommeil de Mme Deume. Chose curieuse, cette dernière ne songeait jamais à reprocher à son Dieu de ne l'avoir pas fait dormir neuf ou dix heures d'affilée. Comme une maîtresse de maison que terrifie sa vieille bonne et qui n'ose lui faire aucun reproche, Mme Deume ne songeait qu'à se louer des services de son Éternel et fermait les yeux sur Ses défaillances.

— J'ai peu dormi mais j'ai bien dormi, sourit-elle avec, derrière ses lunettes, cette spiritualité qui remplissait son petit mari de craintive admiration.

M. Deume souleva le petit dôme capitonné qui entourait la cafetière, posa le revers de sa main sur l'honorable récipient et frémit en son âme. Le café n'était plus bouillant.

— Excuse-moi, Antoinette, mais ze crois que le café va se refroidir.

— Quelle horreur ! Verse-moi vite une tasse. C'est affreux ce que j'ai envie de boire chaud ce matin.

— Moi aussi, dit M. Deume, soudain guilleret, en versant le café puis le lait.

— Enfin, je constate que le boulanger vient à l'heure depuis que je lui ai fait cette semonce.

Elle ne supportait pas de déjeuner sans pain frais. Le boulanger passant parfois en retard, il était arrivé à Mme Deume de reculer son petit déjeuner jusqu'à dix heures et demie pour avoir le plaisir de manger ses petits pains mollets.

— Ze te sucre ?

— Oui, merci, sucre-moi, répondit la dame dromadaire.

— Ze te sucre combien ?

— Mais un sucre comme d'habitude.

Le mari et la femme burent enfin et leurs yeux, au-dessus de la tasse à laquelle ils s'abreuvaient, se sourirent.

— Voudrais-tu me passer trois petits pains ? demanda Mme Deume d'une voix éthérée pour faire passer la matérialité de la demande. Merci beaucoup.

— Mais ze t'en prie. (Ces gourmands étaient très

polis au petit déjeuner et s'y aimaient particulièrement.)

Mme Deume beurra ses petits pains et les enduisit de miel. Le petit père eut recours à une méthode plus virile : il coupa son pain en petits morceaux. Affairé, un peu maladroit, il les jeta fébrilement dans son café au lait. Puis il introduisit dans sa bouche une cuillerée de beurre mêlée de miel et but son café en tâchant de happer un des morceaux trempés. La tartine, avait-il coutume de dire, se faisait à l'intérieur.

Ils mangèrent à leur faim et burent à leur soif. Cette heure exquise les grisait. Mme Deume sirotait par tous les pores la joie d'être une personne aisée. Riche depuis son mariage, elle n'en était pas moins constamment consciente d'avoir « de quoi » — jusqu'en ses orteils en train justement de faire, sous les couvertures, une petite danse délassante. Elle s'arrêta de boire pour rouler entre ses doigts sa boule de chair, gracieux pendentif vivant dont elle aimait éprouver la densité et l'élasticité. Puis elle adora voir tomber la neige et mit ses pieds nus non plus sur la bouillotte, mais dessous. Cela faisait un petit changement.

— J'aime bien le thé, dit-elle, parce qu'il n'y a rien qui désaltère autant. (Phrase dite cinq ou six mille fois depuis son mariage et répétée toujours avec la même fraîche conviction.) Mais je dois dire que le matin il n'y a rien de supérieur à une bonne tasse de café au lait.

— Ze ne suis pas de ton avis, dit M. Deume, il y a quelque çose de supérieur à une tasse de café au lait, c'est deux tasses de café au lait !

Mme Deume sourit avec bienveillance et M. Deume, de rire, faillit s'étrangler. « Ce que ze peux être drôle quelquefois », pensa-t-il tout en toussant. Le danger d'étranglement passé, il confia à sa femme qu'il avait été réveillé vers minuit par des chants de noctambules.

— Le gouvernement devrait interdire... dit Mme Deume en train de ramasser avec sa cuillère le morceau de sucre incomplètement fondu au fond de la tasse. (Ne rien laisser perdre.)

— Et fourrer en prison tous ces noceurs ! compléta M. Deume.

Une vague de contrariété afflua sur le visage de Mme Deume qui n'aimait pas entendre son mari se servir de mots peu convenables.

— Sans compter que c'était certainement des étrangers, dit-elle.

— Les étranzers, ze n'aime pas ça, dit M. Deume. Sauf naturellement les étranzers comme il faut, mais ze ne crois pas qu'il y en ait beaucoup. D'ailleurs c'est bien connu que tout le monde, dans tous les pays, se plaint des étranzers.

Puis ils parlèrent d'Ariane et Mme Deume déclara que la femme d'Adrien la détestait. Pour donner plus d'importance à cette affirmation, elle posa son tricot et regarda bleu clair son mari.

— Elle me déteste, répéta-t-elle en se grattant le dos avec une de ses longues aiguilles.

— Toi, si bonne, si douce ?

— Chaque fois qu'elle me rencontre dans le corridor, elle trouve un prétexte pour retourner dans sa chambre.

M. Deume ne pipa mot. Il était déçu par la tournure que prenait l'entretien. Après le petit déjeuner, comme du reste en toute heure de la journée, il aimait parler de choses agréables.

— Voilà une personne qui, extérieurement, est convenable, enfin plus ou moins, mais qui ne m'a jamais fait une confidence ! Toujours polie et sur son

413

quant-à-soi. (M. Deume avait un peu mal à la tête car le tragique le désobligeait.) Et puis il y a une chose qui la juge. Jamais, tu m'entends bien, jamais elle ne m'a demandé de prier avec moi ! Veux-tu que je te dise ? Elle nous méprise parce que nous ne sommes pas des « de » ? En tout cas les Deume qui ont eu un colonel dans la famille valent les d'Auble ! (Si Mme Deume avait eu une fille et que celle-ci eût épousé Mozart, elle aurait adressé ses lettres à Mme Mozart-Deume. La musique c'est très bien, le génie aussi et d'ailleurs le mari de sa fille n'est pas encore mort. A-t-on jamais vu un génie vivant ? On sait bien qu'ils sont tous morts.)

M. Deume sentit que, pour calmer sa femme, il n'y avait qu'un moyen : lui proposer de prier. Non qu'il fût un grand mystique — au contraire, il disait lui-même qu'il n'était pas très porté sur la religion — mais il n'y avait rien de tel pour calmer Antoinette. Après une prière, elle était toujours très gentille avec lui, pendant au moins une heure. Et puis, pendant la prière, il pouvait se reposer. Il n'y avait qu'à baisser les yeux et point n'était besoin de discuter. Cependant M. Deume était loin d'être un athée. Il allait au sermon tous les dimanches, se réjouissait de lire quelque beau livre réconfortant l'assurant que tout était bien sur terre et que tout serait encore mieux au ciel. C'était même ce qui lui plaisait le plus dans la religion, cette idée que la mort était le passage à une vie plus agréable encore, sans maladies, sans soucis, sans révolutions, et éternellement agréable. Le ciel lui apparaissait comme un pays bien ordonné, hiérar-chisé, fasciste en somme puisqu'il était régi par un dictateur aimé de tous. Bref, le ciel lui plaisait beaucoup. Par contre, les émois religieux de Mme Deume le mettaient mal à l'aise. Lorsqu'elle priait avec lui et quelque amie oxfordiste, il avait l'impression d'être un invité pas très dégourdi. Au fond, il aimait mieux les cérémonies patriotiques. Ah, ce qu'il pouvait vibrer devant un drapeau, le petit père Deume! Et comme il aimait se découvrir lorsque passait un glorieux étendard! Et quel regard furibond il savait lancer sur les blancs-becs qui gardaient leur chapeau sur la tête!

— Z'aimerais bien prier, souffla-t-il honteusement.

Mme Deume eut un angélique sourire de reconnaissance.

— *Cher* ami, lui dit-elle en lui prenant les mains. Tu ne sais pas le plaisir que tu me fais. Je voudrais te voir toujours plus désireux d'être un enfant de Dieu. Me proposes-tu de prier pour me faire plaisir ou aimes-tu vraiment prier?

— Beaucoup, dit M. Deume d'une voix enrouée.

— Mais veux-tu *vraiment* te donner à Dieu, de toute ta volonté? dit-elle en lui serrant fort les mains qu'elle souleva puis laissa retomber toutes seules. Le veux-tu?

— Ze le veux, dit sombrement M. Deume.

— Alors, tout est bien. Mais nous ne nous adresserons pas à Lui tout de suite. Mlle Granier vient aujourd'hui. Elle a une foi tellement vivante et puis elle est tellement au courant de ce qui se fait de nouveau en religion. J'*aime* prier avec elle. Et toi?

— Moi aussi, dit M. Deume en tâchant de prendre un masque volontaire pour compenser la fadeur de sa réponse qu'il sentait insuffisante.

Pour se donner une contenance, il reprit du café.

— Il est encore çaud, dit-il, heureux de parler de quelque chose qu'il connaissait bien.

— Tu vois comme Dieu est bon, dit Mme Deume, tu vois. Il veille, Il veille, Il veille! modula-t-elle en crescendo.

Cependant, il semblait qu'Il n'avait veillé qu'imparfaitement puiqu'elle se plaignit un peu plus tard d'avoir été réveillée — c'était vers trois heures un quart, elle se souvenait très bien, trois heures un quart, oui — par une impression de vent coulis qui lui avait donné une impression de torticolis. M. Deume, très animé soudain, s'engagea à vérifier toutes les rainures, se réjouissant de découvrir des fissures et de les mastiquer avec une composition de son invention faite de colophane, de sciure de bois et de colle de poisson.

Il y eut un silence. M. Deume voulait à tout prix éviter que la conversation ne prît de nouveau une tournure religieuse. (« Décidément, tout ça c'est un peu fort de café pour moi », avait-il coutume de se dire lorsque sa femme lui parlait de la différence de tempérament entre saint Jacques et saint Paul.) Il enchaîna donc et parla d'une autre cause de réveil dans la nuit. Le froid de sa bouillotte l'avait réveillé vers quatre heures. (Les Deume faisaient toujours mettre deux bouillottes dans le lit conjugal.)

— Oh, cette fille ! s'indigna haineusement Mme Deume. Elle devient décidément impossible. Je lui ai dit et redit — elle appuya, les dents serrées, sur ces derniers mots — qu'il faut mettre la cruche dans une fourre de tricot. (Elle chercha du pied la bouillotte de son mari.) Bien sûr, elle n'a pas mis la fourre ! Pourtant ce n'est pas ce qui manque dans la maison !

— Nous en avons neuf. Z'ai catalogué la cuisine l'autre zour.

— Mais comment se fait-il que tu ne t'en sois pas aperçu tout de suite ?

— Z'avais mes gros çaussons de laine. Ze les ai enlevés vers minuit et à ce moment-là la cruce était zuste bien.

— On ne peut plus arriver à se faire obéir des domestiques, dit Mme Deume. Si c'est la révolution, qu'on le dise !

— Mais tant que nous ne serons pas sous la férule de Moscou, nous aurons tout de même le droit d'avoir des cruces enveloppées ! s'exclama M. Deume qui, peu après, éternua. Héhé ? fit-il avec suspicion. Héhé ? Héhé ? répéta-t-il avec l'expression compétente et tragique du pêcheur à la ligne qui croit avoir ferré un poisson extraordinaire. Est-ce que, par hasard — il renifla pour mieux sentir l'état de son nez — ze me serais enrhumé avec ce coup de froid aux pieds ?

— J'espère bien que non, dit Mme Deume. En tout cas, tu resteras couché.

— Mais c'est peut-être un éternuement comme ça.

— Est-ce que tu as mal à la gorge ?

M. Deume racla sa gorge pour voir, fit divers essais de déglutition.

— Ze ne peux pas dire naturellement, on ne sait zamais, mais au fond ze n'ai pas l'impression.

— En tout cas, si tu sens que tu t'enrhumes tu me demanderas les mouchoirs troués.

Mais le petit phoque barbichu ne voulut plus penser à ce rhume dont l'éventualité lui gâcherait le plaisir mystérieux qu'il songeait à prendre. Sur la pointe des pieds, il alla fermer la porte à double tour.

— Est-ce qu'on Le regarde ce matin ? souffla-t-il avec une expression égrillarde et respectueuse.

— C'est que j'ai tellement à faire, répondit pudiquement l'osseuse chamelle.

— Zuste un moment, dit M. Deume. On fera ça rapido presto.

— Oui, dit tout bas Mme Deume dans le regard de laquelle passa une lueur étrange.

Il souleva le tapis, introduisit un couteau dans une

lame du parquet. Après l'avoir soulevée, il sortit, enveloppé de papier de soie et de diverses étoffes, le lingot d'or fin de douze kilos et demi qu'à l'insu de tous, et même d'Adrien, ils avaient acheté huit jours auparavant, crainte de dévaluation, et qu'ils n'avaient pu se résigner à enfermer dans le compartiment de coffre-fort qu'ils avaient loué à la banque. Il était si réconfortant de le sentir tout près d'eux. M. Deume le posa sur le plateau du déjeuner et la même expression coupable passa sur le visage de Mme Deume.

— Comme il est gros, dit-elle en aspirant sa salive. Et elle osa le toucher d'une main craintive et virginale.

— Attention, ne le fais pas tomber !

— Comme c'est beau, dit Mme Deume. Ah, comme nous devons être reconnaissants !

M. Deume passa sa main sur le lingot que Mme Deume continuait à caresser d'un doigt expert et léger. Les mains du mari et de la femme se rencontrèrent et se serrèrent tendrement. Et ils se sourirent, mains jointes sur le métal aimé.

— Ça compte, un lingot d'or, dit M. Deume.

— Non, Hippolyte, dit Mme Deume, les yeux levés au ciel. Il n'y a que les réalités invisibles qui comptent. Il n'y a que Dieu qui compte, ajouta-t-elle tandis que sa main continuait de caresser la négligeable matière.

Une idée épouvantable traversa soudain l'esprit de Mme Deume. Avoir un lingot, c'était très bien, mais en temps de révolution que se passerait-il ? Il serait impossible de réaliser ce lingot. Et s'ils tentaient de le faire, ils seraient repérés comme bourgeois !

— Et fusillés, ajouta lugubrement M. Deume qui contemplait son cher petit corps abattu contre un mur gris.

— Oh, ces socialistes ! Mais enfin, qu'est-ce que ça peut bien leur faire qu'il y ait des gens qui aient quelque chose de côté ?

— C'est l'envie, dit M. Deume.

— Mais enfin, les ouvriers n'ont qu'à économiser ! Mais non, ces messieurs préfèrent aller au cinéma ! Est-ce que nous y allons, nous, au cinéma ? Et je te prie de croire qu'en fait de nourriture ils ne se privent de rien ! Hier soir je suis allée chez cet ouvrier plombier qui nous a fait les réparations. Ils étaient en train de dîner. Il y avait du foie de veau ! J'en ai été suffoquée !

— Z'ai lu sur le zournal d'hier, dit M. Deume en recouvrant le lingot d'une serviette, que s'il y a dévaluation il pourrait bien y avoir embargo sur l'or. Z'en ai eu un coup au cœur !

— Tu sais que pour les choses matérielles je ne suis pas très compétente. Qu'est-ce que c'est que cet embargo ?

M. Deume expliqua et sa femme frémit. Tout était combiné pour la torture des personnes comme il faut. Il fallait trouver autre chose.

— Vendre le lingot et aceter des obligations ? proposa M. Deume.

— Il ne faut pas y penser, dit Mme Deume en assujettissant son râtelier. En cas de dévaluation, les titres à revenu fixe c'est le désastre. Il vaut mieux songer à de bonnes actions.

M. Deume eut peur car il pensait que sa femme allait entamer quelque couplet moral.

— Ce qu'il y a de mieux à mon avis, poursuivit-elle, c'est l'International Chemical Industries. Elle a donné vingt pour cent l'année passée. Au cours actuel, ça ne fait jamais que du deux virgule quatre-vingt-dix pour cent mais c'est du sûr.

— Tu crois ?

— Naturellement. C'est la plus grosse maison de gaz asphyxiants, dit-elle avec respect.

Mais M. Deume trouvait que cette grosse maison, c'était trop loin. Et puis, ces Américains, ça passait trop rapidement de la prospérité à la crise.

— Qu'est-ce que tu dirais de la Lyonnaise des Eaux ? demanda-t-il avec gourmandise.

Mme Deume s'arrêta de feuilleter la Bible, garda deux doigts sur le passage qu'elle voulait relire.

— C'est une bonne affaire, dit-elle. L'action capital a rapporté du quarante pour cent toutes ces années. Au cours actuel ça fait encore du trois virgule vingt-cinq. Mais j'ai peur. En France il y a une telle démagogie. Ah, ce qui est bien, malheureusement c'est tard pour en acheter, c'est les mines de Bor.

D'enthousiasme, elle se souleva et la Bible tomba.

— C'est du cuivre ! Il en faut pour les obus ! Le capital est tout petit, quinze millions, et pas d'obligations, pas de dettes, et comme réserve liquide deux cents millions ! C'est de tout tout tout premier ordre. La Bor a distribué du cent vingt-sept pour cent ces dernières années ! (Les yeux de M. Deume étincelèrent et s'arrondirent.)

Ayant ainsi parlé, Mme Deume se dirigea vers le cabinet de toilette qu'elle était seule à utiliser. En effet, elle n'aimait pas prendre de bains et préférait laver l'une après l'autre les diverses parties de son enveloppe terrestre par le moyen de l'éponge, du broc, de la cuvette, de divers petits morceaux de linge et d'accroupissements variés.

Tout en écoutant les ébrouements d'Antoinette — déplacements de cuvette, vidages, frottis et soupirs — M. Deume fit son lit. Les bonnes ne savaient pas border et d'ailleurs on n'était bien servi que par soi-même. Et puis cela faisait une petite gymnastique.

Au bout d'un quart d'heure, Mme Deume revint en déshabillé peu galant. La frileuse personne portait une chemise de jour en angora beige et de flasques caleçons de laine masculins qui lui arrivaient aux chevilles et étaient loin de la mouler. Ils étaient molletonnés à l'intérieur et leur couleur extérieure était celle, si pratique, de la moutarde. La place du séant était agrémentée et consolidée par un fond en percale à fleurs mauves. « Le pratique d'abord, la beauté ensuite », avait coutume de dire Mme Deume, fière de ses caleçons qui « lui faisaient » dix ans en moyenne et qui, Dieu voulant, l'avaient préservée de bien des rhumes. A l'amour des choses éternelles Mme Deume joignait celui de sa santé terrestre, bien qu'elle assurât souvent avoir la plus vive hâte de recevoir « sa feuille de route pour le Pays d'En Haut ». Oh, comme elle se réjouissait de s'envoler à tire-d'aile vers le Père ! Au moindre bobo elle faisait venir le médecin.

M. Deume descendit au salon faire un peu de gymnastique rythmique aux sons du poste de Beromunster. C'était joli de voir le petit vieux sauter en cadence avec sérieux. Sa danse achevée, il essaya son masque à gaz et décida que la nuit prochaine il dormirait avec pour s'y habituer. Ainsi, en cas de guerre, paré ! Et il demanderait aussi à Bichette de le mettre ce soir. Ce serait gentil.

— Hippolyte ! cria Mme Deume en cache-corset, penchée sur la rampe de l'escalier. Puisque tu as eu une impression de froid tu ferais bien de mettre ta thermo-cuirasse qui est au grenier.

— C'est une idée, dit M. Deume.

Et il monta trois à trois les degrés de l'escalier pour garnir sa poitrine d'une feuille d'ouate thermogène munie d'attaches de fixation. Arrivé au deuxième étage, il rencontra son fils adoptif qui, guêtré de gris, arpentait le palier. Pour l'embrasser il se haussa sur la pointe des pieds.

— Il y a quelque çose qui ne va pas, Adrien ?

Adrien indiqua du regard la feuille épinglée à la porte de sa femme. « J'ai pris un hypnotique. J'ai besoin de dormir beaucoup. Prière de ne pas me réveiller. »

— Ça m'ennuie de partir sans lui avoir dit au revoir.

— Ah oui ze comprends ça. Enfin elle se fait du bien. (Le petit père pensait à tout autre chose en ce moment : les mouches volaient dans un couloir de chemin de fer ; elles étaient en l'air, volaient à contresens, sortaient dehors, rentraient et pourtant elles voyageaient !)

— Écoute, Papi, je suis affreusement en retard. Je vais vite embrasser Mammie.

M. Deume alla au grenier et y musarda longtemps. Il avait oublié sa thermo-cuirasse et tâchait de trouver une occupation utile et amusante. Il ne la trouva pas et revint à sa mouche.

— Voyons un peu. Une mouce vole en l'air dans un compartiment, elle n'est assise nulle part et pourtant le train l'entraîne. Et pourtant elle est en l'air. Il y a des çoses que ze n'arrive pas à comprendre vraiment.

XLII

Armé de sa grosse canne, Adrien allait à grands pas.
Très bon pour la santé. Et puis cela ménageait le
moteur de sa chère Chrysler. Sûr de son destin, il
allait et faisait de grandes inspirations pour brûler ses
toxines.

A neuf heures et demie il était au quai du Mont-
Blanc. Comme il n'aimait arriver au Secrétariat ni en
retard ni en avance, il s'assit sur un banc et attendit
qu'il fût l'heure. Il se réjouit d'être invité samedi
prochain chez les Petresco. Vraiment sympathiques,
les Petresco. Et ils étaient très aimés, avaient un tas de
belles relations. Certes ils le méritaient.

— Être distingué et spirituel. Prendre genre anglais
d'Oxford. Dire devant la glace, une dizaine de fois
chaque jour : dites donc, Petresco, de manière à avoir
l'air naturel. Il faudra leur rendre leur invitation.
Faire comprendre à Papi et Mammie qu'il vaut mieux
qu'ils ne viennent pas ce soir-là. Inviter van Vries.
(Van Vries était le chef direct d'Adrien Deume.)
Prendre un peu d'alcool juste avant d'aller dans son
bureau. Ça me donnera du cran. Van Vries est-il assez
bien pour les Petresco ? Le chic serait d'inviter quelques grands noms de Genève.

Oui, il demanderait à Ariane d'en inviter quelques-uns. Mais ils avaient l'air de la bouder. Et lui qui croyait qu'en épousant une d'Auble il aurait tout le gratin genevois. Bonne idée tout de même d'être allés au Golf Hôtel de Valescure où ils avaient rencontré les Petresco et fait vraiment connaissance avec eux. Cher, évidemment. Mais ce n'était que dans les endroits chers que l'on faisait la connaissance de gens intéressants. Il respira largement. Intime comme il l'était devenu avec Petresco qui voyait tous les jours le sous-secrétaire général, dans un an il pourrait être membre A. Charmants, ces Petresco.

Adrien Deume avait ainsi de grandes flammes qui s'éteignaient le plus souvent parce qu'il n'avait pas été invité un soir où le nouvel ami avait réuni chez lui des gens influents. Le jeune Deume était très susceptible sur ce point. S'il se croyait tant soit peu délaissé ou lésé, il déclarait à sa femme : « Tu sais, Rianette, pour les Verlaecke, j'ai décidé de couper les ponts. »

Il prit ses lunettes par la barre de liaison et les ôta d'un geste brusque pour ne pas risquer d'en déformer les branches. Tout de même, il avait un chic ce Petresco avec son monocle ! Et s'il mettait un monocle lui aussi ? Oui, mais l'embêtant c'était qu'il était myope des deux yeux. Il essuya les verres des lunettes avec la petite peau de chamois qu'il gardait dans une tabatière d'écaille. Envoyer des fleurs à Mme Petresco ? Oui, avec un petit mot très bien tourné, genre dix-septième. Souffrez, madame... Il pointa sa langue aiguë. Et puis ne pas oublier de lui envoyer le tirage à part de son étude sur Claudel. Bien travailler la dédicace. Monsieur van Vries, est-ce que vous nous feriez le plaisir de venir samedi en quinze ? Nous aurons les Petresco. Non, il valait mieux attendre d'être allés chez les Petresco et les inviter pour le samedi suivant.

— Tâcher de pêcher quelqu'un de sympathique chez eux. Mais rien qu'un couple sinon j'aurais l'air de me jeter comme un affamé sur leurs relations. L'embêtant serait que van Vries ne soit pas libre samedi en quinze. Il faudrait s'y prendre à l'avance. Plan d'action, demander aujourd'hui à van Vries si serait libre samedi en quinze. Si me dit que oui, dire que lui confirmerai et demander à Petresco si serait libre également. Si oui, confirmer à van Vries. Sinon voir si van Vries serait libre jour choisi par Petresco. Tout ça avec beaucoup de tact et d'aisance.

Il se pencha pour mieux suivre les mouvements d'une fourmi qui circulait autour de ses grandes chaussures guêtrées.

— Tout va bien. Adrien Deume, membre de section B au Secrétariat de la Société des Nations. Diplomate puisque immunités. Très gentille, la réponse de Claudel. Aller le voir à Paris. Tâcher d'être reçu par lui. La pommade que je lui ai passée me donne des droits, nom de Dieu. Oui, faire sa connaissance. Bref, mon ami Paul Claudel bientôt. Dis donc, la gueule de Petresco quand il apprendra ! Faire aussi une plaquette sur Gide. Non, because communiste. Une plaquette sur Valéry plutôt puisque membre de la Commission de coopération intellectuelle. Et sur Giraudoux aussi puisque Quai d'Orsay.

Il envia cet écrivain dont les romans et les pièces avaient du succès. Il se réconforta en pensant qu'il gagnait plus que lui.

Comment faire pour augmenter son capital de relations ? Fonder une société pour favoriser la renaissance du théâtre de marionnettes ? Oui, cela faisait avant-garde. Et n'y admettre que des gens sympathiques. (Dans le langage du jeune Deume, sympathique était toujours synonyme d'influent.) Tâcher d'avoir aussi dans le comité des bonzes de la coopération intellectuelle. Inviter toutes ces huiles à dîner et ce jour-là les aristos genevois ne le bouderaient plus !

— Si j'arrive à avoir à dîner un type comme Valéry, je suis classé.

Ou bien fonder un club pour la représentation privée de films sans histoire ? Genre celui où il y avait de petits bâtonnets qui se tordaient sur une musique de Poulenc. Entrer en rapports avec des huiles du Secrétariat à l'occasion de choses n'ayant pas trait au travail administratif, là était le secret de la réussite.

— Les gens ne se méfient pas, ils vous invitent. Et puis après, une fois qu'ils vous connaissent bien, ils ne peuvent pas vous refuser ce qu'on leur demande.

Et s'il se mettait du groupe Esprit ? Non, pas de grands noms dans ce groupe. Écrire pour la Revue de Paris et la Nouvelle Revue Française. Et Gringoire ? Non puisque le nouveau sous-secrétaire général était juif, donc de gauche. Sacrés youpins.

— En somme, mon idée du théâtre de marionnettes est à reconsidérer. Ça ne fait pas sérieux. La Curie ne voudrait pas faire partie du comité ni l'Einstein. Non, le chic, l'épatant, serait de fonder une société de conférences. Je me fais nommer président puisque c'est moi qui apporte l'idée. Non, je n'ai pas assez de surface. Secrétaire général, simplement. Et si j'offrais la présidence d'honneur au Patron ? Il me faudrait aussi le Solal. Je trouve des prétextes pour aller les voir, pour leur demander s'ils sont d'accord pour que je fasse venir Jules Romains, Giraudoux et tutti quanti. Et en ma qualité de secrétaire général, j'invite à tour de bras pour après la conférence. Brillante réunion chez moi vers minuit. Buffet froid. Le conférencier, les membres du comité d'honneur. Tableau !

Il sortit son carnet à feuilles mobiles, puis son porte-mine que retenait une chaînette souple et nota ces idées fructifères. Il écrivit en outre ce qui suit :

« Avec documentation section écrire bouquin sur l'œuvre de la commission des mandats. Très gros pavé administratif ! Dédier au président de la commission. Tirage à part sur vélin pur fil Lafuma pour membres commission. Leur apporter exemplaire personnellement. Dans livre mettre çà et là appréciations élogieuses sur chaque membre de commission, discrètement. Passer bureau téléphones pour demander que dans prochain annuaire on mette après mon nom fonctionnaire supérieur au Secrétariat. »

En vue d'un roman qu'il préparait, il décida de pêcher une impression de nature. Dans ce but, il ferma les paupières à demi pour donner plus d'acuité observatrice à son regard et considéra le lac. Émaux et saphirs liquides ? Non, pas assez original. Il nota sur son carnet :

« Fonder revue littéraire sans couleur politique. Titres possibles : Échanges. Collaborations. Impressions. Tumultes. Absences. Visages. Perspectives. Points de Vue. Horizons. »

Drôle d'idée qu'avait eue Ariane de lui demander, le lendemain de leur arrivée à Valescure, de jouer à être des étrangers. Pour la contenter, il l'avait accostée sur la route, comme s'ils ne se connaissaient pas, et il l'avait invitée à dîner dans un restaurant abominablement cher de Saint-Raphaël. De retour à l'hôtel, elle avait exigé un autre jeu et il avait dû se déguiser en gladiateur! Puis elle avait voulu jouer au viol. Il avait bien fait tout de même de ne pas se prêter à cette dernière fantaisie trop absurde vraiment.

Il tira son chronomètre de la poche spéciale de son gilet, doublée en peau de chamois : dix heures moins quatorze ; puis son bracelet-montre : dix heures moins douze. Moyenne : dix heures moins treize. Bientôt l'heure. Il aima sa montre parce qu'elle était absolument étanche. Il lui plut de penser qu'il pourrait la laisser dans l'eau pendant vingt-quatre heures sans que le mécanisme en fût mouillé. Naturellement, il se garderait de faire une telle expérience, mais tout de même cela faisait plaisir.

Dix heures moins dix. Dans deux minutes, se mettre en route. Il formula intérieurement un plan d'action pour la journée.

— Primo, faire mettre crochet pour suspendre ciseaux de manière à n'avoir plus à les chercher. Standardisons! Secundo, étudier nouveau classement pour fiches presse française. Tertio, petit laxatif ce soir parce que ce matin, ce n'était pas ça. Au travail!

A grands pas, il se dirigea, armé de sa grosse canne et de sociale importance, vers son cher Secrétariat. Un chanteur ambulant roucoulait les charmes d'une bohémienne aux grands yeux noirs. Famélique et tendre vaincu, sel de la terre. Adrien crut devoir éprouver du dégoût. Il était ravi d'avoir des sentiments élite et un sourire méprisant. (Comme si on ne pouvait pas posséder un cerveau intelligent et un cœur stupidement vivant, sensible à un idiot

« Danube bleu ». Il est vrai que les imbéciles ont faim de ce qui leur manque.)

Ganté de clair et portant gravement sa petite valise, il poussa la porte tournante et entra dans le hall du Palais des Nations, l'œil aux aguets pour repérer quelque important personnage de sa connaissance. Il crut être reconnu par le marquis Cattanei abîmé dans la dégustation d'un cigare inoubliable. Il sourit, salua dans le vide puis regarda ailleurs en feignant de sourire à ses pensées, pour ne pas perdre la face. Il rôda, envoûté par ces puissants qui discutaient, qui pouvaient en deux phrases faire d'un membre de section B un membre A à vingt-huit mille francs suisses par an. (Ou vingt-deux ou trente. Je ne me rappelle pas.) Il les admirait de loin, les aimait, aspirait des relents de vie élégante — sleepings, bals, brillants dîners, décorations, missions grassement rémunérées, contacts avec de plus puissants, longues conversations téléphoniques avec des capitales.

Le pauvre souffrait de ne pas connaître les délégués qui étaient là, se consolait en pensant aux membres de la commission des mandats qui l'avaient invité à déjeuner lors de la dernière session. L'un d'eux, le général Freire de Souza, l'avait présenté au ministre de Pologne qui, vautour poitrinaire, était justement en train de recevoir rageusement, pour son discours de la veille, les félicitations de la grosse déléguée balkanique et parfumée, si faite pour un harem. Pas plus que le marquis Cattanei, le ministre polonais ne le reconnut. Et Adrien resta là, envoûté, à regarder amoureusement les adorables et inaccessibles puissants.

Soudain, il boutonna son veston car il venait d'apercevoir un haut fonctionnaire qu'il pouvait enfin saluer et avec lequel il aurait peut-être l'occasion d'échanger quelques mots. C'était Johnson, le directeur de la section économique et financière. Lunettes finaudes et narquoises, il donnait des ordres à son adjoint avec le ton affectueux du chef qui se sent bien secondé par un copain de Cambridge.

S'incliner ? Johnson ne s'en apercevrait peut-être pas. Un coup de chapeau se remarquerait davantage. Adrien Deume sortit donc dans le jardin, remit son feutre, rentra, se dirigea rapidement du côté de Johnson, prêt à s'arrêter à la moindre chaleur dans le regard du chef, se découvrit largement avec un beau sourire. Johnson fit un petit hochement de tête qui signifiait : « Oui, oui, je sais qui vous êtes et je sais que vous êtes négligeable. » Mais ce hochement s'accompagna d'un aimable sourire car un chef doit avoir la réputation de n'être pas un sale type et mieux vaut ne pas se faire d'ennemis. L'aimable sourire disparut instantanément car Johnson redoutait une conversation avec ce petit B de rien du tout qui tâchait de pêcher un entretien. Par contre, le sourire que Johnson fit à Lord Galloway fut large et de longue durée. Le vieil Anglais fit à Johnson un petit hochement de tête qui signifiait : « Oui, oui, je sais qui vous êtes. » Adrien, satisfait de s'être rappelé au souvenir de Johnson, alla rôder plus loin.

Un évêque au visage rouge et secret, chef du gouvernement d'un pays en déconfiture, était excédé par les manifestations de sympathie des journalistes. Venu à Genève pour obtenir un emprunt, il se tenait sur le garde-à-vous, souffrait une passion calme et digne. Un journaliste de Marseille tint à lui serrer la main. « Monseigneur, mon cœur se fend pour votre malheureux pays. Les enfants, peuchère, die Kinder, sehr maigres ! Vous êtes des privilégiés du malheur, quoi. Enfin, après la pluie viendra le beau temps. » L'évêque remercia avec un mince sourire sceptique. Mains napoléoniennes contre sa soutane, il referma ses lèvres impassiblement.

Adrien resta une dizaine de minutes à quelques mètres de l'évêque, l'aima d'être célèbre, espéra que le porte-mine que monseigneur tripotait tomberait et qu'ainsi il pourrait s'élancer pour le ramasser. L'idéal d'Adrien Deume était de vivre auprès de supérieurs et de s'élever grâce à eux pour pouvoir connaître des sursupérieurs. Bref, il aspirait à vivre toujours en inférieur.

(Chose curieuse, cet Adrien si décidé à grimper le long de l'échelle sociale n'était pas loin de croire parfois au désintéressement de ses amitiés et ferveurs. Il détestait les intrigants et les snobs, ce qui est la caractéristique du snob. Et, comme tout snob, il aimait et admirait sincèrement ceux qui pouvaient lui être utiles. Il se persuadait de temps à autre que ses efforts avaient pour but de rechercher des amis intéressants, cultivés, d'un milieu sympathique, plutôt que des relations utiles. Mais le plus souvent il n'approfondissait pas et allait de l'avant.)

Le porte-mine de l'évêque n'étant hélas pas tombé, Adrien se dirigea vers son bureau. Son premier regard fut pour la caissette des entrées.

— Nom de Dieu ! s'exclama-t-il en voyant la pile de dossiers qui s'étaient accumulés pendant les dix jours qu'il venait de passer à Valescure en compagnie d'Ariane.

Il compta les dossiers. Douze ! Ah non, zut et zut ! Salaud de Vévé ! (Surnom de van Vries, chef de la section des mandats.) Est-ce qu'on le prenait pour un forçat ou quoi ? Il ne craignit pas, étant seul, de dire carrément son fait à Vévé.

En réalité, il était content. Il aimait bien feuilleter les nouveaux dossiers qui arrivaient, en lire l'histoire et les périples sur la feuille-minute où s'échangeaient de brèves correspondances administratives, se moquer du style de ses collègues exotiques, déceler des ironies, répondre élégamment aux notes de van Vries.

Il ôta ses gants de pécari, son manteau marron pincé à la taille et son veston qu'il remplaça par un vieux aux manches lustrées. Il resta un instant immobile à jalouser certains fonctionnaires anglais qui portaient des vestons aux insignes de leur club. Et puis ils avaient le chic pour mettre leur mouchoir dans leur manche, en le laissant dépasser un peu. Il avait bien essayé d'en faire autant mais ça n'avait pas marché. Le mouchoir tombait tout le temps. Zut, tant pis.

Il admira sa petite cage. Belle table de travail avec clef fermant d'un seul coup tous les tiroirs ; tapis presque persan ; bibliothèque beaucoup plus chic que celle de ses collègues égaux en grade. Très bien. Et lorsqu'il serait membre A il accrocherait quelques peintures modernes qui feraient intellectuel. Pour le moment, être prudent et ne pas s'attirer de médisances.

Il s'assit, croqua un morceau de sucre, prit un dossier, l'ouvrit et se leva pour aller faire un brin de causette avec les camarades de la section et dire prudemment un peu de mal des nouveaux promus et des chefs. Dix minutes plus tard il revint.

— Ne pas oublier d'aller dire bonjour à van Vries. Après une absence de dix jours ça se doit. Me tenir bien avec ce salaud. Moi pas envie de moisir B. Allons, au travail ! O travail, sainte loi du monde...

Il rouvrit le dossier, s'empara des immenses ciseaux qui gisaient près du pot de colle et se coupa méticuleusement les ongles. Au bout de dix minutes, ils furent impeccables ou du moins il les estima tels. Voilà, il pouvait commencer à travailler. Il se frotta les mains, prit une provision d'air.

— Au travail !

Il se leva, alla consulter le thermomètre. Vingt et un degrés. Rien à dire, c'était convenable. Il se rassit.

— Ah, au travail maintenant.

Il se mit une cigarette au bec, l'alluma, aspira avec plaisir, conscient de ce qu'il était un fonctionnaire sûr de son avenir et convenablement rétribué.

— Pom pom pom, chantonna-t-il tout comme le comte de Surville.

Épatantes, ces Gold Flake fabriquées en Suisse, aussi bonnes que celles d'origine et bien moins chères. Attention, c'était la quatrième de la matinée. Après celle-là, il n'en resterait plus qu'une jusqu'à midi. (Il s'astreignait à n'en fumer que dix par jour car il tenait à sa santé.) Il se regarda dans son petit miroir de poche.

— Pas mal, le sieur Deume ! Ah, allons-y !

Et il commença l'examen sérieux du premier dossier, s'interrompant de temps à autre pour émettre quelques pom pom ou pour écouter les conversations du bureau voisin ou pour examiner des échantillons de tissus ou pour respirer des sels anglais, dont il n'avait nul besoin mais c'était une petite manie, ou encore pour faire quelques mouvements de gymnastique respiratoire.

Le dossier N/600/330/42/4 était intitulé « Correspondance avec l'Association des Femmes Juives de Palestine ». Sûrement elles se plaignaient. Toujours à protester, ces youpins ! Les Arabes les embêtaient, tant mieux ! On répondrait plus tard. Les faire un peu attendre.

Il prit un second dossier. Oh zut ! Encore une lettre

du représentant sioniste à Genève ! Est-ce que ces youtres ne pouvaient pas se mettre dans la tête que leur Organisation sioniste n'avait rien de gouvernemental et qu'elle n'avait pas de rapports à avoir avec le Secrétariat mais uniquement avec la Puissance mandataire. Ce toupet de mettre « Agence permanente de l'Organisation sioniste auprès de la Société des Nations » ! Qu'est-ce que ça pouvait bien vouloir dire, une agence permanente ? C'était de la malice youpine, le désir d'établir une confusion avec les délégations permanentes officielles. Il ne résista pas au plaisir de préparer un projet d'où suintait la haine de l'officiel contre tout ce qui ne l'est pas.

« Monsieur, j'ai l'honneur de vous accuser réception des intéressantes » (Une vieille habitude lui fit écrire ce dernier mot que naturellement il effaça sur-le-champ.) « des statistiques que vous avez bien voulu » (Il barra.) « que vous m'avez adressées. Veuillez » (Agréer ? Non !) « recevoir, monsieur, l'expression de mes sentiments distingués. »

Mais il se rappela soudain que le représentant sioniste avait déjeuné non seulement avec mais chez van Vries et il se demanda s'il ne valait tout de même pas mieux assurer le Blumberg de sa considération distinguée. Pris d'une rage soudaine, il déchira le brouillon.

— Je suis antisémite, parfaitement. Ce qu'ils peuvent être barbants, ces sionistes, toujours à vous guetter avec leurs yeux humides et leurs nez humides dans les corridors pour vous parler d'un peuple qui, d'un peuple que, de deux mille ans et d'histoires à dormir debout sur de prétendues injustices de l'administration britannique ! Et cette manie qu'ils ont de vous inviter à déjeuner ! Comme ils voient qu'on leur fait grise mine, c'est leur grand truc de vous inviter à des dîners surfins. Et ils n'y vont pas de main morte ! En somme, ils vous payent pour les écouter ! Ils harponnent n'importe qui à déjeuner. Ils se ruinent en invitations, font les aimables, sourient. Dégueulasses ! Et ils invitent n'importe qui, même des auxiliaires ! Et tout ça probablement pour pouvoir écrire à leurs chefs : « J'ai eu une entrevue de deux heures avec M. Le Gandec de la S.D.N. » Ils vous les font payer trop cher leurs fins repas ! Il faut écouter toutes leurs statistiques et combien de pamplemousses ils ont récoltés et faire semblant de s'intéresser à leurs recettes. On le sait que vous avez de l'argent, sales youtres ! Et ils ont l'air de croire que leur sionisme c'est très intéressant et qu'on ne doit penser qu'à ça au Secrétariat. Arrivistes, insinuants, toujours à vous faire une courbette et cinq minutes après ils vous pelotent le bras ! Et toujours à vous demander des choses impossibles, des places à la tribune diplomatique et ainsi de suite.

Il prit un troisième dossier. Zut, encore un projet de lettre à dicter ! Un accusé de réception relatif à un mémoire envoyé par le gouvernement français sur des histoires de maladie du sommeil et de trypanosomiase chez les Bicots du Cameroun. Et ça c'était vraiment urgent puisqu'il s'agissait d'un gouvernement. Il fallait dicter le projet demain ou après-demain. Il y avait quelques semaines que van Vries lui avait demandé de faire ce projet. Mais ce salaud de Vévé le lui avait retourné trois fois avec des corrections. Et chaque fois il fallait tout refaire !

La première fois, parce qu'il y avait des « en ce qui

435

concerne ». Depuis que le chef de cabinet de Solal avait dit à van Vries qu'il n'aimait pas cette expression, Vévé passait son temps à faire la chasse aux « en ce qui concerne ». La seconde fois, c'était pourquoi ? Ah oui, parce qu'il avait mis en commençant la lettre : « J'ai l'honneur de vous accuser réception et de vous remercier ». Van Vries l'avait fait venir dans son cabinet et, plaçant ses mains derrière la nuque comme une almée, avait entamé une grande discussion. « Je ne méconnais pas, avait-il dit, l'originalité qu'il y a à unir ainsi l'accusé de réception et les remerciements, mais c'est un peu scabreux. Trop littéraire, mon cher Deume, trop littéraire ! »

— Encore vingt et un ans à tirer et vivement la classe ! soupira Adrien Deume.

Il dévissa, pour voir si la mine était encore assez longue, le porte-mine qu'il avait acheté la veille. Ce n'était pas celui qu'il gardait toujours dans la poche de son gilet mais un gros Eversharp de bureau très épais, qui « tenait bien à la main ». L'ayant revissé, il s'offrit le plaisir de regarder son nouveau stylo à monogramme et soudain il eut un afflux de bonheur si grand qu'il s'arrêta pour le comprendre. Né sous une bonne étoile, chic, chic, chic ! De reconnaissance, il décida de rédiger sur-le-champ la lettre Cameroun avec son beau stylo transparent.

« J'ai l'honneur de vous accuser réception de l'intéressante documentation que vous avez bien voulu » (Il ratura.) « que vous avez eu l'extrême obligeance de nous adresser » (Il barra « nous ». C'était trop familier, pas assez noble.) « d'adresser à nos services ». (Ah non, pas de point.) « et qui concernait » (Ah non, pas de « concernait ». Il barra.) « et qui était relative » (Il ratura.)

— Van Vries va tiquer. Il n'aime pas beaucoup non plus les « relatifs à ». Il vaut mieux que je mette « qui avait trait à ».

Il barra tout. Non, ça n'allait pas. Après « nos services » il fallait mettre « qui en ont pris connaissance avec le plus vif intérêt ». Il se leva, chercha le double d'une lettre du même genre envoyée au gouvernement japonais et s'en inspira fructueusement.

Idée épatante ! Mettre que la commission des mandats se servirait sûrement de ce papelard pour son rapport au Conseil. Mais attention, ne pas se compromettre. Il réfléchit longtemps et accoucha de cette prudente phrase : « Ce mémoire semble » (« Semblerait serait moins compromettant mais ça ne va pas au point de vue style. ») « pouvoir constituer ». Ne trouvant pas la suite, il renonça à introduire de la haute politique dans son accusé de réception.

Le brouillon achevé, il le relut. Et si, au lieu de commencer par « J'ai l'honneur », il mettait « Par votre lettre du et cætera vous avez eu l'extrême obligeance et cætera » ? Et alors un nouvel alinéa où il n'y aurait que « J'ai l'honneur de vous en remercier sincèrement ». Non, Girafe — second surnom de van Vries — trouverait ça trop hardi.

Oh zut, onze heures déjà. Dans une heure, il faudrait aller déjeuner. Ou plutôt dans trois quarts d'heure puisqu'il faudrait bien cinq ou six minutes pour se préparer. Cela le décourageait de penser qu'il ne lui restait plus qu'une demi-heure en somme. Il se remettrait au projet d'accusé après le déjeuner. Que faire en attendant ?

437

Il alla aux toilettes et, pour y justifier sa présence, essaya ou fit semblant de les utiliser. Il se regarda ensuite dans la grande glace. Bouton près de l'oreille presque disparu.

— Très bien, Adrien Deume, beau garçon vraiment et ce complet bleu à rayures violettes, très élégant !

Après s'être réjoui de sa taille, il aima son visage rond, ses cheveux lisses, chaque jour chèrement lotionnés à l'eau de quinine — la même dont faisaient usage les Rampal — la barbe en collier coupée court et qui, jointe à la petite moustache en pinceau, lui donnait un genre à la fois moderne et romantique.

— Adrien Deume, attaché au Secrétariat de la Société des Nations, murmura-t-il à la glace. Oui, dorénavant, dire attaché. Ça fait plus diplomate. Homme chic, continua-t-il plus confidentiellement. Diplomate et artiste mais artiste soigné.

Une plaie toujours vive au cœur du jeune Deume : il avait été recalé aux examens de licence ès lettres. Tant pis. Zut. Soudain il ne se tint pas de joie en pensant à ceux de ses anciens copains qui étaient docteurs ès lettres mais qui — il en eut un gloussement de bonheur — enseignaient la grammaire ou l'histoire à des moutards pour mille misérables francs belges !

— Tandis que le petit Deume Adrien palpe cinq fois plus ! Et ça ne fait que commencer ! chantonna-t-il en se coiffant soigneusement.

Il aimait sa raie. Il aimait tout de lui et jusqu'à ses gaz intestinaux. Ensuite il brossa ses vêtements, ses souliers et ses ongles. (C'était au Secrétariat qu'il avait appris l'existence des brosses à ongles.)

Oui, à son prochain voyage à Bruxelles, voir les copains et faire étalage devant eux de ses immunités diplomatiques, de ses appointements, de ses missions en France et en Italie. Il entendait déjà un de ces malheureux aux souliers ressemelés lui dire d'un air faussement cordial : « Dis donc, vieux, et pour moi il n'y aurait pas une place dans ta boîte ? » Et lui prendrait un air gourmé et répondrait : « Ce sont des postes assez recherchés. Il n'y a presque jamais de vacances. D'ailleurs il faut être présenté par son gouvernement. » Et puis il inviterait les faméliques professeurs dans un restaurant très cher. Chic, chic, chic ! Quelle heure ? Onze heures dix.

Pour passer le temps il entra dans un des paternoster, ascenseurs sans portes, en mouvement perpétuel de descente et de montée, précieuse ressource pour les fonctionnaires qui s'ennuyaient. Lorsqu'il arriva au cinquième étage, il sortit et prit l'ascenseur de descente. Au quatrième, une jolie fille entra. Petit flirt jusqu'au premier. Au rez-de-chaussée, il sortit d'un air affairé, alla jusqu'à la porte de la bibliothèque, fit demi-tour et s'en fut prendre l'ascenseur qui montait.

XLIII

Ils étaient prêts. Le petit phoque, adorable et sérieux en jaquette d'alpaga et cravate blanche, faisait face à sa femme, grand chameau aux dents jaunes et proéminentes, imposante dans sa robe de soie ornée d'une chaîne d'or. Aussi convenable qu'une reine mère, elle accrocha à sa taille un puissant trousseau de clefs, inséra dans sa chaste gorge spongieuse et mollette un mouchoir parfumé de lavande et s'enorgueillit de la correction de son mari. Ils descendirent l'escalier, bras dessus bras dessous, fort satisfaits de la vie, impeccables et souriants.

En premier lieu, elle téléphona à un électricien pour lui demander un devis de minuterie électrique à poser dans la chambre de bonne.

— Je veux que lorsque ma domestique presse le bouton l'électricité marche pendant deux minutes au plus et que le bouton soit placé très loin du lit. Envoyez-moi aussi un devis pour une minuterie de trente secondes à placer dans le corridor et les escaliers de manière que l'électricité s'éteigne d'elle-même. Il y a des personnes distraites chez nous.

M. Deume toussota et mit ses mains dans les basques de sa redingote.

— Et alors, qu'est-ce qu'on fait maintenant ? demanda-t-il lorsque le téléphone fut terminé.

Chacun attendait que l'autre proposât d'aller visiter l'installation de chauffage central au mazout qui fonctionnait depuis un mois déjà mais qu'ils ne se lassaient pas d'admirer. M. Deume eut recours à un subterfuge.

— Ze ne peux pas croire, dit-il, que nous en ayons fini avec ces ouvriers du çauffaze central. Ce qu'ils ont pu salir ! Ma pauvre Antoinette, il fallait ton couraze et ta patience pour supporter ce va-et-vient. (Le père Deume adorait sa femme. Il n'en était pas moins un petit hypocrite qui la flattait pour l'amadouer. Mme Deume prit un air pudique d'ange prêt à tous sacrifices et fit une large aspiration.) A propos de çauffaze central, si nous allions faire un petit tour à la cave ?

Mme Deume acquiesça noblement. Précédant son mari, passant de temps à autre avec majesté le revers de sa main sur le bas de ses reins, mouvement par lequel elle s'assurait, sans le savoir, que sa jupe n'était pas restée soulevée à la suite de sa dernière station en ce qu'elle appelait, la bouche en cul de poule, les lieux d'aisances, elle se dirigea, clefs bruissantes, vers la porte de sa cave, contemplant avec satisfaction ses initiales pyrogravées sur divers objets dans le corridor et vérifiant, en passant, si les armoires à linge étaient bien fermées.

Devant le foyer du chauffage central, les époux s'immobilisèrent, bras dessus bras dessous, devant le vrombissement, et ils adorèrent leur chaufferie. Les litanies accoutumées commencèrent.

— Comme c'est propre !

— Pas de soucis comme avec le çarbon ! bourdonna M. Deume.

— Et bien plus économique ! psalmodia Mme Deume.

— Et avec ce thermostat on est tranquille ! fut le répons de l'époux.

— Toujours vingt degrés ! dit l'officiante.

— Sans qu'on ait à s'en occuper !

— Je suis bien reconnaissante !

— Ah, tu as eu une bonne idée, Bicette !

— Oui, mais c'est toi qui as choisi le système !

Profondément émus, emplis de gratitude réciproque, communiant dans le bien-être et l'aisance, M. et Mme Deume s'embrassèrent devant l'impeccable machine à confort.

Mais tout plaisir a son terme et bientôt les époux remontèrent. Toujours suivie de son petit mari, Mme Deume entra dans la cuisine pour remettre à la bonne le torchon propre de la semaine, si raccommodé que le tissu d'autrefois avait entièrement disparu et que le torchon n'était plus qu'une addition de reprises. Ce torchon propre remplaça le torchon pour les verres qui fut mué en torchon à assiettes. Le torchon qui, la semaine précédente, remplissait cet office devint torchon pour les mains et l'ancien torchon pour les mains prit la place du torchon des casseroles qui fut vérifié par Mme Deume. Après avoir demandé à la bonne pourquoi ce torchon avait une tache verte et pourquoi il était lésé en deux endroits par de quasi-déchirures, Mme Deume l'enferma — avec un soupir destiné à maîtriser son indignation et à faire surgir en son âme le pardon des offenses — dans un coffre fermant à clef. Fin de l'histoire des torchons.

La maîtresse de maison inspecta ensuite la cuisine et, trouvant que la poignée de la porte ne reluisait pas suffisamment, regarda la bonne avec un vif amour du prochain.

— Ma fille, dit-elle, je n'admets pas et il n'a jamais été admis dans notre famille que les cuivres soient négligés. Si cela se reproduit, j'aurai le grand chagrin, sourit-elle avec bonté, de vous donner vos huit jours. Il faut que nous fassions notre devoir là où Dieu nous a placés, chacun dans notre sphère. D'ailleurs, si je prenais la décision de vous renvoyer, ce serait surtout pour vous rendre service, pour vous remettre sur le bon chemin, sur le trottoir, sur la voie, rectifia-t-elle, qui mène au Royaume de Dieu. S'il le faut, levez-vous joyeusement à quatre heures du matin. N'est-ce pas un encouragement et une récompense pour vous, ma chère enfant, de penser que le bonheur d'une famille dépend de vous ? C'est un vrai privilège ! En êtes-vous reconnaissante ?

— Oui, Matame, répondit la bonne appenzelloise.

— Donc, haut les cœurs, Martha, et dites avec moi alléluia !

— Alléluia, Matame.

Martha demanda alors à Mme Deume la permission d'aller chez le coiffeur au début de l'après-midi.

— Et pourquoi cela, ma fille ?

— Ch'aimerais pien me faire frisser.

— Vous faire friser ! Et pourquoi cela ? (Martha transpirante eut un sourire honteux.) Croyez-vous que Dieu vous aimera davantage si vous êtes frisée ?

— Che sais pas, Matame, che me suis toujours fait frisser.

— Non, dit Mme Deume avec un doux sourire. Non, je ne permets pas. Non, répéta-t-elle en remuant la tête avec amabilité, non, non, non. Je ne veux pas chez moi des servantes frisées.

— C'est que toutes mes amies elles sont frissées.

Mme Deume ferma les yeux. Quel milieu ! Pauvre enfant !

— Je vous ai dit ma décision, ma chère enfant. J'ai charge d'âme et je n'admets chez moi ni l'oisiveté ni les frisettes qui, tôt ou tard, conduisent au dévergondage et au crime. Au crime, chantonna-t-elle aimablement. J'ai trop d'amour pour vous — la bonne regarda avec admiration sa patronne — pour vous permettre de telles mœurs.

— Che serais pien reconnaissante à Matame te me tonner conché à partir te teux heures chusque quatre heures.

— Il faut présenter les demandes de congé au moins quarante-huit heures à l'avance, dit gaiement Mme Deume. Oui, oui, oui, sourit-elle. Il faut avoir un peu pitié de moi, ma fille. Vous connaissez mon état de santé. Me demander congé, à brûle-pourpoint, sans me laisser le temps de me retourner, c'est un peu cruel, vous ne trouvez pas, un peu cruel ? chantonna-t-elle comme si elle parlait à un bébé de deux ans.

M. Deume sortit. Tout en grattant son crâne chauve, il regagna sa chambre où, sans doute pour se brouiller les idées, il inscrivit diverses dates de naissance et de mort sur la page de l'Almanach Hachette réservée à la chronique de la famille.

Cependant, la conversation continuait à la cuisine. La bonne expliquait qu'elle s'était levée à trois heures du matin pour pouvoir faire la lessive et que Madame n'y perdait rien.

— Mon enfant, apprenez à être un peu plus altruiste. Vous ne parlez que de vous. « J'ai fait la lessive, je me suis levée à trois heures du matin. » Je, toujours je ! Mais vous ne pensez guère à moi, avec mes maux de tête et mes fatigues ! Vous savez que je n'aime pas les décisions brusques ni les changements de plan. Si vous m'aviez avertie au moins hier j'aurais eu le temps de peser le pour et le contre. Je vous pardonne d'avoir fait la lessive ce matin, oh de tout cœur, bien que vous ne m'en ayez pas demandé la permission. Il y a là une question d'égards et de délicatesse et d'ailleurs le linge n'a pas assez trempé. Mais à tout péché miséricorde. J'espère que vous vous sentez coupable.

— Oui, Matame, dit la transpirante Martha.

— Oh! quelle joie vous me donnez, ma chère enfant! dit Mme Deume en portant sa main à son cœur. Et d'ailleurs vous n'aviez pas que la lessive à faire cet après-midi mais vous deviez aussi (D'une voix changée, ferme et brève :) passer la paille de fer au salon. Et pourquoi vouliez-vous avoir congé cet après-midi, mon enfant?

— Chustement ch'allais fous le tire.

— Le dire à Madame, rectifia avec douceur Mme Deume. Nous sommes tous égaux au ciel mais pas sur terre. D'ailleurs peu importe. C'est pour votre éducation que je fais cette remarque. Et notez bien que je ne vous juge pas, oh non! Et alors pourquoi désirez-vous (Il est à noter que Mme Deume ne dit pas « désiriez-vous ». Ceci pour laisser quelque espoir à Martha.) avoir congé cet après-midi, mon enfant?

— C'est parce que mon amie se marie. Ch'aurais remplacé en restant timanche toute la chournée.

— Ma petite, ma pauvre petite, mais dimanche c'est le jour de consécration, de sanctification, c'est le jour du Seigneur! dit gaiement Mme Deume.

— Alors che pourrai pas aller au mariache de mon amie?

— Vous penserez à elle de toute votre âme, sourit Mme Deume. Et vous prierez pour elle et son cher mari en passant la paille de fer.

Elle prit les mains de Martha entre ses mains aux

longs ongles taillés carré et dont l'extrémité curée avec la pointe d'une lime était très blanche.

— Je prierai aussi pour votre amie, lui dit-elle sur un ton confidentiel, et je demanderai à Celui qui est Exaucement que ce mariage soit pour elle une source de bénédictions et que, avec son cher mari, elle puisse monter toujours plus haut, toujours plus haut ! (Le doigt levé de Mme Deume indiqua le ciel ou le grenier.) Il manque une passoire, ajouta-t-elle sans transition.

Et elle s'approcha de l'inventaire que son mari avait confectionné et placé sous verre à la cuisine. Oui, oui, il manquait une passoire. (La politique de Mme Deume était de montrer à cette chère enfant qu'elle vérifiait tout, avait l'œil à tout, de manière à ne pas exposer cette malheureuse à la tentation de dérober quelque objet. Dans les basses classes — Mme Deume disait de préférence « dans les milieux simples » — on ne professait pas, hélas, un grand respect pour le bien d'autrui.)

Martha s'accroupit, chercha longtemps. Mme Deume, immobile, attendait, les yeux clos. Calme, douce, impitoyable, décidée à ne pas partir avant que son bien ne fût retrouvé, elle était l'image même de la justice. Enfin, la passoire fut retrouvée.

— Oui, c'est bien elle, dit Mme Deume après l'avoir examinée.

Elle consulta sa montre, prit une des clefs de son trousseau, ouvrit l'armoire à provisions, en sortit deux bons morceaux de pain qu'elle tendit, avec un sourire, à la bonne. (Elle avait édicté que le petit déjeuner de la domestique n'aurait lieu qu'à dix heures. Cela permettait à cette pauvre chère enfant de n'avoir pas trop faim à midi et demi.) Comme d'habitude, elle proposa un peu de beurre à Martha. Comme d'habitude, Martha refusa. Comme d'habitude, Mme Deume l'en récompensa par un sourire particulièrement lumineux, irradié de réalités invisibles. Elle regarda une dernière fois le contenu de son armoire à provisions et ferma l'armoire à double tour.

A la véranda, M. Deume cherchait, sans en être conscient, à oublier dans de chères occupations la scène dont il venait d'être témoin. Il était assis devant sa table de travail, entre deux piles d'ouvrages sur la cuisine et sur l'économie ménagère. Il appuyait un petit instrument sur la première page de chacun de ces livres, les tatouant ainsi de son nom et de son adresse.

Ayant fini, il bâilla. Puis il remonta les diverses pendules de la maison. Puis il boitilla dans diverses chambres, oisif, malheureux, à l'affût de réparations, les mains derrière les basques de sa jaquette. Enfin, il calligraphia un tableau où étaient indiquées diverses taches et les manières de les faire disparaître. Il courut, enfant modèle, le montrer à sa femme qui, dans la chambre à coucher du premier, était en train, allongée sur son cher canapé, de lire un livre intitulé « Charité Parfaite ». De temps à autre, elle s'arrêtait pour assassiner une mite ou pour faire de petites approbations souriantes ou pour noter, sur le verso d'un vieux bordereau de banque, des passages du noble livre. Elle jeta un aimable regard d'intellectuelle dérangée sur le tableau que lui montrait son petit mari avec un fier émoi, sourit de ses dents obliques et fort écartées. Puis elle reprit sa lecture non sans avoir au préalable recommandé à son mari de lire durant les semaines à venir un certain nombre d'ouvrages pieux dont les titres glacèrent M. Deume.

— Tu te rappelleras bien, n'est-ce pas ? Tu liras

d'abord « Veille et Prie », puis « Prie et Veille » puis « Prie et Vis » puis « Prends et Lis » puis « Lis et Prie » puis « Veille et Lis » puis « Prends et Prie » puis « Prends et Vis » puis « Prie et Prends ». Je te les dis dans l'ordre de difficulté. Ils sont de plus en plus réconfortants. Tu devrais les noter.

— Parfaitement, Bicette, dit M. Deume à sa femme déjà replongée dans son livre et qui, dents jaunes projetées en avant, se mit à grignoter des morceaux de sucre brun qui étaient d'un grand secours à ses terribles « fatigues de tête ».

Elle les puisait dans une coupe placée sur un guéridon dont les quatre pieds, de même que ceux des fauteuils, étaient enveloppés de petits sacs molletonnés dans le but d'éviter des rayures au parquet. « Si tu t'imazines, répondit mentalement M. Deume à sa redoutable moitié, que ze vais me rappeler tous ces pripranpran, eh bien tu te trompes. Et puis tous ces livres c'est touzours la même çose. »

— Est-ce que tu aimerais que ze te plante quelques clous ?

Planter des clous et surtout des crochets X lui était un délice et presque un besoin physique. Mme Deume, arrachée à ses occupations spirituelles, eut un sourire supérieur et las mais aimant.

— Non, je ne vois rien pour aujourd'hui, dit-elle. Mais ce que j'aimerais beaucoup c'est que tu me recolles le marbre de ma table de nuit. L'idée qu'il est fêlé m'empêche de dormir.

Ravi, M. Deume courut consulter son livre de chevet intitulé « Les Mille et Un Trucs du Petit Débrouillard ».

Qu'on ne s'y trompe pas. Le petit père Deume était un poète de la vie bourgeoise mais un poète tout de même — ce qu'il ignorait naturellement. Il adorait mettre à exécution les trucs de ce Petit Débrouillard pour lequel il éprouvait des sentiments de vénération, croyait à ces trucs de toute âme fervente, se mourait d'envie de les essayer. C'était avec un trouble délicieux qu'il apprenait, dans le susdit ouvrage ou dans « L'Art d'Économiser sans se Restreindre » ou dans « Procédés Pratiques et Tours de Main », comment mettre une pièce invisible au talon, comment fabriquer du savon à détacher, comment préserver les feutres des pianos, comment nettoyer l'étain avec des choux crus ou comment économiser le savon. (« Posez-le de champ et non à plat. Cette dernière position amène une forte déperdition de matière savonneuse. ») Il ne pouvait s'empêcher d'essayer tous ces trucs et cela faisait le désespoir de sa raisonnable femme qui le tançait vertement. Mais rien n'y faisait et, le lendemain, M. Deume retournait à son vice et fabriquait du savon au miel ; ou nettoyait les devants de cheminée avec de l'huile de ricin ; ou allait ennuyer la domestique en lui expliquant que, pour ne pas pleurer, il fallait éplucher les oignons au-dessus d'une casserole d'eau bouillante ; ou dorait les tranches de ses livres à l'aide de blancs d'œufs et d'or en feuilles ; ou graissait la machine à coudre si consciencieusement qu'il fallait ensuite l'envoyer chez le fabricant ; ou nettoyait les pendules si ingénieusement qu'elles en claquaient.

Ce fut donc avec joie que le petit bonhomme descendit, transpirant et boitillant, la table de nuit à l'atelier qu'il avait installé à la cave. Il y confectionna une colle terrible à base d'acide sulfurique, salit sa jaquette, brûla ses souliers et laissa tomber le marbre de la table de nuit qui se cassa en vingt-sept morceaux.

Désolé, il alla faire une petite retraite au water-closet. En effet, lorsque quelque chose n'allait pas — gronderies de Mme Deume, insuccès ménagers, réflexions ironiques d'Adrien — le petit père se retirait quelques minutes en ce qu'il appelait, lui, les commodités. Assis sur le siège molletonné ou debout et triste, il y remâchait son humiliation et n'en sortait que consolé par le salut fasciste qu'il adorait faire en secret et qui lui redonnait de l'énergie. Ce qui le revigorait aussi en ce lieu c'était de faire une petite imitation de cornet à piston, main droite allant et venant, joues gonflées et lèvres faisant bon-bon-bon.

Ayant repris goût à la vie, il sortit de son méditoire et alla retrouver sa femme qui était en train de se sustenter d'une plaque de beurre de cacao vitaminé, tout en lisant « L'Oiseau Étranger », de Mme Ingeborg Maria Sick. Il n'eut pas le courage de lui annoncer la catastrophe et lui proposa de lui tenir l'écheveau de laine, ce qu'il adorait. Mais elle refusa, toute sa laine étant déjà en pelotons. N'aimant pas rester oisif, il introduisit son petit doigt dans l'oreille et le remua fort, ce qu'il appelait intérieurement « faire sa mayonnaise ».

— Hippolyte, qu'est-ce que c'est que ces manières ? s'irrita Mme Deume. On ne dirait vraiment pas que tu as un cousin français décoré de la Légion d'honneur et qui est sorti deuxième à l'agrégation de grammaire.

— Oh, pardon, c'est sans y penser.

Et, de nouveau humilié, il sortit. Mais cette fois il n'alla pas se consoler au water-closet, mais au grenier où il se livra à un autre passe-temps secret qui consistait à coller des têtes de vieilles dames genevoises très pieuses sur des cartes postales sentimentales ou sur des photos suggestives de stars en maillot de bain.

— Alors, demanda M. Deume, pour l'affaire du sucrier, quoi de neuf ?

La veille, ils avaient décidé de mettre à l'épreuve l'honnêteté de Martha. M. Deume avait proposé de mettre une mouche dans le sucrier. Mme Deume s'était contentée de compter les morceaux.

— Je les ai recomptés. Le compte est juste, dit-elle, non sans quelque dépit car elle n'aimait pas être frustrée d'une indignation. Mais, tout de même, je le mettrai sous clef. C'est plus sûr. Et maintenant, au travail !

Ils allèrent au salon faire leurs petits travaux pour le Secrétariat de la Société des Nations, ce qui mettait « un peu de beurre sur leurs épinards ». Grâce à Adrien, ils émargeaient au budget des collaborations extérieures. M. Deume confectionnait avec zèle des tableaux statistiques dont personne ne prenait connaissance. Quant à Mme Deume, bien que n'ayant qu'une connaissance imparfaite de la langue de Gœthe, elle traduisait des documents allemands pour la commission de la traite des blanches. Ce travail lui était doux. Elle raffolait en effet de tout ce qui avait trait à la prostitution, au point de ne pas craindre d'aller remettre des traités bienfaisants et des sourires aux « vilaines femmes » qui, près du monument élevé à la gloire mystérieuse d'un duc de Brunswick, attendaient le client.

M. Deume s'installa devant son bureau américain acheté en 1900. Il ouvrit l'espèce de store à lattes qui le fermait. Apparut alors tout un monde d'objets de bureau, dont certains étaient rapportés du Secrétariat par Adrien : élastiques, feuilles-minutes, buvards, clips, slips. Il y avait aussi, achetés par M. Deume, un mouilleur de verre, un petit baromètre, une pendu-

451

lette, un barre-chèque par perforation, un bloc-mémo à horlogerie, une brocheuse-agrafeuse, divers timbres en caoutchouc, les uns pour les dates et les autres portant les nom et qualités du petit père, un distributeur automatique d'épingles, des coins en laiton strié, des étiquettes à clefs, un grand nombre de presse-papiers et notamment un bloc hexagonal en cristal, une petite enclume, un fer à cheval, une boule remplie d'eau dans laquelle était immergée une petite maison et où il neigeait lorsqu'on secouait. Sur ce bureau il y avait aussi un cochon taille-crayon, un petit monsieur chauve en porcelaine dont les cheveux étaient constitués par des allumettes, un petit lézard en cuivre, un flacon d'encrivore, de la sandaraque, un pèse-lettre, des cachets. Bref, il y avait de quoi s'amuser.

Ayant terminé son tableau statistique, M. Deume envoya au « Petit Haut-Parleur » sa réponse à un concours de mots croisés. L'enveloppe fut rendue inviolable par un crampon à griffes imitant les cachets de cire.

Puis il sortit au jardin où la neige avait déjà fondu. Il s'assura que le jet d'eau marchait bien, ferma vite le robinet, en proie à un petit sentiment de péché. En effet, le jet d'eau ne devait fonctionner que le dimanche. Le petit père revint au salon après s'être terriblement essuyé les pieds et se mit en devoir de recopier sur un cahier rouge quelques tours de physique amusante tandis que Mme Deume expédiait sa correspondance. Elle ouvrait posément chaque enveloppe à l'aide d'un coupe-papier en lapis-lazuli. Avant de lire la lettre, elle déchirait le coin de l'enveloppe où se trouvait le timbre et le déposait, avec satisfaction, bonne digestion et certitude, dans une vieille boîte à fondants dans laquelle elle mettait aussi, à l'intention de la Société des Missions, du papier d'étain. Les charités non dispendieuses sont exquises.

De temps à autre, petites réflexions du mari et de la femme. « J'ai une impression de froid. » Ou encore : « Je crois que tout à l'heure j'aurai froid. » En matière de confort, ils étaient de fins observateurs.

Sa dernière lettre terminée, Mme Deume inscrivit sur un petit carnet les dates de réception des lettres et la date des réponses. Une sainteté officielle auréolait ses gestes posés.

— Quelle horreur, j'ai oublié ! Hippolyte, puis-je mettre en post-scriptum tes amitiés à Juliette Scorpème ?

La cousine Juliette était une amie d'enfance de M. Deume. Entre cinq et douze ans, il avait souvent joué avec elle au mari et à la petite femme, à l'épicier, à la dînette, aux comptes comme papa, à l'enterrement et surtout à l'opération. (Ce dernier jeu, assez louche, consistait à tripoter un peu Juliette. Mais il y avait cinquante ans de cela et M. Deume avait oublié.) Sa réponse allait donc être, de toute évidence, affirmative. Cependant, pour rien au monde, Mme Deume n'eût ajouté, sans y être autorisée, les amitiés de son mari. Elle appartenait, Dieu merci, à une famille où l'on vivait dans la vérité pour les grandes et les petites choses, avec une inconsciente préférence pour ces dernières.

— Décidément, je perds la tête, dit-elle. J'ai oublié de te montrer le cadeau que chère Estelle m'a envoyé. Je ne sais plus où j'en suis avec tous mes terribles soucis. (Les soucis de Mme Deume consistaient notamment à gémir sur l'incompétence et le manque de conscience de la bonne, à caser dans son grenier les meubles d'une tante dont elle venait d'hériter, à se demander comment elle rembourserait une hypothèque de dix mille francs grevant un immeuble de la susdite tante — qui lui avait légué, en outre, cinquante mille francs d'obligations. M. Deume avait proposé de vendre pour dix mille francs d'obligations. Mme Deume avait toisé l'inconsidéré. « Les obligations, ça ne se vend pas », avait-elle déclaré majestueusement.)

M. Deume, dévoré de curiosité, frotta sa barbichette et se prépara à déguster, les yeux devenus globuleux comme ceux du caméléon. Chaque nouvel objet lui procurait un frisson de volupté, lui apportait une sensation d'enrichissement moral, était une aubaine et un sujet de conversation, ce qui n'était pas à dédaigner. Mme Deume revint, au bout de quelques minutes, avec un grand portefeuille de maroquin.

— C'est pour la correspondance. Tu vois comme c'est pratique, ces deux grandes poches. Dans l'une on met les lettres auxquelles il faut répondre...

— Et dans l'autre celles auxquelles on n'a pas encore répondu, murmura lentement M. Deume hypnotisé.

— Le grain est fin, dit Mme Deume. (Elle prononça « fan ».)

— Ze n'aime pas beaucoup cette fermeture à pression, dit le petit jaloux. Ça me déranzerait de devoir touzours appuyer pour fermer, ajouta ce virtuose du confort. Et puis, ça risque de se rouvrir.

— Tu crois ? demanda Mme Deume, un peu déçue.

— En tout cas, moi z'aimerais mieux une fermeture éclair. Au moins on sait à quoi s'en tenir. Une fois fermé, c'est fermé. On n'a pas de surprise. (Mme Deume soupira.) Enfin, c'est peut-être une idée.

— Oui, c'est peut-être une idée, réfléchit-elle tout en tourmentant sa boulette de chair. Évidemment, une fermeture éclair. Hippolyte, tu n'aurais pas dû me dire ça. Je suis sûre que ça va me tourmenter.

454

— Mais non, Antoinette. Z'ai dit une bêtise. Il est très bien, ce portefeuille.

Mme Deume eut une longue aspiration satisfaite et recula légèrement la tête avec un sourire distingué. Ils regardèrent longtemps le portefeuille. Un objet de plus. Chez les Deume rien n'était jeté et tout s'entassait. Il y avait peut-être, dans cette joie d'accroître leurs petites matières, le sentiment obscur de l'inanité de leur vie. Dans ces existences menées par l'habitude, l'arrivée d'un nouveau petit dieu était une fête, un jeu inattendu, une petite danse.

— Et maintenant, dit Mme Deume, si nous allions faire un petit tour ?

— Oh oui, pour avoir très faim ! s'enthousiasma M. Deume.

Ils sortirent, arpentèrent la route devant la villa.

— Ze me demande ce qu'on aura à manzer à midi, dit M. Deume en se frottant les mains et en tirant sa languette.

— Ah, c'est un secret, minauda Mme Deume.

Une noble bohémienne phtisique, échouée dans ce quartier cossu, poussait une voiture d'enfant où un bébé mangeait un trognon de chou que lui disputait, assis en face de lui, un petit singe aux merveilleuses dents. La maigre mendiante, à la taille de laquelle pendait un tambour basque, tendit la main. Héroïque, hésitante, Mme Deume lui remit vingt centimes, referma avec soin son porte-monnaie et se hâta de rejoindre son mari, les yeux pudiquement baissés, en proie au plaisir moral d'aimer, comme dit Tolstoï. Il lui était doux de faire le bien, d'appartenir à une classe privilégiée qui donne et qui n'a pas besoin de recevoir.

— Rentrons, dit-elle.

Ils fermèrent la porte à double tour, à cause de la

Bohémienne, et s'installèrent au salon que le don des vingt centimes n'avait privé d'aucun bibelot. Mme Deume se mit en devoir de repasser des vers qu'elle devait déclamer à la vente de charité des « Dames Belges », association dont elle était trésorière. Elle pria son mari de les lui faire réciter pour être bien sûre que tout irait sans anicroches demain.

M. Deume s'assit, prit la feuille de papier sur laquelle sa femme avait recopié le poème. Les yeux aimants — son regard était tout ce qu'elle avait de tendre — elle se mit en posture artistique, c'est-à-dire qu'après avoir raclé sa gorge elle posa la main sur le dossier d'un fauteuil, regarda le ciel comme pour y trouver l'inspiration ainsi que le beau titre du poème.

— Les Pauvres (Cela dit d'un ton sobre, douloureux, convaincu.) poème (Cela dit d'une voix artiste et brisée.) par la comtesse de Noailles. (Cela dit avec le ton distingué et respectueux d'une femme qui est en quelque sorte la représentante à Genève, pour quelques minutes, de la noble poétesse et participe de loin, lune de ce soleil social, à sa gloire mondaine.)

D'une voix tantôt dolente, tantôt suppliante, mais toujours pleine d'amour, d'amour, d'amour, d'amour, d'amour pour les chers, chers, chers, chers, chers, chers, chers pauvres, elle récita ces vers :

Ah ! Qu'ils doivent souffrir, ces tristes dédaignés !
— Pensez-vous quelquefois que, tremblant sur la
    terre,
Le pauvre est un sanglot qui doit toujours se taire
Et une blessure qui ne doit pas saigner ?
Ne les laissez jamais se traîner sur vos pas,
Songez que vous avez une âme tous les deux,
Soyez doux, soyez bons ; puisqu'ils ne peuvent pas
Être fiers comme vous, soyez humbles comme eux !

Ne faites pas sentir à ces êtres honteux
Qu'ils doivent demander et se mettre à genoux.
Ne leur laissez pas voir ce qu'ils sont — soyez, vous,
Pauvres avec les pauvres, timides avec eux !
Ah ! donnez bien, afin que le ciel vous pardonne ;
Afin que le mendiant qui, sur votre chemin,
Pâle, les yeux baissés, vous demande l'aumône,
Ne se souvienne pas d'avoir tendu la main...

Elle s'arrêta et, de respect, baissa les yeux.

— Quelle délicatesse, dit M. Deume.

— Ah, certes, on voit que c'est une noble.

— Et quand on pense qu'elle a écrit ça toute zeune !
Le zénie, moi, ça me dépasse !

— Je n'ai jamais rien lu d'aussi profond, d'aussi
généreux, dit Mme Deume. Vous avez une âme tous les
deux. C'est beau, c'est beau, mon Dieu, que c'est beau !
Le pauvre qui a une âme tout comme les personnes à
leur aise, oh non, c'est trop beau, c'est divin ! Et ça :
Puisqu'ils ne peuvent pas être fiers comme vous, soyez
humbles comme eux ! Oh oui, Hippolyte, soyons humbles en pensée et pauvres en pensée, toujours ! C'est la
vérité ! Et comme c'est plus spiritualiste que le socia-
lisme ! C'est élevé, au moins !

— Ze pense bien, dit M. Deume. Les socialistes ne
pensent zamais à l'âme.

— Oui, rien que la matière, rien que les sordides
préoccupations de salaires, d'heures de travail. Rien
qui vous élève, qui vous fasse voler, voleter, tel un
papillon d'idéal, qui vous fasse quitter, ne fût-ce qu'un
instant, cette vilaine terre ! Oh, la spiritualité, c'est le
seul remède aux maux de la terre, conclut Mme Deume
après avoir puisé dans une coupe un fondant au
chocolat.

Ils méditèrent tous deux, pénétrés de nobles senti-

457

ments. Ces vers rappelaient à Mme Deume une autre œuvre d'art qu'elle avait tant de fois admirée à Paris en allant faire des emplettes au « Bon Marché » : les statues de deux dames de bien, Mme Boucicaut et la baronne de Hirsch qui sont l'ornement du square Boucicaut et qui, en longs voiles de deuil, fourrures chaudes et manchons, se penchent sur un cher enfant pauvre aux chères minces guenilles et auquel elles font don d'une parcelle ou de la totalité de leur superflu. Soudain, Mme Deume se précipita sur son petit mari et le serra fougueusement contre sa molle poitrine.

— Qu'est-ce que tu as, Bicette ? demanda M. Deume flatté mais légèrement effrayé.

— Je ne sais pas. Je suis si heureuse, si reconnaissante.. (Deux minutes de rêverie distinguée.) Hippolyte, j'ai une question à te poser. Que penses-tu d'elle ?

— D'Ariane ?

— Oui.

— Eh bien, mon Dieu... (Mme Deume regarda sévèrement son mari. Elle n'aimait pas l'entendre prononcer en vain le nom sacré de Celui qui lui était garant de sa chère vie future. M. Deume eut conscience de son péché et enchaîna.) Ma foi... commença-t-il.

Mme Deume toussota sec. Décidément, ce pauvre Hippolyte n'arrivait pas à prendre de bonnes habitudes. Depuis des années, elle lui disait et redisait qu'il était choquant de mettre ainsi sa foi à toutes les sauces. « Ma foi » était une expression grave qu'il ne fallait employer que dans des moments élevés et non à tout bout de champ.

— Oh pardon, ça sort sans que z'y pense. Avec moi, tu sais, Ariane est touzours zentille. Maintenant évidemment elle a des caprices mais, que veux-tu, elle est zeune. Évidemment ze sais qu'elle a eu tort de vouloir partir pour la Côte d'Azur.

— Elle ruine Adrien! Avec toutes ces dépenses, ce mois-ci, il ne pourra rien mettre de côté. Et sais-tu pourquoi avant le départ elle a fait cette folie de descendre par la fenêtre avec deux draps de lit qu'elle m'a complètement abîmés? C'était pour éviter de me rencontrer dans les escaliers! J'en suis sûre!

— Mais non, Bicette, mais non, c'est un caprice de zeune femme.

— Un caprice? Sortir de la maison par la fenêtre comme une voleuse ou une femme de roman! Charmant! Enfin, ce sont peut-être les mœurs des aristocrates de Genève. Et puis, qu'est-ce que c'est que ces manières de rester dans sa chambre toute la matinée? Ses rideaux sont encore fermés! Et qu'est-ce que c'est que cette fantaisie de demander qu'on ne la réveille pas? La nuit est faite pour dormir et le jour pour travailler. Alors, s'il lui prend la fantaisie de dormir jusqu'au soir, il faudra respecter le repos de madame la princesse?

— Que veux-tu, elle est zeune.

— Je te pardonne, Hippolyte, dit majestueusement Mme Deume, irritée par ces constants rappels de la jeunesse d'Ariane. Et même j'irai prier pour toi et pour elle. Je suis une enfant de lumière et je dois aimer mes persécuteurs! (Mme Deume ne se fâchait presque jamais. Les réflexions, les pointes, les pardons et surtout les menaces de prière étaient ses armes.)

Et elle s'en fut, suivie de son derrière, prier dans la chambre à coucher. M. Deume, resté seul, dansa une petite gigue au salon. C'était sa façon de se venger.

En avant, petit père, tu as raison, venge-toi un peu, danse ! Danser pour se venger, c'est le commencement de l'œuvre d'art. Et l'épine de rancœur et d'amertume se fleurit de rires tendres.

XLIV

Solal se réveilla. Du soleil dehors. Il regarda l'heure à la pendule. Midi bientôt. Il avait donc dormi toute la nuit et toute la matinée dans la chambre d'une femme à laquelle il n'avait jamais parlé et qui ne se doutait de rien, gorgée d'hypnotique.

Il se leva. Toucher ses cheveux ? Non, même pas cela. Elle dormait, belle et découverte et nue comme lui. Il s'assit doucement au bord du lit et regarda dans la psyché le groupe merveilleux du bel homme nu et de la belle femme nue qui tournait le dos à la glace et ne savait pas. Il se pencha pour voir la merveille des merveilles, le visage de la plus belle femme du monde. Elle dormait avec le petit sourire pur et confiant des enfantelets.

Il la regarda longtemps dans la glace. Non, il ne fallait pas toucher le beau corps. Il fallait accomplir l'exploit fou. Personne au monde n'avait fait ce qu'il allait tenter. Il eut peur de l'absurde projet, s'accorda une heure de répit. Oui, dans une heure.

Exquis, ils avaient dormi dans la même chambre, fraternellement. Et même il lui avait pris du véronal pour dormir aussi profondément qu'elle. Voici, il était assis auprès d'elle et elle ne savait pas. Cette heure était grave. Ils étaient fiancés et elle ne le savait pas. Cette femme, qu'il avait aperçue l'autre soir dans une réunion d'importants imbéciles, cette femme était l'unique de sa vie. Il l'avait su immédiatement.

Courage. Dans une heure il accomplirait l'acte le plus ridicule de sa vie. Était-ce la résurrection ? Le temps de folie et des belles gaffes de vie serait-il revenu ?

XLV

A son vingtième voyage en pater-noster Adrien Deume éprouva des remords. Tout de même, il y avait des dossiers qui attendaient. Il retourna donc à son bureau, ouvrit la fenêtre, s'assit, frotta ses mains, huma l'air pur.

— Allons-y ! dit-il en rouvrant le dossier Cameroun. Mais peu après il releva la tête car il venait d'entendre des bruits familiers. Claquements de portes, galopades dans les corridors, démarrages d'autos. Zut, midi deux déjà. Il avait raté son tram. C'était très bien de venir à pied mais l'embêtant c'était qu'il était l'esclave du tram pour rentrer à midi. Il arriverait trop tard à la maison. Papi était strict en ce qui concernait (attention !) pour ce qui avait trait aux heures des repas. A midi et demi et à sept heures et demie, il dépliait sa serviette et se la nouait autour du cou.

Non sans quelque appréhension, il téléphona à la villa Mon Abri pour avertir qu'il ne pourrait pas rentrer. Mme Deume dit que c'était dommage, car il y avait aujourd'hui à déjeuner une dinde truffée et une dame charmante qui avait une villa charmante dans un parc immense et charmant.

— A propos, ta femme n'est pas encore sortie de sa chambre.

— Oh, elle va descendre bientôt.

— Espérons-le, dit aigrement Mme Deume.

En règle avec la famille, Adrien Deume décida d'aller faire un bon petit gueuleton au restaurant du Vieil Armand qu'un grand journaliste parisien avait mis à la mode. Une petite fantaisie comme ça, pour bien sentir qu'il était un privilégié. Le restaurant était cher. Tant pis. Ils avaient une spécialité de pieds de mouton en salade qui était, disait-on, une merveille.

— On va voir ça, on va voir ça, pom pom pom.

Il ouvrit la porte, la fit claquer très fort parce qu'il était heureux et sortit, armé de son épaisse canne à lourd corbin d'ivoire — avoir toujours un moyen de défense en cas d'altercation — et de la mallette qui lui servait pour ses achats en ville et qu'il aimait parce qu'elle faisait anglais. Mon attaché-case, aimait dire le jeune fonctionnaire international ; ou encore, avec un ricanement scolaire : mon baise-en-ville. Simple plaisanterie d'ailleurs, Adrien Deume étant un mari fidèle et aimant. Par exemple, voir un beau film sans Ariane lui était douloureux.

Conscient de ses guêtres, de son chaud pardessus marron à col de fourrure, de son rôle social, de sa situation mondaine et de son cher petit chèque mensuel, il alla, d'un pas sportif — se dérouiller ! — et le visage important, vers le bon petit gueuleton solitaire. Exquis. Manger de bonnes choses en lisant non pas du Claudel, mais le dernier numéro de « Détective ». Si quelqu'un de sa connaissance se trouvait au restaurant il s'arrangerait tout de même pour lire en dissimulant cet hebdomadaire peu élite.

Chemin faisant, il rencontra Leuwenhoeck, un collègue hollandais à qui il demanda s'il était content de sa nouvelle Ford. Il écouta avec plaisir, grisé de compagnonnage dans le bien-être. Il parla à son tour, dit qu'au prochain Salon de l'Automobile il se déciderait sans doute pour une Lancia et trouva du plus haut intérêt d'expliquer longuement à son collègue les raisons de sa préférence.

— Un peu délicates ces Lancia oui, évidemment, mais quelle race !

Les deux fonctionnaires se sourirent, se sentirent l'un et l'autre des élus, prirent aimablement congé. Charmant, ce Leuwenhoeck, pensait l'un. Vraiment très gentil, ce Deume, pensait l'autre.

Avec un autre collègue, Adrien s'entretint de diverses choses intéressantes et notamment de la propriété qui serait prêtée l'été prochain aux fonctionnaires du Secrétariat et où ils pourraient se délasser de leurs travaux par des bains lacustres. Pom pom pom.

— Je vais manger au Vieil Armand aujourd'hui, annonça-t-il en faisant des moulinets avec sa canne.

Le collègue dit que, depuis la mort du propriétaire, le Vieil Armand ce n'était plus ça. Adrien prit congé, réfléchit et rebroussa chemin. Dépenser vingt balles pour manger médiocrement, ah non alors ! Aller manger au Secrétariat. D'autant plus que van Vries y déjeunait aujourd'hui. Tâcher de prendre le café avec lui. D'une pierre deux coups : économie et plus d'intimité avec Vévé.

Le restaurant du Secrétariat était déjà plein et tout bardé d'entretiens joyeux. Avec qui aller ?

Au fond, étaient les chefs, les sous-chefs et les membres A. Près de la porte, un groupe nombreux de membres B de langue française. Adrien Deume aurait bien voulu se réchauffer aux rayons des importants mais il serait traité de lèche-pieds par ses pairs. Il valait mieux aller avec les B. Tout ça n'aurait qu'un temps.

Poignées de main. On lui demanda avec une cordiale ironie s'il se portait mieux et si ce petit congé de maladie passé à Valescure avait été propice à sa santé. Petits rires complices et petites blagues d'Adrien. Personne n'était dupe. Tirer au flanc était légitime et nul ne songeait à lui faire grief de son beau voyage. Le Gandec tendit la main. Voulant faire preuve d'esprit et de culture, il demanda, faisant allusion au pardessus et à la valise d'Adrien :

— Pourquoi ces éléphants, ces armes, ces bagages ?

Le Gandec souffrait de n'être que commis international de première classe. Aussi faisait-il le plus possible de citations littéraires. Pauvre Le Gandec aux bons yeux navrés, dont la barbe crépue, la cravate lavallière et la calvitie détonnaient dans ce groupe de jeunes gens bien vêtus. Pédant, consciencieux, bourrelé de scrupules linguistiques et d'idées de persécution, il avait le regard méfiant des offensés. On prétendait que, dans son bureau, il poussait de grands soupirs tant il était triste de ne pas avancer. Il était bon et pur. Nulle femme n'avait donc voulu de lui et il se consumait dans le célibat.

Mossinsohn, un Juif de nationalité incertaine — visage rose, rond, presque démuni de menton — et fort méprisé car il n'était que commis local et temporaire au service honni de la distribution — essaya d'en être et de se faire aimer. Il avait longuement préparé une phrase destinée, dans son esprit, à l'agréger au groupe. Il attendait patiemment un silence pour la placer, laissait passer les occasions tant il avait peur de la lancer au moment où un influent prendrait la parole. Enfin, il se jeta à l'eau.

— Monsieur Deume, étiez-vous dans un hôtel ou dans une clinique à Valescure ? demanda-t-il avec un timide sourire sur ses lèvres poupines.

Personne ne sourit. La pauvre question « spirituelle » de Mossinsohn n'était guère moins brillante que certaines plaisanteries qui déclenchaient d'aimables rires. Mais ces plaisanteries étaient proférées avec la gaieté que donne l'habitude du bonheur. Les hommes aiment les chanceux. De plus, ces plaisanteries étaient dites avec assurance, et les hommes aiment la force ; étaient dites par des pairs, et les hommes, tout comme les chiens, aiment peu les étrangers.

Adrien Deume ne sourcilla donc pas, feignit de n'avoir pas entendu Mossinsohn et s'adressa cordialement à un B en passe d'être promu A. La tablée était heureuse du camouflet que venait de recevoir le petit Juif aux joues roses, chien sans feu ni lieu qui tâchait de gagner sa pitance et surtout d'être admis. Adrien en voulait inconsciemment à Mossinsohn d'être sans relations, sans protecteurs, sans gouvernement. Et, consciemment, il lui en voulait d'être un petit intrigant qui avait pénétré en contrebande au Secrétariat sous le fallacieux prétexte de faire un stage bénévole. (Les chiens aussi détestent qu'on s'approche de leur pâtée.) C'était exact d'ailleurs. Le tenace pou Mossinsohn s'était incrusté avec cette patience qui est la force des faibles. Il avait tant souri, s'était montré si obligeant, si travailleur que, de guerre lasse, on lui avait donné un petit poste rétribué.

On méprisa le Juif de n'avoir pas virilement réagi au silence méprisant d'Adrien. Bien sûr, ce Mossinsohn à la peau des joues trop douce, aux lèvres trop

467

rouges, n'était pas un héros. Il l'aurait été peut-être un peu s'il s'était senti moins seul, plus aimé, plus protégé. Et, de plus, cet apatride avait le toupet de vouloir vivre et de se faire une situation sans protections officielles. Or, il savait que s'il faisait un esclandre il aurait tout le monde contre lui et serait révoqué. Et en tel cas, où aller ? Il était sans patrie, n'avait pour tout bien qu'un certificat Nansen et pour tout protecteur qu'un vieux bonhomme de père au fond de la Roumanie, roué de coups, et qui durant des années n'avait mangé qu'un hareng saur par jour pour que son fils pût faire ses études à l'Université de Zurich.

(Lorsque le vieux Mossinsohn, autre antipathique personnage, avait appris que son David était entré à la Société des Nations comme « collaborateur non rétribué », il avait jeûné deux jours par semaine pour remercier l'Éternel. Le jeûne avait augmenté lorsque le vieillard avait appris que son fils n'avait plus besoin de la petite somme qu'il lui envoyait clandestinement depuis des années. Mais Mossinsohn n'avait pas dit à son père qu'il n'était engagé qu'au mois le mois. Et le vieux Juif roumain avait claironné son triomphe à ses amis de la synagogue. A ses yeux son fils était désormais une sorte de Disraeli.)

De plus, la tablée détestait Mossinsohn pour ce culot de venir s'asseoir à la table des B sans y avoir été convié. Autre péché de Mossinsohn : il espérait ; il se disait qu'à la longue on s'habituerait à lui et qu'on finirait peut-être par lui donner cette sympathie que de ses tendres yeux d'almée il quémandait. (« Insinuants, ces Juifs. » Eh oui, frères, ils meurent d'envie de s'insinuer dans votre cœur.) Il est vrai que si Mossinsohn s'était tenu sur la réserve, s'il était allé manger tout seul au fond de la salle, on aurait trouvé très antipathique ce drôle de type mystérieux.

(Ne pas avoir trop pitié de Mossinsohn. Il n'est pas très gentil avec deux autres Juifs qui voudraient entrer au Secrétariat, et il ne fait rien pour les aider. On est toujours le bourgeois de quelqu'un. Et puis, le jour où Mossinsohn sera permanent et naturalisé, il sera peut-être puant. Pour le moment, laissons-le rôder dans les corridors, sourire, flatter, faire intervenir en sa faveur quelque grand savant juif et se promener galamment dans le jardin avec une autre réprouvée, une douce Arménienne qui fait un stage bénévole dans l'espoir de décrocher à son tour un poste temporaire. Pauvre bougre de Mossinsohn. Quoi, il veut faire sa vie. Laissons-le en paix.)

Adrien Deume s'était plongé dans la lecture de la carte des mets. Il était trop égoïste, trop optimiste et, en somme, trop candide pour ne pas être persuadé que la serveuse qui se tenait debout, carnet et crayon prêts, s'intéressait extrêmement à ce qu'il avait envie de manger.

— Que diriez-vous d'une bouchée à la reine ? demanda-t-il à la jeune fille qui n'avait nulle envie d'en dire quoi que ce fût et qui souriait aimablement tout en pensant à son amant qui l'avait plaquée. C'est ça, il y a longtemps que je n'en ai pas mangé.

Coup d'œil ravi à la serveuse. « Ce que je peux m'en foutre, répondit-elle mentalement. Allez, grouille-toi, balai à goguenots ! » (Allusion délicate à la barbe d'Adrien.)

— Et puis, vous m'apporterez une petite omelette aux... aux... aux... voyons un peu aux... aux... (Il interrogea la serveuse du regard.) Aux ? Aux ? Aux champignons ! s'écria-t-il en faisant avec l'index une courbe hardie de chef d'orchestre. Aux champignons !

confirma-t-il en casse-cou décidé à vivre dangereusement. Ou plutôt non, aux truffes ! (Même jeu avec, en
plus, les yeux arrondis de l'inspiré.) Aux truffes,
parfait, aux truffes, ça c'est une idée, je crois ! (Il
regarda l'effet des truffes sur la domestique.) Ensuite
ensuite ensuite ensuite (Cela dit avec une très grande
rapidité.) un petit (La dernière syllabe de ce mot étirée
longuement jusqu'à devenir insupportable d'acuité.
Puis un temps, destiné à suspendre l'attention de la
serveuse, à la faire haleter de curiosité.) mixed-grill !
Non, en somme non, j'en ai mangé avant-hier. Vous
me donnerez plutôt, vous me donnerez plutôt, chantonna-t-il en traînant pour avoir le temps de réfléchir,
plutôt (Après un coup d'œil sur la carte il frappa du
poing sur la table et proféra dictatorialement :) un
poulet Souvaroff !

— Eh bien, mon vieux, dit un des commensaux,
vous ne vous mouchez pas avec le dos d'une cuillère !

— Ah, mon cher, dit Adrien, j'ai besoin de prendre
des forces. Il faut recharger la machine.

— Et comme dessert ? demanda la serveuse.

— Et comme dessert, chantonna Adrien ivre de
joie, de richesse, de puissance et de chance. (Il était
depuis plusieurs années au Secrétariat et n'en revenait pas encore.) Et comme dessert... Ah c'est là que ça
devient scabreux !

Les coudes sur la table, la tête entre ses mains, il
jeta un large et balayant regard tragique sur le bas de
la carte. Il réfléchissait, savourait par la pensée les
divers desserts qui s'étalaient en dactylographie
bleue. Enfin, il prit une décision. Napoléonien, sourcils froncés, jouant son va-tout, en vraie tête brûlée
qui après tout s'en fiche bien du qu'en-dira-t-on et de
la dépense, il énonça avec une expression de sombre
décision :

— Et un suprême Bourdaloue ! On va voir ce que c'est, hein ? dit-il à la serveuse qui ne partageait pas cette curiosité et que ce goinfre dégoûtait d'autant plus qu'elle avait mangé à onze heures et demie. (Comme on le voit, petit garçon devant van Vries, Adrien était plein d'assurance avec les inférieurs.)

Durant le déjeuner, il participa gaiement à la conversation. (Être bien avec tout le monde, ne pas se faire d'ennemis.) Les propos ne variaient guère d'un jour à l'autre : avancements injustifiés ; espoirs que faisait naître le nouveau projet d'année sabbatique d'après lequel les fonctionnaires de la Société des Nations jouiraient de six mois de vacances supplémentaires tous les sept ans ; hypothèses sur le dernier crime parisien.

Ce dernier était surtout commenté par La Peyrelle, un petit Canadien — vif, pas bête, joli, presque toujours ivre et qui avait sans cesse des histoires avec la police pour scandale nocturne. L'autre commentateur attitré du crime était Agutte, un sec rigolo à la voix enrouée et aux yeux tristes, le seul membre de la section du désarmement qui arrivât avant l'heure. En effet, le brave Agutte — cœur d'or, âme enfantine, esprit charmant — était toujours pressé de commencer ou d'achever le roman policier que, tous les trois mois, il livrait à son éditeur. A neuf heures sonnantes, il était à son fauteuil et rédigeait des histoires atroces tout en suçant un sucre d'orge.

Puis Le Gandec raconta que Solal venait de louer un hôtel particulier. Adrien méprisa Le Gandec. Il venait en effet d'apprendre, deux jours auparavant, en lisant un livre de Proust, qu'il était vulgaire de dire hôtel particulier. Un hôtel, rectifia-t-il. Et comme Le Gandec demandait une explication, Adrien la lui fournit avec l'amabilité protectrice d'un membre du Jockey.

Puis ce fut la plaisanterie traditionnelle. On imagina des matches de football ou de boxe auxquels participaient, en petits caleçons, les plus hauts fonctionnaires du Secrétariat. Des rires de subordonnés chuintèrent. La joie collégienne devint plus vive encore lorsqu'on imagina Sir John Cheyne, le secrétaire général, dansant en tutu à l'Opéra.

Puis on raconta des histoires grivoises et on s'esclaffa. Les Anglais de la table voisine s'abstenaient de tout commentaire mais n'en pensaient pas moins. Enfin on parla de l'odieux projet de réduction des salaires — dix pour cent ! — présenté par un salaud de délégué australien. Adrien Deume frémit. Comment ? Au lieu de vingt mille francs suisses il n'en toucherait plus que dix-huit mille ? Il frappa du poing sur la table.

— Il faut que le syndicat du personnel intervienne énergiquement, dit-il. A mon avis, il faudra insister sur le fait que le recrutement des membres de section deviendra très difficile. Et puis les institutions de Genève ont été créées, entre autres, pour amener une ère de justice sociale et améliorer le sort des travailleurs. Nous devons donner l'exemple ! Ce n'est pas pour nous que nous luttons lorsque nous demandons le retrait de cette ignoble proposition. C'est pour les travailleurs du monde entier, pour les mineurs, pour les pêcheurs, pour tout le prolétariat qui a les yeux fixés sur nous !

— Bravo, Deume !

Bien repu — « à retenir, ce poulet Souvaroff » — Adrien Deume sortit du restaurant du Secrétariat et alla faire une petite balade en ville. Il aimait les promenades solitaires. Elles lui donnaient l'impression d'être un type exceptionnel, qui avait besoin d'être seul pour mûrir des pensées ou esquisser des projets. Et surtout il aimait la solitude parce qu'il était un doux heureux qui adorait se raconter ses bonheurs.

— Wilson m'a salué très gentiment. (Il s'agissait du chef de la Section indigène au Bureau international du Travail, courtois et bienveillant.) Chic type, ce Wilson. Dès que membre A, une Cadillac ! Supprimer dans mon étude sur la Syrie le passage extrait du Daily News. Il y a certaines réserves qui risqueraient de froisser le membre français de la commission des mandats.

Il pressa le pas, fit de grandes enjambées car une bouffée de joie violente lui était venue à l'idée qu'il avait été invité chez la baronne de Mers et qu'Ariane l'en estimerait davantage.

— Adrien Deume, fils de ses œuvres ! cria-t-il intérieurement et il alla encore plus vite.

Et van Vries avait été très gentil tout à l'heure. Pas méchant bougre. Seulement trop fonctionnaire, voilà. Tandis qu'Adrien Deume, collaborateur de la Revue de Lyon ! Aller dire un petit bonjour à Petresco en rentrant. Il boutonna son veston d'un air affairé, comme il faisait toujours lorsqu'il prenait des décisions énergiques ayant trait à la vie mondaine. Il eut soudain un petit scrupule touchant le petit congé maladie qu'il s'était fait octroyer. Évidemment, il n'avait pas eu de maladie proprement dite. Mais après tout, quoi, il était rudement surmené en partant pour Valescure.

Dans une librairie de la rue de la Confédération, il fit l'emplette d'un livre intitulé « Technique de l'Amour Physique » et d'un gros ouvrage sur la frigidité féminine. Dans une papeterie il acheta deux objets qu'il convoitait depuis quelques jours : un stylo en or et un petit canif en or. (Il était à l'affût de tout ce qui pouvait avoir « grand genre ».) Dès que A, prendre un valet de chambre, décréta-t-il en sortant de la papeterie. Et naturellement, il boutonna son veston.

Il marcha à grands pas anglais, sa lourde canne à la main, sûr de son destin. Pont du Mont-Blanc. Délicieuse sensation de saluer des gens importants, d'être aimablement salué par eux. Sourires charmants. Oh oui, il était très connu, très estimé. Faire graver ses initiales sur le stylo et le canif.

Soudain, il reconnut devant lui le dos voûté de Lord Galloway. Par pur amour gratuit, il le suivit. Oui, quand il arriverait près du ministre, il le saluerait. Oui, mais il faudrait se retourner et ça aurait l'air drôle. Il changea de trottoir, courut, dépassa Lord Galloway. Lorsqu'il fut à cinquante mètres du puissant, il traversa de nouveau la chaussée, fit volte-face et alla à la rencontre de la haute silhouette dégingandée et nonchalante.

A deux mètres de Lord Galloway, il se découvrit largement. Ce salut était désintéressé. Adrien se savait trop minuscule pour espérer jamais entrer en relations avec le vieux lord. Mais il aimait rendre hommage aux gens haut placés, pour rien, pour le plaisir. Car il les adorait, de même que sa mère adoptive adorait les trousseaux des mariages princiers, les passionnants menus des grands banquets officiels, les obsèques de maréchaux et les enfants royaux dont elle connaissait tous les prénoms et les charmantes reparties.

Son émoi social passé, il entra chez Cosentini, un assez mauvais tailleur qu'il proclamait de tout premier ordre. Il accepta, avec naturel et comme chose due, les empressements de l'Italien, se fit montrer des étoffes que Cosentini prétendait anglaises et qui, en réalité, avaient été fabriquées à Roubaix. Il se décida pour un tissu bleu clair à fines rayures, se laissa tenter ensuite par un marron à petits damiers presque invisibles. Oui, c'était très distingué et pas triste comme l'uni.

— Oui, très beau, approuva-t-il tout en tripotant l'affreux tissu, laine et coton. (Il recula la tête pour mieux en scruter, paupières mi-closes, l'excellente composition.) Vous me bourrerez bien les épaules et puis j'aime qu'il y ait beaucoup d'ouate à la poitrine pour faire ressortir la pince de la taille.

— Ah monsié Dème est connaissèr, sourit amoureusement le petit tailleur mal rasé.

Adrien se croyait élégant parce que ses vestons étaient pincés. Il était un petit-bourgeois qui n'en revenait pas encore de mener ce qu'il croyait être la grande vie et qui faisait tout son possible pour se débarrasser d'une crasse petite-bourgeoise plusieurs fois séculaire. Mais il n'y parvenait pas. C'est ainsi qu'il voyageait en wagon-lit mais ne donnait qu'un très petit pourboire au contrôleur et, si la valise n'était pas très lourde, préférait ne pas avoir recours à un porteur.

Il se força à une marche plus rapide pour se tenir en forme. Il tenait à sa petite santé. C'est ainsi que, pour « économiser son phosphore », il ne pratiquait les rapports sexuels qu'une fois par semaine et trois heures au moins après le repas. Sur le quai Wilson, il rencontra Floresco, un des petits secrétaires de la délégation permanente de Roumanie. Floresco était de ces hypocrites qui, pour montrer qu'ils portent un intérêt sincère à leurs amis, leur disent — même si ces malheureux resplendissent de santé — qu'ils leur trouvent mauvaise mine. Ce qu'il fit avec Adrien. « Je

475

vous assure, cher ami, vous devriez voir votre médecin », lui dit-il en le quittant.

Le jeune Deume, fort embêté, alla s'asseoir sur un banc, sortit son petit miroir, scruta son visage, tira la langue. Non, le type exagérait. Les yeux un peu cernés seulement. Il s'était couché trop tard, voilà.

— Nous avons une excellente santé. Parfaitement.

Il se rappela soudain un article sur le cancer des fumeurs. Hé là, hé là, attention, hein ? Pas envie de mourir, le Didi ! A partir d'aujourd'hui, suppression totale et définitive du tabac. Il lança son paquet de cigarettes dans le lac pour ponctuer sa décision et supprimer toute tentation.

Mais quelques minutes plus tard il rencontra Leuwenhoeck qui lui offrit un cigare fabriqué à Sumatra. Il l'accepta. Un cigare, ce n'était pas une cigarette. Et puis Sumatra, les belles Javanaises. Se faire donner une mission lointaine, absolument, profiter de la vie, quoi !

« Rapporter matériaux pour roman exotique. Aller Palestine et revenir avec roman juif. Intrigue épatante. Officier anglais qui s'éprend de belle Juive. Puis ça ne va plus entre eux. Séparation des races. » Oui, mais un roman juif, ce n'était pas original. Tout avait été dit. Les Tharaud, Lacretelle. Et puis quoi, qu'est-ce qu'on pouvait bien raconter sur les Juifs ? Leur ambition, leur frénésie d'avancement, leur amour de l'argent, leur manie de s'insinuer partout. Ah oui, leur intelligence, leur esprit négateur, leur rationalisme. Oui, mais enfin, une fois ça dit, qu'est-ce qu'il y avait d'autre à raconter ?

De retour au Secrétariat à deux heures dix, il se promena dans le parc avec Mikoff, Pachitch, Carvalho, Hernandez, Zafiropoulos et Almasy. Après avoir médit gentiment, sans trop se compromettre, d'un certain nombre de fonctionnaires, il alla faire un peu de tennis. A deux heures et demie, il s'arrêta de jouer, retourna au Secrétariat non sans avoir acheté un paquet de cigarettes, le dernier. Il était pressé de recommencer à travailler. Ah nom d'un chien, il sentait qu'il allait en mettre cet après-midi !

XLVI

Le Gandec entra, avec sa tête de photographe triste, ses yeux timorés et son cœur sensible, pauvre qui, pour avancer, se tuait en vain de travail, et de travail inutile car ses longs rapports sur la législation coloniale allemande d'avant-guerre n'avaient pour seul et unique lecteur au monde que lui-même, forçat cassant d'inutilisables cailloux.

— Bonjour Deume, comment va ? Je regrette de vous déranger. C'est un petit problème de style, en quelque sorte. Je voulais vous demander si l'expression « se ranger à notre opinion » vous semble adéquate, idoine ? Ou bien vaudrait-il mieux mettre « se ranger à notre point de vue » ?

Adrien, qui méprisait Le Gandec de ne pas avoir fait ses humanités, donna noblement son avis, qu'il se fit payer sur-le-champ en lui montrant son nouveau stylo. Il lui expliqua longuement en quoi ce stylo était remarquable. (Adrien s'intéressait infiniment à tout ce qui le concernait et tout ce qui le concernait lui paraissait de premier choix : cravates, assorties naturellement à la couleur de ses chers importants yeux ; rasoir de sûreté ; amis ; remède épatant contre le rhume de cerveau ordonné par son médecin, sûrement

478

le meilleur de Genève ; souliers épatants, faits sur mesure par un petit cordonnier qui travaillait tout aussi bien que le meilleur bottier ; chemises — dont seuls le plastron et les manchettes étaient en soie, artificielle bien entendu — faites sur mesure par un petit chemisier de la rue de Carouge, ancien coupeur chez un grand chemisier et qui par conséquent. Bref, un flair infaillible dirigeait d'emblée le jeune Deume vers le toc.)

Les vertus du nouveau stylo ayant été exposées, les deux collègues médirent du Secrétariat, se confièrent leur résolution de le quitter à la première occasion. Ce sujet de conversation leur était habituel et ils étaient destinés à le développer jusqu'à la retraite. Puis ils parlèrent du sujet qui, avec l'avancement, tient le plus au cœur d'un fonctionnaire, à savoir les vacances. Adrien tint à calculer devant Le Gandec, stylo d'or en main, avec empressement et la plus grande gentillesse, les jours de vacances dont il disposait. Langue pointant entre ses lèvres, il écrivit des chiffres.

— Vingt jours de l'année dernière que je n'ai pas utilisés. Ci : vingt. Puis quarante jours intouchés de cette année. Ci : soixante en tout. Deux petits mois !

Il regarda l'effet sur le visage de Le Gandec avec une expression enfantine. Il ne songeait nullement à se demander si Le Gandec trouvait à ce décompte autant de joyeux attrait que lui.

Enfin Le Gandec sortit. Adrien refit son compte, s'aperçut qu'il avait oublié les deux jours de congé supplémentaire alloués à ceux des membres de la section qui avaient été détachés à l'Assemblée en septembre. Or, tel avait été le cas pour lui, Adrien ! Tandis que le pauvre Le Gandec était resté à moisir solitaire dans son bureau ! (Petit ricanement scolaire de joie.) Aller dire à Le Gandec qu'il avait soixante-deux jours de vacances ?

— Non, assez perdu de temps. Au travail !

Il reprit son projet de lettre Cameroun, rêva sur le brouillon, tout en frottant ses chers ongles avec le polissoir. Non, zut. Étudier plutôt le dossier « Kenya Maladie du Sommeil ». Il ouvrit un phtisique dossier qui contenait une lettre assez jeune puisqu'elle n'était âgée que de deux ans, le referma peu après et décrocha l'écouteur.

Il venait de se rappeler qu'il avait des communications à faire à des fournisseurs et à son dentiste. Il aimait mieux téléphoner du Secrétariat que de la maison. C'était plus agréable. Adrien Deume avait sept complets dans son armoire Innovation — ô joie de l'acheter ! — mais il lui était doux de téléphoner gratis.

— Ah, ne pas oublier d'aller ce soir entendre Max Jacob.

Lorsqu'une causerie avait lieu au Club international ou à l'Athénée, Adrien ne manquait pas de s'y rendre pour voir du monde, pour « rester dans la circulation » et « garder des contacts ». La causerie terminée, il rôdait autour du conférencier qu'accaparaient des gens plus importants et plus riches que le jeune Deume qui avait un air si malheureux — lèvres boudeuses d'un nourrisson sur le point de pleurer — aussi longtemps qu'il ne trouvait pas quelqu'un à qui demander de le présenter à l'homme du jour.

Oui, Adrien Deume faisait tout son possible. Il tâchait d'inviter des gens bien et de se faire inviter par eux, il louait un maître d'hôtel lorsqu'il recevait, il avait des valises chères et des exemplaires de luxe, il goûtait Toulet et Proust, et Toulet plus que Proust d'ailleurs, il feuilletait chez les libraires toutes les

480

revues pour se tenir au courant, il lisait au moins deux fois par an « Savoir vivre en France », d'Eugène Marsan. Bref, il faisait de son mieux. Il n'en était pas moins un petit-bourgeois. Sujet à de vifs engouements, il avait successivement été surréaliste, royaliste, catholicisant, et même, pendant quelques jours, communiste ; puis il avait cru au spiritisme, à la révolution personnaliste et, durant les deux mois où elle fut particulièrement à la mode, à la chiromancie. (Il continuait d'ailleurs à cultiver cette petite science appréciée des femmes de hauts fonctionnaires et qui faisait de lui un invité agréable.) Mais il était un petit-bourgeois plein de bon sens qui plaçait ses économies en dépôt libre à quatre pour cent au Crédit Suisse. Il aimait mieux cela que d'acheter des titres qui pouvaient baisser ou un immeuble qu'il aurait fallu réparer. Pas bête, Adrien Deume.

Non, décidément, ce dossier lui fichait le cafard. Il s'organisa pour une petite sieste habile. Il avait le chic pour dormir en ayant l'air de travailler, les deux mains aux tempes, sur un dossier ouvert. Et si van Vries arrivait, il n'y voyait que du feu. Vingt minutes plus tard, il se réveilla, bâilla sur le dossier « Maladie du Sommeil », gémit d'impuissant ennui.

— Qu'est-ce que je pourrais bien faire ?

Il décida de consulter le Règlement du personnel. Il y pêchait chaque fois des choses intéressantes. Tiens, bonne idée, revoir un peu cet article qui concernait — non, qui avait trait aux augmentations automatiques de traitement en cas de hausse des indices des prix. Il lut avec délectation.

Depuis qu'il était à la Société des Nations, Adrien Deume avait constamment la délicieuse sensation d'être un privilégié, savourait sans cesse sa situation

— bien que, de temps à autre, il déclarât à sa femme qu'il en avait assez de cette vie de bureaucrate et que bientôt il lâcherait « cette sale boîte » pour se consacrer uniquement à la littérature, vrai but de sa vie. Ces révoltes survenaient en général lorsque van Vries lui faisait une crasse ou lorsque Adrien apprenait qu'un fonctionnaire plus jeune que lui était nommé A. Alors, il songeait soit à tout lâcher soit, tout au moins, à faire la grève perlée. « Puisque c'est comme ça, eh bien je ferai tout juste le nécessaire et je me préoccuperai surtout de ma carrière littéraire, na ! » Alors, il rêvait successivement d'être un Pagnol — « beaucoup d'argent, il n'y a que ça de vrai ! » — un Céline — « être un homme de son temps » — un Jules Romains plutôt — « oui, un écrivain fécond qui vous aligne un roman tous les six mois ». Mais si le lendemain van Vries lui parlait cordialement, Adrien cessait de songer à la littérature et décidait de préparer un gros livre sur les mandats avec une préface du ministre belge des colonies ! Et on reproduirait en fac-similé la signature de Son Excellence ! « C'est ça, très bien. Décrocher un cours de privat-docent à l'Université, devenir la grosse autorité en matière de mandats. » Et il avait alors de petits ricanements de plaisir et passait sa langue sur ses lèvres pâles et sinueuses, ironiques, un peu enfantines, mélancoliques.

Un messager entra, posa un dossier dans la caissette des entrées. Comme d'habitude, Adrien s'en empara aussitôt. (Soif de la nouveauté ; espoir d'une bonne nouvelle ; crainte de quelque tuile ; et surtout petit prétexte pour retarder l'élaboration de l'accusé de réception.) Sur la feuille-minute, il lut cette note de van Vries :

« M. Deume. Sur la demande de la section économique je vous prie de revoir l'étude de M. Peï et de faire s'il y a lieu quelques petites améliorations stylistiques. »

Depuis qu'il avait publié sa plaquette sur Claudel on confiait à Adrien le soin de rabibocher les productions du Chinois qui verdissait d'humiliation lorsqu'il voyait revenir son enfant transformé. L'étude du jeune et élégant Peï était intitulée : « Horizon à vol du volatile de la Chine récente en matière économique. » (Il voulait dire sans doute « à vol d'oiseau ».) En voici le riant début.

« L'âme chinoise, à travers les époques séculaires, ce pays millénaire chanté par les sages, jouissant déjà Confucius de l'économie familiale ayant une connaissance antique et solennelle dérivée à sa conscience nationale du culte glorieux ancestral. Basant sa réflexion sur les lumières progressistes du docteur Sun-Yat-Sen il arriva actuellement au plus haut point des perfections matérielles, morales et universitaires dans l'amour de l'humanité. En tout premier d'abord, causons biographiquement Confucius. »

Adrien Deume dit un très gros mot. Non, non, c'était trop dégoûtant ! Ce Peï était membre A tandis que lui, Adrien... Pour se venger, il décida qu'il ne ferait ce travail qu'après les vacances de Pentecôte. Il rouvrit le dossier « Maladie du Sommeil », jeta un coup d'œil sur son poignet. Zut, trois heures seulement.

Chantonnement lamentable. Il décida soudain qu'il prendrait sa femme ce soir, à titre exceptionnel. Mais deux fois par semaine, n'était-ce pas trop ? Oh, tant pis, quoi. Vivre dangereusement.

— Assez maintenant. Penser aux choses sérieuses. Un coup de Trafalgar !

Ce qu'Adrien Deume appelait ainsi consistait à prendre une initiative qui attirerait sur lui l'attention de ses chefs. Il plafonnait depuis un an et il voulait devenir membre A le plus vite possible. Il avait des titres, que diable ! N'était-ce pas lui qui avait créé des formules dont tous ses collègues de la section se servaient maintenant ? N'était-ce pas lui qui avait eu l'idée d'employer le mot développement au pluriel, ce qui lui donnait plus de gravité ? « Les développements de cette intéressante question. » Et le plus haut fleuron de sa couronne, cette tournure ingénieuse grâce à laquelle, lorsqu'il était impossible d'éluder un « en ce qui concerne », on pouvait au moins en éviter la répétition. Autrefois, ses collègues écrivaient par exemple « tant en ce qui concerne la Syrie qu'en ce qui concerne la Palestine ». C'était à lui qu'on devait le « en ce qui concerne tant la Syrie que la Palestine ». Et les « éléments de documentation » et les « éléments d'information » et les « accueillis avec gratitude », à qui devait-on tout ça ? A lui ! Avant lui on disait tout platement « la documentation », « les informations ». Ah, certes, un avancement lui était dû.

— Struggle for life ! dit-il en frappant la table du poing.

Et puisque van Vries ne le poussait pas assez, eh bien il se passerait de van Vries ! S'il écrivait une note directement au secrétaire général ? Il remua ses lèvres closes, à droite, à gauche, en haut, en bas. C'était grave et contraire à toute règle administrative. Il fallait pour cela une raison extraordinaire. Que suggérer au secrétaire général ? Proposer une commission d'experts en médecine tropicale ? S'il envoyait la note directement, Vévé serait furieux. Et puis aucun intérêt, puisque ce serait Kanakis, le membre grec de la section — hélas, docteur en médecine — qui serait forcément nommé secrétaire de la commission.

Idée sublime! Dans un journal belge avait paru une attaque contre Sir John. Communiquer au secrétaire général l'article avec peut-être, c'était audacieux mais tant pis, un projet de réponse à l'auteur. Van Vries ne pourrait pas se fâcher s'il apprenait la chose puisqu'il s'agissait d'une affaire concernant personnellement le Patron. Épatant! Il préparerait la note demain. Le Patron le ferait venir, s'intéresserait à lui. On causerait. Une citation bien placée de Shakespeare!

— Trois heures et demie. Et ce thé, alors quoi, on se fout de moi?

Quant au coup de Trafalgar, ne pas prendre de décision immédiate. Y réfléchir demain, crayon à la main. Faire deux colonnes, mettre à gauche les avantages et à droite les inconvénients.

— Approuvé. Et maintenant, au travail!

Il reprit le projet de lettre Cameroun. Mais deux minutes plus tard il se leva. Sapristi! Il avait oublié que c'était lundi, jour de nettoyage du vieux stylo. Il se dirigea donc vers les toilettes de la section, petit Trianon de marbre jaune où bruissaient des eaux. Il fit couler un des robinets. Hé là, attention, c'était l'eau chaude!

— Nous avons frisé la catastrophe.

Le stylo nettoyé, il retourna dans son bureau, réfléchit devant son projet de lettre Cameroun tout en se curant le nez. On frappa à la porte. Il se remit promptement en état de décence, leva la tête, furieux. Qu'y avait-il encore? Comment travailler dans cette sale boîte? On le dérangeait toujours. (Il était fâché parce qu'on avait frappé très doucement et qu'on n'avait pas poussé la porte immédiatement. C'était donc un subalterne.)

— Entrez! tonna-t-il.

En effet, c'était un des messagers, un doux Russe émigré, ancien professeur à l'Université de Saint-Pétersbourg et dont le traité de pharmacologie avait fait longtemps autorité en Russie. Aucun gouvernement ne le protégeant, ce vieil homme était temporaire à deux cent cinquante francs par mois. Du matin au soir, il transportait sans arrêt son asthme et des piles de dossiers, montait et descendait sans trêve des escaliers, le dos courbé. Son binocle hagard et fêlé, ses poches aux genoux et son veston rapiécé agaçaient Adrien Deume qui aimait son Secrétariat et trouvait que ce bonhomme peu brossé y détonnait. Il lui gardait une dent depuis le jour lointain où Ariane était venue lui rendre visite. Il aurait tant aimé qu'en ce jour tout au Secrétariat parût éblouissant à sa future femme. Et voilà que le vieux Russe était entré au moment où il faisait admirer à sa fiancée son cher bureau. Il en voulait aussi au bonhomme de ne pas porter l'uniforme.

— Dites donc, pourquoi est-ce que vous ne portez pas d'uniforme?

Le vieux professeur sourit avec tendresse. Sa douce petite barbe s'éclaira lorsqu'il expliqua de son ton chantant que, son engagement étant renouvelé de mois en mois, il ne pouvait être assimilé au personnel permanent et qu'il n'en avait pas les prérogatives vestimentaires. Et comme Adrien faisait un masque dur et soupçonneux, le vieux Russe s'inquiéta. Si monsieur Deume disait qu'il faisait mal son travail, il était perdu.

Adrien prit en pitié le vieux bonhomme effaré, lui offrit une cigarette. Le professeur Arlozorov eut un sourire enfantin, posa les dossiers sur une chaise, le plus vite possible, pour ne pas faire attendre monsieur Deume, prit la cigarette, la porta à ses lèvres mais se rendit compte aussitôt que c'était inconvenant. Il la mit donc dans sa poche d'où elle fila à jamais dans la doublure. Ensuite il ramassa ses dossiers, s'inclina — être renvoyé équivalait au suicide immédiat — et se dirigea vers la porte.

— Vous étiez médecin autrefois ?

Le vieux se retourna, surpris.

— Pharmacologie, susurra-t-il, les yeux illuminés.

— Et pourquoi est-ce que vous n'exercez pas ?

— Je n'ai pas diplôme suisse, monsieur, et je n'ai pas courage de tout recommencer.

— Oui, évidemment, dit Adrien Deume d'un ton peiné car le malheur des autres le désobligeait.

Dans le corridor, le vieil Arlozorov s'arrêta un moment devant une fenêtre. Ses collègues avaient tant travaillé depuis la Révolution et il n'osait plus lire les traités de pharmacologie. Il s'avoua qu'il regrettait d'avoir quitté la Russie. Trop tard maintenant. Il était seul, il était vieux, il était veuf. Trop tard. Il frotta sa barbiche, sourit machinalement et s'en alla à petits pas, chargé de dossiers, vieux petit âne solitaire.

Adrien Deume endossa son veston neuf, se frotta les mains. Ce bon garçon aurait été indigné si on lui avait révélé la vraie cause de son plaisir. Il était heureux parce qu'il avait vu Arlozorov. Son inconscient savourait le privilège d'être un fonctionnaire jeune, permanent et bien rétribué. Il mit deux cents francs dans une enveloppe. Très bien. Quand Arlozorov reviendrait, il lui donnerait l'enveloppe en lui disant de ne l'ouvrir que chez lui.

Le cendrier n'étant plus très propre, il alla le nettoyer aux lavabos. De retour, il ouvrit l'enveloppe destinée à Arlozorov, en sortit un billet. Cent francs, c'était bien suffisant.

— Au travail maintenant !

Il ouvrit un des dossiers que venait d'apporter le Russe. Ah non, zut, Vévé exagérait ! Encore un projet de lettre ! Et c'était le dossier Gattegno par-dessus le marché !

— Attends un peu, ma vieille Vrille, on va l'engraisser ton dossier !

Et il rit d'un rire étouffé de cancre, d'un substitut de rire qui consistait, lèvres closes, à racler son arrière-nez. (Les fonctionnaires sont des écoliers qui ont peur, se moquent entre eux de leurs profs, rigolent, donnent des surnoms, se méfient, n'ont pas de soucis, craignent les punitions, espèrent de bonnes notes. Ils sont des enfants toute leur vie, mènent la vie de lycée jusqu'à l'âge de la retraite et puis ils meurent. C'est un sort doux et terrible.) Il prit d'un geste dégoûté le dossier N/1/100/27/34 « Correspondance avec le docteur Gattegno ».

Qu'est-ce que c'était que ce pékin qui se mêlait de renseigner le Secrétariat sur des questions idiotes ? Sous prétexte qu'il était allé dans un territoire sous mandat belge, il croyait se rendre intéressant en racontant de prétendus abus ! Et parce qu'on ne lui avait pas répondu, il revenait à la charge ! Dans sa seconde lettre, il demandait si on avait reçu sa documentation et ce que la Société des Nations comptait faire. Mince de culot ! Van Vries avait écrit sur la feuille-minute qu'un cordonnet bleu retenait au dossier :

« M. Deume. Veuillez préparer d'urgence un projet d'accusé de réception. Remerciements, intérêt, précisions, etc. V. V. »

Mais Adrien avait pris en grippe le Gattegno dont les lettres étaient bourrées de fautes de français, qui écrivait sur du papier quadrillé et auquel, de plus, il trouvait un relent israélite. Non, non et non ! Il n'écrirait pas à ce petit médecin judéo-roumain de quatre sous. Il réfléchit, cligna de l'œil, pointa la langue, car il avait décidé d'avoir recours à une délicieuse combine.

— On va l'engraisser, ce petit dossier.

Sous le feu de l'inspiration, il écrivit sans brouillon une note de deux pages — l'accusé de réception au pauvre Gattegno n'aurait pas pris plus de sept lignes — par laquelle il proposa à van Vries de communiquer la lettre de Gattegno, pour avis préalable, à la section des affaires extra-européennes, à la section morale, à la section législative et au Bureau international du Travail. On ne répondrait à Gattegno qu'après réception des susdits avis. Pour finir, quelques phrases acides et bien tournées sur le vague des renseignements du Gattegno, sur le caractère non officiel de ce médecin inconnu, dont on ne savait même pas s'il était docteur ès lettres ou en médecine ; et enfin une allusion aux arrière-pensées probables de ce prétendu docteur qui voulait peut-être se tailler de la gloire dans son village roumain ou encore obtenir quelque mission d'enquête de la Société des Nations, en quoi il était bien naïf.

Il relut la note avec satisfaction. Le périple du

489

dossier à travers les diverses sections durerait bien six mois car les sections consultées l'enverraient sans doute pour avis à d'autres sections. Six mois de paix !

— Mon petit Gattegno, tu peux l'attendre ton accusé de réception !

Il savait que van Vries était soucieux de ne froisser aucun de ses collègues des autres sections. Il accepterait donc. Et Adrien Deume s'offrit de nouveau le plaisir de racler son arrière-nez.

Pour se récompenser, il alla faire un tour dans les couloirs, causa avec Peï, l'élégant Chinois de la section économique, qui faisait aussi sa petite promenade de détente pour se reposer de son « Horizon à vol du volatile ». L'entretien fut particulièrement cordial car Peï détestait Deume. On se sépara après une énergique poignée de main.

Aimable salut à Hiroto, le minuscule et courtois Japonais de la section d'information. Il souriait tellement qu'on prétendait que la nuit il mettait un appareil en caoutchouc pour détendre les muscles de la joue.

Puis Adrien fut happé au passage par Mlle Pfister, l'Autrichienne qui faisait des gestes sveltes pour cacher son obésité et qui le persécutait de demandes d'aide. (En général, elle entrait dans le bureau d'Adrien, échevelée, si affairée, la brave fille écervelée. Dans son jargon obscur, elle expliquait, avec force postillons et exhalaisons transpirantes, qu'elle n'arrivait pas à se sortir d'une phrase difficile. Sous son regard respectueux, Adrien corrigeait au petit bonheur. Et la grosse Pfister, éperdue de reconnaissance et peut-être amoureuse, s'en allait, avec des mouvements mutins de fillette maigre, se faire aider, pour une autre phrase, par un autre fonctionnaire de langue française. « Écoutez, monsieur Le Gandec, je n'arrive pas... » La malheureuse à l'esprit confus avait ainsi une demi-douzaine de collaborateurs-orthopédistes, aux femmes desquels elle envoyait des fondants.) La phrase présentée cette fois pour redressement était ainsi libellée :

« La question semblant devoir être crue en état d'irrégulière présentation par la commission qui adopta son refus sur discussions animées conséquemment des interventions du représentant de la Tchécoslovaquie et réexaminée par la sous-commission du Conseil qui la renvoya en même temps de négatives observations au gouvernement britannique sur son point de vue formulé en avril dernier sur l'importance attribuée à la question qui fut faite allusion à l'introduction du mémorandum sur la connexité à l'importante question en précédent traitement. »

— La phrase va bien jusqu'ici, dit la malheureuse, mais c'est la fin que je n'arrive pas à mettre de façon un peu élégante, française.

Adrien feignit de lire, dit que cela allait très bien et que, pour sa part, il ne voyait pas la nécessité de changer quoi que ce fût. Il s'excusa, prétendit être attendu par van Vries et fila tandis que Mlle Pfister relisait, déconcertée, sa dernière création.

De retour dans sa chère cage, Adrien décida qu'il dicterait au dictaphone l'accusé de réception au représentant sioniste. Mais d'abord s'amuser un peu. Il confia donc quelques petites obscénités au rouleau enregistreur, téléphona à Agutte de venir les entendre. Les deux collègues s'esclaffèrent et Agutte voulut dicter une déclaration d'amour à la plus jolie fille du service de dactylographie. Puis il retourna à ses crimes mystérieux.

Adrien, resté seul, gratta le passage scabreux et enregistra un air de Carmen. Ainsi les petites du Pool s'amuseraient un peu. Enfin il dicta son accusé de réception au représentant sioniste, ce qui lui prit soixante-sept secondes. Aux salutations, il s'arrêta. Décidément il lui en coûtait d'assurer le Blumberg de sa considération. Laisser passer la nuit. On travaille-rait les salutations demain.

Il alla aux toilettes, sans grand enthousiasme, mais c'était un petit passe-temps légitime et qui dégourdis-sait les jambes. Cinq minutes de tuées.

De retour dans son bureau, il ricana d'aise en pensant au coup qu'il ferait lorsque le dossier Gatte-gno lui reviendrait farci et forci. A ce moment-là, il rédigerait une nouvelle note par laquelle il suggére-rait à van Vries que la réponse à Gattegno pourrait être utilisée par ce dernier dans quelque but obscur de propagande et qu'avant de répondre à ce docteur il serait bon de demander des renseignements sur son compte à la légation de Roumanie à Berne. Une fois que la réponse serait arrivée et si elle était favorable au Gattegno — peu probable car dans sa lettre à la légation il mettrait « un certain docteur Gattegno » — eh bien, le troisième coup de Jarnac serait de rédiger une note dans laquelle il dirait que demander des précisions à ce Gattegno serait peu aimable vis-à-vis de la Puissance mandataire. Il voyait déjà la réponse à Gattegno qu'il rédigerait dans un an : « J'ai l'honneur de vous accuser réception des renseignements que vous m'avez adressés. Je me suis empressé de les transmettre au Gouvernement belge. »

Il estima qu'il méritait bien un petit plaisir. Il prit son trousseau de clefs, ouvrit le tiroir du bureau, en sortit une bouchée pralinée. Pour bien en profiter, il décida qu'il la laisserait fondre très lentement.

— Tâcher de battre le record.

Il sortit son chronomètre qu'il consulta une fois la bouchée complètement fondue. Victoire ! Neuf minutes tandis que la dernière fois sept minutes avaient suffi.

— Tout va très bien, madame la marquise, tout va très bien, tout va très bien. (Il aimait cet air infiniment plus que la musique de Stravinsky, mais il le cachait à tous et notamment à lui-même.) Et maintenant, un autre petit coup de Trafalgar serait, messieurs, que nous restassions aujourd'hui jusqu'à cinq heures et demie.

Bonne idée. Vers cinq heures vingt, il trouverait un prétexte pour aller voir van Vries. Cela ferait une excellente impression et Vévé verrait qu'un certain Deume faisait du zèle et restait au Secrétariat en dehors des heures réglementaires.

— Tout va très bien, tout va très bien.

Il colla avec amour neuf petites coupures de presse sur des fiches en bristol, trouvant à ces menus travaux le charme enfantin des images découpées. Et puis, cette colle anglaise Gloy, quelle merveille !

Il alla faire un petit tour dans les corridors, marchant à pas pressés. Si van Vries le rencontrait, il penserait que Deume allait consulter d'urgence quelque document à la bibliothèque. Dans sa promenade, il croisa, comme toujours, le Fantôme de Bénarès qui lui montra gentiment ses dents éblouissantes. Il descendit au premier étage et se promena aux alentours du cabinet du sous-secrétaire général français, espérant la chance de causer avec un attaché de cabinet et peut-être même de trouver un joint pour l'inviter à venir un soir à Mon Abri. Il souhaitait en tout cas d'arriver, par une bonne conversation gaie, à cordialiser ses rapports avec un de ces nobles satellites, malheureusement le plus souvent pressés et inabordables. Il salua Huxley, le chef de cabinet de Solal, qui fit semblant de ne pas l'avoir aperçu. Il salua ensuite le directeur de la section du désarmement, auteur d'une plaquette de vers dans lesquels il chantait la vie de rêve et de solitude. Ce qui ne l'empêchait pas de se faufiler dans les trous des fromages administratifs les plus odorants. Ce poète salua à peine le microbe Adrien.

Notre héros décida de se rabattre sur de moins considérables seigneurs, alla au sous-sol faire un bout de causette avec le chef finlandais du service du matériel dont il obtint une lampe de bureau à double articulation et sept petits godets à agrafes. Tout en demandant des nouvelles de la santé de madame, il jeta un coup d'œil sur les nouveautés et prit bonne note d'un alléchant encrier en ébonite.

Adrien Deume s'arrêta de feuilleter le mémorandum sioniste car il lui semblait qu'il avait une impression de soif. Il prit son verre et se dirigea vers la petite fontaine du couloir. Non, en somme, non, il n'avait pas soif. Il rapporta son verre et se demanda si. Non, en somme, non.

Il alla cependant aux toilettes dans l'espoir de rencontrer quelqu'un avec qui faire un bout de causette. Il espérait surtout y trouver van Vries qui était toujours particulièrement gentil lorsqu'on le rencontrait là, devant la porcelaine bruissante, les yeux levés au plafond. Aux toilettes, Vévé était presque camarade avec ses subordonnés. On communiait ensemble dans une douce intimité.

Non, pas de van Vries. Que faire alors ? Une bonne idée : aller à la salle des périodiques voir si la dernière « Illustration » était arrivée. Mais il se ravisa lorsqu'il aperçut, dans le corridor, la serveuse qui faisait rouler devant elle le petit chariot chargé de théières, de tasses et de pâtisseries. Il alla vite dans son bureau attendre cette visite qui coupait agréablement l'après-midi.

La jeune fille à frisettes platinées entra, posa la théière et le petit pot de crème. Il hésita devant les pâtisseries, se décida pour une tranche de cake qu'il posa sur une feuille de papier blanc puis prit délicatement un rocher à la noix de coco. Il demanda davantage de sucre.

— Quatre morceaux, oui.

La serveuse sortit. Petit coup de langue vipérine. Content, Adrien Deume. Le rocher était tendre et le thé bien chaud. Il mit un morceau de sucre dans son thé et jeta les trois autres dans une boîte de fer-blanc cachée dans le tiroir. Tiens, déjà pleine ? Il mit dans son attaché-case la boîte des morceaux économisés. Mammie serait contente.

De sentir près de lui le thé et les pâtisseries qui lui tenaient compagnie lui donna envie de travailler. Langue dehors pour mieux s'appliquer, il découpa douze articles du « Palestine Weekly ». Puis il les colla tout en mangeant posément et tout en ôtant, à petits coups de langue, les débris de pâtisserie qui erraient sur ses lèvres, tout en savourant ses petits bonheurs et son cake avec une tranquille et distinguée satisfaction, tout en chantonnant avec de microscopiques sourires au coin de la lèvre ironique, tout en buvant son thé à petites gorgées, tout en sifflotant, tout en émettant divers bruits destinés à lui faire passer le temps et qui étaient tous — rots, vents intestinaux ou chants — de petits hymnes de jubilation, tout en bourdonnant, tout en ramassant de petits débris de cake et tout en grignotant, tout en chuchotant de petites résolutions de victoire, tout en rigolant pour lui-même, tout en bruissant, tout en ronronnant, tout en bêlant pour passer le temps, tout en gargouillant dans son thé ravissant et tout en d'aise pépiant.

Oh, qu'il était heureux, Adrien Deume, de coller soigneusement tout en roucoulant, tout en grognant, tout en pompompant, tout en faisant cliqueter ses divers porte-mine, tout en haletant pour varier l'amusement, tout en faisant vibrer un élastique et tout en tambourinant de temps en temps son petit bonheur d'être sans soucis et le mari d'une femme charmante et le propriétaire d'une belle auto et l'ami de gens charmants.

— Pour être bien collé, sacré nom de Dieu de nom de Dieu de tonnerre de Dieu, je crois que c'est bien collé !

Et combien restait-il de thé ? Encore une tasse. Chic. (En réalité, il détestait le thé. Il prenait cependant plaisir à ce breuvage qui lui donnait le sentiment d'être un diplomate anglicisé. Et puis le thé de Chine, avec son « fumet évocateur », c'était poétique.) Pour mieux le savourer, il ouvrit le grand tiroir de sa table de travail et se réjouit de ses chers trésors si bien rangés : boîtes d'épingles et d'agrafes de diverses formes et grandeurs, pots de colle, grattoirs, provisions formidables de buvards larges ou étroits, bracelets élastiques, paquets de petites feuilles de diverses couleurs, fiches, gommes, crayons, règles. Il referma le tiroir, laissa ses yeux errer sur les rayons où trônaient les boîtes-classeurs d'un nouveau modèle.

— Saleté ! Idiote ! Vieille grue !

Il ne sut jamais contre qui il avait eu cette explosion

de colère. Peut-être était-ce une façon de crier sa joie de vivre et d'être jeune. Peut-être était-ce le bonheur d'avoir obtenu, par corruption et passe-droit, une des théières réservées aux directeurs. Peut-être exprimait-il ainsi son plaisir d'être de service dimanche prochain. Tout seul au Secrétariat, il se sentirait le chef éphémère du Palais, lirait des illustrés, ferait sa correspondance. Et ça lui ferait un jour de congé en semaine, ce qui serait épatant.

Dans le bureau voisin, Kanakis s'ennuyait tant qu'il émettait de petits hurlements à la mort. Plus loin, Mikoff poussait de terribles soupirs. Cinq heures moins vingt. Zut, encore un tas de minutes à tirer. Que faire ? Aller à la bibliothèque voir s'il y avait quelques livres intéressants ? Ou plutôt à l'infirmerie se faire faire une piqûre fortifiante et gratuite ?

Et soudain Adrien eut une angoisse. Que faisait-il en ce monde ? Quel était le sens de sa vie ? Quand mourrait-il ? Il décida de lire la Bible dès ce soir et croqua une bouchée au nougat.

XLVII

Elle gémit, se retourna. Lorsque la respiration de la dormeuse fut redevenue régulière, Solal passa un vieux pantalon effrangé et rapiécé qu'il serra à la taille à l'aide d'une ficelle. Il déboucha le flacon de colle, y trempa un pinceau dont il badigeonna les nobles joues lisses et mates, sur lesquelles il appliqua ensuite le crêpé blanc. Cela fait, il colla du sparadrap noir sur les incisives et les prémolaires, ce qui lui donna un affreux sourire édenté.

Il enfila l'immonde manteau qu'il avait acheté à Jérémie. Après en avoir rapproché les pans à l'aide d'épingles anglaises, il chaussa ses pieds nus de vieilles bottines de femme, trouées et si moisies que les talons, dégoûtés, avaient pris congé d'elles. Il se frotta le front et le nez avec un peu de terre, en mit sur ses cheveux.

Il s'approcha du lit, avança la main. Il avait peur.

DU MÊME AUTEUR

Aux Éditions Gallimard

SOLAL, roman (Folio n° 1269)

MANGECLOUS, roman (Folio n° 1170)

LE LIVRE DE MA MÉRE (Folio n° 561 et Folio Plus n° 2)

ÉZÉCHIEL, théâtre

LES VALEUREUX, roman (Folio n° 1740)

Ô VOUS, FRÈRES HUMAINS (Folio n° 1915)

CARNETS 1978 (Folio n° 2434)

Dans la Bibliothèque de la Pléiade

BELLE DU SEIGNEUR

ŒUVRES

DU MÊME AUTEUR

COLLECTION FOLIO

Dernières parutions

5117. Hunter S. Thompson — *Las Vegas parano*
5118. Hunter S. Thompson — *Rhum express*
5119. Chantal Thomas — *La vie réelle des petites filles*
5120. Hans Christian Andersen — *La Vierge des glaces*
5121. Paul Bowles — *L'éducation de Malika*
5122. Collectif — *Au pied du sapin*
5123. Vincent Delecroix — *Petit éloge de l'ironie*
5124. Philip K. Dick — *Petit déjeuner au crépuscule*
5125. Jean-Baptiste Gendarme — *Petit éloge des voisins*
5126. Bertrand Leclair — *Petit éloge de la paternité*
5127. Musset-Sand — *« Ô mon George, ma belle maîtresse... »*
5128. Grégoire Polet — *Petit éloge de la gourmandise*
5129. Paul Verlaine — *Histoires comme ça*
5130. Collectif — *Nouvelles du Moyen Âge*
5131. Emmanuel Carrère — *D'autres vies que la mienne*
5132. Raphaël Confiant — *L'Hôtel du Bon Plaisir*
5133. Éric Fottorino — *L'homme qui m'aimait tout bas*
5134. Jérôme Garcin — *Les livres ont un visage*
5135. Jean Genet — *L'ennemi déclaré*
5136. Curzio Malaparte — *Le compagnon de voyage*
5137. Mona Ozouf — *Composition française*
5138. Orhan Pamuk — *La maison du silence*
5139. J.-B. Pontalis — *Le songe de Monomotapa*
5140. Shûsaku Endô — *Silence*
5141. Alexandra Strauss — *Les démons de Jérôme Bosch*
5142. Sylvain Tesson — *Une vie à coucher dehors*
5143. Zoé Valdés — *Danse avec la vie*
5144. François Begaudeau — *Vers la douceur*
5145. Tahar Ben Jelloun — *Au pays*
5146. Dario Franceschini — *Dans les veines ce fleuve d'argent*

5147. Diego Gary   *S. ou L'espérance de vie*
5148. Régis Jauffret   *Lacrimosa*
5149. Jean-Marie Laclavetine   *Nous voilà*
5150. Richard Millet   *La confession négative*
5151. Vladimir Nabokov   *Brisure à senestre*
5152. Irène Némirovsky   *Les vierges* et autres nouvelles
5153. Michel Quint   *Les joyeuses*
5154. Antonio Tabucchi   *Le temps vieillit vite*
5155. John Cheever   *On dirait vraiment le paradis*
5156. Alain Finkielkraut   *Un cœur intelligent*
5157. Cervantès   *Don Quichotte I*
5158. Cervantès   *Don Quichotte II*
5159. Baltasar Gracian   *L'Homme de cour*
5160. Patrick Chamoiseau   *Les neuf consciences du Malfini*
5161. François Nourissier   *Eau de feu*
5162. Salman Rushdie   *Furie*
5163. Ryûnosuke Akutagawa   *La vie d'un idiot*
5164. Anonyme   *Saga d'Eiríkr le Rouge*
5165. Antoine Bello   *Go Ganymède!*
5166. Adelbert von Chamisso   *L'étrange histoire de Peter Schlemihl*
5167. Collectif   *L'art du baiser*
5168. Guy Goffette   *Les derniers planteurs de fumée*
5169. H. P. Lovecraft   *L'horreur de Dunwich*
5170. Léon Tolstoï   *Le Diable*
5171. J. G. Ballard   *La vie et rien d'autre*
5172. Sebastian Barry   *Le testament caché*
5173. Blaise Cendrars   *Dan Yack*
5174. Philippe Delerm   *Quelque chose en lui de Bartleby*
5175. Dave Eggers   *Le grand Quoi*
5176. Jean-Louis Ezine   *Les taiseux*
5177. David Foenkinos   *La délicatesse*
5178. Yannick Haenel   *Jan Karski*
5179. Carol Ann Lee   *La rafale des tambours*
5180. Grégoire Polet   *Chucho*
5181. J.-H. Rosny Aîné   *La guerre du feu*
5182. Philippe Sollers   *Les Voyageurs du Temps*

5183. Stendhal — *Aux âmes sensibles* (à paraître)

5184. Alexandre Dumas — *La main droite du sire de Giac et autres nouvelles*

5185. Edith Wharton — *Le miroir* suivi de *Miss Mary Pask*

5186. Antoine Audouard — *L'Arabe*

5187. Gerbrand Bakker — *Là-haut, tout est calme*

5188. David Boratav — *Murmures à Beyoğlu*

5189. Bernard Chapuis — *Le rêve entouré d'eau*

5190. Robert Cohen — *Ici et maintenant*

5191. Ananda Devi — *Le sari vert*

5192. Pierre Dubois — *Comptines assassines*

5193. Pierre Michon — *Les Onze*

5194. Orhan Pamuk — *D'autres couleurs*

5195. Noëlle Revaz — *Efina*

5196. Salman Rushdie — *La terre sous ses pieds*

5197. Anne Wiazemsky — *Mon enfant de Berlin*

5198. Martin Winckler — *Le Chœur des femmes*

5199. Marie NDiaye — *Trois femmes puissantes*

5200. Gwenaëlle Aubry — *Personne*

5201. Gwenaëlle Aubry — *L'isolée* suivi de *L'isolement*

5202. Karen Blixen — *Les fils de rois et autres contes*

5203. Alain Blottière — *Le tombeau de Tommy*

5204. Christian Bobin — *Les ruines du ciel*

5205. Roberto Bolaño — *2666*

5206. Daniel Cordier — *Alias Caracalla*

5207. Erri De Luca — *Tu, mio*

5208. Jens Christian Grøndahl — *Les mains rouges*

5209. Hédi Kaddour — *Savoir-vivre*

5210. Laurence Plazenet — *La blessure et la soif*

5211. Charles Ferdinand Ramuz — *La beauté sur la terre*

5212. Jón Kalman Stefánsson — *Entre ciel et terre*

5213. Mikhaïl Boulgakov — *Le Maître et Marguerite*

5214. Jane Austen — *Persuasion*

5215. François Beaune — *Un homme louche*

5216. Sophie Chauveau — *Diderot, le génie débraillé*

5217. Marie Darrieussecq — *Rapport de police*

5218. Michel Déon   *Lettres de château*

5219. Michel Déon   *Nouvelles complètes*

5220. Paula Fox   *Les enfants de la veuve*

5221. Franz-Olivier Giesbert   *Un très grand amour*

5222. Marie-Hélène Lafon   *L'Annonce*

5223. Philippe Le Guillou   *Le bateau Brume*

5224. Patrick Rambaud   *Comment se tuer sans en avoir l'air*

5225. Meir Shalev   *Ma Bible est une autre Bible*

5226. Meir Shalev   *Le pigeon voyageur*

5227. Antonio Tabucchi   *La tête perdue de Damasceno Monteiro*

5228. Sempé-Goscinny   *Le Petit Nicolas et ses voisins*

5229. Alphonse de Lamartine   *Raphaël*

5230. Alphonse de Lamartine   *Voyage en Orient*

5231. Théophile Gautier   *La cafetière* et autres contes fantastiques

5232. Claire Messud   *Les Chasseurs*

5233. Dave Eggers   *Du haut de la montagne, une longue descente*

5234. Gustave Flaubert   *Un parfum à sentir ou Les Baladins* suivi de *Passion et vertu*

5235. Carlos Fuentes   *En bonne compagnie* suivi de *La chatte de ma mère*

5236. Ernest Hemingway   *Une drôle de traversée*

5237. Alona Kimhi   *Journal de Berlin*

5238. Lucrèce   *«L'esprit et l'âme se tiennent étroitement unis»*

5239. Kenzaburô Ôé   *Seventeen*

5240. P. G. Wodehouse   *Une partie mixte à trois* et autres nouvelles du green

5241. Melvin Burgess   *Lady*

5242. Anne Cherian   *Une bonne épouse indienne*

5244. Nicolas Fargues   *Le roman de l'été*

5245. Olivier Germain-Thomas   *La tentation des Indes*

5246. Joseph Kessel — *Hong-Kong et Macao*
5247. Albert Memmi — *La libération du Juif*
5248. Dan O'Brien — *Rites d'automne*
5249. Redmond O'Hanlon — *Atlantique Nord*
5250. Arto Paasilinna — *Sang chaud, nerfs d'acier*
5251. Pierre Péju — *La Diagonale du vide*
5252. Philip Roth — *Exit le fantôme*
5253. Hunter S. Thompson — *Hell's Angels*
5254. Raymond Queneau — *Connaissez-vous Paris?*
5255. Antoni Casas Ros — *Enigma*
5256. Louis-Ferdinand Céline — *Lettres à la N.R.F.*
5257. Marlena de Blasi — *Mille jours à Venise*
5258. Éric Fottorino — *Je pars demain*
5259. Ernest Hemingway — *Îles à la dérive*
5260. Gilles Leroy — *Zola Jackson*
5261. Amos Oz — *La boîte noire*
5262. Pascal Quignard — *La barque silencieuse (Dernier royaume, VI)*
5263. Salman Rushdie — *Est, Ouest*
5264. Alix de Saint-André — *En avant, route!*
5265. Gilbert Sinoué — *Le dernier pharaon*
5266. Tom Wolfe — *Sam et Charlie vont en bateau*
5267. Tracy Chevalier — *Prodigieuses créatures*
5268. Yasushi Inoué — *Kôsaku*
5269. Théophile Gautier — *Histoire du Romantisme*
5270. Pierre Charras — *Le requiem de Franz*
5271. Serge Mestre — *La Lumière et l'Oubli*
5272. Emmanuelle Pagano — *L'absence d'oiseaux d'eau*
5273. Lucien Suel — *La patience de Mauricette*
5274. Jean-Noël Pancrazi — *Montecristi*
5275. Mohammed Aïssaoui — *L'affaire de l'esclave Furcy*
5276. Thomas Bernhard — *Mes prix littéraires*
5277. Arnaud Cathrine — *Le journal intime de Benjamin Lorca*
5278. Herman Melville — *Mardi*
5279. Catherine Cusset — *New York, journal d'un cycle*
5280. Didier Daeninckx — *Galadio*
5281. Valentine Goby — *Des corps en silence*
5282. Sempé-Goscinny — *La rentrée du Petit Nicolas*

5283. Jens Christian Grøndahl *Silence en octobre*
5284. Alain Jaubert *D'Alice à Frankenstein (Lumière de l'image, 2)*
5285. Jean Molla *Sobibor*
5286. Irène Némirovsky *Le malentendu*
5287. Chuck Palahniuk *Pygmy (à paraître)*
5288. J.-B. Pontalis *En marge des nuits*
5289. Jean-Christophe Rufin *Katiba*
5290. Jean-Jacques Bernard *Petit éloge du cinéma d'aujourd'hui*
5291. Jean-Michel Delacomptée *Petit éloge des amoureux du silence*
5292. Mathieu Terence *Petit éloge de la joie*
5293. Vincent Wackenheim *Petit éloge de la première fois*
5294. Richard Bausch *Téléphone rose et autres nouvelles*
5295. Collectif *Ne nous fâchons pas! Ou L'art de se disputer au théâtre*
5296. Collectif *Fiasco! Des écrivains en scène*
5297. Miguel de Unamuno *Des yeux pour voir*
5298. Jules Verne *Une fantaisie du docteur Ox*
5299. Robert Charles Wilson *YFL-500*
5300. Nelly Alard *Le crieur de nuit*
5301. Alan Bennett *La mise à nu des époux Ransome*
5302. Erri De Luca *Acide, Arc-en-ciel*
5303. Philippe Djian *Incidences*
5304. Annie Ernaux *L'écriture comme un couteau*
5305. Élisabeth Filhol *La Centrale*
5306. Tristan Garcia *Mémoires de la Jungle*
5307. Kazuo Ishiguro *Nocturnes. Cinq nouvelles de musique au crépuscule*
5308. Camille Laurens *Romance nerveuse*
5309. Michèle Lesbre *Nina par hasard*
5310. Claudio Magris *Une autre mer*
5311. Amos Oz *Scènes de vie villageoise*

5312. Louis-Bernard
    Robitaille   *Ces impossibles Français*
5313. Collectif   *Dans les archives secrètes de la police*
5314. Alexandre Dumas   *Gabriel Lambert*
5315. Pierre Bergé   *Lettres à Yves*
5316. Régis Debray   *Dégagements*
5317. Hans Magnus
    Enzensberger   *Hammerstein ou l'intransigeance*
5318. Éric Fottorino   *Questions à mon père*
5319. Jérôme Garcin   *L'écuyer mirobolant*
5320. Pascale Gautier   *Les vieilles*
5321. Catherine Guillebaud   *Dernière caresse*
5322. Adam Haslett   *L'intrusion*
5323. Milan Kundera   *Une rencontre*
5324. Salman Rushdie   *La honte*
5325. Jean-Jacques Schuhl   *Entrée des fantômes*
5326. Antonio Tabucchi   *Nocturne indien* (à paraître)
5327. Patrick Modiano   *L'horizon*
5328. Ann Radcliffe   *Les Mystères de la forêt*
5329. Joann Sfar   *Le Petit Prince*
5330. Rabaté   *Les petits ruisseaux*
5331. Pénélope Bagieu   *Cadavre exquis*
5332. Thomas Buergenthal   *L'enfant de la chance*
5333. Kettly Mars   *Saisons sauvages*
5334. Montesquieu   *Histoire véritable et autres fictions*
5335. Chochana Boukhobza   *Le Troisième Jour*
5336. Jean-Baptiste Del Amo   *Le sel*
5337. Bernard du Boucheron   *Salaam la France*
5338. F. Scott Fitzgerald   *Gatsby le magnifique*
5339. Maylis de Kerangal   *Naissance d'un pont*
5340. Nathalie Kuperman   *Nous étions des êtres vivants*
5341. Herta Müller   *La bascule du souffle*
5342. Salman Rushdie   *Luka et le Feu de la Vie*
5343. Salman Rushdie   *Les versets sataniques*
5344. Philippe Sollers   *Discours Parfait*
5345. François Sureau   *Inigo*

Impression Maury-Imprimeur
45330 Malesherbes
le 3 avril 2012.
Dépôt légal : avril 2012.
1ᵉʳ dépôt légal dans la collection : mars 1980.
Numéro d'imprimeur : 172616.

ISBN 978-2-07-037170-9. / Imprimé en France.